中国地质大学(武汉)"双一流"文化传承创新项目　资助
"大地行吟"丛书　曾佐勋　褚宝增　主编

格律诗学

GELÜ SHI XUE

王思源　著

中国地质大学出版社
ZHONGGUO DIZHI DAXUE CHUBANSHE

图书在版编目(CIP)数据

格律诗学/王思源著.—武汉:中国地质大学出版社,2025.6.—ISBN 978-7-5625-6237-5

Ⅰ.I207.21

中国国家版本馆CIP数据核字第20255R53U5号

格律诗学				王思源 著
责任编辑:周　豪		选题策划:周　豪	责任校对:倪千涵　唐家玉	
出版发行:中国地质大学出版社(武汉市洪山区鲁磨路388号)				
电话:(027)67883511		传真:(027)67883580	邮政编码:430074	
经销:全国新华书店			https://cugp.cug.edu.cn	
开本:880mm×1230mm 1/32			字数:336千字	印张:14
版次:2025年6月第1版			印次:2025年6月第1次印刷	
印刷:湖北睿智印务有限公司				
ISBN 978-7-5625-6237-5				定价:58.00元

如有印装质量问题请与印刷厂联系调换

中国地质大学(武汉)党委宣传部
中国地质大学(武汉)离退休工作处
中国地质大学(武汉)关　工　委　联合推荐出版
中国地质大学(武汉)老年协会
中国地质大学(武汉)文　　　联

"大地行吟"丛书
编委会

荣誉主编：赵鹏大　殷鸿福　王焰新

顾　　问：张锦高　郝　翔　黄晓玫　刘　杰
　　　　　李建威　杨巍然　丁振国

策　　划：杨巍然　王林清　王　甫　侯志军
　　　　　李门楼　刘国华　曾佐勋

主　　编：曾佐勋　褚宝增

编　　委（以姓氏笔画为序）：
　　　　　王葳葳　仇华忠　刘　锐　刘金保
　　　　　刘晓峰　吴宏恩　陈林洲　徐　燕
　　　　　蔡明星

丛书序

中华诗词,是华夏文明的瑰宝,像皇冠上的明珠,历千载风霜,犹熠熠生辉。习近平总书记将经典的古诗词称为"中华民族的文化基因"。从《诗经》的淳朴,《楚辞》的瑰丽,汉乐府的清新,唐诗的雄浑,宋词的婉约,元曲的俚俗风趣,及至近代,毛泽东主席的《沁园春·雪》等大作,气势磅礴,思想深邃,再攀诗词巅峰。此文化血脉,绵延不绝,彰显华夏民族深厚文化底蕴与无穷创造力。

荆楚大地,诗词之渊薮也。房县尹吉甫,《诗经》编撰,开现实主义源头,智慧才华,遗泽后世;秭归屈原,香草美人,开浪漫主义先河,以《离骚》《天问》等惊世佳作,激励文人无数,影响深远;襄阳孟浩然,田园诗中的巨擘,诗风清新脱俗,享誉吟坛;京山聂绀弩,现当代诗词大家中的翘楚,才华横溢,作品时代气息浓郁。

中国地质大学,既建学术殿堂,也具诗词沃土。袁复礼教授,被歌谣界誉为"花儿"研究第一人。冯景兰、王鸿祯、刘光鼎等院士,科研之余,亦以诗词抒怀,颂扬科学,思考人生。常江等楹联诗词大家,更以才华、热情、奉献,为楹联诗词传承发展注入新活力。

经过长期的沉淀与积累,大地行吟诗社在原中国地质大学(武汉)文学协会诗词组的基础上应运而生,得到了学校党政领导的支持与指导,受到学校党委宣传部、离退休工作处及老年协会等单位的关怀与扶持。尤其值得一提的是,杰出校友温家宝同志分别于2020年7月13日和2024年12月23日两次复信,给予大地行吟诗社和《大地行吟》网刊充分肯定和热情鼓励,极力倡导文理兼容办学方向,激励诗友们团结奋进,遂成大学校园文化中的一道亮丽风景线。借此良机,谨致谢忱!

"大地行吟"丛书的出版,旨在展示学校诗词传承、创作、发展成果。丛书收录师生校友诗词教材、研究专著、诗词选集等作品,既为诗词楹联展示窗口,亦为优秀文化传承创新平台。

展望未来,愿"大地行吟"丛书得到社会各界关注、支持与扶持。诚邀师生校友、广大诗词爱好者赐稿,亦盼专家学者批评指正。让我们携手共进,为诗词传承与发展竭尽绵薄之力!愿"大地行吟"丛书如春风化雨,滋润心田;愿中华诗词光华,照耀奔赴中国梦、地大梦前行之路!

曾佐勋

2025年3月

前言

诗国的诗,绵延着民族艺术的巍峨群山,熠烨的佳作有如星光灿烂。诗人代代有继,诗篇不可胜数,诗体皆可延续。格律诗,乃诗体中的佼佼者,是中华艺术的精华,其在文学、艺学、美学、民俗学领域的价值难以估量。因此,格律诗被称为中华民族的"国诗"。

"格律",即格式与规律之意。格律诗是有一定格式、按一定规律所写的诗;格律诗体也就是有一定格式和一定规律的诗体,简称格律体。

格式就是样式,有齐言型、杂言型两大类,前者如五言诗、七言诗,后者如词体、曲体、律赋体。规律指声律、韵律、联律等,其实有了平仄才有律。因此,平仄成了区分律与非律的根本标志。

诗体分类是诗学的重要理论课题。纵观古今诗篇,著者提出"以形式为纲,以规律为目"的分类原则,这就是"先看外形,再看内质"的基本思路。外形即样式,内质指平仄。于是,诗体可以总概为如下两大类。

齐言诗体:为整齐句型。有齐言古体诗、齐言格律诗。

杂言诗体:为长短句型。有杂言古体诗、杂言格律诗,还有新诗、歌词、散文诗等。

显然,格律诗不是古典诗体的专利。时代在发展,格律诗体也在发展,主要表现在音韵(韵部),其次是形式,而声律(平仄格)基本无变化,这是现代格律诗拓新的关键。

赏析古今名家的格律诗，不懂平仄，便会诵读失调；不辨入声字，其平仄翻译也便似是而非，成为错译。著者提出"入声原理"的概念，是掌握平仄的钥匙。

写作这本教科书的主要目的在于让修课诸学子，能够在更高的起点上赏析格律诗、创作格律诗、研究格律诗、发展格律诗，并以此为思维、语言、创造的基石。

古人创造的文章体裁，对于继承模型的经典者，自然是以继承、利用为主，当然可以改造，但必须抓住其本质特点，否则便成风马牛的似是而非。

著者习作格律诗，始于20世纪50年代末，于1992年6月刊登了首篇论文《近体诗概谈》，1999年春季在中国地质大学（武汉）首开"格律诗学"公选课，2000年春季继之，由此对这门学问作了全面归纳、总结与深入探讨。鉴于掌握格律不易，应学子们的要求，将《格律诗学》讲稿充实、提高，印刷成书，以作阅读、赏析与创作格律诗的基础，也是升华格律诗理论、开拓新体格律的桥梁。作为一门"学"，本书包括概念、理论、方法、实例以及问题讨论等内容。

本书的主要贡献是将格律诗理论集大成并系统化，厘定了若干规律及法则。本书的基本体系包括总论、分论、技法、创作及其应用工具等。

德国物理学家普朗克有述：物理定律的性质和内容，都不可能单纯依靠思维来获得，唯一的途径是致力于对自然的观察，尽可能收集最大量的各种经验事实，并把这些事实加以比较，然后以最简单、最全面的命题总结出来。诗格律的探究也是如此。

写诗、填词、作曲，皆须按"谱"，格律诗谱就是最精粹的格律模型（命题）。本书列出了较大量的格律谱，包括词谱及曲谱,对各谱皆作了审视推敲,以供创作者运用。

本书1999年4月21日完成初稿;2000年4月25日完成第二稿;2008年4月25日在校内印刷。由于原稿作者王思源于2024年4月29日仙逝,在中国地质大学(武汉)党委宣传部、离退休工作处、老年协会等单位领导的支持和推荐下,本书由修编组主编曾佐勋牵头向学校申请,获得2024年"双一流"文化传承创新项目资助,现经修编组修订正式出版。本书修订原则:基本保持作品原貌,特别是作者的创新性探索,仅作局部补充修改、微调与订正。

本书修编组成员:主编曾佐勋、褚宝增;编委王葳葳、刘金保、吴宏恩、徐燕。项目组成员还有刘晓峰、邓祥明、张首丽等。本书的出版,得到"大地行吟"丛书荣誉主编、顾问组、策划组各位领导的大力支持和具体指导,在此一并致谢!

本书修编工作是在原著者仙逝后进行的。修编组在原著基础上进行了补充修改,并尽量采纳处理了内外审专家的意见。尽管如此,书中难免仍有疏漏之处,恳请读者联系修编组负责人曾佐勋不吝指出,以便我们在今后的教学和本书再版时参考完善。

目　录

第一章　引　论 …………………………………（1）

第一节　修读意义 …………………………………（1）
一、提高人文素质 …………………………………（2）
二、开启艺术思维 …………………………………（2）
三、培养语言活力 …………………………………（3）
四、弘扬中华文化 …………………………………（3）
五、开拓民族艺术 …………………………………（3）

第二节　基本概念 …………………………………（4）
一、平仄——律与非律的根本标志 …………………（4）
二、诗韵——变与不变的韵书更迭 …………………（10）
三、古典诗体 ………………………………………（11）
四、古体诗体 ………………………………………（14）
五、格律诗体 ………………………………………（16）

第三节　要疑短论 …………………………………（17）
一、诗体系统名称问题 ……………………………（17）
二、平仄概念何时提出 ……………………………（18）
三、平水韵出何人之手 ……………………………（18）
四、乐谱如何变成律谱 ……………………………（19）

第二章　格律诗史 …………………………………（20）

第一节　萌芽期 ……………………………………（20）

  一、从五言乐府到五言古体 ………………………… (21)
  二、汉字声韵的初始研究 …………………………… (21)
 第二节 奠基期 ………………………………………… (22)
  一、南朝齐四声发端——韵书诞生 ………………… (22)
  二、从平仄到律赋诞生 ……………………………… (23)
  三、从平仄到永明体奠基 …………………………… (24)
 第三节 兴盛期 ………………………………………… (26)
  一、从永明体到近体 ………………………………… (26)
  二、从近体到律词 …………………………………… (27)
  三、从律词到散曲 …………………………………… (28)
  四、从诗词到律联 …………………………………… (30)
 第四节 发展期 ………………………………………… (30)
  一、新文化运动的格律继承 ………………………… (30)
  二、毛泽东诗词的重大影响 ………………………… (31)
  三、诗词社团的助力 ………………………………… (31)
  四、新体格律诗的发展探索 ………………………… (31)

第三章 乐律通释 ………………………………………… (33)

 第一节 概 述 ………………………………………… (33)
  一、基本概念 ………………………………………… (33)
  二、乐律原理 ………………………………………… (34)
 第二节 七音、十二律、八十四调 ……………………… (35)
  一、七音 ……………………………………………… (35)
  二、十二律 …………………………………………… (36)
  三、八十四调 ………………………………………… (36)
 第三节 问题短论 ……………………………………… (38)
  一、宫调在格律诗中的意义 ………………………… (38)
  二、乐谱如何转变为声律谱 ………………………… (39)

三、现代格律是否需要宫调 ………………………… (40)

第四章　声律通义 ………………………………… (42)

第一节　概　述 ……………………………………… (42)
　　一、基本概念 ……………………………………… (42)
　　二、入声原理 ……………………………………… (43)

第二节　四类声律句 ………………………………… (44)
　　一、标格声律句的获取——声链截取法 ………… (44)
　　二、变格声律句的确定——泛变格法则 ………… (46)
　　三、特格声律句的法定——传统格法则 ………… (48)
　　四、拗格声律句的厘定——声阵截取法 ………… (49)

第三节　问题短论 …………………………………… (51)
　　一、使用标格句构型准则 ………………………… (51)
　　二、关于孤平问题 ………………………………… (51)
　　三、关于同声三字尾问题 ………………………… (54)
　　四、关于变格法则问题 …………………………… (54)
　　五、不可不辨的特别句型 ………………………… (54)

第五章　韵律通则 ………………………………… (58)

第一节　概　述 ……………………………………… (58)
　　一、基本概念 ……………………………………… (58)
　　二、韵书类型 ……………………………………… (60)

第二节　五种韵律格 ………………………………… (65)
　　一、平声通韵格 …………………………………… (65)
　　二、仄声通韵格 …………………………………… (66)
　　三、平仄转韵格 …………………………………… (66)
　　四、平仄通韵格 …………………………………… (67)
　　五、平仄错韵格 …………………………………… (67)

Ⅸ

  第三节 问题短论 …………………………………… (68)
    一、仄韵脚的声调辨别 ………………………………… (68)
    二、修辞格的声韵应用 ………………………………… (68)
    三、邻韵通押的意义 …………………………………… (69)

第六章 联律通融 …………………………………… (70)

  第一节 概　述 ………………………………………… (70)
    一、基本概念 …………………………………………… (70)
    二、对仗原理 …………………………………………… (71)
  第二节 四类联律格 …………………………………… (72)
    一、声律对 ……………………………………………… (72)
    二、词性对 ……………………………………………… (73)
    三、句意对 ……………………………………………… (73)
    四、工艺对 ……………………………………………… (74)
  第三节 问题短论 ……………………………………… (76)
    一、齐言诗的对仗要求 ………………………………… (76)
    二、律词体的对仗尺度 ………………………………… (76)
    三、曲体对仗的翻新性 ………………………………… (79)

第七章 律赋模型 …………………………………………… (80)

  第一节 概　述 ………………………………………… (80)
    一、基本概念 …………………………………………… (80)
    二、基本特点 …………………………………………… (81)
  第二节 构型法则 ……………………………………… (82)
    一、平仄对仗法则 ……………………………………… (82)
    二、中途换韵法则 ……………………………………… (82)
  第三节 律赋模型的构建 …………………………… (83)
    一、排偶律赋模型 ……………………………………… (83)

二、限韵律赋模型 …………………………… (84)
　第四节　特别论述 ………………………………… (85)
　　一、论律赋的格律诗地位 …………………… (85)
　　二、论律赋的文学艺术价值 ………………… (86)

第八章　永明体模型 ……………………………… (88)

　第一节　概　述 …………………………………… (88)
　　一、基本概念 ………………………………… (88)
　　二、基本特点 ………………………………… (90)
　第二节　构型法则 ………………………………… (95)
　　一、两句间平仄对立法则 …………………… (95)
　　二、两联间连续叠加法则（同型、异型）…… (95)
　第三节　永明体模型的构建 ……………………… (96)
　　一、平韵格永明体模型（主格）……………… (96)
　　二、仄韵格永明体模型（次格）……………… (101)
　第四节　特别论述 ………………………………… (102)
　　一、永明体与近体的根本区别 ……………… (102)
　　二、七言格律的萌芽与发展 ………………… (103)

第九章　近体模型 ………………………………… (104)

　第一节　概　述 …………………………………… (104)
　　一、基本概念 ………………………………… (104)
　　二、基本特点 ………………………………… (105)
　第二节　构型法则 ………………………………… (108)
　　一、应用标格句构型法则 …………………… (108)
　　二、两联间平仄对立法则（对）……………… (108)
　　三、两异型对联互加法则（粘）……………… (109)
　　四、仄脚句改尾法则 ………………………… (109)

XI

  第三节 近体模型的构建 ······(109)
   一、平韵格近体模型（主格）······(109)
   二、仄韵格近体模型（次格）······(114)
  第四节 特别论述 ······(115)
   一、近体变格法则问题 ······(115)
   二、孤平拗救问题 ······(115)
   三、近体诗的出韵问题 ······(118)

第十章 律词模型 ······(119)

  第一节 概 述 ······(119)
   一、基本概念 ······(119)
   二、基本特点 ······(121)
  第二节 构型法则 ······(122)
   一、标格句间关联法则 ······(122)
   二、片与片间关联法则 ······(123)
  第三节 律词模型的构建 ······(124)
   一、单片律词模型 ······(124)
   二、双片律词模型 ······(126)
   三、多片律词模型 ······(128)
  第四节 特别论述 ······(129)
   一、词调名称之变 ······(129)
   二、长调词的拗句问题 ······(130)
   三、八言以上的律词句型问题 ······(131)
   四、近体乐府是律词的一个科学名称 ······(134)

第十一章 律曲模型 ······(136)

  第一节 概 述 ······(136)
   一、基本概念 ······(136)

二、基本特点 …………………………………… (139)
　第二节　构型法则 ……………………………………… (140)
　　一、标格句间关联法则 ………………………… (140)
　　二、小令之间关联法则 ………………………… (141)
　第三节　律曲模型的构建 ……………………………… (141)
　　一、单支小令模型 ……………………………… (141)
　　二、幺篇结构模型 ……………………………… (141)
　　三、重头格律模型 ……………………………… (142)
　　四、带过曲律模型 ……………………………… (143)
　　五、套数格律模型 ……………………………… (145)
　第四节　特别论述 ……………………………………… (148)
　　一、律曲与律词的异同 ………………………… (148)
　　二、衬字与衬句的问题 ………………………… (149)
　　三、剧套与散套的异同 ………………………… (150)
　　四、关于"仄仄平平仄平平"句型问题 ………… (151)

第十二章　律联模型 ……………………………… (153)

　第一节　概　述 ………………………………………… (153)
　　一、基本概念 …………………………………… (153)
　　二、基本特点 …………………………………… (154)
　第二节　构型法则 ……………………………………… (155)
　　一、平仄对立法则 ……………………………… (155)
　　二、联尾上仄下平法则 ………………………… (155)
　　三、标点法则 …………………………………… (156)
　第三节　律联模型的构建 ……………………………… (156)
　　一、单句对联模型 ……………………………… (156)
　　二、复句对联模型 ……………………………… (157)
　　三、句群对联模型 ……………………………… (159)

第四节　特别论述 ………………………………… (161)
　一、特别对联问题 ………………………………… (161)
　二、关于游戏对联 ………………………………… (162)
　三、读写贴对联之法 ……………………………… (163)

第十三章　新律创建 ……………………………… (165)

第一节　概　述 …………………………………… (165)
　一、基本概念 ……………………………………… (165)
　二、基本特点 ……………………………………… (168)
第二节　基本原则 ………………………………… (168)
　一、古典格律模型的不变原则 …………………… (168)
　二、新体格律诗型的扩展原则 …………………… (169)
　三、格律诗韵的归并推进原则 …………………… (169)
　四、格律平仄的随韵准则 ………………………… (171)
第三节　创新格律类型 …………………………… (172)
　一、旧谱简韵格律体 ……………………………… (172)
　二、旧谱新韵格律体 ……………………………… (172)
　三、新谱新韵格律体 ……………………………… (175)
第四节　特别论述 ………………………………… (176)
　一、新旧韵书各归其所 …………………………… (176)
　二、自度律体构型法 ……………………………… (177)
　三、毛泽东格律创新 ……………………………… (179)

第十四章　格律技艺 ……………………………… (183)

第一节　语　法 …………………………………… (183)
　一、单句结构 ……………………………………… (183)
　二、复句结构 ……………………………………… (184)
　三、特别结构 ……………………………………… (186)

第二节 风　格 …………………………………（187）
　一、清新活泼 …………………………………（187）
　二、婉约含蓄 …………………………………（188）
　三、豪放浪漫 …………………………………（189）
　四、悲怆现实 …………………………………（190）
　五、革命志言 …………………………………（191）
　六、相克相生 …………………………………（192）
　七、引事用典 …………………………………（193）

第三节 思　维 …………………………………（195）
　一、形象思维 …………………………………（195）
　二、逻辑思维 …………………………………（196）
　三、灵感思维 …………………………………（197）
　四、逆向思维 …………………………………（198）

第四节 创　作 …………………………………（199）
　一、把握律谱 …………………………………（199）
　二、营造意境 …………………………………（200）
　三、刻画意象 …………………………………（200）
　四、使用象征 …………………………………（201）
　五、致力创新 …………………………………（202）

第五节 诗　艺 …………………………………（203）
　一、对诗 ………………………………………（203）
　二、和诗 ………………………………………（204）
　三、联诗 ………………………………………（205）
　四、叠字诗 ……………………………………（206）

第十五章　格律诗韵 ……………………………（207）

第一节 平水诗韵 ………………………………（208）
　一、应用说明 …………………………………（208）

二、诗韵 …………………………………………… (208)
　第二节　戈载词韵 ………………………………… (235)
　　一、应用说明 ……………………………………… (235)
　　二、词韵 …………………………………………… (235)
　第三节　中原曲韵 ………………………………… (237)
　　一、应用说明 ……………………………………… (237)
　　二、曲韵 …………………………………………… (238)
　第四节　汉语新韵 ………………………………… (255)
　　一、应用说明 ……………………………………… (255)
　　二、新韵 …………………………………………… (256)
　第五节　通用十三辙（韵） ………………………… (273)
　　一、应用说明 ……………………………………… (273)
　　二、十三辙（韵） …………………………………… (273)
　第六节　中华通韵 ………………………………… (274)

第十六章　词曲简谱 (276)

　第一节　律词简谱 ………………………………… (276)
　　一、单片词谱 ……………………………………… (277)
　　二、双片词谱 ……………………………………… (286)
　　三、三叠词谱 ……………………………………… (358)
　　四、四叠词谱 ……………………………………… (360)
　第二节　律曲简谱 ………………………………… (361)
　　一、单支小令曲谱 ………………………………… (361)
　　二、带过曲曲谱 …………………………………… (407)
　　三、套数曲谱 ……………………………………… (414)

主要参考文献 ……………………………………… (422)

第一章 引 论

> 中国现时的新文化也是从古代的旧文化发展而来。因此,我们必须尊重自己的历史,决不能割断历史。但这种尊重,是给历史以一定的科学地位,是尊重历史的辩证法的发展。
>
> 引自《新民主主义论》(毛泽东,1940)

毛泽东指出"不能割断历史",对待文化,要尊重历史,尊重历史的辩证法的发展。毫无疑问,不顾历史的发展,对任何学问的学习与研究,都是徒劳的。

第一节 修读意义

诗歌与其他文学体裁的最根本区别是讲究声、韵、节奏等,有声、有韵、有节奏,方有抑扬、顿挫、起伏、跌宕之美感,才会悦耳动听、感人肺腑。尤其是格律诗。

《格律诗学》是一本讲解平仄声律等规则的书,内容包括永明体、近体、词体、曲体、律联、赋体等的基本知识、基础理论、基本规律、典型实例、鉴赏标准、创作方法、基本实践以及美学赏析等。

一、提高人文素质

"人文"是指人类文化中的先进部分和核心部分,广义上是指重视人的文化。广义的文化指人类创造的一切物质文明与精神文明的总和。狭义的文化指人类精神活动的产物,是精神创造的成果,如哲学、科学、文学、艺术、道德、风尚和宗教等。深层文化是一个民族的根基,表征一个民族的本质、精神、潜动力以及社会责任心,有优根性、良根性、劣根性之分。

毛泽东(1940)指出:"一定的文化是一定社会的政治和经济在观念形态上的反映。"政治、经济、文化,对于社会呈"三足鼎立"之势。

诗歌作为文化组成中的文学精魂,在于其深层境界。中国是一个伟大的诗国,在数千年的文化艺术史上,诗人有若星汉灿烂,诗作恰如浩海激荡,诗体更是百花争艳。从甲骨文的"卜歌",经《诗经》《楚辞》、乐府诗,格律诗应运而生,蕴含着中华民族文化的博大精深。

二、开启艺术思维

艺术思维也称形象思维,是相对逻辑思维而言的。

逻辑思维是指人们在认识过程中借助于概念、判断、推理反映现实的过程。故事的构想过程需要逻辑思维。

形象思维是指艺术创作者从观察生活、汲取素材到创造艺术形象的整个过程中所进行的思维活动和思维方式,是从客观现象开始,到艺术想象,再到艺术加工,以达到创作目的的思维方法。

形象思维与逻辑思维两者结合,构成了基本的鉴赏与创作艺术作品的思维方法。例如讲故事,叙述故事发展过程需要逻辑思维,而描写人物形象及场景则必须运用形象思维。诗歌的结构谋篇需要逻辑思维,而场景及情感表达则需要形象思维。

三、培养语言活力

在语言界,语言的精粹、生动、准确莫过于诗。"人道横江好,侬道横江恶。一风三日吹倒山,白浪高于瓦官阁。"①给人以简练、生动、形象的感受。读诗、析诗、写诗,不可小觑,是奠定文学表达的重要基础。

格律诗是中国诗歌中的艺术奇葩,人们的艺术启蒙往往从诗歌起,例如《儿童学唐诗》之类的书籍不乏其盛。清代孙洙(蘅塘退士)在《唐诗三百首·序》中言:"熟读唐诗三百首,不会作诗也会吟。"以此为基础,有望扩展开来,改善其他文体的写作。少年儿童的语言启蒙,没有不学诗,便有这层义。

四、弘扬中华文化

文化永远非脱离历史而存在,也永远不会静止而不前。鲁迅曾言:"无论是学文学的,学科学的,他应该先看一部关于历史的简明而可靠的书。"诗歌,作为民族文化的精华,要站在历史的链条上去博览、赏析、继承、发扬。

因此,了解诗歌发展史,尤其是格律诗发展史,是系统掌握诗学的重要途径。

要发展诗学,就必须了解和掌握诗歌发展史以及写作的基本知识,并且从事写作的基本实践,否则,只能是望风扑影,不能科学地对待。

五、开拓民族艺术

开拓与创新,永远是一个民族兴旺发达的标志。

---

① 引自唐代诗人李白所作《横江词六首》(其一)。

屈原、李白、苏轼、辛弃疾,在历史上以"豪放"著称。"老夫聊发少年狂,左牵黄,右擎苍。锦帽貂裘,千骑卷平冈。"①固然威猛有加,但其势终不抵"四海翻腾云水怒,五洲震荡风雷激。要扫除一切害人虫,全无敌"②的志冲寰宇、气吞山河。这是以内容与气势而论。

就诗体形式,固然离不开整齐句型与长短句型,但依然有着宽严、密散、声类、韵类、语言的不同,于是便烙印上了不同时代的诗体特色。

第二节 基本概念

一、平仄——律与非律的根本标志

自南朝齐(479—502年)格律诗的初诞,唯此为分野,那标志正如毛泽东(1956)所论"不讲平仄,即非律诗",而功劳就在于汉字的平、上、去、入四声的提出。

汉字的声调之于诗,称为"声"。汉字的韵母之于诗,称为"韵"。汉字的发音一般由声母、韵母、声调构成,即所谓"声、韵、调"三要素。例如"香":

$$\begin{array}{c} 声调 \\ X\ i\ \bar{a}\ ng \\ 声\ 韵\ 韵\ 韵 \\ 母\ 头\ 腹\ 尾 \\ \hline 韵母 \end{array}$$

---

① 引自宋代诗人苏轼所作《江城子·密州出猎》。
② 引自现代诗人毛泽东所作《满江红·和郭沫若同志》。

汉字声调及韵母对于诗,称为"声韵"。声、韵是格律诗的关键要素,其中"声"又是一个根本要素。

汉字分四声,掌握格律诗,必须从汉字四声入门。

1. 定义

平仄是平声与仄声的合称,指汉字的四声用于格律诗上的归纳。平声发声长而平缓,仄声发声短而急促。

2. 分类

古代汉语及现代汉语皆分四声,其含义有不同,平仄含义也就有区别,但也有继承与关联。现代汉语分阴平、阳平、上声、去声;古代汉语分平声、上声、去声、入声。

1) 现代汉语(普通话)四声平仄

现代汉语含阴平、阳平、上声、去声。阴平发声平长,阳平短扬,上声拐上,去声斜下。例如:

星	行	醒	姓
xīng	xíng	xǐng	xìng
阴平	阳平	上声	去声

对于格律诗,理论上说,现代汉语阴平、阳平为"平",上声、去声为"仄"。这为格律诗的现代发展提供了生长点。

但是,现代格律诗作为继承、发扬古典格律诗的代表,对其赏析与写作,也尚需细心辨别入声,即现代汉语尚可六分为阴平、阳平、轻声、上声、去声、入声。其中,入声字发声急促且激烈。入声在我国粤语、闽南语等方言中广泛运用,不能不辨。这6个声调与格律平(—)、仄(丨)的对应关系举例如下:

鸦	涯	呀	雅	迓	鸭
yā	yá	ya	yǎ	yà	ya
阴平	阳平	轻声	上声	去声	入声
平(—)			仄(丨)		

陈北郊（1995）所著《韵脚词典》（北岳艺出版社）附录调值口诀如下：

调值口诀

阴平高而平，阳平升而扬。

上声低后高，去声直坠降。

轻声短而弱，入声促而强。

这6个声调在现代格律诗的创作中是重要的基础。

2）古代汉语四声平仄

古代汉字声调分为平声、上声、去声、入声，始于南朝齐，在格律诗坛上，一直沿用至今。它与格律平、仄的对应关系如下所示：

平声	上声	去声	入声
中平调	升调	降调	短调
居	举	句	菊
平（—）	仄（｜）		

古代曾编制了古四声歌诀：

元和韵谱　　唐·处忠和尚

平声哀而安，上声厉而举。

去声清而远，入声直而促。

玉钥匙歌诀　　明·真空和尚

平声平道莫低昂，上声高呼猛烈强。

去声分明哀远道，入声短促急收藏。

3. 特点

1）现代汉语及古代汉语四声与格律平仄相关联

对照考查古代汉语与现代汉语的读声，可知古代汉语平声于现代二分为阴平、阳平，作格律平。古代汉语上声相当

于现代汉语上声,古代汉语去声相当于现代汉语去声,上、去二声作格律仄。而古代汉语的入声字现分别派入现代汉语的阴、阳、上、去四声中了(表1-1),这意味着作为仄声的部分入声字,混入作为格律平的阴平、阳平二声中了,这为今人辨别入声字造成了困难。

表1-1 古今声调分类关系表

古调类	古清浊声母		普通话调类和调值			
			阴平 55	阳平 35	上声 214	去声 51
平声	古清声母		夫汤妻诗			
	古浊声母	次浊		门难牛油		
		全浊		符糖齐时		
上声	古清声母				府短酒纸 米老藕有	
	古浊声母	次浊				
		全浊				妇稻旱似
去声	古清声母					富对去试 慢浪岸用 附盗汗寺
	古浊声母	次浊				
		全浊				
入声	古清声母		哭桌出瞎		谷铁北百	各阔必武 木绿日叶
	古浊声母	次浊		革国博节		
		全浊		白敌学直		

注:清声母,发音时声带不振动;浊声母,发音时声带振动。

当然,由于时代不同,法定语言便不同,从诗歌作品及韵书流变看,前秦、两汉、隋唐、两宋、金元各有一次较大变化,因此各时代间的声调只能是"相当于",不会完全相同。三者一般关系图示如下:

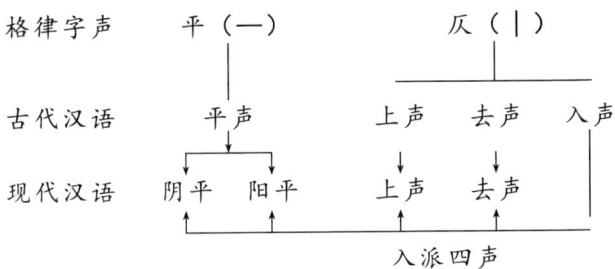

于是,可得出这样的关系式:

现代(阴平+阳平)-入声=格律平
现代(上声+去声)+入声=格律仄

2)入声字有律可循

(1)入声字寓居于现代汉语韵母为 a、o、e、ie、üe、i、u、ü 的字集中,极少数为 ai、ei、ao、ou,例如:白、黑、雀、熟。

(2)多为偏旁部首相同的字群。例如:拔、跋、魃为一群;蝶、谍、堞、碟、喋、蹀、牒为另一群。

(3)读声短促,急收。

(4)现代汉语阴平及阳平中的常用入声字有以下类别。

数目词:一、七、八、十;

颜色词:黑、白;

花木词:菊、芍、竹、荻、荚、棘、荻、葛、蕨、蓣;

时令词:夕、昔;

动物词:鸽、鸭、蝶、鳖、蜇、蝎、鹆、蝠、鸱;

山水词:石、峡、泽、泊、渤、激、叠、崤;

器物词:盒、笛、桌、烛、镞、勺、筏;

普名词:国、福、节、族、曲、佛、窟、郭;屋、阁;

动词:别、学、压、逐、发、绝、摘、接、歇、削。

3)平仄律句是按汉字发声长短所构建

格律平(一),读声平长;格律仄(丨),读声侧短。

(1)构声节。

单声节 2 种:—,|。

双声节 4 种:||,——,—|,|—。

(2)构律句,兹以常用的五言和七言为例。

①五言声律句。

标格句 4 种,为 2 副标格对联:

|——||,—||——。

|||——,——|||。

特格句 3 种:

|——||,可特格为——|—|(常用);

|||——,可特格为|||—|或||—||(少用)。

变格句若干:标格句按变格法则变化所得句。

②七言声律句。

标格句 4 种:五言标格句句首加一个反双声节,得七言标格句。

—||——||,|——||——。

——|||——,||——|||。

特格句 3 种:

—||——||,可特格为—|——|—(常用);

——|||——,可特格为——|||—|或——||—||(少用)。

变格句若干:按变格法则变化。

五言及七言声律句变格法则:

句尾不变,不犯孤平(|—|式),不出现同声三字尾(|||及———式)的条件下,五言句的变格法则为"一三不论,二四分明";七言句的变格法则为"一三五不论,二四六分明"。

4) 作诗首先考虑标格句

按标格句写作,特格句及变格句在写作过程中变通应用。

实例1:

近体五绝·滞雨　　唐·李商隐

滞雨长安夜,残灯独客愁。

故乡云水地,归梦不宜秋。

注:"独"为入声字,偶句句末为平声通韵格(ou),该诗用的全是标格句。

实例2:

广州烈士陵园联

烈士史长传,义在广州功在国。

陵园春永驻,花常吐艳柏常青。

注:"国"为入声字,读仄声。

二、诗韵——变与不变的韵书更进

在广袤的中华大地上,不同地域语言有别。同是汉语,某些汉字读音也有较大差异。例如,现今福建、广东的地方语言与普通话的差距依然甚远。浙江、江苏、湖南、湖北等地的国(guo)读"gue"、峡(xia)读"jia"、热(re)读"ye"等。

随着时代发展,信息工具日益多样,法定语言不断推广,不同地区的语言差别会逐渐缩小。

1. 定义

汉字韵母之于诗称"韵"。同韵母的字归为一类,成为一个韵部。例如安(an)韵、恩(en)韵、昂(ang)韵等。

2. 分类

(1)全复韵母结构,现代复韵母含有以下3类。

①韵头3个：i、u、ü；
②韵腹6个：a、o、e、i、u、ü；
③韵尾5个：o、i、u、n、ng。
例如 uang 中的 u、a、ng。
(2) 仅有韵腹作韵部仅有一类。
单韵母6个：a、o、e、i、u、ü。
(3) 双复韵母作韵部者有以下3类。
①具韵头及韵腹的双元音5个：ia、ua、uo、ie、üe；
②具韵腹及韵尾的双元音4个：ai、ei、ao、ou；
③具元音韵腹及辅音韵尾5个：an、en、ang、eng、ong。

这20个单、双韵母的各字集均可自成为一个韵部，只是某些双元音韵母的韵腹一致，常可归并为同一部，如a、ia、ua归并，o、uo归并等。

3. 韵书的基本类型

古代《平水韵》(诗韵)提出"以声为部，以韵为目"的分类法，即先分平声部、上声部、去声部、入声部，再在各部中分韵目。其后进化为"以韵为部，以声为目"的分类法，即先以韵分部，再在各部中依声分目。《中原音韵》(曲韵)、《词林正韵》(词韵)，以及《中华新韵》(新韵)和《中华通韵》(通韵)皆如此。

三、古典诗体

1. 定义

古典诗体是相对于现代诗体而言的，指古代创造并流传下来的被认为是正统而典范的诗体。

2. 分类

纵观古今诗篇，著者认为，恰当的诗体分类方法，应遵循

"以形式为纲,以规律为目"的原则,这就是"先看外形,再看内质"的基本思路。因此,古典诗体总体上可分为两大类。

(1)齐言诗体(整齐句型):同一首诗,各句字数(言数)相同。有二言、三言、四言、五言、六言、七言诗。

(2)杂言诗体(长短句型):同一首诗,各句字数(言数)不相同。有二三杂言、四五杂言、六七杂言诗等。

著者建立的"古典诗体分类系统模型",给出了古典诗体的系统分类(表1-2)。

表1-2 古典诗体分类系统模型

诗体大类	一级(按诗型)	二级(按平仄)	三级(按言数)	四级:综合名称(按字数、段数、段间结构)
古典诗体	齐言诗体(整齐句型)	齐言古体(无平仄律)	二言古体	二古一章、二古二章、二古三章……
			三言古体	三古一章、三古二章、三古三章……
			四言古体	四古一章、四古二章、四古三章……
			五言古体	古体五绝、古体五律、古体五排
			六言古体	古体六绝、古体六律、古体六排
			七言古体	古体七绝、古体七律、古体七排
			古体对联	古体单句联、古体复句联、古体群句联
		齐言律体(按平仄律)	永明体	永明体五绝、永明体五律、永明体五排 永明体七绝、永明体七律、永明体七排
			近体	近体五绝、近体五律、近体五排 近体七绝、近体七律、近体七排
			律联	单句律联、复句律联、群句律联

续表 1-2

诗体大类	一级（按诗型）	二级（按平仄）	三级（按言数）	四级：综合名称（按字数、段数、段间结构）
古典诗体	杂言诗体（长短句型）	杂言古体（无平仄律）	杂言经体	杂古一章、杂古二章、杂古三章……
			楚辞体	辞体短篇、辞体中篇、辞体长篇
			杂言歌体	歌体短篇、歌体中篇、歌体长篇
			古赋	古体骚赋、古体大赋、古体小赋
		杂言律体（按平仄律）	律词	律词"如梦令"、律词"菩萨蛮"、律词"兰陵王"……
			律(散)曲	散曲"天净沙"、散曲"雁儿落带得胜令"……
			律赋	律体俳赋、律体散赋
		杂言文体（无平仄律）	文词	文词"如梦令"、文词"菩萨蛮"……
				文词"兰陵王"、文词"莺啼序"……
			文曲	文曲"天净沙"、文曲"雁儿落带得胜令"……
			文赋	长篇文赋、中篇文赋、短篇文赋、微篇文赋

注：王思源建表，首载《文协天地》(2003)。

3. 特点

(1)分段(章)。齐言诗体通常一章四句，以四言诗常用，如经体(《诗经》)；五言及七言诗，四句称绝，六句称小律，八句称正律，十句以上称排律。杂言诗体(赋、词、曲)的段，称阕或片，等等。

(2)永明体诗是近体诗的母体。永明体诗形成于南朝齐，南北朝至隋唐时期以五言为主体，七言有试作。

(3)传统五绝、七律之名目含有平仄概念。但绝、律、排仅反映句数，故五绝、七律等名目未反映出诗是古体还是律体,是一个含混。

(4)传统词牌标志的谱含有平仄概念,例如"西江月",是律词;但今有弃其平仄者,著者称为文词,因此有律词"西江月"及文词"西江月"之分,必须在作品中标明。若不居平仄,且没有标明,诗坛上以违律视之。

(5)散曲便可分别标出,如律曲"小桃红"、文曲"小桃红"之类的名目。

四、古体诗体

1. 定义

古体诗体是相对于格律诗体而言。凡不拘平仄声律的古典诗体,都称古体诗。古体诗体有齐言古体和杂言古体之分,以偶数句为主,无平仄声律,但韵律较强。它们形成于南朝齐之前的时代。

2. 分类

(1)以四言为主的诗经体(经体),例如:

诗经·采薇(六章之五、六)
驾彼四牡,四牡骙骙。君子所依,小人所腓。
四牡翼翼,象弭鱼服。岂不日戒？玁狁孔棘。
昔我往矣,杨柳依依。今我来思,雨雪霏霏。
行道迟迟,载渴载饥。我心伤悲,莫知我哀。

该四言诗句句用韵(i、ei、ai、u 通押)。

(2)以六言为主的楚辞体(骚体),例如:

楚辞·离骚(摘段)
朝发轫于苍梧兮,夕余至乎县圃。
欲少留此灵琐兮,日忽忽其将暮。

吾令羲和弭节兮,望崦嵫而勿迫。

路曼曼其修远兮,吾将上下而求索。

该长篇六言诗(去语气助词"兮")首句及偶句用韵,多用转韵(u 转 o)。

(3) 以杂言及五言为主的乐府体(歌体),例如:

汉·乐府·悲歌

悲歌可以当泣,远望可以当归。

思念故乡,郁郁累累。

欲归家无人,欲渡河无船。

心思不能言,肠中车轮转。

该诗是由四言、五言、六言构成的杂言诗,ei 转 an 韵,为通俗易懂的民歌。

(4) 全五言的五言古体(五古),例如:

五古·饮酒(二十首之五)　　东晋·陶渊明

结庐在人境,而无车马喧。

问君何能尔,心远地自偏。

采菊东篱下,悠然见南山。

山气日夕佳,飞鸟相与还。

此中有真意,欲辨已忘言。

该诗为完整的五言十句诗,一韵到底(an)。

(5) 全七言的七言古体(七古),例如:

七古·山中问答　　唐·李白

问余何意栖碧山,笑而不答心自闲。

桃花流水窅然去,别有天地非人间。

该诗为古体七绝,无平仄律,首句带偶句用韵(an)。

3. 特点

(1) 形式自由。

(2)不讲平仄。

(3)韵脚平仄可互押。

五、格律诗体

1. 定义

格律诗是按一定格律和规则所写的诗。诗有一定句数,句有一定字数,字有一定声调(平仄),且有一定韵脚,某些句间有对仗要求等。因此,有数格(字句)、声律、韵律、联律可循。其中,讲究平仄声律,是与古体诗等其他诗体的最根本区别。

2. 分类

格律诗有由两行诗构成的对联(联语)、全五言的永明体(永明体、新体)、长短句的曲词(词)、长短句且韵脚密集的曲。

(1)齐言诗体:永明体(绝句、律诗、排律)、近体(绝句、律诗、排律)、对联体。

近体排律是十句以上的近体诗,是近体律诗(八句)的扩展,因此,也称长律。有近体五排与近体七排之分,古代以近体五排常见。

(2)杂言诗体:词体、曲体、格律赋体。例如,由五言及七言声律句组构成的"卜算子":

卜算子·黄州定惠院寓居作　　宋·苏轼

缺月挂疏桐,漏断人初静。谁见幽人独往来,缥缈孤鸿影。○惊起却回头,有恨无人省。拣尽寒枝不肯栖,寂寞沙洲冷。

注:缺、独为入声字,作仄。

3. 特点

(1)齐言律体首联无对仗要求;尾联不对仗;中间各联必

须对仗。杂言律体对仗自由。

（2）齐言律体韵脚在偶句末,押平声韵,但是首句也可用韵。杂言律体大体也遵此律(按谱)。

（3）10韵以上的排律,常将韵数写入标题,如10韵、20韵、30韵、40韵、50韵等。现存最长的是白居易《代书诗一百韵寄微之》。此外,唐代起始的科举考试《试帖诗》(以古诗句或成语为题而"赋得"),是规定为5言、6(或8)韵、12(或16)句,并限韵目的近体五排诗。

（4）用工对——严格的同词类相对;也可用邻对——相邻词类相对;宽对——大体对仗。

（5）除修辞外,一诗中力避重复字。

第三节　要疑短论

一、诗体系统名称问题

1. 旧体诗与新体诗并列提法不妥

时人有用旧体诗与新体诗名目,并将二者名称并列(吴丈蜀,1981),这与将古典诗和现代诗并列的提法无大不同。不过,新体诗的名目被晚清著名文学家王闿运用在了"永明体"(《八代诗选》),易成混淆。

2. 古体诗与近体诗并列提法不妥

唐代科举作近(今)体诗,将其前的诗体概称古体诗,后人皆持此说。现在看来,由于古(体)诗涵盖了齐言型与杂言型,故齐言型的近体不能与古体相提并论,而应是古体与律体并提。

二、平仄概念何时提出

汉字四声的发现一般归功于南朝沈约的《四声谱》。但是,清代赵翼在《陔馀丛考》中指出:"按《隋书·经籍志》,晋有张谅撰《四声韵略》二十八卷,则四声实起于晋人。"

平仄概念何时提出?谢朓、王融、沈约未有明说。

今人王景琳等(1994)所著《词》认为"周颙发现了汉字的四声,沈约等人则开始探索如何使声律和谐的规律。""唐人又作了一番大刀阔斧的改革,其中最突出的贡献,根据声调的轻重、低昂之分,把四声二元化,分为平仄两大类。"其意是唐人从四声中归出平仄。

著者认为,解析永明人留下的诗篇,平仄格律句属谢朓最严格,说明平仄概念的提出时间在永明年间或之前,而不是其后。

三、平水韵出何人之手

平水韵现见于清代张玉书等所著《佩文诗韵》(平水韵的翻版),其中平、上、去、入共106韵目。若依平声韵目分,有30个韵部。

平水韵传统说法是由南宋淳祐壬子年刘渊(江北平水人)在其所著《壬子新刊礼部韵略》(1252)中提出,计107韵目,其中上平15目,下平15目,上声30目,去声30目,入声17目,共分5卷,其中平声字较多,作2卷,但是与106韵目不合。

元代阴时夫在《韵府群玉》中提出106韵目。但清代钱大昕在《十驾斋养新录》中指出,金人平水书籍王文郁编《平水韵略》,有许师古作序(1229),106韵目:上平15目,下平15目,上声29目,去声30目,入声17目。这比刘渊至少早23

年,自然也在阴时夫之前。

那么,平水韵的作者是刘渊还是王文郁?目前音韵界无结论。

经著者考查,古时有两个"平水":一是山西临汾西南汾水支流平水溪畔的平阳镇,金元时期称平阳所刻书为"平水版";南宋时,临汾属金国的统治范围。二是浙江绍兴东南平水溪滨畔的平水集,时为南宋地域。

由于按正统观念,南宋代表中国的一个发展时期,因此后人将106韵目的平水韵归功于刘渊了,当然也不是阴时夫的创造。不过王文郁也是"精加校雠,又少添注语,既详且当,不远数百里,敬求韵引""贵于旧本远矣"(许师古序语),也就是说,王文郁是修订旧本。那么,旧本系何人所作?尚不明了。著者分析认为,旧本并不能排除是王文郁的昔年作,因为他是"书籍"管理者,有如此的观览与著作条件。

四、乐谱如何变成律谱

乐谱,也称音谱,指供乐器演奏的宫调谱子;律谱,即词谱,是供填词用的平仄谱。乐谱如何演变成律谱?传统观点认为律谱必定来自乐谱。但著者认为这并不确切,因此提出:"以平仄标定乐谱节拍长短"与"对杂言乐府的平仄律化"的双源说。

关于平仄标定节拍。一拍,平长,标"平";半拍,侧短,标"仄"。于是,读诗时,一个平声字读一拍,两个仄声字合读"一拍",便会长短有致、抑扬顿挫。

关于乐府的平仄律化。沈约、谢朓等将时兴五言古体诗平仄律化,创造了永明体;谢朓等将古赋平仄律化,创造了律赋;后人将杂言乐府诗平仄律化,实现"音声迭代",便出现格律乐府,亦有近体乐府之称。

第二章 格律诗史

> 形式的定型,并不意味着内容受到束缚,诗人丧失了个性。同样的形式,千百年来,真是名诗代出,佳作如林。固定的形式,并没有妨碍诗歌艺术的发展。
>
> 引自《毛泽东诗词鉴赏大全》(季世昌,1994)

上文引用中的"固定的形式"即指诸多的格律诗模型,这些模型是经过历史的选择而敲定的,终于成了经典。但就格律诗的体系来说,它依然在发展。

第一节 萌芽期

诗之于人,正如人之于诗,是美的一域。数千年的诗国,在地球的东方,绽放出不可胜数、斑斓缤纷的诗花。花的海洋,美深莫测,生机不息。诗花喻指作诗的激情。明代徐渭在《对明篇》中有言:"此时墨雨添江水,此际诗花弄莫春。"

从黄帝时代的《弹歌》,历经西周至春秋的《诗经》、战国的《楚辞》、两汉的乐府,再到三国两晋盛旺的五言古诗,格律诗的萌芽已悄然孕育其中。

一、从五言乐府到五言古体

文物发掘,有铸"乐府"字样的钟鼎,系秦国的产物,说明乐府机关不是起始于传统所说的汉武大帝时代,只能说汉武帝时代兴盛了这一事业——采集民歌,娱乐于宫廷及庙会,其文字部分则成"歌诗",或称"乐府诗"。

乐府诗体,在西汉时以长短句为主体;东汉以降,则以五言为主体。及至东汉初年班固创《咏史》16句,被史家认为文人五言古体诗脱胎于五言乐府而正式独立。

二、汉字声韵的初始研究

1. 反切注音

三国时期孙炎(魏)著《尔雅音义》,创汉字"反切"拼音法。这是一个重要的创造。该法将两字急读便得另一字,为相交关系。以公式示为:

$$切上字 \cap 切下字 \to 被切字$$

切上字供声母,切下字供韵母及声调,例如"无非"反切得"微":

$$wú \cap fēi \to wēi$$

传统切韵韵书,以四声分部,部中再以韵母分目,即"声为部,韵为目"的分类,古代诗韵是如此。

2. 辨清浊读音,定读声高低

三国时期李登(魏)所著《声类》已佚。隋代潘徽所著《韵纂·序》有言,"《三苍》《急就》之流,微存章句;《说文》《字林》之属,惟别形体。至于寻声推韵,良为疑混,酌古会今,未臻切要。末有李登《声类》、吕静《韵集》,始判清浊,才分宫商。"

是说《声类》已辨清浊读音,确定读声高低(宫商)。

唐代封演所著《封氏闻见记》记载:"魏时有李登者,撰《声类》十卷,凡一万一千五百二十字,以五声命字,不立诸部。"其中,"五声"当指音阶宫、商、角、徵、羽,以此辨别诸汉字读声的相对高低。《声类》是否是韵书,尚有争议,但音韵史研究认为《声类》是韵书始祖,以潘徽之言"至于寻声推韵"为证,说明那时已在进行声韵研究。

吕静,推测为西晋末人(310年前后),任过安复令。他所著《韵集》已佚。他的兄长是吕忱,为著名文学家,撰有《字林》一书。后魏江式所著《上古今文字源流表》述:"忱弟静别仿故左校令李登《声类》之法,撰《韵集》五卷,宫、商、角、徵、羽各为一篇。"由此可知,《韵集》仅是《声类》的仿作。

第二节 奠基期

一、南朝齐四声发端——韵书诞生

"永明"为齐武帝之年号(483—493年),武帝次子竟陵王萧子良(460—494年)好佛,且统领一个庞大的文学集团,为诗格律的推敲立了文史功勋,内中的竟陵八友:萧衍(464—549年)、沈约(441—513年)、谢朓(464—499年)、王融(467—493年)、任昉(460—508年)、萧琛(478—529年)、范云(451—503年)、陆倕(470—526年),外加声韵专家周颙,为奠基者。其中沈约是"主帅",谢朓是"将军",有史可鉴。

1. 四声发现

东汉晚期,佛教由印度经中亚入境,至南朝齐,于转读佛经中,发明了汉字四声。南朝齐齐武帝(萧赜)永明年间

(483—493年),翻译及诵读佛经盛行,音调和谐,高低错落。他发现,中文佛经的同音字有不同声调,便创造了汉字四声,即平声、上声、去声、入声。平声读声平缓,上声先下后上,去声一泻而下,入声急促。

2. 韵书著作涌现

由于四声的发明,韵书著作则蜂拥。首先有周颙著《四声切韵》,沈约著《四声谱》。

《高氏小史》:"齐中书郎周颙,字彦伦,始作《四声切韵》,行于时。"

《闻见记》(唐,封演,735—810年):"永明中,沈约文词精拔,盛解音律,遂撰《四声谱》。""时王融、刘绘、范云之徒,皆称才子,慕而扇之,由是远近文学,转相祖述,而声韵之道大行。"

《梁书·庾肩吾传》(初唐,姚思廉,557—637年):"齐永明中,文士王融、谢朓、沈约文章始用四声,以为新变,至是转拘声韵,弥尚丽靡,复逾往时。"

《梁书·沈约》(初唐,姚思廉):"约撰《四声谱》,以为在昔词人累千载而不悟。而独得胸衿,穷其妙旨,自谓入神之作。高祖雅不好焉,尝问周舍曰:'何谓四声?'舍曰:'天子圣哲是也。'"

二、从平仄到律赋诞生

1. 谢朓等创律赋

战国时期荀况创《成相赋》,经了两汉古赋、三国两晋俳赋,至南朝齐律赋诞生。这些来自创造永明体的格律高手,首先是谢朓,创《临楚江赋》,其后是南朝梁徐陵(507—582年)创

《鸳鸯赋》、南陈张正见(535？—582年)创《石赋》，北周庾信(513—581年)创《灯赋》《荡子赋》。这些赋皆是短悍而精致的抒情小律赋。

2. 律赋鼎盛于唐宋科举

隋代开科举取仕，初唐便限韵课试律赋，遂开律赋创作鼎盛之势，白居易、刘禹锡、王起等都有佳作传世。自唐初至宋末，大约800年的时间段内，律赋作品如百花纷呈，绮丽纷繁。直至元代改课试古赋。

3. 明清律赋的延继

明清时期虽然改用八股文取仕，但文人的创作律赋依然不乏，只是有感而发，不必他人限韵而已。但是，为人们所喜欢的则是那些通俗、短小而生动的，可惜这样的律赋并不多。

明代徐师曾在《文体明辨》中提出："古赋之后，经过'三国两晋以及六朝再变而为俳，唐人又再变而为律，宋人再变而为文。"律赋起始于唐人的观点一直延续至今，然而这是不确切的。

清代李调元在《赋话》中指出："永明、天监之际，吴均、沈约诸人，音节谐和，属对精密，而古意渐远。庾子山演其习，开隋唐之先躅，古变为律，子山实开其先。"他认为庾信开律赋之先，此论也并不正确。依遗作看，律赋其实起始于早庾信半个世纪的谢朓。

三、从平仄到永明体奠基

1. 沈约永明体立论

沈约、谢朓、王融等将四声用于诗，创立一种讲究声(平仄)、韵、对的新体诗，称永明体，标志着格律诗诞生。

在齐为国子祭酒（教育长官）、入梁为中书令的沈约著《四声谱》，以宫、商、角、徵为音距，创"永明诗律"，是汉语及诗坛划时代的创举。这是古体诗向格律诗转折的一个关键。

《南史·陆厥传》（唐，李延寿）载："永明时盛为文章，吴兴沈约、陈郡谢朓、琅琊王融，以气类相推毂。汝南周颙善识声韵。约等为文，皆用宫商，将平、上、去、入为四声。以此制韵，有平头、上尾、蜂腰、鹤膝。五字之中，音韵悉异，二句之内，角徵不同，不可增减。世呼为永明体。"

《宋书·谢灵运传》（沈约撰于487—488年）载："夫五色相宜，八音协畅，由乎玄黄律吕，各适物宜。欲使宫羽相变，低昂舛节；若前有浮声，则后须切响。一简之内，音韵尽殊；两句之中，轻重悉异。妙达此旨，始可言文。"此被认为是永明体构型的基本准则。

2. 谢朓等创永明体

四声发音，平声平缓、上声举升、去声落降、入声急促，于是用于韵文，其读声便概分平（声长而轻）、仄（声短而重）两大类。前者只含一个平声，后者含上、去、入三声。考查沈约诗，其平仄律不及谢朓及其后的徐陵、张正见、庾信。平仄概念谁人首立，尚难得结论。

按沈约的诗体构型论，今人理解为：音声变化，平仄互节；前有平声，后须仄声。一句之内，声韵尽殊；两句之间，平仄不同（对立），便得如下两副格律联（—示平，｜示仄）：

(1) 出句：— — — ｜ ｜，对句：｜ ｜ ｜ — —；
(2) 出句：｜ ｜ — — ｜，对句：— — ｜ ｜ —。

于是，格律对联诞生。格律诗亦就从这儿开始。例如：

同王主簿有所思　　南朝齐·谢朓

　　佳期期未归,望望下鸣机。
　　徘徊东陌上,月出行人稀。

注:"行"旧读去声,xìng,为仄声;"出"为入声。

上述表明,那时将四声入诗的气氛是何等热烈!永明体的格律准则先是由当时任南朝齐国子祭酒的沈约提出。而至南朝梁(502—557年)继陈(557—589年)的徐陵、张正见,以及由南朝梁入北朝周(557—581年)的庾信的实践而厘定,先后约历一个世纪。

第三节　兴盛期

一、从永明体到近体

1. 陆法言编《切韵》

公元601年(隋仁寿元年)陆法言编《切韵》,收字12 158个,分5卷,196韵目,其中平声54目(上、下两卷)、上声51目、去声56目、入声32目。《切韵》是诗韵的划时代总结,成为平水韵的始祖,但现今只见其序言及敦煌残卷。

2. 近体诗兴盛于科举取士

中唐元稹撰《唐故工部员外郎杜君墓志铭并序》有言:"唐兴,官学大振,历世之文,能者互出。而沈、宋之流,研练精切,稳顺声势,谓之为'律诗'。由是而后,文体之变极矣。"

沈佺期(656—714年)、宋之问(656—712年),于武后朝任考工员外郎(科举考试官员),以其位,定诗体,广天下。那时的"律诗"仅指"近体","由是而后,文体之变极矣!"演至今日,可以说,凡讲究平仄声律的诗体,皆称律体诗,涵盖了律

赋、永明体诗、近体诗、律词(词)、律曲、律联等。

3. 孙缅增订《唐韵》

盛唐孙缅增订《切韵》为《唐韵》。《唐韵》共 195 目,其中平声 54 目(平声上 26 目,平声下 28 目)、上声 52 目、去声 57 目、入声 32 目。较《切韵》无大变化,"唐诗""唐词"就是按这大致 54 韵目用韵的。而今,《唐韵》只存残本。

清代彭定求、曹寅等编《全唐诗》900 卷中作者 2200 余人,收录诗 48 900 余首。

二、从近体到律词

1. 词兴于宫廷乐府机关

历代歌曲的"词"是配乐的,只不过乐类有别而已,例如《诗经》配雅乐,汉魏乐府配清乐,至隋、唐、两宋则配燕乐,燕乐、宴会之乐,是以琵琶为主由外域传入的乐类,例如《纥那曲》《婆罗门引》《菩萨蛮》。杜佑在《通典》中说"隋立九部乐",指燕乐、清商、西凉、扶南、高丽、龟兹、安国、疏勒、康国。唐代继之,崔令钦在《教坊记》中列曲 324 种。于是,"倚声填词"兴起。

南宋王灼在《碧鸡漫志》卷四《胜论》中有言:"水调《河传》,炀帝将幸江都时所制。"《花间集》卷七载五代川人孙光宪(900—968 年)《河传》四首,第一首为:

太平天子,等闲游戏,疏河千里。柳如丝,偎依绿波春水,长淮风不起。〇如花殿脚三千女,争云雨。何处留人住?锦帆风,烟际红。烧空,魂迷大业中。

北宋徽宗因周邦彦(1056—1121 年)"妙解音律,能自度曲,善为词"而任命其为大晟乐府提举官,总纂《大晟乐谱》。

李清照(1084—1155年)所著《词论》说欧阳修、苏轼等作小歌词"皆句读不葺之诗耳,……往往不协音律者。"表明"词"渐脱"乐"而适"律"(平仄)的演变。

2. 陈彭年增订《广韵》

北宋陈彭年增《切韵》为《广韵》,共206目,其中平声上28目、平声下29、上声55目、去声60目、入声34目。按平声计为57个韵部。

3. 王文郁编《平水韵》

《唐韵》和《广韵》的分目过细,词用韵的宽泛,而且语音的实际变化,使韵书不能墨守成规。金代王文郁并《广韵》为106目,其中平声上15目、平声下15目、上声29目、去声30目、入声17目。按平声目数计为30个韵部。

1900年5月26日,莫高窟下寺道士王圆箓发现了藏经洞。其后整理出宋代前的有关封建社会的宗教、哲学、文学、艺术、历史文献达20 000多卷,其中曲辞数百首,称"敦煌曲子词",主要为晚唐到五代的作品。经整理成书的有:王重民《敦煌曲子词集》164首,饶宗颐《敦煌曲》318首,任二北《敦煌曲校录》545首、《敦煌歌辞集》1200余首。

今人唐圭璋编《全宋词》,作者1330余人,收词19 900余首、残篇530余首。

三、从律词到散曲

1. 曲缘于戏剧的兴起

明代徐渭在《南词叙录》一书中指出:"今之北曲,盖辽金北鄙杀伐之音,壮伟狠戾,武夫马上之歌,流入中原,遂为民间之日用。宋词既不可被弦管,南人也遂尚此。上下风靡,雅俗可嗤。"

明代王世贞在《曲藻序》一书中指出:"曲者,词之变。自金、元入主中国,所用胡乐,嘈杂凄紧,缓急之间,词不能按,乃更为新声以媚之。"

1912年王国维推出《宋元戏曲考》,引起国人注意。1926年任讷(中敏)选集《元曲三百首》,至1943年卢前略加删定而问世。曲创作、曲赏析日渐兴起。

《全元散曲》《元曲选》《元曲外编》《元曲鉴赏辞典》相继诞生。据任讷在《散曲概论》中的统计,元散曲家227人,明散曲家330人,凌景埏等所编《全清散曲》中作者342人,因此元、明、清三代散曲家总计近1000人。

2. 周德清编《中原音韵》(北曲)

由于辽、金语言影响中原及慢腔的杂剧兴起,入声消失。元代周德清据当时戏剧家关汉卿、马致远等人作品的韵字编辑,于1333年将《中原音韵》正式刻印。《中原音韵》分19部、5876字,入声字分附于相应韵部中:

(01)东钟(02)江阳(03)支思(04)齐微(05)鱼模

(06)皆来(07)真文(08)寒山(09)桓欢(10)先天

(11)萧豪(12)歌戈(13)家麻(14)车遮(15)庚青

(16)尤侯(17)侵寻(18)监咸(19)廉纤

这是诗韵学上的一场革命,一直影响到当代诗韵学。

3. 乐韵凤等编《洪武正韵》

《洪武正韵》为洪武八年(1375年)乐韶凤等编撰的官韵,分4卷76目,其中平、上、去各22目,入声10目。

今人隋树森编《全元散曲》中作者200余人,收录小令3853首、套数457套。

四、从诗词到律联

1. 律联鼎盛于春联

古体联不拘平仄,例如:

古诗十九首(其二)

青青河畔草,郁郁园中柳。

盈盈楼上女,皎皎当窗牖。

娥娥红粉妆,纤纤出素手。

昔为倡家女,今为荡子妇。

荡子行不归,空床难独守。

明代文人陈云瞻所著《簪云楼杂话》有云:"春联之设,自明太祖始。帝都金陵,除夕前忽传旨,公卿士庶家,门口须加春联一副,帝微行出观。"表明春联诞生并渐成民俗。

2. 文人超长联极盛

清朝康熙年间孙髯翁撰昆明大观楼双联180字;及至宣统二年,李善济题四川灌县青城山联,两联共计394字。

超长联的涌现,用清代梁章钜的话说,真有如"天章稠迭,不啻云烂星陈"。

第四节 发展期

一、新文化运动的格律继承

新文化运动扫荡的是文言八股,但并未将格律诗也视为文言文而杀伐。概因为诗语言并不就是八股语言!新文化运动的主将,皆是格律诗的能手,例如毛泽东、鲁迅、郭沫若、郁达夫等。

二、毛泽东诗词的重大影响

对毛泽东的格律诗,柳亚子(1887—1958年)赞之为"推翻历史三千载,自铸雄奇瑰丽词",有吞吐天地、气贯山河、囊括宇宙之势。思想博大精深,境界宏丽高超,艺术魅力无穷,开一代新诗风。

美国期图尔特·施拉姆在《毛泽东》一书中指出:在延安时,曾有毛泽东诗词70首集印为《风沙诗词》,印数很少,失传。1957年《诗刊》创刊,首发毛泽东《旧体诗词十八首》。

三、诗词社团的助力

全球汉诗学会、中华诗词学会,以及各省、市、县先后建立了诗词学会,尤其是许多大学开设格律诗讲座,设二课堂、公选课,为格律诗的推广与普及作出了重要贡献。

四、新体格律诗的发展探索

1. 按"入声系新韵"(简韵)写诗

按"入声系新韵"(简韵)写诗以现代汉语拼音为准,除去阴平及阳平中的入声字,作格律平;上声加去声,再加阴平及阳平中的入声字作格律仄。这一步,在格律词坛上是可以被各家接受的,这在于毛泽东及其后的众多格律诗创作者走上了这一步。

2. 按"非入声新韵"写诗

按"非入声新韵"写诗是除掉入声,将现代阴平及阳平作格律平,上声加去声作格律仄。尽管有人已在创作,但并未得到格律诗坛认可,著者认为这不等于它没有生命力,它被认可的时间就在于全世界的华人都用现代普通话,使用现代拼音,这时"平仄"也就成熟了。但在名目上应与传统的入声系有所区别。

3. 现代韵书

十八韵:以现代拼音韵母表划分,标明入声字的有1941年编制的《中华新韵》。其后1965年编订的《诗韵新编》,是在《汉语拼音方案》公布(1958年)之后。

十三韵:十八韵相近韵的合并,标明入声字。代表作为秦似《现代诗韵》(1975年)。

十四韵:中华诗词学会2005年编制的《中华新韵》,以《新华字典》的注音为读音的依据,将汉语拼音的35个韵母,划分为麻、波、皆、开、微、豪、尤、寒、文、唐、庚、齐、支、姑14个韵部。只分平仄,不辨入声。

十六韵:由国家语言文字工作委员会语言文字规范标准审定委员会于2019年3月审定通过了《中华通韵》,比14个韵部的《中华新韵》多了2个韵部。

刘勰所著的《文心雕龙·通变》有言:"文律运周,日新其业;变则可久,通则不乏。"随着时代演进,诗歌样式始终在创新。这主要取决于:一是语言变化,促使运用原体式的声韵变化;二是新器乐的出现,适其乐律的歌词也便不断生新。

第三章　乐律通释

> 凡乐，天地之和，阴阳之调也。
>
> 引自《吕氏春秋》（战国·吕不韦）

吕不韦所论：音乐，犹如天空与大地的统一，月亮与太阳的协调。若器乐的演奏与歌唱不能统一、协调，谁能听之？弄清乐律的意义，其一是有助于研究格律诗的渊源、演化与发展，尤其是词与曲；其二是今人填词、写曲，按不同谱调所宜表达的情感，可达到良好的效果。

第一节　概　述

一、基本概念

1. 定义

乐律，也称音律，泛指乐曲之规律，包括音乐上的七音阶、十二律吕、八十四宫调等。

音阶，也称音声。古代七音阶（声）为宫、商、角、变（变徵）、徵、羽、闰（变宫），相当于现代音阶 1、2、3、4（半）、5、6、7（半），其音声由低到高排列。

律吕,也称音名,俗称调名,如黄钟、大吕、太簇、夹钟等。西洋乐曲的7个基本音名为C、D、E、F、G、A、B。

宫调,也称乐调,即乐谱的调子,俗称调门,用来确定乐谱的音高。由于"宫"相当于1(多),而定调,通常以1(多)的音高为准,因此称"宫调"。例如,音乐简谱皆标有1=C、1=D之类,是说该谱的音符1的音高为C调或D调。按此定音高,唱腔最和谐、最动听。

2. 分类

(1)中国乐律。以十二律吕为基础的乐律,适合中华民族乐器。明代朱载堉撰《乐律全书》(1606年)对乐律进行了详细阐述。

(2)西洋乐律。

3. 特点

(1)乐谱的宫调是器乐演奏,尤其是合奏的基础。

(2)由于歌曲由曲谱与歌词组成,曲谱演奏,歌词歌唱,二者必须和谐,因此乐谱的宫调也就是歌曲的宫调。

(3)一定宫调的乐谱具有哀乐、刚柔、抑扬的不同,就必须有一定情感的歌词与其相配。于是,一定宫调的曲谱就最适合填写相应情感的词。例如《浣溪沙》,为唐代教坊曲,《金奁集》入"黄钟宫",因此,《浣溪沙》属低调。又如《临江仙》,为唐代教坊曲,《乐章集》入"仙吕调",《张子野词》入"高平调",属高调。

二、乐律原理

现代音乐,将频率为260次/秒的音高定为C调1(多),D调1则为频率520次/秒的音高,以此类推。

在一定宫调控制下,将高音、中音、低音音符有规律地参差排列,便构成旋律,即通常所说的歌(乐)谱。歌谱下所填的词,就是通常所说的歌词。

第二节 七音、十二律、八十四调

一、七音

大约春秋(前770—前475年)末之前使用宫、商、角、徵、羽五音阶(称五声),相当于现代音阶1、2、3、5、6。约于战国(前475—前221年)初形成了宫、商、角、变(变徵)、徵、羽、闰(变宫)七音阶,相当于现代音阶1、2、3、4(半)、5、6、7(半)(表3-1)。

表3-1 七音十二律与现代音律大致关系对照表

七音阶	宫	商	角	变(变徵)	徵	羽	闰(变宫)
现音阶	1	2	3	4(半)	5	6	7(半)
十二律	黄钟 大吕	太簇 夹钟	姑洗 仲吕	蕤宾	林钟 夷则	南宫 无射	应钟
现音高	C、^bD	D、^bE	E、F	bG	G、^bA	A、^bB	B
宫调计算	七音×十二律=八十四调(统称宫调) 包括:宫×十二律=十二宫 商×十二律=十二商 角×十二律=十二角 …… 总计:十二宫、七十二调,合为八十四宫调							

注:①《淮南子·天文训》称变徵为"缪",变宫称作"和"。②现代音乐,将频率为260次/秒的音高定为C调1(多),D调1则为频率520次/秒的音高。

刘坡公所著《学词百法》(1928)述:"喉音为宫,齿音为商,牙音为角,舌音为徵,唇音为羽。""古者以宫商角徵羽五音为正调,变宫、变徵为变调,共为七调。"

二、十二律

十二律,含六律、六吕,简称"律吕"或"律",是确定调子(音高)的概念。

以12支围径相同、长短不同的律管所吹出的音高定调子。围径(G)与长度(L)关系的计算公式为
$$G=L(1\pm 1/3)$$

例如,黄钟管长 29.97cm,则围径 2.00cm,孔径 1.00cm。其他各管以三分损益法增长或减少。长沙马王堆西汉墓出土的 12 支律管(竹),孔径约 0.65cm,最长 17.65cm,最短 10.2cm。

十二律名称为:①黄钟、②大吕、③太簇、④夹钟、⑤姑洗、⑥仲吕、⑦蕤宾、⑧林钟、⑨夷则、⑩南宫、⑪无射、⑫应钟,其中,序号奇数者称"律",偶数者称"吕"。

三、八十四调

将七音阶分别乘以十二律吕,即得八十四宫调。其中,以"宫"乘得的,称"宫式",即十二宫;其他称"调式",为七十二调。于是得八十四宫调。

例如,"黄钟"相当于现代音乐的 C 调,"太簇"相当于 D 调。"黄钟宫"意为宫=黄钟,相当于现代 1=C,因此,"黄钟宫"相当于 C 调;"太簇宫"意为宫=太簇,则相当于 D 调。若以"商"配置,则可以得到如表 3-2 所示的结果。

表 3-2　黄钟商音阶表

黄钟	太簇	姑洗	中吕	林钟	南吕	无射
商	角	变徵	徵	羽	变宫	宫

这种调子称"黄钟商",意为商＝黄钟,相当于 2＝C。这样配合出的 12 个与宫调子音阶结构不同的调子称"十二商调"。

古人有所谓"旋宫法",用硬纸剪两个圆,小圆叠钉在大圆中心,令其成为同心圆。小圆写"律",大圆写"宫"。旋转大圆,使"宫"对准小圆十二律中任一律,便可求出各种调子来。以五音与十二律相配,可得六十调,以七音与十二律相配,可得八十四调,统称为"宫调"(图 3-1)。

图 3-1　七音、十二律、八十四调旋宫图
(引自刘坡公《学词百法》,1928)

但这只是理论上的,其实际运用,古代从来没有用完过八十四调或六十调。隋唐至北宋时期的乐曲以琵琶为主乐

器。琵琶有四弦,分别是宫、商、角、羽(杨荫浏认为是宫、徵、商、羽),每弦七调,最多用二十八调,这就是所谓"燕(宴)乐二十八调"(表3-3)。南宋词乐仅用七宫十一调,元代北曲用六宫十一调,明清南曲用五宫八调。其趋势是逐代减少。

表3-3　隋唐至北宋所用燕乐二十八调

调类	正名	俗名	调类	正名	俗名
宫七调	黄钟宫	正宫·	商七调	无射商	越调·
	大吕宫	高宫·		黄钟商	大石调·
	夹钟宫	中吕宫·		大吕商	高大石调
	中吕宫	道宫·		夹钟商	双调·
	林钟宫	南吕宫·		中吕商	小石调·
	夷则宫	仙吕宫·		林钟商	歇指调·
	无射宫	黄钟宫		夷则商	商调·
角七调	无射闰	越角调	羽七调	夹钟羽	中吕调·
	黄钟闰	大石角		中吕羽	正平调·
	大吕闰	高大石角		林钟羽	高平调·
	夹钟闰	双角		夷则羽	仙吕调·
	中吕闰	小石角		无射羽	羽调·
	林钟闰	歇指角		黄钟羽	般涉调·
	夷则闰	林钟角		大吕羽	高般涉调

注:"·"表示南宋时期词曲仅用的调。

第三节　问题短论

一、宫调在格律诗中的意义

不同宫调反映不同情感。按元代周德清所著《中原音韵》(1324)述六宫十一调的声情为:

正宫:惆怅雄壮;中吕宫:高下闪赚;

黄钟宫:富贵缠绵;南吕宫:感叹伤悲;

仙吕宫:清新绵邈;道宫:飘逸清幽;

双调:健捷激袅;商调:凄怆怨慕;

角调:呜咽悠扬;越调:陶写冷笑;

宫调:典雅沉重;商角:悲伤婉转;

高平:条拗滉漾;般涉:拾掇坑堑;

歇指:急并虚歇;大石:风流蕴藉;

小石:旖旎妩媚。

做到曲调、词句、情感谐调统一,达到声、意、情并茂,是音乐家们一直追求的。

二、乐谱如何转变为声律谱

乐谱转变为声律谱是一个非常棘手的问题,说法颇多。

1. 前人诸说

(1)古代乐府诗演化说。宋代胡寅所著《向子諲〈酒边集〉序》有云:"词曲者,古乐府之末造也。"南宋朱熹在《朱子语类》卷一百四十指出:"古乐府只是诗,中间却添许多泛声。后来人怕失了那泛声,逐一声添个实字,逐成长短句,今曲子便是。"王国维在《戏曲考源》中指出:"诗余之类,齐梁小乐府先之。"

(2)近体诗演化说。南宋张炎所著《词源》有云:"粤自隋唐以来,声诗间为长短句。"

(3)燕乐填词说。唐玄宗多次下诏将传统清乐"与胡部新声合作"。北宋沈括在《梦溪笔谈·乐律》记载:"外国之声,前世自别为四夷乐。自唐天宝十三载,始诏法曲与胡部合奏。自此乐奏全失古法。以先王之乐为雅乐,前世新声为清乐,合胡部者为宴乐。"说明宫廷音乐体系的变迁。

(4)民间曲词起源说。《旧唐书·音乐志》:"自开元以来,歌者杂用胡夷、里巷之曲。"《唐书·音乐志》:"自周、隋以来,管弦杂曲将数百曲,多用西凉乐,歌舞曲多用龟兹乐。其曲度皆时俗所知也。"上述表明,当时歌者杂用边疆"胡夷之曲",以及民间的"里巷之曲",如敦煌曲子词。

2. 本书提出乐府格律说

(1)古印度通过中亚进入中国的西乐,只不过是对中国传统音乐的冲击,二者的互融成了宴乐,为乐府机关音乐的革新。

(2)平仄律句用于古体乐府诗,出现了先是五言、后是七言、再是杂言的近体乐府诗。

(3)这些近体乐府诗与恰当的宴乐相配,并经过了可能的改造,便成了词。

例如:唐代崔颢所作《长干行》,五言两段,一问一答,一平韵一仄韵,为民间曲子:

君家何处住,妾住在横塘。停船暂借问,或恐是同乡?
家临九江水,来去九江侧。同是长干人,生小不相识。

再如唐代教坊曲《生查子》,为两段仄韵近体五绝。

七言近体乐府诗如李白的《清平调》三首,是为杨贵妃所歌的三首近体七绝。而张志和的《渔父》也是一首近体七绝,仅是第三句减去一字作一停顿而已。

(4)北宋末年战乱,至南宋时,人们基本上只留下了近体乐府诗。据此译出声谱,而曲谱失传。

三、现代格律是否需要宫调

既然不同宫调的词谱或曲谱适宜于不同情感的歌词,以

供演唱,古人填词或写曲就十分重视按情择谱。现今脱乐而用,已不再强调。当然平仄律依然反映乐律,因此对某些情感较强烈的谱调作选择还是有意义的。例如"念奴娇""贺新郎""六州歌头"适合强烈,"江城子""扬州慢""水调歌头"适合豪放,"沁园春""望海潮""八声甘州"适合凭吊,"蝶恋花""虞美人""祝英台近"适合缠绵,等等。

第四章　声律通义

> 诗言志,歌咏言,声依咏,律和声。
> 八音克谐,无相夺伦,神人以和。
>
> 引自《尚书·尧典》(战国时期儒家学者)

《尚书·尧典》中的这段经典理论,指导了中国诗歌创作2000余年。取每句的首字,即诗、歌、声、律;取第二字,即言、咏、依、和;取第三字,即志、言、咏、声。这实在是神奇得很,美妙至极。

系统研究格律诗中诗、词、曲、联、赋可知,其声律单句的平仄结构是一致的,这便是"格律诗声律通义"的立论基础。

第一节　概　述

一、基本概念

1. 定义

声律意指平仄声节相间而构成的句子,诵读起来具有缓急、轻重、高低的节奏感。声律是与乐律相对而言的概念。

平仄声节按一定规律排列,构成声律单句。声律单句按一定规律连接,构成声律复句,进而构成段落。段落间按一定法则连接,构成声律模型。显然声律单句是基础。

2. 分类

(1)声律单句:有一言至七言的单句。

(2)声律复句:有八言至十一言的复句。系由一言至七言的单句复合而成。

(3)声律群句:由若干单句或复句构成的句群。

二、入声原理

入声,是格律诗学中的关键之一,不能辨别入声字,就无法准确翻译前人诗的平仄律,也不能准确写作格律诗。尤其是现代汉语阴平及阳平中的入声字的辨别。

1. 入声的基本规律

随时代变迁,各时代皆有法定语言,一如现今普通话。但在格律诗坛上,自南朝齐四声发明起,入声字始终固定,用作格律仄,仅北曲例外。

今人如何准确掌握入声字,尤其是现代阴平、阳平中的入声字,就成为赏析与写作格律诗的关键之一。这是因为现代上声、去声及其派入阴平及阳平中的那部分入声字仍应作格律仄。入声字的基本规律有:

(1)韵母主要为 a、o、e、ie、üe、—i、i、u、ü,其中的 üe 韵字全为入声;尚有极少数的为 ai、ei、ao、ou,如白、黑、雀、熟。

(2)多偏旁部首相同,如夹、浃、荚、颊、侠、峡、狭、硖为一群,福、幅、辐、蝠、副、匐为另一群,便于记忆。

(3)读声短促而急收,声流闭塞。

2. 现代阴平及阳平中入声字拼音分部

著者曾将现代汉语阴平及阳平声调中的入声字提出,编辑了《现代阴平及阳平中入声字拼音分部》(《文协天地》,2000)。以便查用。

"入声字拼音分部",整体按现代韵母序编排,共分13韵,"a韵"和"o韵"等为韵目,声母则按拉丁字母序。另"麻韵"或"发花辙"等字样分别为现代韵书"十八韵"或"十三辙"的韵目名。例如:

筹边楼　　唐·薛涛

平临云鸟八窗秋,壮压西川四十州。
诸将莫贪羌族马,最高层处见边头。

注:"八""压""十""族"为入声字;"将"读去声。

第二节　四类声律句

一、标格声律句的获取——声链截取法

1. 定义

由双平声节与双仄声节相间连接的一条链子,称声链,由平平、仄仄两对双声节相间排列构成。该声链系由前人格律声句统计而得,也就是说声链是一条统计链。

——｜｜——｜｜——｜

2. 截取法

(1)平仄标格单句:于声链上随机截取一言至七言标格单句26句,构成13副对联。其中除了一言句为2句、1副对联外,其他皆为4句、2副对联。

一言:｜;—。
二言:——,｜｜;—｜,—。
三言:——｜,｜｜—;—｜｜,｜——。

四言：— — | |，| | — —；
　　　| — — |，— | | 。
五言：| | — — |，— — | | —；
　　　| — — | |，— | | — —。
六言：| | — — | |，— — | | — —；
　　　— | | — — |，| — — | | 。
七言：— — | | — —|，| | — — | | —，
　　　— | | — — | |，| — — | | — —。

（2）平仄标格复句：八言以上，为由单句连接构成的复句。

3. 实例

（1）一字句。标准句型有 |、— 两种。前者如"……。莫，莫，莫！"（陆游，"钗头凤"），后者如"天。……"（蔡伸，"十六字令"）。

（2）二字句。标准句型有 — |、| —、| |、— — 四种。相应例句："凄恻，……"（周邦彦，"兰陵王"）、"几家，……"（辛弃疾，"河传"）、"……，伫立"（孙光宪，"上行杯"）、"盈盈，……"（柳永，"木兰花慢"）。

（3）三字句。标准句型有 — — |、| | —、— | |、| — — 四种。相应例句："匣中剑，空埃蠹"（张孝祥，"六州歌头"）、"汴水流，泗水流"（白居易，"长相思"）、"春雨细，……惊塞雁"（温庭筠，"更漏子"）、"竟何成，……，且休兵"（张孝祥，"六州歌头"）。

（4）四字句。标准句型有 | — — |、— | | —、— — | |、| | — — 四种。相应例句："洒旗斜矗，彩舟云淡"（王安石，"桂枝香"）、"年去岁来，……"（周祁彦，"兰陵王"）、"纤云弄巧，飞星传恨"（秦观，"鹊桥仙"）、"雁字回时，月满西楼"

(李清照,"一剪梅")。

(5)五字句。标准句型有｜｜｜——、——｜｜—、｜——｜｜、—｜｜｜——四种。相应例句:"一缕孤烟细"(王禹偁,"点绛唇"),"寒沙带浅流"(刘过,"唐多令"),"春归如过翼"(周邦彦,"六丑"),"驿外断桥边"(陆游,"卜算子")。

(6)六字句。标准句型有——｜｜——、｜｜｜｜｜｜、—｜｜——｜、——｜｜｜—四种。相应例句:"三千里地山河"(李煜,"破阵子"),"不觉新凉似水"(刘辰翁,"西江月"),"阅尽银河风浪"(刘辰翁,"西江月"),"江南塞北别离"(韦应物,"调笑令")。

(7)七字句。标准句型有——｜｜｜——、｜｜——｜｜—、—｜｜——｜｜、——｜｜｜——四种。相应例句:"东城渐觉风光好"(宋祁,"玉楼春"),"故国山河落照红"(朱敦儒,"减字木兰花"),"会挽雕弓如满月"(苏轼,"江城子"),"东风玉露一相逢"(秦观,"鹊桥仙")。

二、变格声律句的确定——泛变格法则

由于在一个声律句中,其声律愈向后愈吃紧,所以第一字声不论平仄;在双声词中,第一个字声相对次要,所以在一个声律句中,第三、五字声也可不论平仄。但这个"不论"皆以不犯孤平(｜—｜式)为原则。于是,本书给出了泛变格法则。

1. 泛变格法则

在句尾不变,不犯孤平(｜—｜式),不出现同声三字尾(———或｜｜｜式)的条件下,四言至七言句,"一三不论,二四分明"。

于是,永明体及近体五言诗便将如下四个平仄声句作为

标格句,用于构型:

｜｜｜——｜,——｜｜—。
———｜｜,｜｜｜——。

永明体及近体四个七言标格句则是在五言标格句前加一个反声节,是为:

——｜｜——｜,｜——｜｜—。
｜｜———｜｜,——｜｜——。

2. 实例

(1)三言,有两种:① 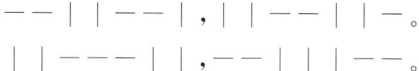｜｜—可变—｜—,如"星斗稀"(温庭筠,"更漏子");②—｜｜可变｜｜｜,如"一叶叶"(温庭筠,"更漏子")。

(2)四言,仅一种:—｜｜—,可变——｜—,如"乘风好去"(辛弃疾,"太常引")。

(3)五言,有四种:①｜｜｜——｜可变—｜——｜,如"追想当年事"(张孝祥,"六州歌头");②——｜｜—,可变｜——｜—,如"去年元夜时"(朱淑真,"生查子");③———｜｜可变｜——｜｜,如"把吴钩看了"(辛弃疾,"水龙吟");④｜｜｜——可变—｜｜——,如"重举送行标"(张孝祥,"十六字令")。

(4)六言,有四种:①——｜｜——可变｜——｜——,如"满湖烟水苍苍"(张元千,"石州慢");②｜｜——｜｜可变—｜——｜,如"曾是气吞残房"(陆游,"谢池春");③｜｜———｜可变—｜｜——,如"吴楚眼空无物"(萨都剌,"念奴娇");④——｜｜｜—可变——｜｜｜—,如"山南山北雪晴"(韦应物,"调笑令")。

(5)七言,有四种:①——｜｜——,可变｜——｜——｜,如"水随天去秋无际"(辛弃疾,"水龙吟");②｜｜——

||－,可变－|－－－|－,如"生子当如孙仲谋"(辛弃疾,"南乡子");③|||－－－||,可变－||－－||,如"八百里分麾下炙"(辛弃疾,"破阵子");④－－|||－－,可变|－－||－－,如"一春犹有数行书"(晏几道,"阮郎归")。

三、特格声律句的法定——传统格法则

1. 定义

特格句是五言及七言声律句中的一种特定的孤平句形式,配乐及咏读皆协调。起自永明体诗,初至盛唐在厘定近体诗时,作为定格被纳入,其后延续至今。

2. 特格形式

五言特格句三种:

(1)－－|||句,可特格为－－|－|(常用);

(2)||－－|句,可特格为|||－|和||－－|两种(少用)。

七言特格句三种:

(1)||－－－||句,可特格为||－－|－|(常用);

(2)－－||－－|句,可特格为－－|||－|和－－||－－|两种(少用)。

3. 实例

(1)五言特格句,例如:

问舟子　　唐·孟浩然

向夕问舟子,|||－|,(特格)

前程复几多?－－||－。

湾头正堪泊,——｜—｜,(特格)
淮里足风波。—｜｜——。

注:"夕""泊""足"为入声字。

(2)七言特格句,例如:

离思五首之一　　唐·元稹

曾经沧海难为水,———｜——｜,
除却巫山不是云。—｜——｜｜—。
取次花丛懒回顾,｜｜——｜—｜,(特格)
半缘修道半缘君。｜——｜｜——。

四、拗格声律句的厘定——声阵截取法

1. 定义

凡是含有孤平的声句都是拗句。若拗句符合声律法则,则称为拗格声律句。因此,可以说拗格声律句是广义的特格句。它包括三言、四言、五言、六言、七言拗声句,广泛存在于长调词及曲中。

2. 声律方阵截取法

在研究长调词中较大量孤平句的基础上,著者于1994年曾建立了一个"声律方阵",该方阵显示,不同言数的孤平句实际上是来自七言特格句的截取。

截取法:一言至五言句自句尾依次向句首方向截取;六言句自句首向句尾方向截取(图4-1)。

3. 实例

1)来自七言近体特定格律句的截取

七言近体特定格为｜｜——｜—｜,可得:

(1)三言:｜—｜,如"静烽遂"(张孝祥,"六州歌头")。

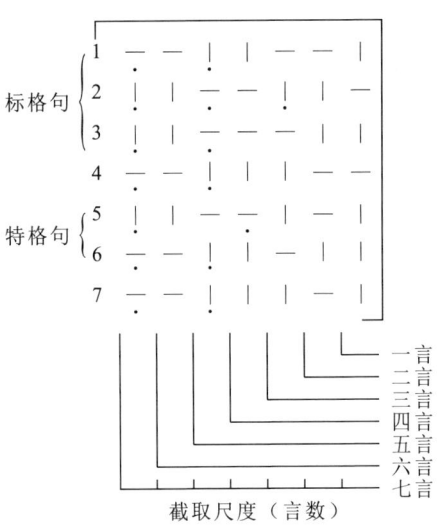

注：序号1—4为七言标准律句,5为特定格律句,6—7为特定拗句,"·"示可平可仄的标准句变格。截取方法：一言至五言自句尾向前截取,六言至七言自句首向后截取。

图4-1 由七言标格及特格句截取一言至七言句的综合方阵图(王思源,1994)

(2)四言：— | — |,如"悲恨相续"(王安石,"桂枝香")。

(3)五言：— — | — |,如"闲寻旧踪迹"(周邦彦,"兰陵王")。

(4)七言：| | — — | — |,如"拂水飘绵送行色"(周邦彦,"兰陵王")。

2)来自七言近体拗句的截取

七言近体拗句为— — | | — | |,可得：

(1)四言：| — | |,如"过春社了"(史达祖,"双双燕")。

(2)五言：| | — | |,如"叹鬓侵半苧"(吴文英,"莺啼序")。

(3)六言：－－｜｜－｜，如"今宵酒醒何处"（柳永，"雨霖铃"）。

第三节　问题短论

一、使用标格句构型准则

利用单句构建格律诗模型，前人的成果以近体诗的成熟度最高，这与其被纳入科举考试有关，天下的举子皆按有限的几种模型备考，它的各种法则也就清晰。

但是，词体及曲体等为非科考用体，其平仄声谱模型便通过前人的典型作品的解析而获得。众人几乎一致认为声谱模型是由乐谱模型转变而来的，但是如何转变的，仍然是众说纷纭，莫衷一是。

著者认为，其原因是特格句、孤平句、变格句蒙蔽了标格句，将问题复杂化了。因此，格律构型应使用标格句，而特格句、变格句等是在写作过程中变通使用的。

二、关于孤平问题

孤平句在南朝齐梁时代的永明体诗中便存在，其位置在句首第二字，主要缘于每句第一字于音乐无大影响。但是，这并不是常例。

关于"孤平"的概念，在律诗领域存在的争议较大，主要是对其内涵和外延的把握。

"孤平"最早在王渔洋（王士祯）的《律诗定体》中被作为声病正式提出。王渔洋认为："五律，凡双句二四应平仄者，第一字必用平，断不可杂以仄声。以'平平'止有二字相连，不可令单也；其二四应仄平者，第一字平仄皆可用，以'仄仄仄'三字相连，换以平韵无妨也。"他还提到："凡七言第一字俱不论。第三字与五言第一字同例。凡双句第三字应仄声者可换平声，应平声者不可换仄声。"

王渔洋认为，为了体现格律诗音韵和谐，孤平是其大忌，必须进行补救。他对孤平的严格态度，深刻影响了清代乃至近现代的格律诗创作和理论，成为近体诗声律规则中一条被普遍接受的重要戒律。

关于孤平，目前被广泛接受的是现代诗律学者王力的观点。

王力在《诗词格律》和《王力谈诗词格律》中说，"'孤平'是律诗的大忌，应避免。"他指出，在五言"平平仄仄平"这个句式中，第一字必须用平声字，若用了仄声字，就是犯了孤平，因为除了韵脚之外，只剩下一个平声字了。七言是五言的扩展，所以在"(仄)仄平平仄仄平"这个句式中，第三字如果用了仄声字，也叫"犯孤平"。并批注："犯孤平指的是平脚的句子，仄脚句即使只有一个平声字，也不算犯孤平。"他还指出，"犯孤平"可以在本句进行"拗救"，即五言第三字或七言第五字改仄为平，使"仄平仄仄平"变为"仄平平仄平"，"(仄)仄仄平仄仄平"变为"(仄)仄仄平平仄平"，经"孤平拗救"后的句子不算"犯孤平"。此定义仅适用于上述两种特定的韵句句式。

王力的这个"孤平"概念是对王渔洋提出的"孤平"概念的继承，并明确将其限制在两种平脚句中。他在书下注释，"孤平"是个旧术语，这个术语容易引起误解，认为别的句子也有孤平（如五言"仄仄仄平平"）。这里沿用旧术语，只是证明这种格律是传统的。

虽然王力的观点成为现代诗词格律学研究的基石，但值得推敲探索的地方还很多。最主要的争议在于,王力先生的定义范围是否过于狭窄(仅适用于两种韵脚句)。以启功先生为代表的一些学者提出了更宽泛的"平不令单"(平声不宜孤立)原则。

启功在《诗文声律论稿》中提到:"律诗中忌'孤平',是从来相传的口诀,但没有解释的注文,也没说哪个字的位置例外。如果有人看到'孤'字而推论到句首、句尾的单个平声也要避忌,岂不大错?因为'孤平'实指一平被两仄所夹处,句子首尾的单平并不在内。"他还指出,在五言的第二字、第三字和第四字以及七言的第三字、第四字、第五字、第六字,都不能"被两仄所夹",否则就是犯"孤平"。启功认为"孤平"不仅仅存在于平收句。

纵观各位学者的观点,他们对律诗的研究仅局限在细枝末节探讨上,对格律诗词的发展均缺乏系统科学的总结,没有很好地区分古体、永明体、近体,更加上"孤平""拗"等概念的困扰,使读者不能很好地把握近体格律诗词的特征。

著者在启功观点的基础上对"孤平"这一传统诗学术语给出了一个极其清晰、严格、可操作的定义,即在格律诗中只要出现"两仄夹一平(丨一丨)"即为孤平。并从格律诗发展的过程指出,哪些孤平是合理的(特拗),哪些孤平是因为"拗"的存在而产生的,是需要"拗救"的。并总结了近体格律诗的变格法则。从而解决了诸多争议,特别是对七言律绝中的"平平仄仄平平仄"句式首字平仄论与不论的问题。王渔洋、王力的孤平观不涉及该句,启功的孤平观则将该句囊括在内。本书在七言律变格法则中明确了该句首字的平仄是要论的,就是该句若第一字为仄声,那第三字就必须为平声,否则就犯了孤平(仄平仄),而且古人近体格律诗也遵守了这样的变格法则。

三、关于同声三字尾问题

同声三字尾,即句尾三平声,或三仄声,存在于永明体诗中。但是,这并不是常例。近体诗是不允许同声三字尾的,而在律曲中则是一条法则(韵脚平仄互变引起)。

四、关于变格法则问题

传统口诀"一三五不论,二四六分明"是对七言声律句的变格而言。王力先生(1977)曾说:"这个口诀对于初学律诗的人是有用的,因为它是简单明了的。但是,它分析问题是不全面的,所以容易引起误解。"他的意思是,用此口诀必须避免犯孤平,其后众家皆持此说。

其实,任何事物的存在都是有一定条件的,因此,该口诀必须施予一定条件,便会成为通行的"七言变格法则",即:在句尾不变,不犯孤平(丨—丨式),不出现同声三字尾(———或丨丨丨式)的条件下,七言句"一三五不论,二四六分明"。

考察律词及律曲的长短句平仄格律变化,本书又进一步归纳出"泛变格法则",即:在句尾不变,不犯孤平(丨—丨式),不出现同声三字尾(———或丨丨丨式)的条件下,四言至七言句"一三不论,二四分明"。

五、不可不辨的特别句型

这种特别句型如一字句、领字句、逗顿句、特构句在律词、律曲中广泛存在,尤其是长调慢词。它可起到变化节奏、调整语气的重要作用,产生跌宕起伏、抑扬顿挫的艺术魅力。

1. 一字句

一字句,就是仅有一个字的句子,其最大特点是有独立意义,用有实际意义的实词,而非虚词,它的格律则非平即仄,为一个独立句子,句末一般用句号或叹号。

但一字句很少见,最典型的是"十六字令"的第一个字。

2. 领字句

领字,指群句起始有一个"独立词句"作统领。这个"独立词句"常见是一字词句,也用二字词句、三字词句,分别称一字领、二字领、三字领。领字只是带领其后的排比句,一般带两个、三个、四个单句。领字句为独立的平仄格律单句,不附属于任何单句。

关于领字所用标点问题。传统标法:一字领后通常不加标点,二字及三字领后用顿号。但此种标法很易造成混乱。一则不加标点的一字领,很容易被误认是其后第一单句的平仄成分;二则用顿号的二字及三字领,与逗顿句的顿号混淆。因此,本书一律采用冒号(:)。

一字领,指群句开头的一个独立单字词,多用仄声,尤其是去声字。

常用一字领字有:任、看、正、待、乍、怕、总、问、爱、奈、似、但、料、想、更、算、况、怅、快、早、尽、嗟、恁、叹、方、将、未、已、应、若、莫、念、甚、怎、又、这、渐、须、对,等等。例如:

正:故国晚秋,天气初肃。(王安石,"桂枝香")

愿:天上人间,占得欢娱,年年今夜。(柳永,《二郎神·七夕》)

问:甚时说与,佳音密耗,寄将秦镜,偷换韩香?(周邦彦,《风流子·初夏》)

二字领,指群句开头的一个独立二字词句,多用仄声。

常用二字领有:莫是、又还、那堪、休说、况且、何况、将次、只是、未省、还见、几度、须知、遥想、谁料、何处、恰似、堪羡、无端、试问、纵把、犹是、漫道、只今、似觉、须信,等等。例如:

那堪:片片飞花弄晚,蒙蒙残雨笼晴。(秦观,"八六子")

应念:岭表经年,孤光自照,肝胆皆冰雪。(张孝祥,"念奴娇")

须信:风流未老,凭持尊酒,慰此凄凉心目。(史达祖,"八归")

三字领,指群句开头的一个独立三字词句,多用仄声。

常用三字领有:怎奈向、最好是、终不似、不如向、更能消、最无端、又还是、更那堪、又却是、便纵有、莫不是、似这般、当此际、算而今、空负了、又何妨、最难禁、都付与、应难奈、便纵有,等等。例如:

更那堪:斜风细雨,乱愁如织。(刘克庄,《贺新郎·九日》)

便纵有:千种风情,更与何人说?(柳永,"雨霖铃")

应难奈:故人天际,望彻淮山,相思无雁足。(史达祖,"八归")

更回首:重城不见,寒江天外,隐隐两三烟树。(柳永,"采莲令")

3. 逗顿句

"逗顿"即意义密切关联句的短暂停顿,通常中间以顿号(、)隔开。就平仄句型而言,它们却分属两个单句;就语意而论,也是两个单句,故也可标定为逗号(,)。

一字顿,为一字句后连四字句。意义紧密相关,但一字

句平仄句型独立。其后用顿号,不用逗号。例如:

识、秋娘庭院。(周邦彦,《拜星月慢·秋思》)

三字顿,为三字句后连四字句,或五字句等。所表意义紧密相连,但平仄句型则分属为二。其间用顿号(、)或逗号(,)。例如:

水风轻、苹花渐老;月露冷、梧叶飘黄。(柳永,《玉蝴蝶·慢词》)

念荒寒、寄宿无人馆;重门闭、败壁秋虫叹。(周邦彦,《拜星月慢·秋思》)

但屈指,西风几时来;又不道,流年暗中偷换。(苏轼,"洞仙歌")

4. 特构句

在同一平仄格律单句中,具有特殊的结构形式,其间不加任何标点。

上一下三句法。去平平仄。例如:

是行人泪。(苏轼,《水龙吟·次韵章质夫扬花词》)

上一下四句法。去平平仄仄。例如:

悄郊原带郭。(周邦彦,"瑞鹤仙")

第五章　韵律通则

> 我国古代韵书,是按声、韵、调的关系将汉字组织起来的字典。因为着重在划分韵部,简而言之,又可以说成是分韵编排的字典。
> 引自《中国古代韵书》(赵诚,1979)

押韵,是写诗的基本要求。韵律,是格律诗的基本成分。韵书,是查询韵字的基本工具,也是查询某字平仄声调的基本工具。

王力先生(1980)说:"音韵学一向被人认为是天书,看不懂的。"但是,如果有现代汉语拼音的基础,从现代汉语拼音入手,反推至古诗韵——反推法,也是不难理解的。

第一节　概　述

一、基本概念

1. 定义

汉字的韵母之于诗称为"韵"。相同韵母的字,构成一个韵部。诗之为文,宜用韵,读之便顺口、动听。

2. 现代诗韵

现代诗韵即指现代汉语韵母表所列的韵母(1958年2月

11日第一届全国人民代表大会第五次会议通过,表5-1)。

表5-1 现代汉语声母及韵母表

声母表							
b ㄅ玻	p ㄆ坡	m ㄇ摸	f ㄈ佛	d ㄉ得	t ㄊ特	n ㄋ讷	l ㄌ勒
g ㄍ歌	k ㄎ科	h ㄏ喝		j ㄐ基	q ㄑ欺	x ㄒ希	
zh ㄓ知	ch ㄔ蚩	sh ㄕ诗	r ㄖ日	z ㄗ资	c ㄘ雌	s ㄙ思	

韵母表							
		i ㄧ 衣		u ㄨ 乌		ü ㄩ 迂	
a ㄚ 啊		ia ㄧㄚ 呀		ua ㄨㄚ 蛙			
o ㄛ 喔				uo ㄨㄛ 窝			
e ㄜ 鹅		ie ㄧㄝ 耶				üe ㄩㄝ 约	
ai ㄞ 哀				uai ㄨㄞ 歪			
ei ㄟ 欸				uei ㄨㄟ 威			
ao ㄠ 熬		iao ㄧㄠ 腰					
ou ㄡ 欧		iou ㄧㄡ 优					
an ㄢ 安		ian ㄧㄢ 烟		uan ㄨㄢ 弯		üan ㄩㄢ 冤	
en ㄣ 恩		in ㄧㄣ 因		uen ㄨㄣ 温		ün ㄩㄣ 晕	
ang ㄤ 昂		iang ㄧㄤ 央		uang ㄨㄤ 汪			
eng ㄥ 亨的韵母		ing ㄧㄥ 英		ueng ㄨㄥ 翁			
ong (ㄨㄥ)轰的韵母		iong ㄩㄥ 雍					

以现代汉语韵母表中每一个主韵母为一个韵部,外加ê(ie、üe)、er、-i(zh、ch、sh、z、c、s单用时的韵母)3个韵部,共18个韵部。具体说包括:表中首竖行12韵a、o、e、ai、ei、ao、ou、an、en、ang、eng、ong;首横行3韵i、u、ü;再加3韵ê、er、-i,简称"十八韵"。

若将发音相近的韵母o、e合并,eng、ong合并,u、ü合并,er、-i、i合并,则成13个韵部,简称"十三辙"。

二、韵书类型

1. 平水诗韵

古代平水诗韵的韵书以平、上、去、入四声分部,再在各部中以韵分目。金代王文郁所作《平水新刊韵略》,总分上平声、下平声、上声、去声、入声5卷,是其后各类韵书的基础,也为后人赏析与写作格律诗提供参考。

2. 戈载词韵

词起于乐,原本为顺口、达意、和谐、悦耳。故起始用韵出于自然,其发展过程也有较大灵活性,不似近体诗,有科举考试的恪守"韵书"。故唐人填词,因无"词韵"而用"诗韵"。例如:

长相思　　唐·白居易

汴水流,泗水流,流到瓜州古渡头。吴山点点愁。○思悠悠,恨悠悠,恨到归时方始休。月明人倚楼。

此词为中唐之作,据考依《唐韵》,且全押平声韵。至唐末一变,出现平、仄互押,例温庭筠的"菩萨蛮"。但无论平、仄韵,至五代及北宋,仍按"诗韵"填词。

北宋末年朱敦儒拟应制词韵16条,入声韵4部,被认为是最早的"词韵"。后来张辑为之作注,冯取洽增补,但因种种原因,不多久就佚失。

明、清两代词韵书迭出,有沈谦《词韵略》、赵钥《词韵》、李渔《笠翁词韵》、胡文焕《会文堂词韵》、许昂霄《词韵考略》、吴烺《学宋斋词韵》、叶申芗《天籁轩词韵》、仲恒《词韵》、戈载《词林正韵》,大体是集唐、五代、宋人词的韵字分类而成,"取古人之名词参酌而审定之,尽去诸弊"(戈载,《词林正韵》),正为此意。

《词林正韵》多为词人采用,将平、上、去三声分为14部,入声分5部,共19部。观之,实为诗韵按音韵相近者的拼合,这实际上是说,词韵较诗韵宽,诗韵中的邻韵在词中可通押。其19个韵部如下(其中每字代表诗的一个韵部,"半"指该诗韵的部分字归本词的韵部)。

(1)平声:东、冬,上声:董、肿,去声:送、宋;

(2)平声:江、阳,上声:讲、养,去声:绛、漾;

(3)平声:支、微、齐、灰(半),上声:纸、尾、荠、贿(半),去声:未、霁、队(半);

(4)平声:鱼、虞,上声:语、麌,去声:御、遇;

(5)平声:佳(半)、灰(半),上声:蟹(半)、贿(半),去声:泰(半)、卦(半)、队(半);

(6)平声:真、文、元(半),上声:轸、吻、阮(半),去声:震、问、愿(半);

(7)平声:寒、删、先、元(半),上声:旱、潸、铣、阮(半),去声:翰、谏、霰、愿(半);

(8)平声:萧、肴、豪,上声:筱、巧、皓,去声:啸、效、号;

(9)平声:歌,上声:哿,去声:个;

(10)平声:麻、佳(半),上声:马、蟹(半),去声:祃、卦(半);

(11) 平声:庚、青、蒸,上声:梗、迥,去声:敬、径;

(12) 平声:尤,上声:有,去声:宥;

(13) 平声:侵,上声:寝,去声:沁;

(14) 平声:覃、盐、咸,上声:感、俭、豏,去声:勘、艳、陷;

(15) 入声:屋、沃;

(16) 入声:觉、药;

(17) 入声:质、陌、锡、职、缉;

(18) 入声:物、月、曷、黠、屑、叶;

(19) 入声:合、洽。

这个合并很有意义,除了5个入韵部,其余14韵已接近现代的"十三韵(辙)"。

词之用韵有如诗,一般韵在句尾,仅少数在短语(句意未完整)末,即句中逗处,如"春色、春色,依旧青门紫陌"(冯延巳,"三台令")中的"色"。

3. 中原曲韵

曲韵有南北之别。北曲《中原音韵》系元代周德清以诗韵及北方口语为基础,参照关汉卿、马致远等人的戏曲编撰而成,分韵19部,每部中分阴平、阳平、上声、去声,即"平分阴阳,入派三声(平、上、去)",概因唱腔拖长,短促的入声随之消失。传说,至清代,贾凫西予以简化,又经蒲松龄订正,编成"十三辙",用至现今。

元代,南曲保留较多古乐成分。明代乐韶凤等编《洪武正韵》(1375)76韵,平、上、去声各22韵,入声10韵,此是传统诗韵分类法,即以四声为部,韵为目;若按曲韵分类,以韵类为部,平、上、去、入(附)为目,则被并为22韵,成了南曲的参考。其后,洪武帝之子朱权参考北曲编《惊林雅韵》(1398),分韵19部,每部再分平、上、去三声,令入声分附三声之后,力求南北统一;但平不分阴阳,又反映了当时南方语言特征。

4. 汉语新韵

按现代汉语拼音韵母分为"十八韵",或并韵为"十三辙",并用特别符号标出入声字。这便成为入声系与非入声系韵书的合编,用起来十分便利。

5. 古今诗韵对照关系

归结2000余年的诗韵演进,兹以现代汉语拼音之韵母为序,将新诗韵(《诗韵新编》,1965)、曲韵(《中原音韵》,元代)、词韵(《词林正韵》,清代)、平水诗韵(《佩文诗韵》,清代)的大致关系作比较,如表5-2所示。表中1、2、3等标码表示为原韵部或韵目(对旧诗韵)序号;括号中注明"半"字意为古诗韵某部诸韵字原本韵母一致,至宋代某些字韵母变化,而分别归到词韵的两部中。例如"13元"中的韵字分化为en、an两韵而分属词韵第6及第7两部。

表5-2 古今诗韵对照表

主韵母	复韵母	新韵十八部	平水韵106目(诗韵)				词韵十九部	曲韵十九部	通用十三辙
			平	上	去	入			
啊 a	ia ua	麻韵	6麻 9佳半	21马	22祃 10卦半	—	第10部	13家麻	发花
喔 o	uo	波韵	5歌	20哿	21个	—	第9部	12歌戈	梭波
鹅 e		歌韵							
哀 ai	uai	开韵	9佳半 10灰半	9蟹 10贿半	9泰半 10卦半 11队半	—	第5部	6皆来	怀来
欸 ei	ui	微韵	10灰半 5微	10贿半 5尾	11队半 5未 9泰半	—		4齐微	灰堆

续表5-2

主韵母	复韵母	新韵十八部	平水韵106目(诗韵)				词韵十九部	曲韵十九部	通用十三辙
			平	上	去	入			
熬 ao	iao	条韵	2 萧 3 肴 4 豪	17 筱 18 巧 19 皓	18 啸 19 效 20 号	— — —	第8部	11 萧条	遥条
欧 ou		侯韵	11 尤	25 有	26 宥	—	第12部	16 尤侯	油求
安 an		寒韵	13 元半 14 寒 15 删 1 先	13 阮半 14 旱 15 潸 16 铣	14 愿半 15 翰 16 谏 17 霰	6 月 7 曷 8 黠 9 屑	第7部	8 寒山 9 桓欢 10 先天	言前
			13 覃 14 盐 15 咸	27 感 28 俭 29 豏	28 勘 29 艳 30 陷	15 合 16 叶 17 洽	第14部	18 监咸 19 廉纤	
			12 侵	26 寝	27 沁	14 缉	第13部		
恩 en		痕韵	11 真 12 文 13 元半	11 轸 12 吻 13 阮半	12 震 13 问 14 愿半	4 质 5 物 6 月	第6部	17 侵寻 7 真文	人辰
昂 ang	iang uang	唐韵	3 江 7 阳	3 讲 22 养	绛 23 漾	3 觉 10 药	第2部	2 江阳	江阳
鞥 eng	ing	庚韵	8 庚 9 青 10 蒸	23 梗 24 迥 —	24 敬 25 径 —	11 陌 12 锡 13 职	第11部	15 庚青	中东
翁 ong		东韵	1 东 2 冬	1 董 2 肿	1 送 2 宋	1 屋 2 沃	第1部	1 东中	
耶 ie	üe	皆韵						14 车遮	乜斜
儿 er		儿韵							
一 i		支韵	4 支	4 纸	4 置			3 支思	一七
衣 i		齐韵	8 齐	8 荠	8 霁			4 齐微	
乌 u		姑韵							
迂 ü		鱼韵	6 鱼 7 虞	6 语 7 麌	6 御 7 遇		第4部	5 鱼模	姑苏

注：表中数字为该韵目或韵部在原韵书中的序号。词韵有5个入声韵部独立，它们是：(15)入声屋、沃；(16)入声觉、药；(17)入声质、陌、锡、职、缉；(18)入声物、月、曷、黠、屑、叶；(19)入声合、洽。

可见,今人赏析古代诗、词、曲,须熟知古韵分部及韵字,有一本古今韵书在手就十分必要,否则就难以厘清其中的关系。例如:

庆宣和·毛氏池亭　　　元·张可久

云影天光乍有无,老树扶疏。万柄高荷小西湖。听雨,听雨。

曲中的无、疏、湖、雨同属《中原音韵》中的"鱼模"部,即u、ü同部。在词韵及平水诗韵中也如此,但在现代诗韵及十三辙中,u、ü则分立。

第二节　五种韵律格

一、平声通韵格

同一首诗中,押同一韵部的平声韵,主要用于永明体诗、近体诗、律词中。

1. 平韵格齐言诗

例如:

永明体七绝·塞上听吹笛　　　唐·高适

雪净胡天牧马还,月明羌笛戍楼间。
借问梅花何处落,风吹一夜满关山。

注:安(an)韵,属平水诗韵上平声中的十五删韵目。

2. 平韵格杂言诗

平韵格杂言诗以律词为主,律曲为次,律赋再次。多用于小令、中调,少为长调,如"十六字令""渔歌子""忆江南""潇湘神""捣练子""浪淘沙""江南春""长相思""采桑子""人月圆""少年游""临江仙""鹧鸪天""小重山""一剪梅""唐多令""破阵子""满庭芳""水调歌头""八声甘州""扬州慢""忆旧游""望海潮""沁园春"等。平韵格一般平缓、轻松,是词韵格的一大类。

二、仄声通韵格

同一首诗中,押同一韵部的仄声韵。

1. 仄韵格齐言诗

唐人创七言仄韵格律诗的数量极少。例如:

武威送刘判官赴碛西行军　　唐·岑参

火山五月行人少,看君马去疾如鸟。

都护行营太白西,角声一动胡天晓。

注:鸟(ɑo)韵,属平水诗韵上声部中的十七筱韵目。

2. 仄韵格杂言诗

通篇押仄韵,用于部分小令,但多为中调,也见于长调,常见有"如梦令""天仙子""生查子""点绛唇""卜算子""好事近""忆少年""忆秦娥""醉花阴""木兰花""鹊桥仙""踏莎行""钗头凤""渔家傲""苏幕遮""青玉案""满江红""声声慢""念奴娇""桂枝香""水龙吟""雨霖铃""永遇乐""疏影""摸鱼儿""贺新郎""兰陵王""莺啼序"等。仄韵格节奏紧凑,情感激昂,在律词中占有重要地位。

三、平仄转韵格

平仄转韵格,即指同一首律词中使用平、仄两韵脚,平声韵转押仄声韵,或仄声韵转押平声韵,不属一韵部。常见有"南乡子""蕃女怨""菩萨蛮""更漏子""清平乐""虞美人"等。例如:

蕃女怨·万枝香雪开已遍　　唐·温庭筠

万枝香雪开已遍,细雨双燕。细蝉筝,金雀扇,画梁相见。雁见消息不归来,又飞回。

四、平仄通韵格

平仄通韵格,即指同一首律词使用平、仄两韵脚,且属同一个韵部,常见"西江月""渡江云""曲玉管""戚氏"等;更常用于律曲,使用较普遍。平仄通韵格有较强的节奏感及协调感。例如:

红绣鞋·天台瀑布寺　　元·张可久

绝顶峰攒雪剑,悬岩水挂冰帘。倚树哀猿弄云尖。血华啼杜宇,阴洞吼飞廉。比人心山未险。

注:安(an)韵字的平仄通押。

五、平仄错韵格

平仄错韵格,即指同一首词中,平、仄韵脚交错,平、仄韵字分属两个或多个韵部,其中平脚通押(同一韵部),仄脚换韵(不同韵部),此称为插韵(平中插仄),常见有"荷叶杯""诉衷情""定西番""相见欢""上行杯""酒泉子""定风波""最高楼"等。例如:

诉衷情·莺语　　唐·温庭筠

莺语,花舞,雨霏微。金带枕,宫锦,凤凰帷。柳弱燕交飞,辽阳音信稀,梦中归。

第三节　问题短论

一、仄韵脚的声调辨别

有些词用韵需辨四声：①用入声韵，长于表达强烈的思想感情。常用于"忆秦娥""满江红""念奴娇""声声慢""贺新郎"等。②少数词的仄韵需分别用上、去二声，显得和谐而铿锵，如"西江月"每片中的三韵，需用同韵部的"平、平、上"或"平、平、去"，即每一片的末一韵脚要求用上声或去声。另有一些词谱中，仄脚限用同韵部，但要求所用上、去声随机交错，以增强韵律，例如贺铸的《六州歌头·少年侠气》，选用了第一韵部（ong）的 34 个韵字，其中上声 7 韵，去声 11 韵，有机搭配，得到了优美的音韵节奏。

二、修辞格的声韵应用

（1）叠韵，为某些词所要求，"叠"即同一韵字重复之意，多用于小令，有"潇湘神""长相思""如梦令""醉花间""忆秦娥"等。例如秦观《如梦令·遥夜沉沉如水》中的"无寐"句：

遥夜沉沉如水，风紧驿亭深闭，梦破鼠窥灯，霜送晓寒侵被。无寐，无寐，门外马嘶声起。

（2）倒韵，为少数词谱所具有，给人以婉转回荡之感，见于调笑令，例如戴叔伦《调笑令·边草》中的"千里万里月明。明月"句：

边草，边草，边草尽来风老。山北山南雪晴，千里万里月明。明月，明月，芦笳一声愁绝。

此外，尚有词调愈短则韵脚愈密，反之则疏的规律。

三、邻韵通押的意义

邻韵指韵母发音相近的韵目或韵部。

近体诗首句有用邻韵者,但这种情况极少;有之,主要见于民歌绝句。邻韵的主要功能有减少韵部和使诗的韵律及节奏性更强。例如:

近体七绝·江南曲　　唐·于鹄

偶向江边采白苹,还随女伴赛江神。

众中不敢分明语,暗掷金钱卜远人。

该诗描写一位女子思念远行人的情感。按平水韵,该诗韵脚"苹"属平声下卷"八庚"韵目;而"神""人"为平声上卷"十一真"韵目。此处将韵母 ping 作为 en 的邻韵。

第六章 联律通融

> 造化赋形,支体必双;神理为用,事不孤立。
>
> 引自《文心雕龙·丽辞》(南朝梁·刘勰)

自然造物,成双成对,即所谓"支体必双";或三位一体,便"事不孤立"。语言对仗,也就似此"神理为用"。对仗的巧妙运用,可令格律诗节奏增强,表意明确,辞章生辉,易于记忆,易于朗诵。

第一节 概 述

一、基本概念

1. 定义

两词或两句间同词类相对、结构相同、意义相关联,称对联,或者联,其修辞格即对偶或骈偶。有如仪仗队并列,故称对仗;又若两马并驾,也称骈偶。有两联间平仄无律、平仄对立、平仄相同3种。

2. 分类

不居平仄律,便不是律体诗。因此,按句间平仄对仗方式,仅有以下两类。

(1)句间平仄对立。例如:

— — — ｜ ｜　｜ ｜ ｜ — —

忘身辞凤阁,报国取龙庭。(唐·王维)

(2)句间平仄相同。例如:

｜ ｜ — —　｜ ｜ — —

一种相思,两处闲愁。(宋·李清照)

以上就对仗概念而言,实际应用受声律变格法则支配,简单记为四言或五言句第一、三字不论平仄,六言或七言句第一、三、五字不论平仄,但这变化是以不出现孤平(｜—｜)为原则的。于是,格律诗对仗句中会出现平对平、仄对仄的个别情况,但不属违律。例如:

— ｜ — — ｜　— — ｜ ｜ —

烽火连三月,家书抵万金。(唐·杜甫)

— — — ｜ — — ｜　— ｜ — — ｜ ｜ —

窗含西岭千秋雪,门泊东吴万里船。(唐·杜甫)

二、对仗原理

语句对仗,是一种美。例如:"日出江花红胜火,春来江水绿如蓝"(白居易《忆江南·其一》),对仗工整。

对仗的本义"恰似仪仗队,两两相对"。初唐成型的近体诗以"对仗的两句中,同词类相对,平仄相反(对立),句子结构相同,意义连贯"为严格含义,但若仅"同词类相对,句子结构相同,意义连贯",亦即从近体诗对仗中抽去"平仄相反"一项,可否为对仗?例如"纤云弄巧,飞星传恨"(秦观,"鹊桥仙"),虽同词类对得工整,但平仄并非对立,此为修词格中的一般对偶,只能算作"广义对仗",于是近体诗对仗可称为"狭义对仗"。

因词属于非科举考试文体,官方对其对仗本无要求,其使用也无近体诗那样严格。近体诗中的"律诗"(五言及七言)的颔联及颈联,还有"排律"中除首、尾两联外的其他各联是必须对仗的。所谓"词对仗"只不过是作者有意或无意使用罢了,"词对仗规律"则是后来论者根据前人作品归纳出来的。

对仗修辞原本从汉语语言的对称性而来,"天"对"地"、"上下"对"东西"、"红"对"绿"、"狂风"对"暴雨"皆是极自然的,只不过人们在比较中发现,加上或注意声调的对称,则更和谐而已。

第二节　四类联律格

一、声律对

1. 反声对

反声对指同词类相对,平仄相反的声律对仗。例如:

－－｜｜－－｜,｜｜－－｜｜－。

无边落木萧萧下,不尽长江滚滚来。(唐·杜甫)

2. 同声对

同声对指同词类相对,平仄相同的声律对仗。例如:

－－｜｜－－,－－｜｜－－。

斜阳独倚西楼,遥山恰对帘钩。(北宋·晏殊)

二、词性对

1. 工对

工对即严格的同词类相对,即其词类,名对名、动对动、形对形、数对数、量对量、代对代、副对副、介对介、连对连、助对助、叹对叹,尤其是颜色词、数量词、方位词的严格相对。例如:

三春白雪归青冢,万里黄河绕黑山。(唐·柳中庸)

2. 邻对

邻对即相邻词类的对仗,常见形对动、介对副,可理解为词类转化而对。例如:

箫鼓追随春社近,衣冠简朴古风存。(南宋·陆游)

句中形容词"简朴"对动词"追随",动词"存"对形容词"近"。

3. 宽对

宽对即相近词类相对,结构相近的对仗。例如:

城上春风晚,营中瀚海沙。(唐·皇甫冉)

句中"晚"为形容词,用名词"沙"对,实为半对半不对。

三、句意对

1. 正对

正对即出句与对句的意思正相关,相辅相佐。例如:

瀚海路难人去少,天山雪重雁飞稀。(元·耶律楚材)

2. 反对

反对即出句与对句的意思反相关,相反相成。例如:

北塞君臣方驻足,中华将帅已离心。(明·宋讷)

3. 串对

串对即出句与对句的意思相连贯,对句补充出句,二者不可颠倒。例如:

鱼龙古寺三秋水,神鬼虚堂八月潮。(清·王昙)

四、工艺对

1. 借对

借对又称假对,通过借义或借音对仗。前者指一词多义时,仅对其中某一义;后者指用其所对词的谐音义。例如:

此日六军同驻马,当时七夕笑牵牛。(唐·李商隐)

句中,"驻马"为动宾结构,"牵牛"本指"牵牛星",此借"牵牛"的动宾结构与"驻马"对;除此,"笑"对"同","七夕"对"六军"皆属借对。谐音对,例如:

次第寻书札,呼儿捡颂诗。(唐·杜甫)

句中,"第"与"弟"谐音,以对"儿"。

2. 流水对

流水对出句和对句表意连贯,即一句话分两句说,后句承接前句,缺一则意思不全。例如:

即从巴峡穿巫峡,便下襄阳向洛阳。(唐·杜甫)

3. 扇面对

扇面对又称扇对、隔句对。前(上)联与后(下)联各由两个单句构成的复句对,若以四句诗看,则成了隔句相对。例如:

上联:邂逅陪车马,寻芳谢朓洲。

下联:凄凉望乡国,得句仲宣楼。

4. 交错对

交错对又称错落对、错综对、交股对、犄角对、蹉对。出句与对句间,同词类错开对。例如:

裙拖六幅湘江水,鬓耸巫山一段云。(唐·李群玉)

按词类应以"鬓耸一段巫山云"对,但似此有违平仄声律。由此可见,交错对一般用于对仗与声律矛盾的补救。此种对仗一般较少运用。

5. 虚实对

虚实对以虚物对实物,反之亦然。例如:

身世岂能遂,兰花又已开。(唐·贾岛)

注:"身世"为虚,"兰花"为实。

6. 当句对

当句对也称句中对,指本句中两词句间的对仗,有等字数对和不等字数对两种,分别举例如下:

曲终人醉。(南宋·朱敦儒)

青山簇簇水茫茫。(唐·白居易)

句中,曲终－人醉,为等字数对;青山簇簇－水茫茫,为不等字数对。

对仗在五言及七言律诗及排律中,除首、尾两联外,中间各联按格律要求皆须对仗。例如:

五排·学诸进士作精卫衔石填海
唐·韩愈

①鸟有偿冤者,终年抱寸诚。

②口衔山石细,心望海波平。

③渺渺功难见,区区命已轻。

④人皆讥造次,我独赏专精。

⑤岂计休无日,惟应尽此生。
⑥何惭刺客传,不著报仇名!

该诗中,②~⑤联之出句与对句间皆对仗,其中③、④两联对仗极工,且③联为流水对。而首联①及尾联⑥不对仗,增加了变化性。

第三节　问题短论

一、齐言诗的对仗要求

齐言诗包括永明体与近体,其绝句无对仗要求。

现综析杜甫《近体七律·遣闷戏呈路十九曹长》之用对:

　　江浦雷声喧昨夜,春城雨色动微寒。
　　黄鹂并坐交愁湿,白鹭群飞太剧干。
　　晚节渐于诗律细,谁家数去酒杯宽。
　　唯君最爱清狂客,百遍相看意未阑。

该诗首联即入对,除"昨夜"与"微寒"属邻对外,其他极工,且首联雷、雨属连续,故为流水对。颔联中"晚节""诗律"皆虚,"谁家""酒杯"为实,"渐"与"数"皆含持续之意,"于"为介词动词化与"去"对,故为虚实对。

二、律词体的对仗尺度

考查某一词谱中是否用对仗,一是看诸名家在同一词谱同一位置上是否皆用了对仗句,二是考查某词谱的创立者是否在某部位用了对仗句;三是同一词谱中,是否有存在对仗的可能,例如有无两句间字数相等,平仄相反的句子存在。

于是,词对仗规律可归结如下:

(1)词对仗句不只限于五言及七言,各言皆可。

(2)同一词谱中相连的两句间若字数相同,平仄相反(对立),应对仗。有:"忆江南""渔父乐""南歌子""西江月""生查子""巫山一段云""踏莎行""满江红""沁园春"等。例如(字下加线者为对仗句,下同):

江南忆,最忆是杭州。<u>山寺月中寻桂子</u>,<u>郡亭枕上看潮头</u>。何日更重游?(白居易,"忆江南")

西塞山前白鹭飞,桃花流水鳜鱼肥。<u>青箬笠</u>,<u>绿蓑衣</u>,斜风细雨不须归。(张志和,"渔父")

<u>满载一船秋色</u>,<u>平铺十月湖光</u>。波神留我看斜阳,放起鳞鳞波浪。明日风回更好,今宵露宿何妨?水晶宫里奏"霓裳",准拟岳阳楼上。(张孝祥,"西江月")

(3)同一词谱中相连的两句,若前一句有领字(一般1至2字),去领字,剩余部分字数相同,平仄相反,用对仗。多见于长调。例如:

有<u>三秋桂子</u>,<u>十里荷花</u>。(柳永,"望海潮")

更<u>暮草萋萋</u>,<u>疏烟漠漠</u>。(方千里,"瑞鹤仙")

看<u>半砚蔷薇</u>,<u>满鞍杨柳</u>。(张炎,"高阳台")

那堪<u>片片飞花弄晚</u>,<u>蒙蒙残雨笼晴</u>。(秦观,"八六子")

(4)若相连的两句,字数相同,平仄亦相同,可用对偶(广义对仗)。有"清平乐""江城子""诉衷情"等。例如:

别来春半,触目愁肠断。砌下落梅如雪乱,指了一身还满。○<u>雁来音信无凭</u>,<u>路遥归梦难成</u>。离恨恰如春草,更行更远还生。

(李煜,"清平乐")

当年万里觅封侯,匹马戍梁州。关河梦断何处?尘暗旧貂裘? ○胡未灭,鬓先秋,泪空流。此生谁料,心在天山,身在沧州!

(陆游,"诉衷情")

(5)若相连的两句,字数相同,部分平仄相同,部分不同,可用对偶(广义对仗)。有"卜算子"等。例如:

修竹翠罗寒,迟日江山暮。幽径无人独自芳,此恨知无数。○只共梅花语,懒逐游丝去。着意寻春不肯香,香在无寻处。

(辛弃疾,"卜算子")

(6)词对仗中,允许同字词相对,这在近体诗中却是不允许的。例如:

汴水流,泗水流。(白居易,"长相思")

明月如霜,好风如水。(苏轼,"永遇乐")

相思一度,浓愁一度。(史达祖,"解佩令")

春到三分,秋到三分。(吴文英,"一剪梅")

我住长江头,君住长江尾。(李之仪,"卜算子")

(7)一般说,词对仗用工对(示作者的匠心),也可用邻类词相对的邻对,尚可用部分工对而部分不甚工的宽对。此外,特艺对法也广泛用于词,有隔句对、流水对等。例如:

喜草堂经岁,重来杜老;斜川好景,不负渊明。(辛弃疾,"沁园春")

更草草离筵,匆匆去路,愁满旌旗。(辛弃疾,"木兰花慢")

上例为隔句对,实则是复句相对;下例为流水对,述出了出征的连续行动。

可知,词之对仗(狭义与广义)并不似近体诗那样严格,而是熔古体与近体之对偶修词格于一炉,显然是从六朝骈体

律赋中脱胎而来的。骈体律赋之对偶句,讲究平仄,也一向不避重字,并可隔句相对。如庾信的《哀江南赋》中有对:

畏南山之雨,忽践秦庭;
让东海之滨,遂餐周粟。

三、曲体对仗的翻新性

曲体诗中的对仗很广泛,其判别对仗位置的原则与词的判别是一致的。曲的对仗格较词的花样翻新。

1. 曲对类型

(1)合璧对:也称偶对,为两句对。
(2)鼎足对:为三句对。
(3)连璧对:为四句相连成对。
(4)联珠对:多句相连成对的。
(5)鸾凤和鸣对:首尾相对的。
(6)叠句对:同句重复。
(7)扇面对:两句一联,隔句成对。

2. 实例

折桂令·春情

元·徐再思

①平生不会相思,才会相思,便害相思。
②身似浮云,心似飞絮,气若游丝。
③空一缕余香在此,盼千金游子何之。
④证候来时,正是何时?灯半昏时,月半明时。

该曲辞充分地运用了诸多对仗格,其中:①为准鼎足对,②为鼎足对,③为合璧对,④为连璧对。

第七章　律赋模型

> 赋者,敷陈之称,古诗之流也。古之作诗者,发乎情,止乎礼仪。情之发,因辞以形之;礼之旨,须事以明之。故有赋焉,所以假象尽辞,敷陈其志。
>
> 引自《文章流别论》(晋·挚虞)

挚虞之意,赋体属诗的范畴,发于情感,表达思想。然而,挚虞之言也有欠缺处,观古人赋,并非仅是"敷陈"——叙事,也有抒情,也有议论。例如楚人宋玉的《风赋》是论风,东汉张衡的《归田赋》是抒归隐之情。

第一节　概　述

一、基本概念

1. 定义

律赋是以讲究平仄为特征标志的律体散文诗。平仄、韵脚、对偶是律赋的三要素。

此是本书所给的定义,来自班固《汉书·艺文志》"不歌而诵谓之赋",又是《两都赋》中"赋者,古诗之流也"的现代引申。

律赋是适应唐宋科举考试的一种赋体。宋代王铚《四六话序》云："唐天宝十二载，始诏举人策问，外试诗赋各一首，于是八韵律赋始盛。"既然作为应试文体，所以规则就更严格、更具体，使赋体格律化了。

2. 分类

明代徐师曾《文体明辨》分赋体为 4 类：古赋、俳赋、律赋、文赋。其区分鉴别的特征标志是：按平仄律，将律赋区别出；以几乎全用对偶句、不用平仄律，将俳（骈）赋区别出；以韵脚较密、骈散相间、不拘平仄律，将古赋区别出；韵脚较疏、较少对偶、句子长短参差、不拘平仄律，为文赋。

由此可知，律赋是格律赋。按受限程度，律赋可分为两种。

（1）排偶律赋。大量使用排比对偶句的律赋。

（2）限韵律赋。也称"课试律赋"，给出某些韵字的律赋，是科举考试的一类试题体。其实，初唐王勃文集中已有限韵律赋《寒梧栖凤赋》，限"孤清夜月"四韵。

此外，律赋按表达方式可分为叙事律赋、抒情律赋、议论律赋，这个划分对律赋的研究与发展有十分重要的意义。

二、基本特点

1. 散文外貌

诗的内质，散文形式，语言铺陈，辞藻多绮丽。

2. 篇幅短小

一般不超过 400 字。清代李调元《赋话》卷四："唐时律赋，字数限定，鲜有过四百者。"

3. 以四、六言平仄律句为主体

主要以"四、六言平仄律句"写作,程度不同地杂有三、五、七、八言平仄律句。但对于领字,通常1至3字,不作文中字数算,也不作单句的平仄成分。

4. 中途换韵

微篇或短篇者,通常一韵到底;中篇或长篇律赋,一般中途换韵。

第二节 构型法则

一、平仄对仗法则

1. 单句对仗

遵循一般单句对仗原则,单句间用逗号。

2. 复句对仗

遵循一般复句对仗原则,复句间用分号。

二、中途换韵法则

1. 自由换韵

排偶律赋及散体律赋,中途换韵是自由的,完全遵循文章发展的需要,韵脚疏密得当。

2. 限韵换韵

限定用韵。律赋一般由考官出八个韵字,要求考生按这八类的韵依次相押,如唐代李昂《旗赋》,就以"风日云野军国清肃"为韵,八韵还平仄间出,"风"平声,"日"仄声,造成抑扬相间的韵律模式。不过,也有韵数不是八个的,或多或少,有所变通。宋代洪迈《容斋随笔·续笔》卷十三云:"唐以赋取士,而韵数多寡、平仄次序原无定格。"如唐代王起《五色露赋》,只以"率土康乐之应"六字为韵。直到后唐庄宗时,才定为八韵四平四仄。

第三节　律赋模型的构建

一、排偶律赋模型

1. 联律

(1)开头:两单句对仗(单句联),作句首。

(2)行文:单句联与复句联自由相间,构成文章主体。常间用领字句。助词"之"、介词"于"、连词"则"、叹词"兮"等可叠对,但不作平仄律句成分。

(3)结尾:散句作结。

2. 声律

以四、六言的平仄律句为主体,领字不作平仄对仗成分。

3. 韵律

排偶律赋不为科举考试之体,换韵比较自由,只要读之流畅便可。例如北周庾信的《灯赋》:

九龙将暝,三爵行栖。琼钩半上,若木全低。窗藏明于粉壁,柳助暗于兰闺。翡翠珠被,流苏羽帐。舒屈膝之屏风,掩芙蓉之行障。卷衣秦后之床,送枕荆台之上。乃有百枝同树,四照连盘。香添然蜜,气杂烧兰。烬长宵久,光青夜寒。秀华掩映,蚖膏照灼。动鳞甲于鲸鱼,焰光芒于鸣鹤。蛾飘则碎花乱下,风起则流星细落。况复上兰深夜,中山醑清。楚妃留客,韩娥合声。低歌著节,游弦绝鸣。辉辉朱烬,焰焰红荣。乍九光而连采,或双花而并明。寄言苏季子,应知余照情。

注:"行"在此处读"xíng",读第三声(去声)。

二、限韵律赋模型

1. 步韵律赋

按所给韵字的顺序,依次将韵字在文中作韵脚,也称次韵。例如中唐王起《五色露赋》中的"率土康乐之应"之韵,以四、六言平仄句为主体,294字,为唐德宗贞元十四年进士课赋。

2. 用韵律赋

用所给韵字,但打乱原韵序,有了较大的灵活性。例如中晚唐贞元十二年李程的应试之作《日五色赋》,八字题韵:"日丽九华圣符土德"。

德动天鉴,祥开日华(题韵)。守三光而效祉,彰五色而可嘉。验瑞典之所应,知淳风之不遐。禀以阳精,体乾爻于君位,昭夫土德(题韵),表王气于皇家。

懿彼日升,考兹礼斗。因时而出,与圣为偶。仰瑞景分灿中天,和德辉分光万有。既分羲和之职,自契黄人之守。舒明耀,符君道之克明;丽九华,当帝业之嗣九(题韵)。

时也寰宇廓清,景气澄霁。浴咸池于天末,拂若木于海裔。非烟捧于圆象,蔚矣锦章;馀霞散于重轮,焕然绮丽(题韵)。固知畴人有秩,天纪无失。必观象以察变,不废时而乱日(题韵)。合璧方而孰可,抱珥比而奚匹。泛草际而瑞露相鲜,动川上而荣光乱出。信比象而可久,故成文之不一。足

使阳乌迷莫黑之容,白驹惊受彩之质。浩浩天枢,洋洋圣谟。德之交感,瑞必相符(题韵)。五彩彰施于黄道,万姓瞻仰于康衢。足以光昭千古,照临下土(题韵)。殊祥著明,庶物咸睹。名翚矫翼,如威凤兮鸣朝阳;时藿倾心,状灵芝兮耀中圃。

斯乃天有命,日跻圣(题韵),太阶平,王道正。同夫少昊谅感之以呈祥,异彼夏王徒指之而比盛。今则引耀神州,扬光日域。

设象以启圣,宣精以昭德(题韵)。彰烛远于皇明,乃备彩于方色。故曰惟天为大,吾君是则。

此赋乃歌功颂德之辞。音律严谨,具形式之美。徐师曾在《文体明辨》曾云:"至于律赋,其变愈下。始于沈约'四声八病'之拘,中于徐、庾'隔句作对'之陋,终于隋唐宋取士限韵之制;但以音律谐协、对偶精切为工,而情与辞皆置弗论。"

第四节 特别论述

一、论律赋的格律诗地位

传统的格律诗,只认作诗(近体)、词、曲。

战国《周礼·春官宗伯·大师》云:"大师教六诗,曰风、曰赋、曰比、曰兴、曰雅、曰颂。"后人研究,"风雅颂"是体裁,"赋比兴"是作法,但这只能就《诗经》而言。至战国晚期,荀况、宋玉创造了赋体,赋以"散文之形,诗歌之韵"登上诗坛。

经历了两汉、三国的古赋,魏、晋、六朝的俳赋,六朝、隋唐、两宋的律赋,两宋及元明清的文赋,及至新文化运动之后,演变为现代散文诗,可知,赋的散文诗地位不可动摇。

在其演进的路程中,律赋占了相当重要的位置,是因为:其一,平仄声律自创始的南朝齐,律赋便诞生,沈约、谢朓等是律赋的创始人,北朝周庾信则是律赋的集大成者。初唐王绩诵写了长篇律赋《游北山赋》,流畅自然,气格遒劲,例如首段:

天道悠悠,人生若浮。古来贤圣,皆成去留。八眉四乳(注:传说帝尧八眉,周文王四乳),龙颜凤头。殷忧一世,零落千秋。暂时南面,相将北游。玉殿金舆之大业,效天祀地之洪休。荣深贵重,乐不供愁。何况数十年之将相,五百里之公侯。兢兢业业,长惧长忧。

值得注意的是,律赋与律词演至中唐,皆走向了上升势头。但是,律词只供诗人抒情,歌人演唱;而律赋却荣登科举考试之大殿,这便有如近体诗,对其法则作了若干规定。

既然"赋"是一种诗体,那么讲究平仄、韵脚、对仗的律赋顺理成章也是格律诗了。

二、论律赋的文学艺术价值

律赋的登场,在中国文学史上是一个重要事件。它是将俳赋加以平仄格律化,形成了俳偶律赋。俳偶律赋诞生于南朝齐,以谢朓的《临楚江赋》为代表:

爰自山南,薄暮江潭。滔滔积水,袅袅霜岚。忱与江兮竟无际,客之行兮岁已严,尔乃云沉西岫,风荡中川。驰波郁素,骇浪惊天。明沙宿莽,石路相悬。

于是,雾隐行雁,霜渺虚林;迢迢落景,万里生阴。列攒笳兮极浦,弭兰鹢兮江浔。奉玉樽之末暮,餐胜赏之芳音。

愿希光兮秋月,庶永照兮遗簪。

《临楚江赋》景象生动,意在言外,并且篇幅短小,对仗工

整,声韵和谐,采用包韵:起段 an 韵,中段 en 韵,末段 an 韵,即 an 韵包 en 韵。《临楚江赋》是律赋的佳构,又是律赋的创始之作。

当至中唐,律赋被纳入科举取士,便变"意象抒情"为"干枯议论",失去了生动活泼。

此外,正如律词,至南宋,慢词愈益增多,字数也愈来愈多,最长的律词《莺啼序》竟然达到 240 字,便无人有耐心去填,也无人有耐心去读。限韵律赋也是如此,限在 400 字以内,也同样是科举之外的人难能有此耐心。

显然,优秀的律赋应是篇幅短小,内容充实,对仗较工,声韵和谐,生动活泼,应做到形象而不拘泥,通俗而不晦涩。

第八章　永明体模型

> 永明末盛为文章,吴兴沈约、陈郡谢朓、琅琊王融,以气类相推毂。汝南周颙,善识声韵。约等文皆用宫商,以平上去入为四声,以此制韵,不可增减。世呼为"永明体"。
>
> 引自《南齐书·陆厥传》(南朝梁·萧子显)

永明体诗的出现具有划时代的文学革命意义,这时限就在南朝齐。其后,在文学领域便是古体与律体并行,表现在律赋及律骈的出现。

第一节　概　述

一、基本概念

1. 定义

讲究声律、韵律和对仗,联间不要求相粘、不避孤平和同声三字尾的五言及七言格律诗,称为永明体。永明体是格律诗体的始祖。

永明诗体(永明体)初诞于南朝齐,因正值齐武帝永明年间而得名,由沈约、谢朓、王融等奠基;又因主创人沈约自齐入梁,至徐陵、庾信、张正见等而成熟,故亦称齐梁体。旋至清末王闿运编《八代诗选》(汉—隋),又将其命名为新体诗,以此区别于其前的古体诗(五言古体),以及其后初唐成熟的近体诗(五言近体)。仅《八代诗选》就选了自南朝齐至隋代的97位诗人、508首诗。实际创作数远在此之上。

据中唐元稹言,近体诗系经初唐考工员外郎宋之问、修文馆直学士沈佺期厘定,"研练精切,稳顺声势,谓之律诗",成为科举考试的必修体,故而有严格的律规。则将此前各朝的诗概称古体诗,自然永明体亦在古体诗之列。这概念的固定直至而今,正如《古诗鉴赏辞典》(中国妇女出版社,1988)后记曰:"古诗,包括诗经、楚辞,以及汉、魏、晋、南北朝、隋的古体诗歌,它区别于唐代的近体诗。"

然而,著者细研,对比南朝宋、齐、梁、陈,以及北齐、北周、隋、唐的诗格律后提出:这千古迄今的结论是不确切的,永明体也是格律诗,近体诗实际上是永明体中的一个类型,是经初唐武后朝严格地格律化了的。例如初唐李世民的《永明体五绝·辽东山夜临秋》:

烟生遥岸隐,月落半崖阴。
连山惊鸟乱,隔岫断猿吟。

2. 分类

(1)按言数:五言永明体为主体,是继承发展此前五言古体的产物。七言永明体在南北朝时有了萌芽,例如庾信《秋夜望单飞雁》。

(2)按句数:四句为绝句,六及八句为律诗,十句以上为排律。例如王褒的《永明体五律·出塞》:

首联:飞蓬似征客,千里自长驱。
颔联:塞禽唯有雁,关树但生榆。

颈联:背山看古垒,系马识余蒲。
尾联:还因麾下骑,来送月支图。

二、基本特点

1. 永明体与近体格律特征对比

毛泽东在《诗通讯》中有论:"因律诗要讲平仄,不讲平仄,即非律诗。"此言一语中的。

平仄律是鉴别格律诗与非格律诗的唯一标准,因此,讲平仄的永明体与对联、近体、词、曲一样,应同属格律诗。受转读佛经的启发,南朝齐周颙等发明了汉字平、上、去、入四声,沈约将其用于诵读及创作诗,其后归出平(平)、仄(上、去、入),"平"读声平缓而长,"仄"则侧立而短,为开创格律诗奠定了划时代的根基。永明体的基本特点与近体对比归纳如下(表8-1):

表8-1 永明体与近体的特征关联对比简表

对比项	永明体	近体	对比结论
句型	五言句式	①五言句式;②七言句式	五言的一致
诗型	①四句为永绝;②六句或八句为永律;③十句以上为永排	①四句为近绝;②八句为近律;十句以上为近排	一致。八句近体律系唐代科考的法定格
平仄标格句	仅四种五言平仄声律句	五言及七言的各四种	五言的一致,七言系五言的延展
声律结构模型	①叠式;②粘式	仅有粘式	近体系永明体中的一种

续表 8-1

对比项	永明体	近体	对比结论
声律句避忌	①一般不避孤平(｜｜－｜－｜式);②不避同声三字尾(－－－或｜｜｜式)	①力避孤平;②力避同声三字尾	有显著区别
韵脚声类	①押平脚韵的为主格;②押仄脚韵的为次格	①押平脚韵的为主格(法定格);②押仄脚韵的为次格	两者皆以平脚韵为主体,近体平脚韵为科考法定格
对仗法则	①永绝不要求对仗;②永律、永排除首、尾两副联不必对仗,中间各副联皆需对仗;③首副联可用叠对	①近绝不要求对仗;②近律、近排除首、尾两副联不必对仗,中间各副联必须对仗;③无叠对格	基本一致,仅永明体允许首副联用叠对

(1)五言句式,句数为四句以上的偶数。可称:四句为永明体五绝,六或八句为永明体五律,十句以上的偶数句为永明体五排。此与五言近体的数格一致,即近体五绝、近体五律、近体五排。

(2)平韵格为主格,仄韵格为次格;仅偶句末用韵者称正格,首句及偶句末用韵者为偏格。永明体一韵到底,近体亦如此。

(3)平仄标格句仅四种（－示平,｜示仄）:
①－－－｜｜,②｜｜｜－－,③｜｜－－｜,④－－｜｜－。也是近体的四种标格句。

(4)变格句系标格句遵循变格法则:"一三不论,二四分明"(可变性)而获得（·示可平可仄）:
①·－·－｜｜,②·｜·｜－－,③·｜·－－｜,④·－·｜｜－。如此就出现了两仄夹一平的孤平句:
｜－｜｜、｜｜｜－｜、｜－｜｜｜

这表明,句首声调放得较宽,但此类句在永明体中并不多见。也会出现同声三字尾:

－－｜｜｜、｜｜－－－

这种三仄尾及三平尾在永明体中多见不鲜。但近体诗却要严格回避孤平及同声三字尾。

(5)尚有如下四个特格句:

①－－－｜｜可特格为－－｜－｜;②｜｜－－｜可特格为｜｜－｜｜、｜｜｜－｜;③｜｜｜－－可特格为｜｜｜－。其中①、②亦为近体诗采用。

(6)两句间平仄声对有如下三种:

A.真(正)对:出句与对句间平仄对立。有两种:①－－｜｜,｜｜－－;②｜｜｜－－,－－｜｜－。也为近体所采用。

B.假对:出句与对句间的平仄部分对立,部分相同。

其一,句首两声相同,句腰两声前异后同、句尾对立,有两种:①－－－｜｜,－－｜｜－;②｜｜－－｜,｜｜｜－－。用于首句不起韵格(平韵),是为该格的首联。其二,句首两声对立、句腰两声前同后异,句尾相同,有两种:③｜｜－－,－－｜｜－;④－－｜｜｜,｜｜｜－－。用于首联或尾联。近体诗无假对①和②之格。

C.叠对:出句与对句平仄相同。有两种:①｜｜｜－－,｜｜｜－－;②－－｜｜｜,－－｜｜｜。用于首联,近体诗无此格。

例如:颜之推的永明体《从周入齐夜渡砥柱》及其格律模型为:

首联①｜｜｜－－, ②｜｜｜－－。

叠对:侠客重艰辛, 夜出小平津。

颔联③｜｜——｜，④——｜｜—。
真对：马色迷关吏，　鸡鸣起戍人。
颈联⑤——｜｜，⑥｜｜｜——。
真对：露鲜华剑彩，　月照宝刀新。
尾联⑦｜｜——｜，⑧｜｜｜——。
假对：问我将何去，　北海就孙宾。

2. 永明体是近体格律的母体

解剖自南朝齐至北朝周间的永明诗律，现将正格构型入门表述如下。

(1)对立法则：一副对联的出句与对句间平、仄对立，便得两副对联。

对1(出句)——｜｜，(对句)｜｜｜——。
对2(出句)｜｜——｜，(对句)——｜｜—。

(2)加法法则：单副对联自加，得2种叠式或称平行式绝句(绝1、绝2)；若两副对联间互加，便得2种粘式或称相交式绝句(绝3、绝4)。

标格模型如下：

绝1　——｜｜，｜｜｜——。
　　　——｜｜，｜｜｜——。
绝2　｜｜——｜，——｜｜—。
　　　｜｜——｜，——｜｜—。
绝3　——｜｜，｜｜｜——。
　　　｜｜——｜，——｜｜—。
绝4　｜｜——｜，——｜｜—。
　　　——｜｜，｜｜｜——。

具体应用时，对每句平仄可按"一三不论，二四分明"的法则变化。其实例分别为：

绝1　咏芙蓉
南朝·沈约

ー ー ー ｜ ｜ ー ｜

微风摇紫叶，轻露拂珠房。

ー ー ｜ ｜ ｜ ー ー

中池所以绿　待我泛红光。

绝2　铜雀悲
南朝·谢朓

｜ ｜ ー ー ｜ ー ー ｜ ー

落日高城上，余光入穗帷。

｜ ｜ ー ー ｜ ー ー ー ー

寂寂深松晚，宁知琴色悲。

绝3　重别周尚书
南北朝·庾信

ー ー ｜ ｜ ｜ ｜ ｜ ー ー

阳关万里道，不见一人归。

ー ｜ ー ー ｜ ー ー ー ｜

唯有河边雁，秋来南向飞。

绝4　从武帝登景阳楼
南朝·柳恽

｜ ｜ ー ー ｜ ー ー ー ー

太液沧波起，长阳高树秋。

｜ ー ー ｜ ｜ ー ｜ ー ー

翠华承汉远，雕辇遂风流。

上述4种模型中，粘式的两种模型（绝3、绝4）为唐代所采用，并加以对、粘、禁（禁犯孤平及同声三字尾）的严格化，称之为"近体"。

按自加、互加法则，尚可以绝句得律诗，以绝句或律诗得排律。近体律诗及排律便是粘式绝句互加的那部分模型,虽经初唐严格化了,但那毕竟较格律的初创要容易得多!两者不可同日而语。永明体也当有"格律诗"地位。

第二节 构型法则

构型是以标格句所构标格模型而言,如表8-2所示。而特格句、同声三字尾句、变格句不参与模型的构建。

表8-2 永明体构型法则示例

首联	①边城风雪至,平平平仄仄,	}平仄对立
	②游子自心悲。平仄仄平平。	}联间相加
颔联	③风哀筯弄断,平平平仄仄,	}平仄对立
	④雪暗马行迟。仄仄仄平平。	}联间相加
颈联	⑤轻生本为国,平平平仄仄,	
	⑥重气不关私。仄仄仄平平。	}平仄对立
尾联	⑦恐君犹不信,仄平平仄仄,	}联间相加
	⑧抚剑一扬眉。平仄仄平平。	}平仄对立

一、两句间平仄对立法则

同一副对联,上下句间平仄声节对应相反。

二、两联间连续叠加法则(同型、异型)

(1)两副同型对联相加,得叠式绝句。叠式绝句再相加,得叠式律诗。……

(2)两副异型对联相加,得粘式绝句。粘式绝句再相加,得粘式律诗。……

(3)叠式绝句加粘式绝句,得复式律诗。……

第三节 永明体模型的构建

永明体模型包括韵声(平仄)及韵脚位。例如:

$$永明体\begin{cases}主格(平韵脚)\begin{cases}正格:仅偶句用韵\\偏格:首句及偶句用韵\end{cases}\\次格(仄韵脚)\end{cases}$$

其中,以主格中的正格为主体。

一、平韵格永明体模型(主格)

模型意味着标准格是以标格句构建。标格句仅有4种:

① ― ― ― ｜ ｜ , ② ｜ ｜ ｜ ― ― ,
③ ｜ ｜ ― ― ｜ , ④ ― ― ｜ ｜ ― 。

1. 主格的正格模型(押偶句平脚韵)推导

(1)按对立法则,同副对联的出句与对句间平(―)、仄(｜)相反,得两副对联:

对1(出句)― ― ― ｜ ｜ ,(对句)｜ ｜ ｜ ― ―
对2(出句)｜ ｜ ― ― ｜ ,(对句)― ― ｜ ｜ ―

(2)按加法法则,同副对联自加一遍得2绝(绝1、绝2);异副对联互加一遍也得2绝(绝3、绝4)。

(3)以图解方法,将绝1、绝2、绝3、绝4列到方阵模型的四营中,然后令绝句间有序相加得16律,其中:①同型绝句自加一遍得4律;②异型绝句间互加一遍得12律,共16个律诗模型(图8-1)。

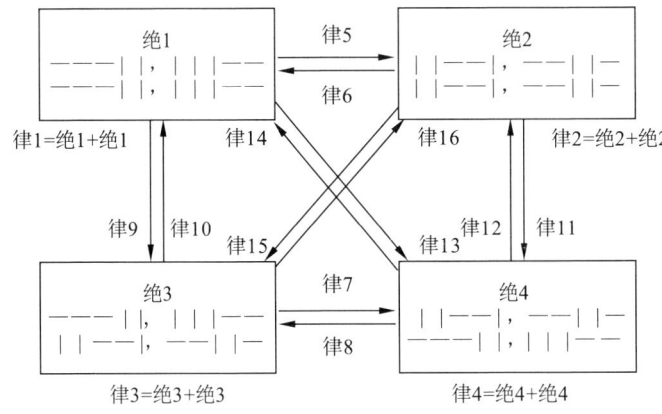

图 8-1 永明体主格综合模型

说明:
①绝句自加一遍,得律 1、2、3、4;绝句互加一遍,得律 5、6、7、8、9、10、11、12、13、14、15、16。箭头指示加法方向。
②排律为律、绝、对间有序相加;10 句排律=律+对;12 句排律=律+绝;14 句排律=律+绝+对;16 句排律=律+律,……

(4) 以推论方法,令律加对、律加绝、律加律等,可得排律模型若干。于是,本书归纳公式如下:

绝=对+对,计 4 绝式

律=绝+绝,计 16 律式

排=律+对,或律+绝、律+律,有若干式。

2. 主格的偏格模型(首句及偶句平脚韵)

仅将上述正格绝、律、排之首句由仄脚改平脚便可,其他各句不变。改法:－－－｜｜取腰补尾得－－｜｜－,｜｜－－｜取尾插腰得｜｜｜－－。

按此综合模型对永明体诗赏析及写作,尚应掌握标格句的可变性。

(1) 变格句:按"一三不论,二四分明"的法则,每句第一、三字可平可仄,二、四字必须按标准格。于是,一般地不回避孤平(｜—｜式),以及同声三字尾(———或｜｜｜式)。

具体为:①———｜｜｜可变为｜—｜｜｜,或——｜｜｜;②｜｜｜——可变为｜｜——｜,或—｜——｜;③｜｜—｜可变为｜｜｜—｜,或—｜—｜;④——｜｜—可变为｜—｜｜—,或｜——｜—。

(2)特格句:指句中第三字与第四字的互变性或独变性。①———｜｜｜可特格为——｜—｜,被广泛应用;②｜｜｜——可特格为｜｜—｜—,少用;③｜｜——｜可特格为｜｜—｜｜,或｜｜｜—｜,较少应用。

律1＝绝1＋绝1
———｜｜,｜｜｜——。
｜｜——｜,———｜｜。
———｜｜,｜｜｜——。
｜｜——｜,———｜｜。

律1　临高台

南朝·王融

游人欲骋望,积步上高台。
井莲当夏吐,窗桂逐秋开。
花飞低不入,鸟散远时来。
还看云阵影,含月共徘徊。

律2＝绝2＋绝2
｜｜｜——,——｜｜—。
———｜｜,｜｜｜——。
｜｜——｜,———｜｜。
———｜｜,｜｜｜——。

律2　晚出新亭

南朝·阴铿

大江一浩荡,离悲足几重。
潮落犹如盖,云昏不作峰。
远戍惟闻鼓,寒山但见松。
九十方称半,归途讵有踪。

律3＝绝3＋绝3
———｜｜,｜｜｜——。
｜｜——｜,———｜｜。
———｜｜,｜｜｜——。
｜｜——｜,——｜｜—。

律3　关山月

南朝·徐陵

关山三五月,客子忆秦川。
思妇高楼上,当窗应未眠。
星旗映疏勒,云阵上祁连。
战气今如此,从军复几年?

律 4 ＝ 绝 4 ＋ 绝 4
｜｜－－，－－｜｜－。
－－｜｜，｜｜｜－－。
｜｜－－｜，｜｜－－。
－－｜｜，｜｜｜－－。

律 5 ＝ 绝 1 ＋ 绝 2
－－－｜｜，｜｜｜－－。
｜｜－－｜，－－｜｜－。
－－－｜｜，｜｜｜－－。
｜｜－－｜，－－｜｜－。

律 6 ＝ 绝 2 ＋ 绝 1
｜｜－－｜，－－｜｜－。
｜｜－－｜，｜｜｜－－。
－－－｜｜，｜｜｜－－。
｜｜－－｜，－－｜｜－。

律 7 ＝ 绝 3 ＋ 绝 4
－－－｜｜，｜｜｜－－。
｜｜－－｜，－－｜｜－。
｜｜－－｜，｜｜｜－－。
－－｜｜，｜｜｜－－。

律 8 ＝ 绝 4 ＋ 绝 3
｜｜－－，－－｜｜－。
－－｜｜，｜｜｜－－。
｜｜－－｜，｜｜｜－－。
｜｜－－｜，－－｜｜－。

律 4　咏柳
南朝·吴均
细柳生堂北，长风发雁门。
秋霜常振叶，春露讵濡根。
朝作离蝉宇，暮成宿鸟园。
不为君所爱，摧折当何言？

律 5　入若耶溪
南朝·王籍
艅艎何泛泛，空水共悠悠。
阴霞生远岫，阳景逐风流。
蝉噪林逾静，鸟鸣山更幽。
此地动归念，长年悲倦游。

律 6　采莲曲
南朝·吴均
锦带杂花钿，罗衣垂绿川。
问子今何去，出采江南莲。
辽西三千里，欲寄无因缘。
愿君早旋返，及此荷花鲜。

律 7　铜雀台
北朝·荀仲举
高台秋色晚，直望已凄然。
况复归风便，松声入断弦。
泪逐梁尘下，心随团扇捐。
谁堪三五夜，空对月光圆？

律 8　战城南
南朝·张正见
蓟北驰胡骑，城南接短兵。
云屯两阵合，剑聚七星明。
旗交无复影，角愤有余声。
战罢披军策，还嗟李少卿。

律9＝绝1＋绝3
———||，|||—。
———||，|||—。
———||，|||—。
||——，——||。

律10＝绝3＋绝1
———||，|||—。
———||，|||—。
———||，|||—。
———||，|||—。

律11＝绝2＋绝4
||——，|||—。
||——，|||—。
||——，|||—。
||——，|||—。

律12＝绝4＋绝2
||——，|||—。
||——，|||—。
||——，|||—。
||——，|||—。

律13＝绝1＋绝4
———||，|||—。
———||，|||—。
———||，|||—。
———||，|||—。

律9　咏宝剑
南朝·吴均
我有一宝剑，出自昆吾溪。
照人如照水，切玉如切泥。
锷边霜凛凛，匣上风凄凄。
寄语张公子，何当来相携。

律10　夜宿江渚
隋唐·陈子良
我行逢日暮，弭棹独维舟。
水雾一边起，风林两岸秋。
山阴黑断碛，月影素寒流。
故乡千里外，何以慰羁愁？

律11　班婕妤
南朝·何思澄
寂寂长信晚，雀声喧洞房。
踟蹰网高阁，驳藓被长廊。
虚殿帘帷静，闲阶花蕊香。
悠悠视日暮，还复拂空床。

律12　捣衣
南朝·柳恽
泛艳回烟彩，渊旋龟鹤文。
凄凄合欢袖，冉冉兰麝芬。
不怨杼轴苦，所悲千里分。
垂泣送行李，倾首迟归云。

律13　铜雀伎
南朝·何逊
秋风木叶落，萧瑟管弦清。
望陵歌对酒，向帐舞空城。
寂寂檐宇旷，飘飘帷幔轻。
曲终相顾起，日暮松柏声。

律 14 ＝ 绝 4 ＋ 绝 1
｜｜－－｜，－－｜｜－。
－－－｜｜，｜｜｜－－。
－－－｜｜，｜｜｜－－。
｜｜－－｜，－－｜｜－。

律 14　陇头水
南朝·江总
雾暗山中日，风惊陇上秋。
徒伤幽咽响，不见东西流。
无期从此别，更度几年幽。
遥闻玉门道，望入杳悠悠。

律 15 ＝ 绝 2 ＋ 绝 3
｜｜－－｜，－－｜｜－。
｜｜－－｜，－－｜｜－。
｜｜－－｜，－－｜｜－。
｜｜－－｜，－－｜｜－。

律 15　杨柳
南朝·王瑳
塞外无春色，上林柳已黄。
枝影侵云暗，叶彩乱星光。
陌头藏戏鸟，楼上掩新妆。
攀折思为赠，心期别路长。

律 16 ＝ 绝 3 ＋ 绝 2
－－｜｜－，｜｜｜－－。
｜｜－－｜，－－｜｜－。
｜｜－－｜，－－｜｜－。
｜｜－－｜，｜｜｜－－。

律 16　婕妤怨
南朝·何楫
齐纨既逐箧，赵舞即凌人。
履迹随恩故，阶苔逐恨新。
独卧销香炷，长啼费锦中。
庭草何聊赖，也持秋当春？

二、仄韵格永明体模型（次格）

仄韵格模型，即仄韵脚的诗体标型。在南朝齐、梁，此类诗作是较少量的；然而到了唐朝，却不乏其见，尽管它们不是科举考试的必修体，但作为诗体的变换，却有着重要价值。由如下两副联构建成 3 种模型：

对 1 （出句）｜｜｜－－,（对句）－－－｜｜
对 2 （出句）－－｜｜－,（对句）｜｜－－｜

它的构型方法是：
(1) 出句与对句平仄相反；
(2) 第二句与第三句间平仄反对。

注意！在永明体仄韵五绝模型中，"第二句与第三句间平仄反对"是最关键的特征。

玉阶怨

南朝·谢朓

永明体仄韵五绝1
｜｜｜——，———｜｜
｜｜｜——，———｜｜

夕殿下珠帘，流萤飞复息。
长夜缝罗衣，思君此何极？

金谷聚

南朝·谢朓

永明体仄韵五绝2
｜｜｜——，———｜｜
｜｜｜——，｜｜｜——

渠碗送佳人，玉杯邀上客。
车马一东西，别后思今夕。

春晓

唐·孟浩然

永明体仄韵五绝3
———｜｜，｜｜｜——
——｜｜—，｜｜——｜

春眠不觉晓，处处闻啼鸟。
夜来风雨声，花落知多少？

第四节　特别论述

一、永明体与近体的根本区别

永明体与近体的诗型（外貌）相同，韵律及联律也一致，它们的根本区别在于平仄声律的构型有别。

（1）叠式（同型对联连加）模型与复式（叠式绝句加粘式绝句）模型是永明体所独有的，近体无此两种模型。

（2）粘式模型为近体所要求，永明体没有此要求，另外，永明体不避同声三字尾，而近体无此格。

（3）首联用叠对，为永明体所独有，尽管叠对不是永明体的正格，但首联出现叠对，必定是永明体。

二、七言格律的萌芽与发展

七言永明体诗萌芽于北朝周庾信的《秋夜望单飞雁》；永明体七绝成熟于初唐王勃《滕王阁二首其二》；永明体七律则在盛唐李白手中诞生，即著名的《登金陵凤凰台》，是由叠式绝句与粘式绝句相加而构成的复式律诗。现将上述3例列于下：

永明体七绝·秋夜望单飞雁
南北朝·庾信

失群飞雁声可怜，夜半单飞在月边。
无奈人心复有忆，今暝将渠俱不眠。

永明体七绝·滕王阁二首（其二）
唐·王勃

闲云潭影日悠悠，物换星移几度秋。
阁中帝子今何在，槛外长江空自流。

永明体七律·登金陵凤凰台
唐·李白

凤凰台上凤凰游，凤去台空江自流。
吴宫花草埋幽径，晋代衣冠成古丘。
三山半落青天外，二水中分白鹭洲。
总为浮云能蔽日，长安不见使人愁。

第九章 近体模型

"唐兴,官学大振,历世之文,能者互出。"
引自《唐故检校工部员外郎杜君墓系铭并序》(唐·元稹)

近体诗以其精湛闻世千余年而不衰,虽亦有低谷,但大似一株常青树,有断枝残叶之时,却毕竟在不断生长着。

近体诗又称今体诗,传统称为律诗。发源于六朝沈约、庾信,成熟于初唐宋之问、沈佺期,历时一百余年。《新唐书》言:"魏建安后,迄江左,诗律屡变。至沈约、庾信,以音韵相婉附,属对精密;及至之问、沈佺期又加靡丽、回忌声病、约句准则,如锦绣成文,学者宗之。"(《宋之问传》)。至此,人们把初唐成熟的有严密格律的,包括数格、声律、韵律、联律,称为近体诗。唐诗发达,得益于官学大振,科举取士,其中近体诗是考试的重要内容。

第一节 概　述

一、基本概念

1. 定义

近体诗意指讲究声律、韵律、联律,并且力避孤平及同声三字尾的齐言格律诗,形成于唐初,具有整齐句型,在字数、句数、平仄、韵脚、对仗等方面有严格规定的近体,严格要求联间相粘。

2. 分类

(1) 按言数及句数分类

近体诗有五言及七言两类,六言少见。按每首句数,4句为绝句,6句(称三韵小律或小律)或8句为律诗,10句以上为排律。于是,就有:

$$近体诗\begin{cases}近体五绝、近体五律、近体五排\\近体七绝、近体七律、近体七排\end{cases}$$

(2) 按韵类及韵脚分类

$$近体诗\begin{cases}主格(平韵格)\begin{cases}正格(偶句用韵)\\偏格(首句及偶句用韵)\end{cases}\\次格(仄韵格)\end{cases}$$

二、基本特点

1. 结构

绝句只有首联与尾联,律诗在首尾两联间尚有颔联与颈联。

近体排律(10句以上)是近体律诗(8句)的扩展,因此,也称长律,有近体五排与近体七排之分,古代以近体五排常见。

10韵以上的排律,常将韵数写入标题,有10韵、20韵、30韵、40韵、50韵等。现存最长的是白居易《代书诗一百韵寄微之》。另外,唐代起始的科举考试《试帖诗》(以古诗句或成语为题而"赋得"),是规定为5言、6(或8)韵、12(或16)句,并限韵目的近体五排诗。

2. 平仄声韵

近体诗平仄变化按平仄标格模型或符合法则的变格。

韵脚在偶句末,押平声韵为主格。但是,七言近体首句多用韵,原因是字节较五言多,可加密韵脚。

3. 对仗位置要求

首联无对仗要求,尾联不对仗,中间各副联必须对仗。就是说,首尾两联是否对仗,是作者的修辞自由,但律诗及排律的中间各副联对仗却是格律规定。

4. 对仗宽严尺度

用工对,严格的同词类相对;也可用邻对,相邻词类相对;少用宽对,大体对仗。

近体诗对仗,犹如散文中加入骈文句,加强了韵味及节奏感,许多名句往往就是对仗句,例如:"野火烧不尽,春风吹又生。"对仗十分工整,蓄意也深。近体诗对仗除位置要求外,尚有如下规则:

(1)上下两联间同词类相对、结构相同、平仄相反,即要合乎近体平仄格式;

(2)要尽量用工对(同类小词相对),尤以颈联必须工对;

(3)避免同义句相对,即避同义重复,或称同义合掌;

(4)避免结构合掌,即避两副联间结构完全相同,例如南宋徐玑《五律·春日游园池》:

西野芳菲路,春风正可寻。

山城依曲诸,古渡入修林。

长日多飞絮,游人爱绿荫。

晚来歌吹起,惟觉画堂新。

其中,颔、颈两联皆为主-谓-宾结构,有如双掌相合,呆板而少抑扬,是对仗大忌。

5. 力避无为重复

除修辞外,一诗中力避重复字。例如:

    岸碧花开花上野,天蓝草绿草前川。

其中的"花开花""草绿草"皆是修辞。如果改成:

    草绿花开花上野,春深草绿草前川。

上下联中的"草绿"则是重复。

兹综合概析白居易《五律·城上夜宴》,格律如表9-1所示。其中符号"－"代平、"｜"代仄、"·"代可平可仄、"＝"代韵脚、"∧"代对仗。

表9-1　近体七律实例表解

首联	－－｜｜－－｜ ∧ ｜｜－－｜｜＝ 留春不住登城望,惜夜相将秉烛游。
颔联	－｜｜－－｜｜ ∧ －－｜｜｜－＝ 风月万家河两岸,笙歌一曲郡西楼。
颈联	－｜｜｜－－｜ ∧ ｜｜－－｜｜＝ 诗听越客吟何苦,酒被吴娃劝不休。
尾联	－｜－－｜｜｜ ∧ ｜－－｜｜－＝ 从道人生都是梦,梦中欢笑亦胜愁。

该诗可见平仄交错且无两仄夹一平者;概押 ou(尤韵)的平声韵;颔、颈两联皆对仗;尾联中的"梦,梦"是顶针修辞。合乎近体诗一般格律模型。

近体诗模型具有不变与可变的双重性,含于声、韵、联之中。例如上诗:"风月万家河两岸"句,标准声律应为:｜｜－－－－｜｜,但"风""万"两字反其声,是允许的,因未现两仄夹一平的"孤平"(孤平是声律一大忌)。另外,首联对仗本非要求,用了自然不违律,反见造诗功夫。

第二节 构型法则

一、应用标格句构型法则

必须用标格句构型,近体诗只有 4 种基本句型。五言标格句为:

| | — — |,
— — | | —。
— — — | |,
| | | — —。

七言句是在五言句前加两个相反声,即加一个双声节:

— — | | — — |,
| | — — | | —。
| | — — — | |,
— — | | | — —。

特格句及变格句等只是在写作诗的过程中变通使用,而不参与构型。

二、两联间平仄对立法则(对)

近体诗的同副联中对句与出句间平仄对立,这依然是对标格句而言。例如:

梅花落处疑残雪,柳叶开时任好风。 (杜审言,"大酺")

该副对联的平仄对仗(声对)及用词对仗(词对)皆十分标准。

三、两异型对联互加法则(粘)

粘：上副联对句与下副联出句间，五言前 2 字，七言前 4 字平仄相同。

韵：主格韵脚为平，非韵脚为仄，偶句末字皆为韵脚。按此法则，即可推出绝句及近体律诗标格模型各 4 种（平韵格）。

四、仄脚句改尾法则

为了首句用韵而制定本法则。

1. 五言句仄尾改平尾

－－－｜｜取腰补尾得－－｜｜－；

｜｜－－｜取尾插腰得｜｜｜－－。

2. 七言句仄尾改平尾

｜｜－－－｜｜取腰补尾改为｜｜－－｜｜－；

－－｜｜－－｜取尾插腰改为－－｜｜｜－－。

第三节　近体模型的构建

一、平韵格近体模型(主格)

用标格句构建标格模型，只要掌握了标格模型，然后牢记变格法则，应用便会得心应手。

1. 五言近体模型

(1)运用 4 个标格句：

－－－｜｜，｜｜｜－－，

｜｜――｜，――｜｜―。

按粘对法则及改尾法则,便可构建五言绝句、五言律诗各4种模型(表9-2)。

表9-2　平韵格五言近体模型

近体五绝1 ―――｜｜，｜｜｜――。 ｜｜――｜，――｜｜―。	山中 唐·王勃 长江悲已滞,万里念将归。 况属高风晚,山山黄叶飞。
近体五绝2 ｜｜――｜，――｜｜―。 ―――｜｜，｜｜｜――。	劳劳亭 唐·李白 天下伤心处,劳劳送客亭。 春风知别苦,不遣柳条青。
近体五绝3 ――｜｜―，｜｜｜――。 ｜｜――｜，――｜｜―。	细雨 唐·李商隐 帷飘白玉堂,簟卷碧牙床。 楚女当时意,萧萧发彩凉。
近体五绝4 ｜｜｜――，―――｜｜。 ―――｜｜，｜｜｜――。	和张仆射塞下曲(之二) 唐·卢纶 林暗草惊风,将军夜引弓。 平明寻白羽,没在石棱中。
近体五律1 ―――｜｜，｜｜｜――。 ｜｜――｜，――｜｜―。 ―――｜｜，｜｜｜――。 ｜｜――｜，――｜｜―。	游少林寺 唐·沈佺期 长歌游宝地,徙倚对珠林。 雁塔风霜古,龙池岁月深。 绀园澄夕霁,碧殿下秋阴。 归路烟霞晚,山蝉处处吟。
近体五律2 ｜｜――｜，――｜｜―。 ―――｜｜，｜｜｜――。 ｜｜――｜，――｜｜―。 ―――｜｜，｜｜｜――。	旅夜书怀 唐·杜甫 细草微风岸,危樯独夜舟。 星垂平野阔,月涌大江流。 名岂文章著,官应老病休。 飘飘何所似,天地一沙鸥。

续表 9-2

	闻新蝉 唐·刘禹锡
近体五律3 一一丨丨一,丨丨丨一一。 丨丨一一丨,一一丨丨一。 一一一丨丨,丨丨丨一一。 丨丨一一丨,一一丨丨一。	蝉声未发前,已自感流年。 一入凄凉耳,如闻断续弦。 晴清依露叶,晚急畏霞天。 何事秋卿咏,逢时亦悄然。
	江亭晚望 唐·宋之问
近体五律4 丨丨一一丨,一一丨丨一。 一一一丨丨,丨丨丨一一。 丨丨一一丨,一一丨丨一。 一一一丨丨,丨丨丨一一。	浩渺浸云根,烟岚出远村。 鸟归沙有迹,帆过浪无痕。 望水知柔性,看山欲断魂。 纵情犹未已,回马欲黄昏。

(2)五言变格法则：

在句尾不变,不犯孤平(式丨一),不出现同声三字尾(式———或丨丨丨)的条件下,标格五言句可"一三不论,二四分明",于是得4种变格句(·示可平可仄)：

$$\dot{丨}\dot{丨}一一丨,\dot{一}\dot{一}丨丨一,$$
$$\dot{一}\dot{一}一丨丨,\dot{丨}\dot{丨}丨一一。$$

可见,实际上只有一一丨丨一句可"一三不论",其他3句只能"一不论"。

(3)尚有3个特格句：①一一一丨,②丨丨丨一丨,③丨丨丨一。①相当于———丨丨,②和③相当于丨丨一一丨。来自永明体平仄特格,例如宋之问《五绝·送杜审言》：

卧病人事绝,嗟君万里行。
河桥不相送,江树远含情。

含有第一句丨丨一丨丨和第三句一一丨一丨2个特格句。

2. 七言近体模型

(1)标准七言声律句(标格句)仅有4种：

——||——|，
　　||——||—。
　　||———|，
　　——|||——。

按粘对法则及改尾法则构绝、律各4种模型(表9-3)。

表9-3　平韵格七言近体模型

近体七绝1 ||——||—，——|||——。 ——||——|，||——||—。	九月九日忆山东兄弟 唐·王维 独在异乡为异客，每逢佳节倍思亲。 遥知兄弟登高处，遍插茱萸少一人。
近体七绝2 ——|||——，||——||—。 ||——|||，——|||——。	早发白帝城 唐·李白 朝辞白帝彩云间，千里江陵一日还。 两岸猿声啼不住，轻舟已过万重山。
近体七绝3 ||——||—，——|||——。 ——||——|，||——||—。	夜雨寄北 唐·李商隐 君问归期未有期，巴山夜雨涨秋池。 何当共剪西窗烛，却话巴山夜雨时。
近体七绝4 ——||——|，||——||—。 ||——|||，——|||——。	赠别(二) 唐·杜牧 多情却似总无情，未觉尊前笑不成。 蜡烛有心还惜别，替人垂泪到天明。
近体七律1 ||——||—，——|||——。 ——||——|，||——||—。 ||——|||，——|||——。 ——||——|，||——||—。	阁夜 唐·杜甫 岁暮阴阳催短景，天涯霜雪霁寒宵。 五更鼓角声悲壮，三峡星河影动摇。 野哭千家闻战伐，夷歌数处起渔樵。 卧龙跃马终黄土，人事音书漫寂寥。

续表 9-3

近体七律 2	西湖晚归回望孤屿赠诸客 唐·白居易
ーー｜｜ーー｜，｜｜ーー｜｜。 ｜｜ーーー｜｜，ーーー｜｜ーー。 ーー｜｜ーー｜，｜｜ーー｜｜。 ｜｜ーーー｜｜，ーーー｜｜ーー。	柳湖松岛莲花寺,晚动归桡出道场。 卢橘子低山雨重,栟榈叶战水风凉。 烟波澹荡摇空碧,楼殿参差倚夕阳。 到岸请君回首望,蓬莱宫在海中央。
近体七律 3	登高 唐·杜甫
｜｜ーーー｜ー，ーーー｜｜ーー。 ーーー｜ーー｜，｜｜ーーー｜ー。 ｜｜ーーー｜｜，ーーー｜｜ーー。 ーー｜｜ーー｜，｜｜ーー｜｜ー。	风急天高猿啸哀,渚清沙白鸟飞回。 无边落木萧萧下,不尽长江滚滚来。 万里悲秋常作客,百年多病独登台。 艰难苦恨繁霜鬓,潦倒新停浊酒杯。
近体七律 4	自夏口至鹦鹉洲望岳阳寄元中丞 唐·刘长卿
ーー｜｜｜ーー，｜｜ーーー｜ー。 ｜｜ーーー｜｜，ーーー｜｜ーー。 ーー｜｜ーー｜，｜｜ーー｜｜ー。 ｜｜ーーー｜｜，ーーー｜｜ーー。	汀洲无浪复无烟,楚客相思益渺然。 汉口夕阳斜度鸟,洞庭秋水远连天。 孤城背岭寒吹角,独戍临江夜泊船。 贾谊上书忧汉室,长沙谪去古今怜。

（2）七言变格法则：

在句尾不变,不犯孤平(式｜ー｜),不出现同声三字尾(式ーーー或｜｜｜)的条件下,标格七言句可"一三五不论,二四六分明"。于是得 4 种变格句：

$$ーー｜｜ーー｜，｜｜ーー｜｜ー，$$
$$｜｜ーーー｜｜，ーーー｜｜ーー。$$

可见,实际上只有｜｜ーー｜｜ー可"一三五不论",其他 3 句也只能是"一三不论"的。

（3）尚有 3 个特格句：①｜｜ーー｜ー｜，②ーー｜｜｜｜，③ーー｜｜｜ー｜。

该 3 个句式相当于标格句：①为｜｜ーーー｜｜，②和

③为 ——｜｜——｜。

特格①并不鲜见，②和③则罕见，它们的实例分别为：①正是江南好风景，②长空澹澹孤鸟没，③劝君更尽一杯酒（注："更"读平声；"一"为入声字，读仄声）。

二、仄韵格近体模型（次格）

依然用4种标格句，按粘对法则及改尾法则构型，历史上留下来的主要是仄韵格五言绝句（表9-4）；仄韵格七言绝句体较少运用。

表9-4 仄韵格五言近体模型

仄韵近体五绝1 ｜｜——，———｜｜。 ——｜｜—，｜｜——｜。	**寒食下第** 唐·武元衡 柳桂九衢丝，花飘万家雪。 如何憔悴人，对此芳菲节。
仄韵近体五绝2 ——｜｜—，｜｜——｜。 ｜｜——｜，｜｜——｜。	**忆鄱阳旧游** 唐·顾况 悠悠南国思，夜向江南泊。 楚客断肠时，月明枫子落。
仄韵近体五绝3 ｜｜——｜，———｜｜。 ——｜｜—，｜｜——｜。	**竹里馆** 唐·王维 独坐幽篁里，弹琴复长啸。 深林人不知，明月来相照。
仄韵近体五绝4 ———｜｜，｜｜——｜。 ｜｜｜——，———｜｜。	**送上人** 唐·刘长卿 孤云将野鹤，岂向人间住。 莫买沃洲山，时人已知处。 注："沃"为入声字，作仄。

第四节　特别论述

一、近体变格法则问题

古人《切韵指南》记录了一个口诀:"一三五不论,二四六分明",王力《诗词格律》(1977)有论:"这个口诀对于初学律诗的人是有用的,因为它是简单明了的。但它分析问题是不全面的,所以容易引起误解。"王力及其以后的论者皆作了不同说理的论证,关键在于如何看待变出的"孤平"及"同声三字尾"问题。唐律中二者并不存在。

事实上,任何口诀都是有条件的。本书给出的条件是,对于标格句的变格,必须限定在"句尾不变""不犯孤平""不出现同声三字尾"3个条件下,七言句才可"一三五不论,二四六分明"。

综上所述,所谓声律句的变通,是以不犯孤平(｜—｜)、不出现同声三字尾(———或｜｜｜)为前提的,以此方可使用"一三五不论,二四六分明"(对七言句)的口诀。概因二、四、六字通常为音节之尾,是节拍紧要处,须严守;一、三、五字在音节之首,与之关系稍逊,故可变通。至于句末一字是音律的关键,必守标准格。

二、孤平拗救问题

孤平句即指3种特格句,传统称作拗律句:

式一:——｜—｜
式二:｜｜｜—｜｜
式三:｜｜｜｜—｜

另种特格｜｜－｜－，仅在永明体中。标格为｜｜｜－－。

（1）初唐至盛唐期间，是将其直接用于近体诗中，无特别的讲究。

（2）中唐至晚唐，出现了孤平拗救说：拗是指某字平仄与标准格平仄相反，该平而用了仄，称"仄拗"，出了孤平，就必须在对句用该仄而变平的"平拗"补救，即"仄拗平救"（表9-5）。

其实，上述3种特格句来自永明体，由宋之问、沈佺期继承于近体诗，用于科举考试。直到盛唐李白、孟浩然等仍有所作。中唐白居易、柳宗元、刘禹锡等，提出"孤平拗救"，成了后期近体诗的一个特点。

表9-5　近体诗孤平拗救模型

式号	特拗句	标格对句	拗救对句
式一	－－｜－｜ 　　·○	｜｜｜－－	｜｜｜－－ 　　　●
式二	｜｜－｜｜ 　○·	－－｜｜｜	－－｜｜｜ 　　　●
式三	｜｜｜－｜ 　　·○	－－｜｜｜	－－｜｜｜ 　　　●

七言特拗句只在上述五言句首加一反声节，拗救方法并无特别的不同。

注：·示仄拗，○示孤平，●示拗救定声。

在上述特格句中，－－｜－｜最常用，来自标格句－－－｜｜。

标格句ーーー||,其对句为|||ーー,此时对句的第一字可平;若用特格句ーー|ー|,其对句也为|||ーー,但此时第一字必须用仄,而不能变平。此律为本书作者考证而提出的。往昔只说"本句自救",即在ーーー||句中,第四字变平,用第三字变仄来补救,变为ーー|ー|。此说不符合由永明体进入近体的实际。

永明体五绝·登楼曲
南朝梁·沈满愿

凭高川陆近,**望远阡陌多**。

相思隔重岭,相忆限长河。

近体五绝·送杜审言
初唐·宋之问

卧病人事绝,嗟君万里行。

河桥不相送,江树远含情。

近体五绝·送朱大入秦
盛唐·孟浩然

游人五陵去,宝剑值千金。

分手脱相赠,平生一片心。

近体五绝·长沙驿前南楼感旧
中唐·柳宗元

海鹤一为别,存亡三十秋。

今来数行泪,独上驿南楼。

上述4首绝句的特格句皆以黑体字标明。中唐柳宗元的《长沙驿前南楼感旧》中的特格句,其对句皆给与了补救,此别于盛唐的"不救"。今人写作近体诗,可弃去"孤平拗救说"。

三、近体诗的出韵问题

按传统所说是一首诗用了平水韵中的两个以上的韵目,称"出韵",是近体诗的一忌。唐代的诗,很少有出韵的。

但是,今人写作近体诗,已不必受限于平水韵的分目繁琐,而是用较宽的韵部。例如平水韵中的"十三元(半)""十四寒""十五删""一先""十三覃""十四盐""十五咸"6个半韵目,在现代韵书中皆归为安韵部(an)。按现代韵书写诗,便不应犯出韵的错误。

第十章 律词模型

> 词之作必须合律,然律非易学,得之指授方可。若词人方始作词,必欲合律,恐无是理。所谓千里之程起于足下,当渐而进,可也。
>
> 引自《词源·杂论》(宋·张炎)

张炎强调,必须按谱填词。掌握词律固然非易,但稳扎根基,渐而进之,也非难事。

律词以其多型、精练、深刻、少受限制得到人们钟爱。律词模型的诞生是诗坛上的一大盛事,包括数格(字数、句数)、声律、韵律、联律等几个重要方面。

第一节 概 述

一、基本概念

1. 定义

词,又称曲词、曲子词。原指乐谱下所填的歌词;南宋以降,乐谱逐渐失传,便指按能反映音节高低、长短的平仄及有律的韵脚所构成的词谱所填的律词。

词谱的名,称词牌。例如"如梦令""清平乐""满江红"

"贺新郎"等。词谱包括别名、宫调、字数、段(片)数、谱型(片间同型或不同型)、韵格、对仗等。例如:

"捣练子":又名"杵声齐""咏捣练""夜如年""望书归""深院月""捣练子令"。《太和正音谱》入"双调"(乐调)。单片,27字,5句,3平韵。

平仄仄,仄平平。仄仄平平仄仄平。仄仄平平平仄仄,平平仄仄仄平平。(_示韵脚;·示可平可仄)

2. 分类

词分类方案较多。以字数分类由南宋何士信在《草堂诗余》一书中首先给出,其后清代毛先舒在《填词名解》中指出:"凡五十八字以内为小令,自五十九字始至九十字止为中调,九十一字以外者俱为长调也。"该划分方案过于机械,清代万树在《词律》一书中批驳:"若以少一字为短,多一字为长,必无是理。"不过以大体字数分类还是应该有的,用作参考。既然如此,本书认为,不如以60及90两个整数界开,少于60字为小令,60至90字为中调,多于90字者为长调。本书更多采用按"段落"(片)划分法。段落由少到多,因此字数也由少到多,反映了词创作历史的发展过程。

(1)单片词:也称单调,即一段之意。起源早,字数少,韵脚较密,皆为小令,唐至五代多用之。如"十六字令"(16字)、"忆江南"(27字)、"渔父"(27字)、"潇湘神"(27字)、"捣练子"(27字)、"江南春"(30字)、"忆王孙"(31字)、"调笑令"(32字)、"如梦令"(33字)等。

(2)双片词:也称双调,即两段之意。是词型的主体,字数较多,韵脚较密,多为中调,部分为小令及长调,五代及宋人多用。如"江城子"(35字)、"长相思"(36字)、"醉太平"(38字)、"玉蝴蝶"(41字)、"浣溪沙"(42字)、"巫山一段云"

(44字)、"采桑子"(44字)、"画堂春"(47字)。

(3)三片词:也称三叠,即三段之意。词调少,字数多,节奏慢,韵脚疏,皆为长调慢词,兴起于北宋中晚期。如"十二时"(130字)、"兰陵王"(130字)、"瑞龙吟"(133字)、"浪淘沙慢"(134字)、"夜半乐"(144字)、"宝鼎现"(155字)。

(4)四片词:也称四叠,即四段之意。长篇铺陈,宋人只留下一调,即吴文英的"莺啼序"(290字)。

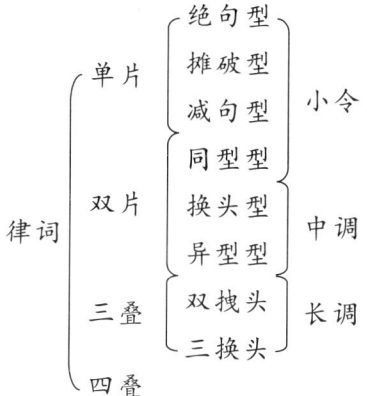

二、基本特点

1. 以长短句形式为主的参差外貌

宋人词集题名长短句的有《淮海居士长短句》《稼轩长短句》等10部左右。仅极少部分为整齐句型,如"浣溪沙""杨柳枝"。

2. 长短句押韵法

长短句押韵形式包括平声通韵格(AAAA式)、仄声通韵格(aaaa式)、平仄通韵格(AAaa式)、平仄转韵格(AAbb式)、平仄错韵格(AbAb式)。

3. 古代创作词谱繁多

南宋周密在《齐东野语》一书中记录南宋时有《乐府混成集》:"古今歌词之谱,靡不俱备。"已佚,那该是"曲词谱"。明代张綖所著《诗余图谱》是现存的最早的"律词谱",书中分列各调,每调一例;字旁以白圈示平、黑圈示仄。

4. 词原则上无对仗要求

词仅在邻句字数相等时,以对仗为上乘,常以名作为样板,故在特定词牌的特定联,也有了对仗要求。

5. 长调词以领字为特色

长调词广泛应用领字,领字通常是一个字,或两个、三个字。统领下面两个或多个短句。例如:

嗟:旧日沈腰,如今潘鬓,怎堪临镜?(徐伸,"二郎神")

沉思:年少浪迹,笛里关山,柳下坊陌。(姜夔,"霓裳中序第一")

应难奈:故人天际,望彻淮山,相思无雁足。(史达祖,"八归")

6. 平仄声韵组构为内质

词皆按一定律谱,"依谱填词"。律词的实质是以平仄的声律去谐和以音符构成的乐律。

第二节 构型法则

一、标格句间关联法则

截至现今,对古典长短句的词句间关联法尚少人论及。一般认为平仄律的"声谱"(律谱)是从宫调"曲谱"(乐谱)转化而来,但是如何转化的,也众说纷纭。著者考查词谱(标格句),从构型角度出发,兹得出以下关联。

1. 平仄对仗句的组构

相邻句(二或三句)若字数相等,则有句间平仄相同(正声对)或平仄对立(反声对)两种。

2. 平仄散体句关联

若前句为仄脚,后句可以平头对接;或前句为仄脚,后句以仄头叠接;反之也成立。如"忆江南":

① — — |,② — | | — —(韵)。
③ | | — — | |,④ — — | | — —(韵)。
⑤ — | | — —(韵)。

该谱可见:②以平头对接①的仄尾,③以仄头对接②的平尾,④与③平仄对仗(反声对),⑤以平头叠接④的平尾。

二、片与片间关联法则

1. 同型法则

为上片与下片的平仄句式、句间结构及韵脚完全相同的双片词,多为小令及中调。如"长相思""捣练子""点绛唇""卜算子""采桑子""桃源忆故人""渔家傲"等。

2. 换头法则

下片开始一或二句,甚至三句的句式与上片的有异,其后相同,因此称"换头"或"过变"。如"玉蝴蝶""忆秦娥""谒金门""忆少年""水调歌头""念奴娇"等。举"玉蝴蝶"简谱如下:

平平仄仄平<u>平</u>,平仄仄平<u>平</u>。平仄仄平<u>平</u>,平平仄仄<u>平</u>。
○仄平平仄仄,平仄仄平<u>平</u>。平仄仄平<u>平</u>,平仄仄平<u>平</u>。

3. 异型法则

为上片与下片的句式、结构及韵脚完全不同的双片词。少见于小令,如"清平乐";多为长调,其长调慢词多来自先作词后配谱,如"水龙吟""永遇乐""雨霖铃"等。

第三节　律词模型的构建

一、单片律词模型

单片律词起始最早,均为小令,韵脚较密,保留了唱词的某些特点,其平仄格律承袭了永明体及近体的格式,主要构建方法是来自律体绝句的变化(表10-1)。

1. 绝句型

主要为近体七绝、永明体七绝形式,其内容大都是民歌。有中唐刘禹锡创立的"竹枝词""杨柳枝",白居易的"忆江南""长相思"。晚唐温庭筠、韦庄对单片律词的定型,为双片律词的建立起了划时代的作用,主要见于后蜀赵崇祚编辑的《花间集》。

2. 摊破型

摊破又名摊声,因乐曲变动而引起句法变化。表现在将某句破成两个或多个短句,于是又成一格。例"渔父""捣练子令""潇湘神",系由绝句变化。举"渔父"简谱如下:

仄仄平平仄仄平,平平仄仄仄平平。平仄仄,仄平平。平平仄仄仄平平。

西塞山前白鹭飞,桃花流水鳜鱼肥。青箬笠,绿蓑衣。斜风细雨不须归。

(张志和,《渔父》)

注意！清代万树《词律》将唐代张志和"西塞"词标为"渔歌子"，是一大误！且流误极广。"渔歌子"见敦煌《云谣集》及《花间集》，双片，12句，50字，8仄韵。

3. 减句型

将律体绝句减去一句，变成另一格。如"渔父引"。不过，此种构型法所用较少（双片律词用此法的有"浣溪沙"）。

表 10-1　单片律词结构模型

近体七绝型 ｜｜－－｜｜－， －－｜｜｜－－。 －－｜｜－－｜， ｜｜－－｜｜－。	杨柳枝 唐·刘禹锡 金谷园中莺乱飞， 铜驼陌上好风吹。 城东桃李须臾尽， 争似垂杨无限时。
永明体七绝型 －｜｜－－｜｜， －－－｜｜－－。 －｜｜｜－－｜， －－｜｜｜－－。	八拍蛮 唐·阎选 愁锁黛眉烟易惨， 泪飘红脸粉难匀。 憔悴不知缘底事， 遇人推道不宜春。
摊破型 －｜｜，｜－－。 ｜｜－－｜｜－。 ｜｜｜－－｜｜， ｜－－。	捣练子令 唐·李煜 深院静，小庭空。 断续寒砧断续风。 无奈夜长人不寐， 数声和月到帘栊。
减句型 ｜｜－－｜｜－， －－｜｜｜－－。 －－｜｜｜－－。	渔父引 唐·顾况 新妇矶边月明， 女儿浦口潮平。 沙头鹭宿鱼惊。

二、双片律词模型

双片律词大多是单片律词意犹未尽而又为之，于乐是多奏一遍，于词是多填一片（表10-2）。

表10-2 双片律词结构模型

	渔歌子·九嶷山　　五代·李珣	
同型型	|——,——|。——||——|。 |——,——|。||——||——|。	九嶷山，三湘水。芦花时节秋风起。 水云间，山月里。樟月穿云游戏。
	|——,——|。||——||——|。 |——,——|。||——||——|。	鼓青琴，倾绿蚁。扁舟自得道逍遥志。 任东西，无定止。不议人间醒醉。
	鹤冲天·溧水长寿乡作　　北宋·周邦彦	
换头型	——||,|——。——||——。 |——||——|,——||——。	梅雨霁，暑风和。高柳乱蝉多。 小园台榭远池波。鱼戏动新荷。
	|——,——|。——||——。 |——||——|,——||——。	薄纱橱，轻雨扇。枕冷簟凉深院。 此时情绪此时天，无事小神仙。
	玉京秋·长安独客　　南宋·周密	
异型型	—||,——|,|——|。 |||——|。 ——||||,|——||——|。 |——|。——||,||——|。	烟水阔，高林弄残照，晚蜩凄切。 碧砧度韵，银床飘叶。 衣湿桐阴露冷，采凉花时赋秋雪。 叹轻别。一襟幽事，砌虫能说？
	|——,——|。 |——|,——||。 ||——,——|—,——||。 |——|,|——,||——|。	客思吟，商还怯。 怨歌长，琼壶暗缺。 翠扇恩疏，红衣香褪，翻成消歇。 玉骨西风，恨最恨、闲却新凉时节。 楚箫咽。谁寄西楼淡月。

1. 同型型

按原乐谱重新演奏一遍,歌词也就重填一段,与前一段内容不同,但意义关联,于是构成同型双片律词。

同型型,简称同型。多为小令,如"长相思"(36字)、"卜算子"(44字)、"采桑子"(44字)、"西江月"(50字)、"浪淘沙"(54字)、"踏莎行"(58字)、"唐多令"(60字)、"临江仙"(60字);也多见中调,如"渔家傲"(62字)、"离亭燕"(77字)等。

2. 换头型

由于两片间过门的影响,下片音乐开始有变化,过后又恢复正常。随之,歌词也发生换头的改变,成为换头双片格式。

判断是否为换头型,不仅看上下片首句的字数,更重要的是看平仄句型。如"浣溪沙""木兰花",上下片首句的字数虽然相同(7字),但并非同一平仄格律单句形式,故不为同型型,而属于换头型。

换头型律词,部分为小令,如"菩萨蛮"(44字)、"鹧鸪天"(55字);多见于长调,如"水调歌头"(95字)、"念奴娇"(100字)、"东风第一枝"(100字)、"望海潮"(107字)、"沁园春"(114字)、"贺新郎"(116字)等。

3. 异型型

多属先有歌词,后配曲调。姜夔自度谱《长亭怨慢》小序云:"予颇喜自制曲。初率意为长短句,然后协以律,故前后阕多不同。"兹说先有词,后配乐。这在现代歌曲中也不乏所为,例如对毛泽东诗词配曲多有所见。

异型型,简称异型。见于小令,如"长命女"(39字)、"女冠子"(41字);但更多为长调慢词,如"雪梅香"(94字)、"瑞鹤仙"(102字)、"水龙吟"(102字)、"春从天上来"(104字)、"高山流水"(110字)等。

三、多片律词模型

名片律词包括三叠及四叠,为周邦彦、柳永、吴文英等自度曲,片间结构有较大的随意性。下面以"西河"为例。

南宋王灼《碧鸡漫志》卷五引《脞说》:"大历初,有乐工取古《西河长命女》加减节奏,颇有新声"。又称:"《大石调·西河慢》声犯正平,极奇古"。《清真集》入"大石调"。105字,3段,第一、二段各4仄韵,第三段5仄韵。

平仄仄,平平仄仄平仄(或丨丨－－丨)。平平仄仄仄平平,仄平仄仄。仄平仄仄平平,平平平仄平仄。

仄平仄,平仄仄,仄平仄仄平仄(或丨丨－－丨)。平平仄仄平平,仄平仄仄。仄平仄仄平平,平平平仄平仄。

仄平仄仄平平仄,仄平平,平仄平仄。仄仄仄平平仄。仄平平,仄仄平仄。平仄平,平平仄。

西河·金陵怀古 宋·周邦彦

佳丽地,南朝盛事谁记?山围故国绕清江,髻鬟对起。怒涛寂寞打孤城,风樯遥度天际。

断崖树,独倒倚,莫愁艇子曾系,空馀旧迹郁苍苍,雾沉半垒。夜深月过女墙来,伤心东望淮水。

酒旗戏鼓甚处市?想依稀、王谢邻里。燕子不知何世。入寻常,巷陌人家相对。如说兴亡,斜阳里。

1. 双拽头型

在三叠章法中,前二段的句式与结构完全相同,后段则以相异而结章,如周邦彦的"瑞龙吟"便是。

2. 全异型

三叠或四叠词章的各段间的句式及结构全异,趋于散体化,以叙事为主,如柳永的"戚氏"。该类慢词,最适宜回忆往事,万千思绪的刻画;也适宜吊古述今,祈福未来的抒情。

第四节　特别论述

一、词调名称之变

1. 一调数体

(1)不同人按同一乐谱填词,字数有多少的变化,导致同调(牌)词谱字数不同。如"采桑子",冯延巳双片、8句、44字、6平韵;李清照变为双片、10句、48字、6平韵。

(2)平仄韵互改,仅对少数词谱而言。如"柳梢青",正格为平韵,贺铸改为仄韵。

(3)乐工加减乐谱中的节拍,导致词句变化。《碧鸡漫志》说"乐工加减节奏"便是如此。如"思帝乡",韦庄6句、34字、5平韵,孙光宪则将其变为6句、36字、5平韵。

(4)单调改双调而词牌未变。如"忆江南""江城子""南歌子",唐人作单片,宋人加填一片。

2. 同调异名

词谱创立之后,后来的词人填词,对同一词谱给出了不同的名称(词牌)。如"忆秦娥"本传为李白之作,因内中有"秦娥梦断秦楼月"一句,便有后人取"秦楼月"作牌名。又苏轼"忆秦娥"有句"清光偏照双荷叶",又有人改称"双荷叶"。确有多此一举之嫌。

3. 异词同名

因一词多名,免不了两调间有同名者,造成某些混乱。如"千秋岁"为一调名,而"念奴娇"又名"千秋岁"。

4. 同形异名

句数、每句字数、韵脚相同或基本相同,但调名不同。如单调"竹枝词""杨柳枝""浪淘沙""采莲子",都是七言四句。若细究,其平仄律不同。

二、长调词的拗句问题

由于长调词一般不再按曲谱歌唱,而是拍板咏读(半歌半读),为了表达某种强烈的思想感情,在某些句尾用孤平,也或者在一片的末尾多用孤平句。

清代刘熙载在《艺概·文概》一书中论:"言辞者必兼及音节,音节不外谐与拗。浅者但知谐之是取,不知当拗而拗,拗也谐也;不当谐而谐,谐也拗也。"

王国维《清真先生遗事》评周邦彦词:"读先生之词,于文字之外,须更味其音律。今其声虽亡,读其词者,犹觉拗怒之中,自饶和婉,曼声侣节,繁会相宜,清浊抑扬,辘轳交往。"指出平仄拗句的效果是"拗怒",情绪激越。

关于词谱中的孤平句,在长调中较常见,如"莺啼序""兰陵玉""雨霖铃""祝英台近""摸鱼儿""戚氏""夜半乐""曲玉管"等。基本有两类,一类是由七言特定格及拗句格截取的,占多数;另一类是由某些字位可平可仄变化的。例如"岂知聚散难期"(柳永,"曲玉管"),是由"平平仄仄平平"变化为"仄平仄仄平平",由于第一字变仄,第三字却未变平,故出现孤平。这是慢词的舒缓节奏所允许的,实际上是遵循了"永明变格律法"。

对导致孤平的仄声字,通常使用去声,以强调孤平的独傲、耸立。例周邦彦的"浪淘沙慢"有句"念汉浦离鸿去何许,经时信音绝"中的"去"和"信"(去声):

仄仄仄平平去平仄,平平去平仄。

念汉浦离鸿去何许,经时信音绝。

句中"念"为领字,即一字领,不属正句成分。于是,该二句实际是"仄仄平平平仄仄,平平平仄仄"的特格句。

三、八言以上的律词句型问题

解析唐、宋词,按平仄格式分,单句只有一至七言,其中标准格26句,加上来自七言的变格句、特定格、拗句格的单句总计50余种。

至于八言以上的句型均为一至七言的各种单句间的组合。可以是两个单句拼接,也可以是三个以上的。拼接的基本原则是尽量避免出现孤平。例如辛弃疾的《粉蝶儿·和赵晋臣赋文赋落梅》:

仄平平　平仄仄　仄平平仄

把春波—都酿作—一江醇酎

全句由三言标准格仄平平、三言标格句平仄仄和四言标准句仄平平仄拼接而成。若连写便是:仄平平平仄仄仄平平仄,无孤平,为11个字的复合句。

大凡论词认为,词句型有一至十一言,且不超过十一言,但也有认为有多至十四言者,尚待讨论。且看八至十一言句:

1. 八言句

八言句为一至七言单句间的随机拼接而满八字者,句型有四。①"一、七"式:仄、平平仄仄仄平平,如"对－潇潇暮雨洒江天"(柳永,"八声甘州");另:仄、平平仄仄平平仄,如"况－人情老易悲难数"(张元干,"贺新郎")。②"二、六"式:仄仄、平仄平平平仄,如"免使－年少光阴虚过"(柳永,"定风波");另:仄平、平仄平平仄仄,如"但知－临水登山啸咏"(苏轼,"哨遍")。③"三、五"式:仄仄平、仄仄平平仄,如"更那堪－冷落清秋节"(柳永,"雨霖铃");另:仄仄仄、平仄仄平平,如"误几回－天际识归舟"(柳永,"八声甘州");又:仄平平、仄仄平平仄,如"更长门－翠辇辞金阙"(辛弃疾,"贺新郎");再:仄平平、仄仄仄平平,如"有情风－万里卷潮来"(苏轼,"八声甘州");另有:仄平仄、仄仄仄平平,如"渐呜咽－画角数声残"(柳永,"戚氏");还有:仄仄仄、平平平仄平,如"看爽气－朝来三数峰"(辛弃疾,"沁园春")。④"四、四"式:仄仄平平、平平平仄,如"便欲乘风－翻然归去"(苏轼,"念奴娇")。

2. 九言句

九言句为一至七言单句间随机拼接而满九字者,句型有六。①"一、四、四"式:仄、平平仄仄、仄仄平平,如"怅－空山岁晚－窈窕谁来"(辛弃疾,"洞仙歌");②"二、七"式:平仄、仄平平平仄平仄,如"楼上－一天春思浩无际"(秦观,"南歌子");另:仄仄、仄平仄仄仄平平,如"恰似－一江春水向东流"(李煜,"虞美人");③"三、六"式:仄平平、仄仄平平仄仄,例"待他年－整顿乾坤事了"(辛弃疾,"水龙吟");另:仄平、仄仄平平仄平仄,如"谈笑间－樯橹灰飞烟灭"(苏轼,"念奴娇");再:仄仄仄、仄仄平平仄仄,如"念此际－付与何人心事"(陆游,"双头莲");④"四、五"式:平平仄仄、平仄平仄仄,如"如今憔悴－黄花惯风雨"(陈允平,"群蹀躞");另:仄平仄仄、平仄平平仄,如"那人却在－灯火阑珊处"(辛弃疾,"青玉

案")；⑤"五、四"式：仄平平仄仄、平平仄仄，如"闹娥儿满路－成团打块"（康与之，"瑞鹤仙"）；另：仄平平仄仄、平平平仄，如"见长空万里－云无留迹"（苏轼，"念奴娇"）；⑥"六、三"式：仄仄仄平平仄、仄平平，如"细草软溪沙路－马蹄轻"（苏轼，"南柯子"）。

3. 十言句

十言句为一言至七言单句间随机拼接满十字者，句型主要有三。①"三、七"式：平仄仄、平仄仄平平仄，如"君不见－玉环飞燕皆尘土"（辛弃疾，"摸鱼儿"）；再：仄仄仄、平平平仄平平仄，如"见说道－天涯芳草无归路"（辛弃疾，"摸鱼儿"）；②"三、二、五"式：仄平平、平仄、仄平平仄，如"惨离怀－空恨－岁晚归期阻"（柳永，"夜半乐"）；③"三、三、四"式：仄平平、平仄仄、仄平平仄，如"把春波－都酿作－一江醇酎"（辛弃疾，"粉蝶儿"）。

4. 十一言句

十一言句为一言至七言单句随机拼接成十一字者，句型主要有二，且仅见于"水调歌头"。①"四、七"式：仄平平仄、平仄平仄仄平平，如"去年明月－依旧还照我登楼"（张孝祥，"水调歌头"）；②"六、五"式：仄平平仄平仄、平仄仄平平，如"不知天上宫阙－今夕是何年"（苏轼，"水调歌头"）。

至此，将八字至十一字复句作了如上简述。至于是否有十二字以上的句子，祖传的词谱中无。陈振寰（1982）认为词谱标定的为"格律句"，若突破句间关系，尚有"意义句"，并例举"车千乘，载燕南赵北，剑客奇才。"（刘克庄，"沁园春"）；另"来相召，香车宝马，谢他酒朋诗侣。"（李清照，"永遇乐"）；再"大方达观之家，未免长见，犹然笑耳。"（辛弃疾，"哨遍"）。

他认为各例中各句间意义连贯,可属一句,于是就有十二、十三、十四字句。但著者认为它们是单句间或单句与复句间构成的"句群",句群内意义相关密切,在文中以句号(。)为标志。

四、近体乐府是律词的一个科学名称

词以长短句的外貌,显著区别于近体诗。对近体诗拍板吟咏自为上乘,但配乐演唱则受到划一句式的限制,于是乐工将近体诗句增头斩尾以适乐(朱熹等人持此说)。这也许是某些词谱的一个来源,但并非仅有。

事实上,词之前的乐府诗即有为长短句,其后出现五言乐府。可见无定型,不拘平仄而已。例如五言汉乐府《江南》:

江南可采莲,莲叶何田田,鱼戏莲叶间:鱼戏莲叶东、鱼戏莲叶西、鱼戏莲叶南、鱼戏莲叶北。

再前的《诗经》,虽以四言为主体,但也见长短句,如《邶风·式微》。

式微,式微,胡不归?微君之故,胡为乎中露!

从甲骨文的卜辞中可见殷商时的曲辞:

癸卯卜,今日雨:其自西来雨,其自东来雨,其自北来雨,其自南来雨?

由上述可知,诗一向以整齐句型为主体,但长短句是一开始就有的。只不过到了南北朝,沈约、谢朓等人逐渐品味声律罢了。沈约历南朝宋、齐、梁三代,著《四声谱》,于齐武帝永明年间(483—493年)与谢朓、王融等创出重声律及对仗的新体诗(永明体),例如谢朓诗句"渺渺苍山色,沉沉寒水波",是十分标准的声律对仗句。同时,平仄用于骈文,出现

以四、六言句型为主体,并兼有三、五、七言的长短句篇章。骈体经初唐到盛唐,以柳宗元的古文运动而告终。精练的词由此脱胎而出。例如唐代张松龄(浦阳尉)在越州东郭替其弟张志和盖了房,招弟归居时所作的词,被认为是文人词的初期作:

乐是风波钓是闲,草堂松桧已胜攀;太湖水,洞庭山,狂风浪起且须还。(《渔父》)

词格律已很成熟。宋代黄升称李白的《忆秦娥·箫声咽》及《菩萨蛮·平林漠漠》"二词为百代词曲之祖",但后世有人疑之。

达到了成熟的词格式,即本书所谓的"词模型"。词模型是词论家以词的名篇为代表,参酌其他,进行比较、分析、归纳、概括出的结构规律的精华,为后人填词提供了依据。可称得起大全者,一是清代万树的《词律》,调660个,1180余体,成书于康熙二十六年;二是《钦定词谱》,共40卷,调862个,2306体,为王奕清等奉康熙旨撰编的。这些书大体都是先列调名,再述来源,下列词例,字旁注平仄,再注出韵脚及换韵等。

事实上常用谱(调)也不过一二百个,故现代王力著《汉语诗律学》只附调206个,250余体。龙榆生编《唐宋词格律》(上海古籍出版社,1978),选调150个,196格。现代人更常用者也只有80多个而已。

第十一章 律曲模型

> 作为诗歌品种,"曲"有不少优点。"曲"作为我国的一种传统诗歌形式,还是颇有可为的。
>
> 引自《片石集·前言》(赵朴初,1979)

在格律诗的进程中,律曲是一种重要类型。但该种诗体的开发,至今尚处于初期阶段。这涉及基础理论、基本工具(曲谱、韵书)、基本技能、基本实践的一些大问题。

第一节 概　述

一、基本概念

1. 定义

律曲是出现于金末、盛于元明的长短不齐的口语化歌词,简称曲,也称词、乐府、曲词等。诸名称见于张禄《词林摘艳》、马致远《东篱乐府》、乔吉《文湖州集词》、张可久《小山乐府》等,反映律曲、律词与乐府诗都是歌词,只是各有特点而已。

任纳《散曲概论》统计,元代散曲家330余人。隋树森《全元散曲》所录,元代曲作家200余人,小令3800多首,套数

400多套,此是不到100年的成就。由此开启了明清时代的曲创作,清代尤以戏曲为盛。

2. 分类

(1)地域分类:曲按地域可分为北曲与南曲两大类。

北曲:金、元入主中原,带来胡乐,将汉语与之配词,某些字的声调不谐,便令而改之,其中变化最大的是入声字,由于随乐拖长,而分派到平、上、去三声中去了,即所谓"入派三声"。于是,元代周德清开创了《中原音韵》,用于"北曲"。曲名"阿纳忽""阿忽令""胡十八""者刺古""唐兀儿"等显示了胡乐的含义。

南曲:与大金国对峙并立的南宋朝,文人词渐入低潮,民间鼓词却遍布街头巷尾,这是"南曲"的萌芽。如明代王世贞《曲藻》所述:"词不快北耳,而后有北曲;北曲不谐南耳,而后有南曲。"

(2)用途分类:曲总分为散曲与戏曲两大类。散曲再分为小令、散套两类,类似律词,用于文人抒情;戏曲则分为杂剧、南戏、传奇三类,有故事情节,用于戏剧演唱。

散曲:也称清音,是没有宾白(说话)及科介(动作说明),仅为唱词的曲子形式。

A. 小令:①单支小令,也称叶儿,是按平仄律句及一定韵脚构成的单支曲谱,作一段,是曲体的基础。②幺篇结构,是单支小令重复一遍,作两段,即两段同谱(也有换头型)、同韵部,其下段称幺篇。③重头结构,是单支小令重复三遍以上,则为三段以上,诸段间同谱,但一般不同韵部。④带过曲结构,是一支小令带领其下一或二支小令,作二或三段,首段称带曲,第二及第三段称过曲,诸段间同宫调,不同谱,但同韵部。

B. 散套:为同宫调,不同曲谱,但同韵部的若干支小令(单支或连缀)构成的套曲。其中:①北套,按北方音乐要求,以中原声韵为准填写的曲词。②南套,按南方音乐要求,以江浙一带声韵为准填写的曲词。③南北合套,随着南北音乐逐渐合流,北方官方法定语言逐渐推广,于元末沈和曾便将南曲与北曲合套演唱。

戏曲:以散套形式,按剧情要求所写的叙事唱词,称戏曲,也称剧套。

兹将曲体分类系统综合如下:

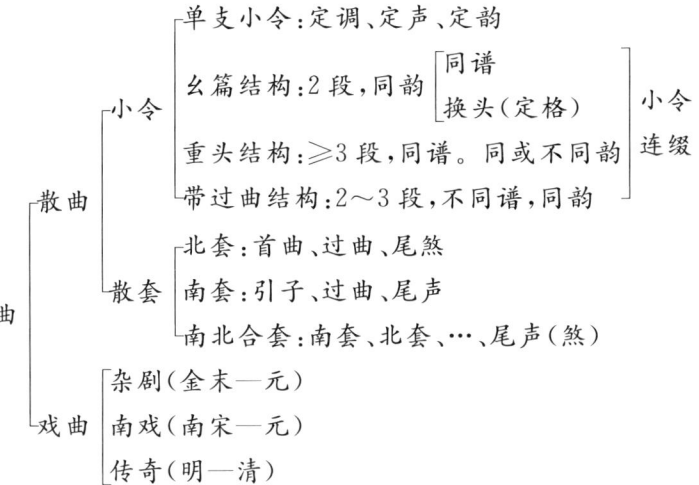

综上所述,单支小令是基础,以此构成小令连缀,进而组构散套。若套数间夹道白及科介便成剧套。例如:

[正宫]白鹤子　关汉卿
｜——｜，｜｜｜——。——｜｜—，｜｜——｜。
四时春富贵,万物酒风流,澄澄水如蓝,灼灼花如绣。
[幺]———｜｜，｜｜｜——。｜｜——，—｜——｜。
花边停骏马,柳外缆轻舟,湖内画船交,湖上骅骝骤。

二、基本特点

1. 诗型

一般为长短不齐的句式,具参差不齐的外貌。

2. 声律

用平仄声律句。就单句而言,愈向句尾声愈严谨,一般仄声句尾须辨上、去。就整曲而论,愈后声愈严,重在曲的末二句。

3. 用韵

韵脚密,常句句用韵;或一曲中仅一句不韵者亦多。

4. 对仗

对仗原则上是自由的。相邻两句或多句间,若句子长短一致,便可对仗。律曲对仗格,较律词对仗花样翻新。

5. 语言

语言通俗易懂,生动形象等。但是,并不排除雅致,尤其是抒情小令。

6. 加衬

在标准曲谱的基础上,某些单句可适当加衬字。但是,衬字通常是咏唱者为了流畅顺口加上的,这在戏曲中有其广泛性,而散曲则少见。衬字,主要用在句首,主要使用虚字、助词等,不拘平仄,不作平仄律的结构成分。

第二节 构型法则

一、标格句间关联法则

截至现今,对古典长短句的曲句间关联法尚无人论及。著者考查曲谱(标格句),兹得出如下结论。

1. 平仄对仗句的组构

相邻句(二或四句)若字数相等,则有句间平仄相同(正声对)或平仄对立(反声对)两种。

2. 平仄散体句关联

若前句为仄脚,后句可以平头对接;或前句为仄脚,后句以仄头叠接;反之也成立。例如,胡祗遹[中吕]《阳春曲(喜春来)·春景》二首之二(↑示上声,↓示去声):

①残花酝酿蜂儿蜜,
②细雨调和燕子泥。
③绿窗春睡觉来迟。
④谁唤起?
⑤窗外晓莺啼。

① ― ― | | ― ― ↓ ,
② | | | ― ― | ― 。] 反对全句
③ | ― ― | | ― 。] 反对三字尾
④ ― ↓ ↑ ,
⑤ ― ↓ ↑ ― ― 。] 正对三字头

②与①平仄反对。③以仄头对接②的平尾。④与平头叠接③的平尾。⑤以平头叠接④的仄尾。

二、小令之间关联法则

1. 同型重叠法则

由于所要表达内容较多,叠咏一遍,得幺篇(同韵),叠咏多遍,得重头(不同韵)。但并非所有单支小令都可加幺篇。

2. 连带过曲法则

一支小令,带起下部一支或两支小令,用同宫调、同韵部,但并不是随意可带,最常用的有"雁儿落带得胜令""楚天遥带清江引""快活三带朝天子、四边静"等。

3. 散套结构

一套同宫调、同韵部、不同曲牌的套曲,由首曲、颈曲、续曲、尾曲组成。

第三节 律曲模型的构建

一、单支小令模型

单支小令系标格声律句按某种法则的关联结果。

将平平、仄仄的声节词语相间组句,能够生发出长长短短的节奏,抑扬顿挫的气势,若分别与曲谱的慢音节、快音节相附丽,并通曲连贯,便达到单支小令成型的目的。

二、幺篇结构模型

幺篇结构是散曲小令的重要组构形式,由两部分组成,即前曲与后曲,后曲称幺篇。幺篇结构有两类,一是幺篇与前曲谱调完全相同,称"同型幺篇";二是幺篇首一或二句平仄句型发生变化,称"换头幺篇"。但是,幺篇结构是固定曲子,不可随意组合。

1. 同型法则

公式:同型幺篇＝单支小令×2

即某单支小令按原型重复一遍,类似于同型双片词,如关汉卿《白鹤子·幺篇》。

2. 换头幺篇

公式:换头幺篇＝某单支小令＋换头小令

即某单支小令与其换头幺篇的结合,类似于换头双片词,如《鹦鹉曲·幺篇》《小梁州·幺篇》等。

三、重头格律模型

1. 同调同韵重头

同谱同韵的三支以上的单支小令的组曲形式,称同调同韵重头。例如:

［南吕］四块玉·闲适　　元·关汉卿

（一）

适意行,安心坐。渴时饮,饥时餐,醉时歌。困来时就向莎茵卧。日月长,天地阔。闲快活。

（二）

旧酒投,新醅泼。老瓦盆边笑呵呵。共山僧野叟闲吟和。他出一对鸡,我出一个鹅。闲快活。

（三）

意马收,心猿锁。跳出红尘恶风波?槐阴午梦谁惊破?离了名利场,钻了安乐窝。闲快活。

(四)

南亩耕,东山卧。世态人情经历多。闲将往事思量过。闲的是他,愚的是我。争甚么?

2. 同调异韵重头

同谱不同韵的三支以上的单支小令的组曲形式,称同调异韵重头。例如:

[双调]庆东原　　[元]薛昂夫

｜｜ーー｜,ーー｜｜ー。｜ーー,ーーー｜。ーー｜ー,
兴为催租败,欢因送酒来。酒酣时,时兴依然在。黄花又开,
ーー｜ー,ーーー｜。｜ーー,｜｜ーー｜。
朱颜未衰,正好忘怀,管甚有监州,不可无螃蟹。
[重]ー｜ーー,ーーー｜。｜ーー,｜｜ーー｜。ーー
秋气黄花喷,霜明红叶新。锦橙香,紫蟹添风韵。斜依
｜ー,ーー｜ー,ーーー｜。｜｜｜｜ーー,｜｜ーー｜。
翠屏,重铺绣茵,闲坐红裙。老遇太平时,行到风流运。
[重]ー｜ーー｜,ーー｜｜ー。｜ーー,｜｜ーー｜
青镜看勋业,黄金买笑谈。锦衣荣,休笑明珠暗。调羹鼎
ー,ーー｜｜,｜｜ーー。｜｜｜ーー,｜｜ーー｜。
咸,攥韭瓮甘,世味都谙。少室价空高,老圃秋容澹。

四、带过曲律模型

1. 一带一曲谱

一支带曲仅带一支同宫调、同韵部的过曲,称一带一式(表11-1)。例如:

表 11-1 带过曲定格

宫调	一带一式	一带二式
正宫	脱布衫带过小梁州,小梁州带过风入松	
仙吕	后庭花带过青哥儿	哪吒令带过鹊踏枝、寄生草
南吕	骂玉郎带过采茶歌	骂玉郎带过感皇恩、采茶歌
中吕	十二月带过尧民歌,最高歌带过喜春来,最高歌带过摊破喜春来,最高歌带过红绣鞋,齐天乐带过红衫儿	快活三带过朝天子、四换头,快活三带过朝天子、四边静
双调	雁儿落带过得胜令,沽美酒带过太平令,双玉环带过清江引,雁儿落带过清江引,一锭银带过大德乐,沽美酒带过快活年,楚天遥带过清江引,梅花酒带过七弟史,竹枝歌带过侧砖儿,江儿水带过碧玉箫	雁儿落带过清江引、碧玉箫;绵上花带过清江引、碧玉箫
越调	黄蔷薇带过庆元贞	
中吕带双调	最高歌带过殿前欢,满庭芳带过清江引	
正宫带双调	叨叨令带过折桂令	
南北曲兼带:南红绣鞋带北红绣鞋		

[双调]雁儿落带过得胜令·送别　元·刘致

【雁儿落】－－｜｜－，｜｜－－。－－｜｜－，｜｜－－｜。

和风闹燕莺,丽日明桃杏,长江一线平,暮雨千山静。

【得胜令】│││——,│││——。││——│,——││—。

　　载酒送君行,折柳系离情。梦里思梁苑,花时别渭城。

　　　　——,││——│。——,———│—。

　　　　长亭,咫尺人孤另。愁听,阳光三两声。

　　注意!【得胜令】可以独立应用;但【雁儿落】只能合作用为带过曲。

2. 一带二曲谱

一支带曲带领两支同宫调、同韵部的过曲,称一带二式(表11-1)。例如元代钟嗣成所作律曲:

〔南吕〕骂玉郎带过感皇恩、采茶歌·开信

【骂玉郎】长江有尽愁无尽,空目断,楚天云。人来得纸真实信。亲手开,在意读,从头认。【感皇恩】织锦回文,带草连真,意诚实,心想念,话殷勤。佳期未准,愁黛常颦。怨青春,捱白昼,怕黄昏。【采茶歌】叙寒温,问原因,断肠人寄断肠人。锦字香沾新泪粉,彩笺红渍旧啼痕。

〔南吕〕《骂玉郎带过感皇恩、采茶歌·开信》曲谱

【骂玉郎】平平仄仄平平去,平仄仄,仄平平。平平仄仄平平去。仄仄平(可叶),仄仄平(可叶),平仄去。【感皇恩】仄仄平平,仄仄平平。仄平平(可叶),平仄仄(可叶),仄平平。平平仄仄(可不叶),平仄平平。仄平平(可不叶),平平仄(可叶),仄平平。【采茶歌】仄平平,仄平平。仄平平仄仄平平。仄仄平平平仄上(可平叶,可不叶),仄平平仄仄平平。

注意!【骂玉郎带过感皇恩、采茶歌】是固定式,不能拆开各曲独用。

五、套数格律模型

套数包括散套与剧套两大类。散套系文人抒发感情而

写,不用或少用衬字;剧套为戏剧的唱词,往往大量用衬字。综概元代创作的散套及剧套,著者建立如下综合模型:

套数＝首曲(单支)＋颈曲(单支)＋续曲(无至若干)＋尾煞

套数名称以"首曲"命名。例如:

[南吕]一枝花(套名)

[南吕]一枝花;梁州第七;尾声
  首曲   颈曲   尾煞

续曲可以是并列的单支小令,或者幺篇结构,也可以是带过曲。例如常用散套:

[南吕]一枝花,梁州,骂玉郎带过感皇恩采茶歌;尾声
  首曲   颈曲   带过曲(续曲)   尾煞

按"宫调",分如下 8 个大类。

1.[正宫]

端正好;滚绣球;倘秀才、滚绣球、赛鸿秋、脱布衫、小梁州、醉太平;煞尾。

2.[黄钟]

醉花阴;喜迁莺;出队子、刮地风、四门子、古水仙子;尾声。

3.[仙吕]

点绛唇;混江龙;油葫芦、天下乐、哪吒令、鹊踏枝、寄生草、金盏儿、后庭花、青哥儿;尾声。

4.[中吕]

粉蝶儿;醉春风;迎仙客、红绣鞋、十二月、尧民歌、耍孩儿、上小楼、幺篇、耍孩儿;尾声。

5.〔南吕〕

一枝花;梁州;骂玉郎、感皇恩、采茶歌;尾声(同〔正宫〕《煞尾》)。

6.〔双调〕

新水令;驻马听;雁儿落、待胜令、甜水令、折桂令、水仙子;余音(同〔越调〕【收尾】或〔黄钟〕尾声,或不标【余音】,而标【尾】、【尾声】)。

7.〔越调〕

斗鹌鹑;紫花儿序;小桃红、调笑令、秃厮儿、圣药王;尾声。

8.〔商调〕

集贤宾;逍遥乐;金菊香、醋葫芦、梧叶儿;浪来里煞。

通常,以联套小令数量划分:3~4支为短篇,5~6支为中篇,7支以上为长篇。例如,马致远小型套数如下:

〔仙吕〕套数　元·马致远

〔赏花时〕— | — — — | —,— | — — — | |。| — — | —。

冯客苏卿先配成,愁杀风流双县令。扑簌簌泪如倾。
— — — |,— | | | — —。

凄凉愁损,相伴着短檠灯。

〔幺〕— | — — | — —,| | — — | —。— | | — —,— — |

愁恨恹恹梦魂惊,两处相思一样情。风送片帆轻,天涯隐
|,— | | | — —。

隐,船去似驭云行。

[赚煞]｜——，——｜，｜｜｜——｜—。｜｜——｜｜。

碧波清，江天静，既解缆如何往程。灭烛掀帘风越紧。

｜——｜｜。｜——，—｜｜。｜｜———｜，——

转回头又到山城。过沙汀，烟水澄澄。千里洪波良夜永，娥眉

｜—，｜——｜，｜——，—｜｜——。

月明，恰才风定，猛抬头，观见豫章城。

第四节 特别论述

一、律曲与律词的异同

1. 牌名关系

某些曲牌直接引用词牌，如"点绛唇""忆王孙""太常引""南乡子""唐多令""人月圆"等。其中，某些曲谱与词谱无差别，如"鹧鸪天"；某些系截取词谱的一阕，如"秦楼月"（"忆秦娥"）；某些名同实不同，如"踏莎行""满庭芳"等。

据杨荫浏《中国音乐史》统计，北曲335首中，出于唐大曲与唐宋词的86首，占25％；211首约为元代北方歌曲，占63％；28首出于元代诸宫调，10首非元代创作。而南曲543首，出于唐大曲及唐宋词的214首，占40％；288首为元代创作，占53％；41首出于元代诸宫调。由此可见，北曲谱调有些来自唐宋词（包括部分改造）。

2. 平仄含义

继北宋末叶之"宋杂剧"，徙南宋都城浙江一带，演进为

南戏,其曲文的字声,仍然依平、上、去、入四声的平仄声律句。这与宋词的平仄句结构无区别,是用平水韵。同时,北方杂有胡乐的散曲兴起,其曲文的字声变"入派三声",即只分平、上、去,是关外话进关的影响。简单说,北曲与律词的平仄区别是"南词随平水,北曲弃入声"。

3. 律句结构

蒙灭金及南宋,大元一统南北,北方杂剧率先采用散曲之套数而盛兴,周德清便编写了《中原音韵》,分汉字为阴平、阳平、上声、去声,而入声分附阴、阳、上、去四声部中。其律句的字声除讲平仄,部分部位尚讲上、去,尤其是句末及尾句,要求甚严。

考查北曲与律词的标格声律句,其结构依然有一致性或基本一致。也就是说,律词与律曲的平仄标格句一致。

4. 衬字有无

标准谱是格律诗之本。以此为基,可发生某些规律性变化。

杂剧中的插曲(曲套)毫无例外地大量用衬字,主要目的是要达到通俗易懂。而作为与律词并列的散曲不用或较少用衬字,若用衬字,一般放在句子的开头,少量在句中,绝不在句尾。但是,律词是不用衬字的。

二、衬字与衬句的问题

如何辨别曲调的标格?在古人遗留的律曲作品中,常因为衬字与衬句的应用,后人对其所用曲谱的标格发生争议。不过,衬句只存在于剧套中;散曲不使用衬句,衬字也少用。因此,确定曲调标格首先选用散曲小令。方法主要有三。

1. 同调小令对照翻译

用同调多首小令互相参照,找出共同点,归纳出标准谱。

2. 用标格句、特格句去审视

参照理论平仄声律句,包括标格句、特格句、变格句等。这是理论上升的重要途径。

3. 虚词往往是衬字

识别衬字,并予以剔除。衬字、衬句不合句中平仄律,属于干扰者。

三、剧套与散套的异同

1. 有无道白

剧套的各套曲间插有道白,以演进波折的故事情节。散套则不存在此种结构。

2. 衬字问题

剧套的各曲通常在标准曲谱的基础上增加了大量的衬字或衬句,以表达复杂的剧情。而散套的曲词类似律词按标准曲谱写作,尽量不使用衬字,更少用衬句,以达到简洁隽永的效果。

3. 故事传奇

剧套具有很连续的故事情节,重在叙述。而散套内容具有较大跳跃性,重在抒情。

4. 语言特色

剧套具有口语化,多用通俗语,乃至嬉笑怒骂。散套语言雅致工丽,或雅俗兼之。例如:

斗鹌鹑·冬景　苏彦文

【斗鹌鹑】地冷天寒,阴风乱刮。岁久冬深,严霜遍撒。夜永更长,寒浸卧榻。梦不成,愁转加。杳杳冥冥,潇潇洒洒。

【紫花儿序】早是我衣服破碎,铺盖单薄,冻的我手脚酸麻,冷弯做一块,听鼓打三挝①。天那,几时捱的鸡儿叫更儿尽点儿煞②。晓钟打罢,巴到天明,划地③波查。

【秃厮儿】这天晴不得一时半霎,寒凛冽走石飞沙,阴云黯淡闭日华。布四野,满长空、天涯。

【圣药王】脚又滑,手又麻,乱纷纷瑞雪舞梨花。情绪杂,囊箧乏。若老天全不可怜咱,冻钦钦怎行踏!

【紫花儿序】这雪袁安难卧,蒙正回窑,买臣还家。退之不爱,浩然休夸。真佳,江上渔翁罢了钓槎,便休题晚来堪画。休强呵映雪读书,且免了这扫雪烹茶。

【尾声】最怕的是檐前头倒把冰锥挂。喜端午愁逢腊八。巧手匠雪狮儿一千般成,我盼的是泥牛儿四九里打。

注:①挝:敲打,这里作量词用。鼓打在挝,就是更鼓打了三下,即已三更。②更儿尽点儿煞:指夜尽天明。古代一夜分为五更,一更分为五点。③划地:平白无故地。波查:磨折、受苦。

四、关于"仄仄平平仄平平"句型问题

"｜｜－－｜－－"句型,不是近体及词体的句种,但该句式在元曲曲谱中却常见。王力在《汉语诗律学》中将其列为"非律句"。涂宗涛(2010)考查认为:"｜｜－－｜－－"句通常与"－－｜｜｜－－"格互代,并举出《全元散曲》载张可久小令"红绣鞋"共50首,其第三句作"－－｜｜｜－－"律句者24首,作"｜｜－－｜－－"者26首,两者大致相当,"因

此，我们不妨将'仄仄平平仄平平'称为'准律句'。"

涂宗涛论点有道理，但是著者还注意到："｜｜－－｜－－"之句末皆为韵脚，此是其一；其二是仄起七言句，且第六字为平。这便想到"｜｜－－｜－｜"的特格句，而这特格句之末字在律曲中也常作韵脚。因此，著者提出："｜｜－－｜－－"是特格句"｜｜－－｜－｜"的用韵变脚句，简称"特格变脚句"。例如元代商挺"步步娇"：

｜｜－－、－－↓，－｜－－↓。｜｜－，｜｜－－｜－－。
绿柳青青、和风荡，桃李争先放。紫燕忙，队队衔泥戏雕梁。

｜－－，－｜｜－－↓。
柳丝黄，堪画在帏屏上。

"队队衔泥戏雕梁"的平仄句即为"｜｜－－｜－－"。但是商氏同调他作的该句有："瞒着爹娘做些儿怪""花落东君也憔悴"，其平仄律句皆为"｜｜－－｜－｜"，句末为仄韵脚。

第十二章　律联模型

编字不只,捶句皆双,修短取均,奇偶相配。
引自《通史·叙事篇》(唐·刘知幾)

对联之于诗,《诗经》已有为,如"泉源在左,淇水在右"(《国风·竹竿》),那只是不讲平仄的"古体联"。至南朝齐,"平仄"诞生,之于联,便出现了讲究"平仄律"的新体联,或称格律联。其后所讲的对联或楹联主要指格律对。

对对子,也称属对,是写好格律诗的基本功之一。对联,有"诗中诗"之称,别名很多,有楹联、联语、门贴、联句、对子等。

第一节　概　述

一、基本概念

1. 定义

律联也称律对、律体联、律体对联。在两列联语间,同词类相对,结构相同,平仄相反,意义相关联。律体联是针对古体联而言,二者的根本区别在于:律体按平仄律,古体不拘平厌。例如：

古体联：木受绳则直，金就砺则利。(荀子,《劝学》)

律体联：丽日和风春淡荡,花香鸟语物昭苏。(北京故宫颐和轩)

据谭嗣同《石菊影庐笔记》,南朝齐、梁方孝棹罢官后撰解嘲联"闭门罢庆吊,高卧谢公卿",挂在书房。其三妹刘令娴题庭院联"落花扫仍合,丛兰摘复生",是题挂律联的开始。及至清代达到极盛,仅故宫门联就有123副。

2. 分类

(1)单句联：从声链上截取的标格平仄单句只有一言2种,二言、三言、四言、五言、六言、七言各4种,共计26种标格单句,13副标格单句对联。

(2)复句联：单联中有2个以上的单句的对联,称复句联。例如著者所拟联：

飞燕,蓝天浩,千山起动；

舞旗,绿地宽,万马奔腾。

(3)句群联：单联是由2个以上的复句构成,称句群联。

此外,尚可按单联字数划分：超短联,4字以下；短联,5~10字；中联,11~20字；长联,21~50字；超长联,51字以上。这仅是一个相对的划分。平时主要用短联及中联。

二、基本特点

1. 上下两联字数相等

上下两联字数相等,也必须句数相等,还必须句型一致。总之是一对一的关系。

2. 上下两联句子结构相同

句子结构相同,也就是保证上下两联间,单句成分一致,

例如主谓句；2个单句间的关联方式一致，例如并列关联。

3. 上下两联间平仄律句相对

两联间平仄对立，这仅对标格句而言；但仍然可用特格句，以及按变格法则而来的变格句。

4. 上下两联间意义相关联

两联语意或者相近，或者相反。《文心雕龙·丽辞》认为"反对为优，正对为劣。"

5. 言简意赅

语言精练，给人启迪，发人深省。尤其是哲理联，收效非同一般。例如著者所拟联：

观人自是难全美，看己亦非无一瑕。

第二节　构型法则

一、平仄对立法则

1. 标格对仗

上下两联间使用标格对仗声律句，即严格地平仄一一对应，有如此，便见功夫。

2. 变格对仗

各平仄标格句按变格法则各自变化，会出现平对平、仄对仄的现象，此为格律所允许。

二、联尾上仄下平法则

上联句尾为仄声，下联为平声尾。这借鉴于押平韵的近体诗,一副联中,上联仄脚,下联平脚。

三、标点法则

1. 单句联

上联句尾用逗号,下句末尾用句号。

2. 复句联

各单句间用逗号。上联末尾用分号(或句号),下联末尾用句号。例如清代文学家梁章钜著《楹联丛话》十二卷,自题联是十分标准的:

　　　　不作公卿,非无福命都缘懒;
　　　　难成仙佛,为爱文章又恋花。

3. 句群联

各单句间用逗号,各复句间用分号。上联末尾用句号,下联末尾用句号。

第三节　律联模型的构建

一、单句对联模型

1. 单句联标格模型

7组26句的标格句共构成13个标格对,其中组①仅1对,组②～⑦各两对,各对中平仄对立(相反),便是13种单句联模型。例如:

　　　— — | | — —,　　| | — — | | —。

(上联)文章偶傥千年事,(下联)洛水风流万古情。

能做到平仄如此之严格对立,且同词类相对,表意深刻,

方见出文笔之真功夫。

2. 单句联的变格法则

通常某些字位的平仄是可变的,便出现了变句格,其平仄单句泛变格法则可述为:在句尾不变,不犯孤平(两仄夹一平,即｜—｜)的条件下,四言及五言句第一字不论平仄;六言及七言句第一、三字不论平仄。于是便出现了某些字同声相对,尚属正常格律范畴。例如:

　　　｜｜｜——｜｜,　　｜——｜｜——。

(上联)得好友来如对月,(下联)有奇书读胜观花。

该副联中,"得""读"二字为入声字,按变格法则,"友""有""书"三字用了标格句的相反声,于是"得""有"二字便仄声相对。

除了单句联的特格问题,以及上述的 26 种标格句及 26 种变格句外,尚有 10 种特格句:

① 三言标格句——｜可特格为｜—｜;—｜｜可特格为｜｜｜。

② 五言标格句——｜｜｜可特格为——｜—｜或——｜｜｜;标格句｜｜——｜可特格为｜｜｜——｜或｜｜｜——。

③ 七言特格句相应为｜｜——｜—｜或｜｜——｜｜｜;——｜｜——｜或——｜｜｜——｜。

后两组句型从南朝齐、梁就已厘定,此后历代沿用;而前组(三言)句型不鲜见于南宋长调慢词。

二、复句对联模型

复句联:在 7 组 26 个标格句中,有平脚(句尾)句及仄脚句各 13 种。复句联的构型便是着眼单句句脚的平仄。

1. 收平式

收平式的构型法则:以上联为准,在诸单句中,除末句用仄脚句,余者皆用平脚句;上联平仄既定,下联平仄与之对立。在具体拟联过程中,根据需要运用变格句及特格句。例如《黄冈赤壁·朱兰坡联》:

｜｜｜——,——｜｜——,｜｜——｜｜｜。

胜迹别嘉鱼,何须订异箴讹,但借江山撼感慨。

———｜｜,———｜｜,——｜｜｜——。

豪情传梦鹤,偶尔吟风弄月,毋将赋咏概平生。

又例如《苏州太白傅祠贺耦庚联》:

—｜｜｜—,｜｜｜—,—｜｜—｜—。

唐代论诗人,李杜以还,唯有几篇新乐府。

———｜｜,———｜,｜—｜——。

苏州怀刺史,湖山之曲,尚留三亩旧祠堂。

上副联中"胜迹""豪情"两句为变格(在近体诗中唐人也将｜｜｜——、———｜｜句型视为正格),"但借"句为特格。下副联中"李杜""苏州""湖山"三句为变格,其他句皆为标格。该类复句联模式可归为(主格或正格):

上联:平脚句,平脚句,平脚句,……,仄脚句。

下联:仄脚句,仄脚句,仄脚句,……,平脚句。

2. 包平式

包平式指上联中首句与末句皆用仄脚句,中间各单句为平脚。此种模式较少用,可称为次格。例如《安庆大观亭·王月庄联》:

———｜,｜｜——,｜｜——,｜｜———｜｜;

天开图画,美尽东南,落日咽孤忠,战血腥余千载后;

｜｜｜—，——｜｜，——｜｜，——｜｜｜——。

鲁酒不温，高丘返顾，歌风思猛士，江流倒转万山来。

其模式归为：

上联：仄脚句，平脚句，平脚句，……，仄脚句；
下联：平脚句，仄脚句，仄脚句，……，平脚句。

3. 全仄式

全仄式指上联全部用仄脚句。此种模式运用很少，为偏格。例如某戏台联：

不生事，不怕事，自然无事；
能爱人，能恶人，方是正人。

4. 领仄式

领仄式指上联首句为平脚句，其后皆为仄脚句。此模式很少应用，为偏格。例如安庆大观亭联（周文炳题）：

片土寄忠魂，听槛前万马，江声滚滚，惊疑征鼓动；
孤城销战气，指窗外二龙，山影苍苍，飞入酒杯来。

三、句群对联模型

句群联基本结构：首联段-腰联段-尾联段。3段中，至少有1段是复句。

1. 单-复组合型

单-复组合型由单句与复句联合构成，用于中联或中长联，可分头单后（腰、尾）复和前（头、腰）尾复式。

2. 复-复组合型

复-复组合型全由复句联合构成，用于长联或超长联，其组合式可归纳为6种：①领平式，仄头平腰平尾；②领仄式，平头仄腰仄尾；③收平式，平头平腰仄尾；④收仄式，仄头仄腰平尾；⑤包平式，仄头平腰仄尾；⑥包仄式，平头仄腰平尾。在复-复组合型对联的上联中，联尾必须用仄尾式复句，即收平式、包平式，少可用领仄式；其他部位（头、腰），可令上述六式按律组合。例如《武汉晴川阁·清人宋簨新题》：

　　｜｜｜－－，｜｜｜－：　－－｜｜，－｜－－，－｜｜－－。

①栋宇逼层霄，②忆几番；③仙人解佩，词客题襟，风日最佳时。

　　｜｜－－，｜｜｜－－－｜｜。

④坐倒金樽，却喜青山排闼至。

　　－－｜－｜，－－｜－：－－｜－，｜－｜｜，－－－｜｜。

①川原揽全省，②看不尽；③鄂渚烟光，汉阳树色，楼台如画里。

　　－－｜｜，－－－｜｜－－。

④卧吹玉笛，还随明月过江来。

此副联为头单后复组合型，看上联，其中：①平脚单句；②三字领句；③领平式复句；④收平式复句。

再如著名长联《昆明大观楼·康熙年·孙髯翁联》：

①五百里滇池，奔来眼底。②披襟岸帻，喜茫茫，空阔无边。③看：④东骧神骏，西翥灵仪，北走蜿蜒，南翔缟素。⑤高人韵士，何妨选胜登临。⑥趁蟹屿螺洲，梳裹就，风鬟雾鬓。⑦更苹天苇地，点缀些，翠羽丹霞。⑧莫辜负：⑨四围香稻，万顷晴沙，九夏芙蓉，三春杨柳。

①数千年往事，注到心头。②把酒凌虚，叹滚滚，英雄谁在？③想；④汉习楼船，唐标铁柱，宋挥玉斧，元跨革囊。⑤伟烈丰功，费尽移山心力。⑥尽珠帘画栋，卷不及，暮雨朝

云。⑦便断碣残碑,都付与,苍烟落照。⑧只赢得:⑨几杵疏钟,半江渔火,两行秋雁,一枕清霜。

此副句群联为复-复组合型(亦称全复型)。看上联,其中:①收平式;②领平式;③一字领;④包平式;⑤平收式;⑥领仄式;⑦领平式;⑧三字领;⑨包平式。

第四节 特别论述

一、特别对联问题

1. 镶嵌对联

(1)单联内镶嵌姓名、地名等。

孔门传道诸贤,曾子、子思、孟子;
周室开基列圣,太王、王季、文王。
巧镶名人。

(2)两联间镶嵌姓名、地名等。

悲哉,秋之为气;
惨矣,瑾其可怀。
镶秋瑾之名。

2. 回文对联

(1)单联内回文:单联正念与倒念相同。例如厦门鼓浪屿鱼腹浦联:

雾锁山头山锁雾,
天连水尾水连天。

(2)两联间回文:上下联互为倒读。例如乾隆为天然居酒楼题联:

客上天然居,
居然天上客。

3. 叠词对联

(1)同字叠词式:单联内同字词反复。例如西湖联:

绿绿红红,处处莺莺燕燕;
花花草草,年年暮暮朝朝。

(2)异字叠词式:单联内异字词反复。例如有副戏台联:

今古,今古,今今古;
古今,古今,古古今。

清茶润诗,诗境雅,淡淡茶色;
烈酒泼画,画味浓,阵阵酒香。

二、关于游戏对联

1. 戏谑对联

明朝一官宦人家,婆媳均被封为诰命。春节贴出一副对联张扬:

父进士,子进士,父子进士;
婆夫人,媳夫人,婆媳夫人。

当晚,一位穷秀才路过,气不从一处出,将对联略微加工。第二天早上,全家一看,气昏了,怎么对联变成:

父进土,子进土,父子进土;
婆失夫,媳失夫,婆媳失夫。

2. 合字对联

把几个字合成一个字,构成书面上的对偶。

寸土为寺,寺旁言诗,诗曰:明月送僧归古寺;
双木成林,林下示禁,禁云:斧斤以时入山林。

此是一副递进合字对联。寸土合寺，再加言成诗；二木合林，加示成禁。

三、读写贴对联之法

1. 对联逗断

对联逗断也称为对联断句。由于书法对联通常无标点，对于复句及句群联的阅读常因不会断句而变得一塌糊涂，甚至成了相反意。不会断句，便不能赏析，也难能找出优劣所在。

断句，就是在复句或句群联中分出单句来，中间用标点隔开。其逗断标准如下。

(1)看句意：一个单句有相对独立的意思，即可述清一个问题。

(2)看平仄：律体联各单句皆为平仄格律句，这包括标格句、特格句、变格句。

(3)上联与下联对判：包括同词性相对、句子结构相同、平仄对立、标点同位。

例如，安徽安庆大观楼联：

樽前帆影槛外岚光数胜迹重重都向江头开画本

楼上仙人阁中帝子溯游踪历历又来亭畔吊忠魂

反复吟读思考，便会断句为"4，4，5，7"：

樽前帆影，槛外岚光，数胜迹重重，都向江头开画本；

楼上仙人，阁中帝子，溯游踪历历，又来亭畔吊忠魂。

其平仄句为：

－－－｜，｜｜－－，｜｜－－，－｜－－－｜｜；

－｜－－，－－｜｜，｜－－｜，｜－－｜｜－－。

2. 创作对联

创作对联基本原则:

(1)立意新颖:有时代精神,但必须赋予诗的意境。

(2)搭建框架:即用平仄律句,按建模法则搭建结构模型,包括字数、句数、标点符号——在稿纸上列出。

(3)按图索骥:即按模型中的平仄标格单句觅词填之,在填写过程中使用特格句及变格法则。例如填写如下对联格式:

- - |,- - | |,- - - | |;
| | -,| | - -,| | | - -。

3. 书写对联

书写对联包括竖书与横书两类。

(1)竖书式:也称直书式。此为张贴用,用毛笔书法。一般春联是不必题款的,但其他联,如名胜联、题赠联、祝贺联等,皆须有款。款语字号比正文要小些,上联联语右侧写被赠人姓名及称呼,下联联语左侧写赠联人的姓名及时间、地点。

(2)横书式:为了书信传递及排字印刷,将上述内容横排即为横书式。

4. 贴对联法

贴对联法有传统法及新兴法两种。

(1)传统法:上联在右,下联在左,横批自右至左书写。因此,阅读自右而左。

(2)新兴法:上联在左,下联在右,横批自左至右书写。于是,阅读自左而右。

值得指出的是,新兴法多流行于"民间",在对联界并不被大多数人接受。对联界专家普遍认为:联文只要是竖写都应该上联在右,下联在左,与横批无关。

第十三章　新律创建

> 我冒叫一声,旧体诗词要发展,要改革,一万年也打不倒。因为这种东西最能反映中华民族和中国人民的特性和风尚。
> 引自《毛泽东诗词鉴赏大全》(季世昌,1994)

毛泽东指出:"格律诗最能反映中华民族和中国人民的特性和风尚。"格律诗是中国的"国诗",是当之无争的。然而,格律诗并非不再发展,发展是共识,发展是时代的规律。问题是怎样发展,众说纷纭。

但是,谈发展,是必须以弄清格律诗的基本知识以及格律诗的发展史为基础的。

第一节　概　述

一、基本概念

1. 定义

新律是以现代汉语拼音为基础的格律诗体。"现代诗韵"是新体格律诗的创作工具。

"现代诗韵"按现代韵母表(表13-1)划分,可详分18个韵部,或缩分为13个韵部。前者以《诗韵新编》(1965)为代表,后者首推《现代诗韵》(1979)。两者并不矛盾,并且皆标出入声字,是十分有意义的。据此,著者认为:"现代诗韵"可解分为两种韵书,一是包含入声字的,可称为"现代简韵",为入声系韵书;二是不论入声,可称"现代新韵",为非入声系韵书。当然并非要印成两本书,而是一书作二书用。

表 13-1　现代汉语分类韵母表

按结构分	按口型分			
	开口呼	齐齿呼	合口呼	撮口呼
单韵母	-i[ɿ](前)、-i[ʅ](后)	i[i]	u[u]	ü[y]
	a[a]	ia[ia]	ua[ua]	
	o[o]		uo[uo]	
	e[ɣ]			
	ê[ɛ]	ie[iɛ]		üe[yɛ]
	er[ə]			
复韵母	ai[ai]		uai[uai]	
	ei[ei]		uei[uei]	
	ao[au]	iao[iau]		
	ou[ou]	iou[iou]		
鼻韵母	an[an]	ian[iɛn]	uan[uan]	üan[yɛn]
	en[ən]	in[in]	uen[uən]	ün[yn]
	ang[aŋ]	iang[iaŋ]	uang[uaŋ]	
	eng[əŋ]	ing[iŋ]	ueng[uəŋ]	
			ong[uŋ]	iong[yŋ]

2. 分类

新格律诗体也可称为现代格律诗体,著者给出分类系统如下:

```
                    ┌ 旧谱简韵：律赋、永明体、近体、律词、律对
                    │           ┌ 新律赋、新永明体、新近体
          新格律诗体 ┤ 旧谱新韵 ┤
                    │           └ 新律词、新律曲、新律对
                    │           ┌ 自度词谱
                    └ 新谱新韵 ┤ 自度曲谱
                                └ 歌词
```

所谓"旧"，指古汉语声韵；而"新"，系指现代汉语声韵。

旧谱简韵，意为用传统格律诗谱（模型），用"词韵"（归并平水韵，有入声韵部），将平水韵仅作参考。或者说，是必须关注入声字的声韵。

旧谱新韵，意为用传统格律诗谱（模型），用"新韵"（新汉语声韵，无入声部）。

新谱新韵，意为用自度格律诗谱（随意），用"新韵"（新汉语声韵，无入声部）。

依这个分类，从以下4个方面可以看出格律诗发展的历史脉络。

（1）永赋→唐赋→新赋：短赋、中赋、短赋。

（2）永明体→近体→新律：新律绝句、新律律诗、新律排律。

（3）唐词→宋词→新词：新词"忆江南"、新词"菩萨蛮"、新词"贺新郎"等。

（4）元曲→明戏→新曲：新曲小令、新曲幺篇、新曲重头、新曲带过曲、新曲套数。

（5）明对→清对→新对：短对、长对、中对。

事实上这场改革的第一步，即用"旧谱简韵"已经完成，并日益走向普及，以《毛泽东诗词》为代表。

二、基本特点

(1)新格律体诗型。依然分为齐言型及杂言型。齐言型的新格律体除传统的五言及七言外,尚可有四言、六言格律体。杂言型的新格律体包括定型的词与曲,以及不定型的自度谱与赋。

(2)新格律体平仄。平仄句格式依传统之定型,而其实质意义有二,一是保留入声作仄,二是取消入声字。前者用于只诵不歌的格律创作,后者用于歌词。

(3)归并平水韵(实为词韵),所有新格律体的创作全部用《现代诗韵》(汉语拼音)。依然有两类,一是保留入声的"简韵",二是取消入声的"新韵"。前者是继承,后者是革进。

(4)若脱离入声字,但应用传统诗型的创作,就应在"牌名"前加个"新"字或别的区别标志。

第二节　基本原则

一、古典格律模型的不变原则

1. 经典模型不变原则

古典格律模型,即是经典模型,是供人们学习与研究的。正如金字塔模型不能改变,但人们只能仿照一样,仅质地不同而已,即"旧瓶装新醋"——形式是经典的、内容是新的。否则,便有"挂羊头卖狗肉"之嫌,也混淆了格律诗体的真伪。例如常见有人作词:"清平乐",然而仅字数满足了,无平仄律,无韵脚,哪还是什么"清平乐"?诗论家张进义《继承与创新》(1994)有论:"不入律,只管冠以某某词牌名称,便自以为是词了,并美其名曰改革、创新。这样的词,与其说是革新、创造,倒不如说是假冒伪劣产品更为确切。"传统的"清平乐"是律词,同样,《七律》之类是律诗,不能不究平仄!

2. 今人赏析古典格律诗问题

(1)赏析古典格律诗,应持历史唯物观,这是分析的基础。

(2)不同诗体用不同类型韵书。传统应用:诗韵赋诗、词韵填词、曲韵作曲。因此,赏研佳作时,须查韵书。

二、新体格律诗型的扩展原则

1. 经典模型的新用

若用"经典模型"或用"现代新韵",就必须于"牌名"前冠以"新体""新律"或"新声"之类名称。邓拓《燕山夜话·三分诗七分读》(1961)有论:"你用了'满江红'的词牌,而又不是按它的格律,那么,最好就另起一个词牌的名字,如'满江黑'或其他,以便与'满江红'相区别。"此论颇中要害。

2. 自度谱型的创立

若创"自度谱",便与经典模型无关,那自然是用"现代平仄""现代新韵"。涂宗涛《诗词曲格律纲要·修订再版附记》(2000)有论:"谙音律的作者,以自度曲的名义去创出新的词牌,那是谁也不会提出异议的。"至于所创谱型是否有人还用它,那只有待时间检验了。

三、格律诗韵的归并推进原则

1. 平水诗韵的最终简化

现代创作格律诗用什么韵书?这是初学者常提的首要

问题。经过几十年讨论,现在一般认为应丢开平水韵,应用"现代诗韵"。但著者认为此话须分两头:一是将平水韵中的邻韵合并,达到诗韵简化,得到13个韵部,即十三辙;二是将入声独立为5个韵部,加上13个韵部,得18个韵部,即传统词韵。具体操作为:先将平水韵106目按韵归为30个韵部(表13-2),然后将其邻韵归类合并。

表13-2　平水韵四声韵部配合表

平	东	冬	江	支	微	鱼	虞	齐	佳	灰	真	文	元	寒	删
上	董	肿	讲	纸	尾	语	麌	荠	蟹	贿	轸	吻	阮	旱	潸
去	送	宋	降	置	未	御	遇	霁	泰	卦	队	震	问	愿	翰	谏
入	屋	沃	觉								质	物	月	曷	黠
平	先	萧	肴	豪	歌	麻	阳	庚	青	蒸	尤	侵	覃	盐	咸
上	铣	筱	巧	皓	哿	马	养	梗	迥		有	寝	感	俭	豏
去	霰	啸	效	号	个	祃	漾	敬	径		宥	沁	勘	艳	陷
入	屑					药	陌	锡	职		缉	合	叶	洽

"平水韵"(106目)→

30个韵部 → $\begin{bmatrix} 18个韵部(5入声部) \\ 13个韵部(无入声部) \end{bmatrix}$ 现代诗韵

为防混淆,可将18个韵部称为"传统十八韵",而将13个韵部称为"新声十三韵"。

(1)十三辙的获取

将平水韵中东、冬、庚、青、蒸5个韵部合1;元、寒、删、先、覃、盐、咸7个韵部合1;真、文、侵3个韵部合1;萧、肴、豪3个韵部合1;江、阳2个韵部合1;支、齐2个韵部合1;鱼、虞2个韵部合1。于是将24个韵部合为7个,30个韵部中去掉了17个,只剩13个韵部,即现今"十三辙(韵)"。

(2)入声韵部的归并

屋、沃2个韵部合1;觉、药2个韵部合1;质、陌、锡、职、缉5个韵部合1;物、月、曷、黠、屑、叶6个韵部合1;合、恰2个韵部合1。于是将17个入声韵部合为5个,去掉了12个。

2. 现代应用格律诗韵

最简单的莫过于:

(1)如果用经典格律模型写作,可用18个韵部(包含5个入声部)。

(2)如果用"新律体"或"自度谱",则用13个韵部(无入声部),实际是按现代汉语拼音方案。

四、格律平仄的随韵准则

1. 若按经典模型创作

即用"传统十八韵",依然是将入声作格律仄,其益处尚可有助于赏析古代格律诗作品。

2. 若按"新律体"或"自度谱"创作

即用"新声十三韵",不计入声字。

(1)现代平仄厘定:现代阴平及阳平为格律平,上声及去声作格律仄。

(2)标格句获取:在声链——｜｜——｜｜——｜上随机截取一至七言声律单句作标格句,计26种13对(平仄对立)。

(3)其他法则:特格法则、变格法则、拗救法则等,皆如传统法。

第三节　创新格律类型

一、旧谱简韵格律体

"旧谱简韵"的改革十分成功,谁也不会再将 an、ian、uan、üan 等韵头不同的"安韵"还各作为一个韵(目)部写作格律诗。不过,现代阴平、阳平中的入声字还必须作仄声,此是关键!例如毛泽东《七律·冬云》(1962):

　　雪压冬云白絮飞,万花纷谢一时稀。
　　高天滚滚寒流急,大地微微暖气吹。
　　独有英雄驱虎豹,更无豪杰怕熊罴。
　　梅花欢喜漫天雪,冻死苍蝇未足奇。

注:诗中,"压""白""一""急""独""杰"为入声字,在此作仄声。"梅花欢喜漫天雪"为特格句,即－－｜｜｜－｜,对应标格－－｜｜｜－－。

二、旧谱新韵格律体

"旧谱新韵"作为改革的第二步,应是在普通话全面普及的基础上,包括港、澳、台,以及海外侨胞。当然这创作已经开始,但应该在题前冠以"新"字,以与传统创作相区别。涂宗涛(1993)指出,"在诗题后标'依今韵'即可"。其缘由就是入声韵系与非入声韵系间有一个极大的质的飞跃。

1. 新永明体

(1)概念:按传统永明体模型,用现代平仄、现代新韵。以加法构型,以及同声三字尾,区别于"近体"。

(2)类型:①新永明体绝句,含新永明体五绝、新永明体七绝。②新永明体律诗,含新永明体五律、新永明体七律。③新永明体排律,含新永明体五排、新永明体七排。

(3)实例:《新永明体五绝·闻雨》(饮水):

  鸣春布谷鸟,梦雨三山头。
  昔人未得意,馈赠笔蛇游。

注:首联用同声三字尾"布谷鸟""三山头",第三句"昔""得"为入声字,在此作平声。

2. 新近体

(1)概念:按传统近体模型,用现代平仄、现代新韵。以粘法构型以及力避同声三字尾,区别于"永明体"。

(2)类型:①新近体绝句,含新近体五绝、新近体七绝。②新近体律诗,含新近体五律、新近体七律。③新近体排律,含新近体五排、新近体七排。

(3)实例:《新近体七绝·磨山村新开路》(饮水,2001):

  楚地巳年初夏日,磨山举望楚天台。
  烟林漠漠野鸭起,填谷白云新象开。

注:此以粘法构型,"鸭""白"为入声字,作平声。

3. 新词体

(1)概念:按经典律词模型,用现代平仄、现代新韵。以韵脚较疏,区别于"曲体"。

(2)类型:①单调新词体,如"新词体忆江南""新词体如梦令"等。②双调新词体,如"新词体临江仙""新词体蝶恋花"等。③三叠新词体,如"新词体西河""新词体宝鼎现"等。

律词早已脱乐,现在成为了舒缓抑扬朗诵的长短句,因此可用"旧谱填新声"。于是,按现代音乐也就可以配音,例如毛泽东"诗词歌曲"。

(3)实例:《新词体临江仙·生寰》(饮水,1980):

  天宇破荒生道,环球几度沧桑。陈迹追溯是文章,揭晓宏微怡旷。

探地勘天有益,逐绩各树芳纲。飞蝶玉女斗花香,妙谱新曲动唱。

注:诗中,"迹""逐""绩""蝶""曲"为入声字,按普通话此作平声。

4. 新曲体

(1)概念:按传统曲词模型,用现代平仄、现代新韵。以韵脚密集,区别于"词体"。

(2)类型:①新曲体小令,如"新曲体赛鸿秋""新曲体天净沙"等。②新曲体幺篇,如"新幺篇白鹤子""新幺篇小梁州"等。③新曲体带曲,如"新带曲雁儿落带得胜令""新带曲十二月带尧民歌"等。④新曲体散套。

(3)实例:元代北曲已取消入声,开现今普通话的先河,何况至清代已用"十三辙"写曲,故所谓"新曲体"与旧曲体相差无几。

例如《新散曲·皂旗儿·老柞山北望》(饮水,2001):

老柞山头分水高,奔涛。七星上河酒诗豪。漂,行到沼泽停棹笑。

5. 新联体

(1)概念:按传统律联模型,用现代平仄。以两联对称,区别于"词体"和"曲体"。

(2)类型:①新联体短联;②新联体中联;③新联体长联。

(3)实例:拟下列"新律联·律已联":

七情六欲,损人肥己恶。

九品八爵,肃腐为民荣。

注:诗中"七""八""爵"为入声字,此作平声。

此联声律谱为:

平平仄仄,仄平平仄仄。

仄仄平平,平仄仄平平。

6. 新律赋

(1)概念:按传统律赋模型,用现代平仄、现代新韵。以韵脚无定位,区别于"词体"及"曲体";以多用四、六言,并广泛用对仗句,区别于"自度曲"。

(2)类型:①新律赋短篇;②新律赋中篇;③新律赋长篇。

(3)实例:新律赋应是篇幅短小,语言生动,耐人寻味。例如《新律赋·雪莲赋》(饮水,2004):

临天俯瞰:

藏野飞巅,三江裂谷。正喜:金猴一道佛光,神女千层玉宇。然则,悬崖陡壁鸣雷,霰浪狂风涌雪。迷蒙中,光芒灿烂;佛光里,琼影翩跹;神女舞,模糊一片。

于是,我戴上明镜,啊,美哉,雪莲花!哦,壮哉,花雪莲。

我想,如此晶莹,何以被那些贪婪者把你周游,去做那毫无价值的损颜。

三、新谱新韵格律体

1. 自度词

(1)概念:将现代平仄标格律句,用现代新韵,按律词的组构法则(对、粘),自编自由谱。以散文式句型,篇幅短小,区别于"自度赋"和"自度曲"。

诗句数无限制,以短小为佳。长了反与律赋无大差别。南宋词脱乐后,文人创作了大量长调慢词,遂使词走向低潮。

(2)类型:①自度词单片,60字以内;②自度词双片,61字至90字间;③自度词三叠,91字以上。该划分方案是相对的,只作为一组参数。

(3)实例:《自度词·春风吹·放风筝》(公子,1998):

大野萌苏煦日盈,郊游好事情。摇曳举绢莺,飘扬碧落,闪烁如星。春光丽景驻人行。转瞬风息,招来燕子鸣。

2. 自度曲

(1)概念:以现代平仄标格句,用现代新韵,按律曲的组构法则(对、粘),自编自由谱。以鼎足对、连壁对、联珠对等特别的对仗,还有较密韵脚以及段间特别的结构,有别于"自度词"和"自度赋"。

(2)类型:①自度曲小令;②自度曲重头。

(3)实例:《自度曲·题雪花》(公子,1994):

玉魄冰心,辗转红尘处处。俗尘种种今生悟。爱向清洁,恶向污浊。化滴滴清露,涤寸寸净土。

第四节 特别论述

一、新旧韵书各归其所

1. 韵书应用原则

由于语言随时代发展,诗、词、曲的韵书相继出现,所谓诗有诗韵、词有词韵、曲有曲韵。这在今人赏析古典格律诗时是依然要遵守的。

2. 入声韵系与非入声韵系

入声韵系与非入声韵系也可称为"传统四声韵系"与"现代四声韵系"。

自隋文帝废除世族垄断的九品中正制,于开皇七年(587年)首开志行修谨、清平干济两科。炀帝始设进士科统一命题,就需要统一韵书——官韵,隋代陆法言的《切韵》便应运

而生。这就是《平水韵》的前身。其后经过"唐诗韵"的甄别、"宋词韵"的归并、"元曲韵"的"入派三声"、"清戏曲""十三辙"的创立。该过程有三个基本特点:

(1)韵部逐渐归并简化。

(2)元代伊始,历代以大都(北京)建都,官韵中的入声字逐渐消失。但在格律诗词艺坛上,入声却依然运用着。

(3)各时代皆有自己的官韵,但民间私韵依然不断。

咏读与赏析古代诗词依然需要平水韵韵系,即入声韵系。

今人创作格律诗,可使用"简化入声韵系"(简韵)及"不计入声韵系"(新韵)的韵书。但是,《现代诗韵》等韵书,皆在13个韵部中标出了入声字,便于两用。

二、自度律体构型法

古有"自度曲",由曲填词,再由词悟出"平仄谱"(律谱)。但也有"先词后曲"者,如毛泽东"诗词歌曲"。既然传统"依律谱填词",自度律谱便是"自度律",包括齐言诗体和杂言诗体。

齐言诗体:也称整齐诗体。令各句间言数相等,偶数句末尾用韵(首句不用韵),为正格;若首句起韵,为偏格。有四言、五言、六言、七言数。

杂言诗体:也称长短句体。有词体、曲体。

1. 齐言诗体构型法

以同言数标格句,一副联中的出句与对句间平仄对立;两副联间相叠(两副对联平仄句对应相同),或相粘(两副对联平仄句相异)。下列为传统少见的四绝、六绝模型。

(1) 四言绝平韵格

叠式:(出句)－－｜｜,(对句)｜｜－－。
(出句)－－｜｜,(对句)｜｜－－。
粘式:(出句)－－｜｜,(对句)｜｜－－。
(出句)｜－－｜,(对句)－｜｜－。

(2) 六言绝平韵格

叠式:(出句)｜｜－－｜｜,(对句)－－｜｜－－。
(出句)｜｜－－｜｜,(对句)－－｜｜－－。
粘式:(出句)｜｜－－｜｜,(对句)－－｜｜－－。
(出句)－｜｜－－｜,(对句)－－｜｜－。

若将上述各式的出句与对句倒置,便得仄韵格。无论平韵格还是仄韵格,韵脚在偶数句末,部分可于首句末起韵。

2. 杂言诗体构型法

通过对经典词谱及曲谱(标格句)研究,归纳法则如下。

法则 1 平仄对仗句组构法则:相邻句(二、或三、或四句),若字数相等,则有句间平仄相同(正声对),或就句间平仄对立(反声对)两种。即正对与反对。

法则 2 平仄散体句关联法则:若前句为仄脚,后句可以平头对接;或前句为仄脚,后句以仄头叠接;反之也成立。

用正对还是反对、正接还是反接,取决于句尾是否用韵。将此两条法则用于现代新韵的长短句构型,是极方便的。现举晚唐韦庄的小令词"天仙子"(其一)为例,如表13-3所示。

3. 撰写要诀

首先按上述规律构筑标格句模型,然后选词构句填之。变格句及特格句是在撰写格律诗过程中灵活使用的,不参加构型。这是一个十分重要的原则。

表 13-3　长短句自度律结构实例

① ｜｜一一｜｜一，	蟾彩霜华夜不分，
② ｜｜一一｜｜。	天外鸿声枕上闻。
③ ｜一一｜｜一一。	绣衾香冷懒重薰。
④ 一｜｜，⑤ ｜一一。	人寂寂，叶纷纷。
⑥ ｜｜一一｜见一。	才睡依前梦见君。

注：按韦庄《天仙子》(其二)，②句可为 ｜一一｜｜一一。②正对①，③反接②，④正接③，⑤反对④，⑥反接⑤。

三、毛泽东格律创新

1. 作为革命斗争的武器

《毛泽东诗词》是史诗。毛泽东本着"革命文艺是整个革命事业的一部分"的原则，创作了大量鼓舞民心的作品。

"为有牺牲多壮志，敢教日月换新天"和"世上无难事，只要肯登攀"，皆大气磅礴。

2. 开创鲜明的时代特色

《毛泽东诗词》写革命、写战争、写建设，没有丝毫的口号痕迹，但充满了鲜明的时代色彩。反对帝封官，解放全人类，对一切剥削者造反，为广大人民群众立极，气势恢宏。"四海翻腾云水怒，五洲震荡风雷激，要扫除一切害人虫，全无敌！""可上九天揽月，可下五洋捉鳖，谈笑凯歌还。"这大无畏的革命英雄气概足让鬼神无处藏身。这是前无古人的，形成了"毛泽东特色"。

3. 将豪放浪漫推向宏伟

"坐地日行八万里，巡天遥看一千河。"想象奇特。"赤橙黄绿青蓝紫，谁持彩练当空舞。"色彩浪漫。"杨柳轻扬直上重霄九",飘逸游仙。

4. 突破"平水韵"

(1)突破"平水韵",用"简韵",毛泽东已作出榜样。例如:《长征》,"寒""删"通押;《答友人》,"支""微"通押;《和柳亚子先生》,"江""阳"通押;《吊罗荣桓同志》,"支""微""齐"通押等。

(2)科学地扩展韵域,声情并茂。有人指出《蝶恋花·答李淑一同志》用韵不确,因为下片的韵字"舞、虎、雨"与其前的韵字"柳、九、有、酒、袖"不同韵。对于这词的用韵,毛泽东曾于1958年12月21日在文物出版社同年9月刻印的大字本《毛主席诗词十九首》书眉上批注:"上下两韵,不可改,只得仍之。"兹先将此词录于下:

我失骄杨君失柳,杨柳轻扬直上重霄九。问讯吴刚何所有,吴刚捧出桂花酒。○寂寞嫦娥舒广袖,万里长空且为忠魂舞。忽报人间曾伏虎,泪飞顿作倾盆雨。

韵脚字拼音为:柳 liǔ、九 jiǔ、有 yǒu、酒 jiǔ、袖 xiù,舞 wǔ、虎 hǔ、雨 yǔ。在"戈载词韵"中,柳、九、有、酒、袖为第十二部,舞、虎、雨为第四部,原是不通押的。但是,汉语拼音显示,它们是同韵尾(u)的字,便变得通押了,读之也颇有韵感。

另外,该词中的"失""直"是入声字,但其汉语拼音为 shí、zhí,若按平声则不协律,"我失骄杨君失柳,杨柳轻扬直上重霄九"译为:

｜｜——｜｜,—｜——｜｜——｜。

此处,"失"与"直"作仄声。由此可知,《毛泽东诗词》应用了"现代简韵"。这也证明了本书前文关于诗韵推进革新成立。

5. 平仄律句的某些特别处理

《毛泽东诗词》平仄格律是严谨的,尤其是他生前发表的作品,但也有改进处。

(1)长调孤平改顺。"贺新郎"词谱上下片末一句原词谱为孤平句,但毛泽东将其改为常格句(非孤平)。例如《贺新郎·赠杨开慧》(1923):"天知否""和云翥"。《贺新郎·读史》(1964):"郊原血","东方白"。原谱为丨—丨,现改为——丨。

(2)新格律体的试创。毛泽东留下"卜算子"2首,一首是《卜算子·咏梅》(1961),仄韵格。该词颇脍炙人口,把握声律、韵律皆准确,具有极强的思想性及艺术性。另一首是《卜算子·悼艾地同志》(1965),平韵格。这平韵格并非古人的遗留,而是毛泽东的创造,将仄韵改为平韵者历史已有惯例,如叶梦得改"念奴娇"为平韵、姜夔改"满江红"为平韵等,但后人皆视其为变格,很少应用。《卜算子·悼艾地同志》(1965)于1966年12月便被刻写传抄。后见刘济昆《毛泽东诗词全集》、苏桂《毛泽东诗词大全》(1993),内中个别字,疑有讹。全词如下:

疏枝立寒窗,笑在百花前。奈何笑容难为久,春来反凋残。残固不堪残,何必自寻烦?花落自有花开日,蓄芳待来年。

注:必,据刻写本;刘济昆等作"须",依平仄律考之,有误。

将该词译成标准格(达标准化)则是:双片,8句,44字,6平韵:

　　　　—丨丨——(韵),—丨丨——(韵)。
　　　　——丨丨——丨,丨丨丨——(韵)。
　　　　—丨丨——(韵),—丨丨——(韵)。
　　　　——丨丨——丨,丨丨丨——(韵)。

6. 对格律诗理论的升华

(1)"三贵"意境论。1958年毛泽东视察三峡,为随从梅白改诗时说:"诗贵有含蓄和留有余地。""诗贵意境高尚,尤贵意境之动态,有变化,才能见诗之波澜,这正是唐诗以来格律诗之优越性。"(刘汉民,《为梅白改诗说改诗》)

(2)"鉴别"改诗论。毛泽东论改诗:"有比较才能鉴别。诗要改,不但要请人改,而且主要靠自己改。放了一个时候,看了,想了,再改,就有可能改得好一些,这就是所谓'推敲'的好处。当然,也有经过修改不及原作的。"

(3)"格律"定型论。"格与律是历史发展的产物,是约定俗成的,不能任意打破,否则就成了顺口溜。格律诗之所以打不倒,是因为它从《诗经》以来有几千年发展历史,至今还有人喜欢。"(梅白,《加忆毛泽东论诗》)。

(4)"平仄"定性论。"因律诗要讲平仄,不讲平仄,即非律诗。"(毛泽东,《给陈毅同志谈诗的一封信》,1965)

(5)"思维"形象论。"诗要用形象思维,不能如散文那样直说。所以比、兴两法是不能不用的。赋也可以用,如杜甫之《北征》,习谓敷陈其事而直言之也。"(毛泽东,《给陈毅同志谈诗的一封信》,1965)

第十四章　格律技艺

> 故，义虽深，理虽当，词不工者不成文，宜不能传也。文、理、义三者兼并，乃能独立于一时，而不泯灭于后代，必能传也。
> 引自《答朱载言书》（唐·李翱）

李翱之意，含义虽深，说理虽当，若语言不工，也难成传世之作。格律诗强调文、理、义三者兼容。

格律诗的短小、精悍，形象、生动，优美、粗放，富哲理、寓意深刻等优点，给人们留下了极深的印象。其奥妙在哪里？奥妙在于语言的特别艺术。

第一节　语　法

格律诗语言与白话新诗语言的最主要区别是语言结构。要用极简练的语言表述丰富的内涵，重点在于形象而生动地驾驭语言。

一、单句结构

1. 句子成分省略

诗句中，任何成分都可省。在现代汉语中，作为通常句子，谓语不能省，缺谓语不成句子。但是，格律诗句缺谓语是很常

见的,它增强了语言的艺术性。例如刘禹锡《至潜水驿》:

  枫林社日鼓,茅屋午时鸡。

  鹊噪晚禾地,蝶飞秋草畦。

"枫林社日鼓"中的"鼓",代偏正结构——鼓声,在此也可兼动宾结构——擂鼓。"茅屋午时鸡"的"鸡"大体也是此意:鸡声、唤鸡。

2. 名词组成句子

名词句,简练明确、形象生动。五言句音节较少,易于组构名词句。作为对仗句,晚唐温庭筠等用于近体五律之颔联,其后也见诸家用于七言近体及律词律曲中。这是一种非常奇妙的对仗句,令人醒目。例如下列对仗诗句:

卢照邻《送二兄入蜀》:

  关山客子路,花柳帝王城。

温庭筠《商山早行》:

  鸡声茅店月,人迹板桥霜。

温庭筠《送人东游》:

  高风汉阳渡,初日郢门山。

崔涂(晚唐)《除夜有怀》:

  乱山残雪夜,孤独异乡人。

陆游《书愤》:

  楼船夜雪瓜州渡,铁马秋风大散关。

白朴《天净沙·秋》:

  孤村落日残霞,轻烟老树寒鸦。

二、复句结构

1. 主谓联合复句

该结构指一句诗就是一个主谓联合复句。这种复句简洁明了，内涵丰富，令人回味无穷。例如晚唐崔涂《永明体七绝·湘中谣二首》(其一)：

　　　　烟愁雨细云冥冥，杜兰香老三湘清。
　　　　故山望断不知处，鹧鸪隔花时一声。

诗中："烟愁、雨细、云冥冥"各单句主谓联合；"杜兰香老、三湘清"各单句也系主谓联合。

2. 谓宾复句

谓宾复句是一种紧缩复句，具有形象性、节奏感，生动而语意连绵。例如北宋宋祁(998—1061)《律词·木兰花》末二句：

　　　　为君持酒劝斜阳，且向花间留晚照。

可断开为：为君、持酒、劝斜阳，且向花、留晚照。

3. 多重复句

该结构指一句诗是一个多重复句，就必然是一个紧缩复句，其意是各单句的结构类型不同，所表达的意义在两个层次以上。

由于诗句音节少，一句诗成为一个多重句就不易，因此就很少有实例。例如北宋柳永《律词·夜半乐》有句：

　　　　惨离怀、空恨岁晚归期阻。

对该多重复句的层次解析为：

其所以"惨离怀"，｜是由于"岁晚"，｜｜｜以致"归期阻"，｜｜因此"空恨"。

说明：第一层(｜)是因果关系(倒装)；第二层(｜｜)也是因果关系(倒装)；第三层(｜｜｜)依然是因果关系。

三、特别结构

1. 兼语句

兼语句指一句诗中,第一个动词的宾语又充当了第二个动词的主语。兼语句可以使句子更简练明确,结构紧凑。例如盛唐李白近体七绝《望庐山瀑布》:

> 日照香炉生紫烟,遥看瀑布挂前川。
> 飞流直下三千尺,疑是银河落九天。

诗中,"日照香炉"和"香炉生紫烟","香炉"便是兼语,是前句的宾语、后句的主语。"遥看瀑布挂前川"和"疑是银河落九天"也是此类句子结构。

2. 连动句

连动句指一句诗中,或诗句之间的几个动作是连续的。连动句可以使句子流畅生动,叙事简明。例如中唐徐凝近体七绝《相思林》:

> 逐客远游新过岭,每逢芳树问芳名。
> 长林便是相思树,争遣愁人独自行。

诗中,逐客、远游、过岭、逢芳、问名,一路连动。

3. 倒装句

倒装句颠倒语序,以增强气势,减少平疲,使语意耐人寻味。有句中倒装、句间倒装。

(1)句中倒装:指词语在本句中倒序。例如毛泽东《浣溪沙·和柳〔亚子〕先生》有句:

> 最喜诗人高唱至,正和前线捷音联。

正序应为:最喜诗人来高唱,正合前线捷报传。句中倒装增加了语言的警醒意味。

（2）全诗倒装：整首诗基本上用倒序，最后几句收尾。典型的是苏轼的《念奴娇·赤壁怀古》：

一层："人道是、三国周郎赤壁"；二层："遥想公瑾当年"；三层："故国神游"。

第二节　风　格

修辞之于格律诗，有如演技之于戏剧，同一内容的不同修辞，其效果会大相径庭，也便形成了不同的风格、情感和表达。

一、清新活泼

明代胡应麟论："作诗不过情境二端。如五言律体，前起后结，中四句，二言景，二言情。此通例也。"一般如此而已，情景交融方为上。拟人、比喻等修辞，可以使景物或情感表达得更加鲜活生动、清新有致、轻松活泼、扣人心弦、激人活力。

1. 动态逼真

动态描写最不易，恰当的动态描写来自对生活的写生。例如唐代皇甫松《采莲子》（唐教坊曲，表14-1）：

表14-1　动态描写实例

｜｜--｜｜-，	菡萏香连十顷陂，
--｜｜｜--。	小姑贪戏采莲迟。
--｜｜--｜，	晚来弄水船头湿，
｜｜--｜｜-。	更脱红裙裹鸭儿。

诗中,"晚来弄水船头湿,更脱红裙裹鸭儿。"以神来之笔将采莲少女的动态活现于读者面前。

2. 白描简洁

白描是用一种净洁而简练的笔触刻画现实事物,尤其长于风景描写。例如晚唐韦庄近体七绝《稻田》:

　　绿波春浪满前陂,极目连云䅩稏肥。
　　更被鹭鸶千点雪,破烟来入画屏飞。

这是一幅极美丽的"水田风光画",视野广阔,色彩清雅,用笔自然。

二、婉约含蓄

自晚唐温庭筠等人的《花间集》(后蜀赵崇祚编)创婉约词风开始,以女写情、含蓄蕴藉、委婉绮丽的诗风成了一大派,多用比喻、借代、双关、婉曲的修辞格。婉约诗人的共性是:挖掘内心,注重情感。

1. 动态含蓄

动态含蓄指的是情态自然,又意味深长。例如唐代韦庄近体七绝《春陌二首》(其一):

　　满街芳草卓香车,仙子门前白日斜。
　　肠断东风各回首,一枝春雪冻梅花。

诗中,"卓香车""白日斜""各回首""冻梅花",让人猜想仙子们的去处与前景到底如何。

2. 心态委婉

心态委婉指的是心情矛盾,辗转反侧。例如清代刘鹗近体七律《春闺别怨二首》(其二):

小窗兀坐已多时,侍女催妆总未知。
揽镜怕看垂泪眼,翻书偏见断肠诗。
天公何事生知觉?人世无聊是别离!
纵使他年长聚首,目前先自费支持。

诗中,"揽镜怕看垂泪眼,翻书偏见断肠诗"成为表达矛盾心理的绝妙好句。

三、豪放浪漫

豪放浪漫起于屈原,经李白高度发展,苏轼运用于词,辛弃疾则将其推向更高峰,以忧国爱民、抒志咏怀、雄奇奔放、不囿于小情小调为特征。陆游、张元干、岳飞、张孝祥、刘克庄、刘辰翁、汪元量等对此皆有很高造诣。至毛泽东则达到了吞吐天地、震惊鬼神的气势。豪放而浪漫诗人的共性是:天马行空,追逐理想。夸张、排比、反复等修辞手法有助于增强诗词的豪放浪漫之感,使情感表达更加热烈奔放。

1. 直抒胸臆

豪放不羁,吐词直率,多为勘世极深之言。例如元末汪元亨散曲《醉太平·警世二十首》(其二):

憎苍蝇竞血,恶黑蚊争穴。急流中勇退是豪杰,不因循苟且。叹乌衣一旦非王谢,怕青山两岸分吴越。厌红尘万丈混龙蛇,老先生去也。

汪元亨曾任浙江省掾,著杂剧 3 种,南戏 1 本,散曲 100 余首。其曲揭露人间丑恶,气势豪放,起到激浊扬清的重要作用。

2. 对比议论

发议论,是豪放派的共同特征,因此有极大的社会意义。

例如清代宋琬《近体七绝·渡黄河》：

> 倒泻银河事有无？掀天浊浪只须臾。
> 人间更有风涛险，翻说黄河是畏途。

宋琬，顺治四年进士，任按察使。曾被诬造反，下狱3年。《渡黄河》揭示的主题是世间险恶，有甚于黄河浊浪。

四、悲怆现实

春秋《诗经》便有悲愤现实之作，例如《小雅·采薇》述匈奴（狁）骚扰，民不聊生。其后，汉代乐府诗不乏其作，尤其是南北朝时的《孔雀东南飞》。及至唐代杜甫，将其推向高峰；接踵便是白居易、李绅等。现实主义诗人的共同点是：脚踏实地，着眼民情。虽然悲怆现实的表达不直接依赖于特定的修辞手法，但对比、映衬等手法可以帮助强化这种情感效果，使现实描绘更加鲜明深刻。

1. 忧国忧民

悲愤现实的诗，一般注重实际，思想深刻，风格沉郁。例如唐代李绅《仄韵五绝·悯农之二》：

> 春种一粒粟，秋收万颗籽。
> 四海无闲田，农夫犹饿死。

李绅，元和进士，翰林学士，曾遭诬下狱，其后被武宗拜相。《悯农》揭露官僚、地主、豪绅只管自己花天酒地，哪管穷人死亡挣扎的贪婪无度。言简意赅，诗情凝重，有十分重要的教育意义，为世代传颂。

2. 兵荒马乱

这类诗，多苍凉景色，忧愤情感。例如元/明时期刘基《近体五律·古戍》：

古戍连山火,新城殷地茄。
九州犹虎豹,四海未桑麻。
天迥云垂草,江空雪覆沙。
野梅烧不尽,时见两三花。

刘基,字伯温,元末进士,明朝开国功臣之一。《古戍》描写元明交接期间的战乱景象。诗人伤国忧民,但却看到了"野梅烧不尽,时见两三花"的希望。

五、革命志言

国破家亡之时,在生死场上不乏血性诗人,他们为祖国人民的解放付出了生命。例如文天祥、秋瑾、李大钊、夏明翰、李少石等。此类诗作多激昂慷慨,沉郁悲壮;直抒胸臆,怒火喷瀑;"是血液写成的大字"(殷夫语)。他们的共同点是:大义凛然,视死如归。这类诗词可能运用排比、反复等修辞手法来强调革命精神的坚定和不可动摇;同时,借代、象征等手法也可能用于指代革命对象和表达革命情怀。

1. 慷慨悲愤

若终生大志未酬,必会发出慷慨之情、悲愤之意。例如清末秋瑾《律词·昭君怨》:

恨煞回天无力,只学子规啼血。愁恨感千端,拍栏杆。〇枉把栏杆拍遍,难诉一腔幽怨。残雨一声声,不堪听!

秋瑾,1904年夏赴日留学,次年参加同盟会,1906年回国到上海办公学,办《中国女报》,1907年与徐锡麟对清起义未成,就义于绍兴。《律词·昭君怨》表达了壮志未酬的感慨与悲愤。

2. 视死如归

革命者意味着将生命交给了革命,就准备做烈士。因

此,烈士的诗,便是直抒胸臆,思想鲜明。例如蔡瑾黄《永明体·不降》:

明月照秋霜,今朝返故乡。
留得头颅在,雄心誓不降。

注:诗题系本书所加。

蔡瑾黄,湖北麻城人。1927年北伐遭屠后,同年秋季参加黄、麻暴动,任麻城县委书记。1928年蒋介石围剿麻城,蔡瑾黄不幸牺牲。《不降》一诗表达了作者宁死不屈的决心。

六、相克相生

对立统一,是客观的一大律。诗歌的写作也便是客观的艺术反映。在人类社会中,对于矛盾,有两败俱伤者,还有单方制服者,不乏一方逃避型,也还有两相中庸。相克相生并非直接描述诗词风格的词汇,而是源于中国古代哲学思想中的五行学说,指事物之间的相互制约和相互促进关系。在诗词中,这种思想可能通过对比、映衬等修辞手法得到体现,但并非其直接特征。

1. 回避矛盾

现实中,所谓回避矛盾,并不就是不敢斗争的表白,不过是一种策略而已。诗人勇于描写矛盾斗争,方能折射出诗文的激动人心。例如晚唐胡曾《近体七绝·彭泽》:

英杰哪堪屈下僚,便栽门柳事萧条。
凤凰不共鸡争食,莫怪先生懒折腰。

东晋陶渊明不满官场污浊,有语:"我不能为五斗米,折腰向乡里小人。"指其出任彭泽令时,仅80余天,因不愿向傲慢的督邮折腰逢迎,便弃官归隐。本诗赞赏陶渊明高尚的道德情操。

2. 刚柔相济

刚强的与柔弱的相互调剂，达到韧性，事实上是"两相中庸"型。例如南宋范成大《近体七绝·州桥》：

州桥南北是天街，父老年年等驾回。
忍泪失声询使者，几时真有六军来？

范成大，南宋初进士，曾出使金国，在金主面前"词气慷慨"。《州桥》系诗人使金过汴京（今开封）时的作品。该诗原序"南望朱雀门，北望宣德楼，皆旧御路也"，记述中州父老翘首南方，盼南宋军队早日收复旧河山，结束南北对峙。

3. 互补相生

某些事，本来一句话说完，因字数限制，分两句说，前者照应后者，后者补充前者。最常用在时间、地点的互补。例如唐代戴叔伦《近体五绝·泊湘口》：

湘山千岭树，桂水九秋波。
露重猿声绝，风清月色多。

此诗首句说场景在湘山，次句追述事在深秋，两句达到互补相生的目的。

七、引事用典

引事用典本身就是一种修辞手法，它通过借用已有的文化积淀来丰富诗词的内涵和表现力。具有丰富的历史知识，是赏析和写作格律诗的重要基础。适当地运用典故，可以大大增加作品的内涵，使之简洁含蓄。格律诗原本是叙事抒情，南宋的词人开咏志抒怀之门。

1. 引用原语

引用古典原句，通常是短语，并且平仄符合或大体符合

格律要求,若逢韵脚必须合韵。引语不宜过多或过长。例如北宋欧阳修《南歌子》:

凤髻金泥带,龙纹玉掌梳。
走来窗下笑相扶。
爱道:画眉深浅入时无?

末句引用朱庆余《近试上张籍水部》:"妆罢低声问夫婿:画眉深浅入时无?"

2. 点化名句

点化名句也称半引用,或改用,有启发之意。例如王勃"海内存知己,天涯若比邻"为点化曹植"丈夫志四海,万里犹比邻"之诗句。

3. 利用故事

以历史故事理论是非,这在于人间的是非在历史的链条上总有相似处。有明用、暗用、正用、反用等多种手法。例如清代纳兰性德《近体七绝·秣陵怀古》:

山色江声共寂寥,十三陵树晚萧萧。
中原事业如江左,芳草何须怨六朝?

诗中,第二句意为"现今,中原与江南一样,不必怨恨历史。"

4. 借助神话

借助于神话,构成一个奇特的艺术境界,增加了浪漫色彩。例如毛泽东《近体七律·答友人》:

九嶷山上白云飞,帝子乘风下翠微。
斑竹一枝千滴泪,红霞万朵百重衣。
洞庭波涌连天雪,长岛人歌动地诗。
我欲因之梦寥廓,芙蓉国里尽朝晖。

《答友人》由传说起兴,尧的两位女儿娥皇、女英,嫁舜为

妃。舜南巡，不幸崩于湖南九嶷山。两妃（帝子）追寻，挥泪于竹而成斑。以对比手法，表述现今"芙蓉国里尽朝晖"的美好景象。

第三节　思　维

在观察—思维—创作的三部曲中，观察是起步，思维是桥梁，创作是目的。没有艺术思维的人，必不能写出优美的诗歌；有意识地培养审美力，便是艺术思维能力的开始。

一、形象思维

1. 形象活现

包括空间及空间中的各类形体，通过现实观察，展开艺术想象，显示事物本质。例如元代无名氏《散曲·梧叶儿·嗔》：

怒纷纷心肠恶，气昂昂胆量粗。动不动撒无徒。

忒嫉妒，更狠毒。有一日命遭诛，那其间谁来救苦？

作者以写生的手笔勾画出一个活脱脱的人间无赖、欺名盗世、心狠手辣者的像。

2. 形态自然

凡是活动的形体，都存在动态，包括风中的林木、流动的水。成功的动态描写，必定能增加诗歌的生动感染力。例如鲁迅《近体五律·学生和玉佛》(1933)，描写了日寇入关，国民政府要员们不思抵抗，反而携带文物古董向南仓皇出逃的狼狈景象。

寂寞空城在，仓皇古董迁。
头儿夸大口，面子靠中坚。
惊扰讵云妄，奔逃只自怜。
所嗟非玉佛，不值一文钱。

二、逻辑思维

1. 起承转合

仇兆鳌说："律体以首、尾为起、阖（合），三、四承上，五、六转下，此一定章法也。"

"起、承、转、合"论，是将一首诗通篇分为4个部分，绝句以每句为单位，律诗以每联为单位，较长的排律可以每绝为单位。起，起兴之意，以景发端最常用，即所谓见景生情。承，承接之意，是起兴内容的深化或拓展。转，转折之意，由承接转而抒情、达意，是关键。合，收合之意，指一个令人兴奋或深思的结尾。例如元代迺贤《月湖竹枝词》（四首之一）：

五月荷花红满湖，团团荷叶绿云浮。
女郎把钓水边立，折得柳条穿白鱼。

词以荷花开放起兴，如云荷叶承接；女郎把钓转折，折柳穿鱼收合。全诗围绕荷湖的场景展开。

2. 情景相因

将外界景色与内心情感有机融合，宋代诗人将此推向成熟。例如南宋亡国期间的宫廷琴师汪元量，1276年元代伯颜自襄破杭，虏幼帝赵㬎及谢太后等北上，汪元量随同撰《近体七绝·湖州歌十七首》（其十三）：

青天淡淡月荒荒，两岸淮田尽战场。
宫女不眠开眼坐，更听人唱哭襄阳。

3. 由景生情

由景生情即通常所说的触景生情。在诗文中则是先写景，后抒情，也可以是边写景，边抒情。例如明代陈子龙《律词·点绛唇·春日风雨有感》：

满眼韶华，东风惯是吹红去。几番烟雾，只有花难护。○梦里相思，故国王孙路。春无主！杜鹃啼处，泪染胭脂雨。

陈子龙，崇祯十年(1637年)进士，选绍兴推官。明亡，事福王于南京，欲起太湖兵击清，事泄被俘，乘隙投水尽。该词上片写春景，感慨"花难护"；下片抒故国无望之情，"春无主"！无法起死回生，便"泪染胭脂雨"。

三、灵感思维

灵感是积智慧达量变的迸发、来自勤奋的观察思考，能够思考入化的人，必定是一位料事如神的人。

1. 心灵顿悟

心灵顿悟指经历了切肤之痛或因某些提示而茅塞顿开。例如苏曼殊剃度为僧之后与日本百助女的情缘《本事诗·六》：

乌舍凌波肌似雪，亲持红叶索题诗。
还卿一钵无情泪，恨不相逢未剃时。

"恨不相逢未剃时"，表示悔恨，因为当了和尚，便无缘这份好姻缘。

2. 生死感触

生死场的灵感来自剑与火、仇与恨、血与泪。例如于芳洲《永明体七绝·自疚》：

一行热血千行泪，泪有干时血不干。
莫因逆境生悲感，且把从前作死看。

于芳洲，河北宁河人。1919年从五四运动走上工农革命。1927年以中共特派员身份到冀东指导农民运动，1928年被匪帮所害。在冀东战场上所撰《自疚》反映作者誓死不回的决心。

四、逆向思维

逆向思维是指不囿于前人的成见，反其意而用之。

1. 意象逆转

对于同一事物，站在不同角度，便有不同意象。例如南宋陆游《卜算子·咏梅》写在北伐失败，情绪低沉，但不服输："零落成泥碾作尘，只有香如故。"毛泽东"读陆游咏梅词，反其意而用之"（1961），面对国际反华逆流，积极乐观："待到山花烂漫时，她在丛中笑。"

2. 借物反讽

人间的善良与邪恶、高尚与卑鄙、虚假与真实、正义与非正义的斗争永远不会终结，讽刺诗亦便会逆邪流而不断诞生。例如明代高启《近体七绝·叹庭树》：

偶移弱质傍庭皋，风露离离已便高。
翻笑园中栽树者，十年犹未出蓬蒿。

高启，于元末隐居，至明初应召修《元史》，任翰林院国史编修。后因遭诬陷谋反，被斩。《叹庭树》表明：师长是奠基者，基是根，根是源。山根不存，何以成高？该诗借庭树的栽培与长高，讽刺那些得势人反转过来讥笑其师长者。

第四节 创 作

一、把握律谱

1. 标格是本

当确定了所写内容(立意)之后,接着就是选取格律模型(谱),需要考虑运用诗、词、曲、对中的哪一种。随后将选用的标格模型写出,以便按模型遣词造句。

躯壳不存,生命何为?撇开格律模型,实在是创作不出名副其实的格律诗!至于用传统声韵,还是现代声韵,却可自由。

2. 格律变通

创作格律诗,在把握标格句的前提下,正确使用特格句及变格法则,则可进入机动灵活的境地。

正确的方法是:先按标格句型选词组句;若遇到困难,便考虑使用特格句型及变格句型。例如唐代李益《近体五绝·军次阳城烽舍北流泉》:

①何地可潸然?②阳城烽舍边。
③今朝望乡客,④不饮北流泉。

注:军次阳城烽意为军队驻扎在阳城烽火台(内蒙古毛乌素)。

该诗所使用的标格模型是:

仄仄仄平平,平平仄仄平。
平平平仄仄,仄仄仄平平。

但是,此诗中,只有④用了标格,③是特格,①和②是变格。因此实际平仄格(变通结果)为:

　　　　平仄仄平平,平平平仄平。
　　　　平平仄平仄,仄仄仄平平。
　　注:韵脚为"然""边""泉",系平水韵中的先韵目,为三韵格。

二、营造意境

1. 构建意境

意境,是情与景的有机统一,是思想情感与自然境界的结合。有境界者,方成高格。

2. 来自体察

走出屋门,到自然界去;身临其境,方能激发灵感;深刻体察,赋意于景色,意境便生。例如明代沈氏女《近体七绝·春日即事》:

　　　　金针雕破窗儿纸,引入梅花一线香。
　　　　蝼蚁也知春色好,倒拖花瓣上东墙。

沈氏女,崇祯时人,名籍不详,推测是一位很有诗文修养的大家闺秀。封建礼教,让女子深居闺房,剥夺了她们的自由和向往。《春日即事》构思极巧妙,在深闺中,通过一针之孔,窥见大自然春色之美好,连蚂蚁也在惜春呢!笔调细腻,语言活泼,造景妙美,寓意深刻。

三、刻画意象

1. 塑造意象

意象,是情与象的有机统一,是思想感情与外在表象的恰当融合。有意象者,方会引人因象而意会。

2. 艺术升华

生态世界,形象千差万别;人间心态,表象变化莫测。所谓察言观色,是通过观察表象,揣测内在实质。对文学创作,则是要表达某种思想感情。例如元代马祖常《近体七绝·河湟书事二》：

　　波斯老贾度流沙,夜听驼铃识路赊。
　　采玉河边青石子,收来东国易桑麻。

注："听"读仄声。

马祖常,天山雍古部,任御史中丞等,辞官。《河湟书事》刻画了古伊朗一位老商人拉着骆驼,远（赊）渡戈壁滩的艰难景象。在河边捡些青石子（玉石）,是为了到中国换些丝织品与麻织品。诗词形象与内心刻画达到精致透彻的地步。

四、使用象征

1. 重在象征

象征,指以具体事物映现某种特殊意义。

诗歌创作,用语表意不宜直率,而应该寄托于其他事物的反射,使人读之回味无穷。

2. 借物联想

观察景物特点,思考可关联的象征事物,然后赋予一定的思想情感,以诗的语言予以表达。例如明/清时期屈大均《律词·梦江南·悲落叶之二》：

　　悲落叶,叶落绝归期。纵使归来花满树,新枝不是旧时枝,且逐水流迟。

屈大均,广东人,16岁生员（秀才）。明末遭乱,18岁抗清,兵败,出家为僧。中年还俗,北游燕赵、晋陕等地。《梦江南·悲落叶》明写"落叶不归",抑或"纵使回归"等,其象征意义很易使人理解为妻子对丈夫无情离去而不归,但又希望归来的心理；不过,其深层义,却当是明朝灭亡,犹如落叶不归,但又有寄望于南明能够复国的心情。

五、致力创新

1. 独出己意

作为文学的精华,诗始终是时代脉搏的折射者。

写出个人的文学性格,表达自己的思想认识,不做人云亦云的无灵魂者,乃诗人应有的思想品质与道德情操。

北魏祖莹印云"文章当自出机杼,成一家风骨,不可寄人篱下",意在独创。

2. 广为借鉴

不随人后,自出胸臆,生新为本,但不等于不借鉴他人的优点,尤其需要广泛阅读他人的优秀作品。

正如学画,终生临摹,必不能创新。广为相师,取各家之长,融会贯通,才有望创造出个人独有风格的作品。

3. 打造个性

无特色的风格,再好也会陷入平淡;各有千秋,方能显出百花齐放。努力打造个人的独特风格,当是一位创新诗家所应致力的。北宋苏轼为人们留下了一首非常优美而辩证的词《蝶恋花》:

花褪残红青杏小,燕子来时,绿水人家绕。枝上柳绵吹又少。天涯何处无芳草?

墙里秋千墙外道。墙外行人,墙里佳人笑。笑渐不闻声渐悄。多情却被无情恼。

苏轼,作为豪放派诗人代表,实在不乏婉约素质。他做到了刚柔相济,哀而不伤,开一代"豪放婉丽"之词风。

第五节 诗 艺

诗艺指以诗为主题的艺术活动,包括对诗、和诗、联诗等,是在两人或数人中进行的诗艺活动方式。诗艺活动可以陶冶情趣、交流思想、增进友谊。不论对诗或联诗,一般来说,要符合近体诗的要求,讲求出句与对句(或称上联与下联)间用对仗,即出句与对句间要字数相等、无重复字、同词类相对、平仄调相反(拗)、句子结构相同、句间意义相关联 6 个方面。

例如柳宗元的七言律联:"惊风乱飐芙蓉水,密雨斜侵薜荔墙。"此两句各七个字,其间用字无重复,其意从不同侧面同写初雨景象;除此,平仄、词性、结构、对仗如下:

(出句) 惊　风　乱　飐 芙 蓉 水,
　　　　平　平　仄　仄 平 平 仄
　　　　形　名　形　动　　名
　　　　定—主—状—谓——宾

(对句) 密　雨　斜　侵 薜 荔 墙
　　　　仄　仄　平　平 仄 仄 平
　　　　形　名　形　动　　名
　　　　定—主—状—谓——宾

此两联对仗十分工整,完全符合上述 6 个方面的要求。当然,达此要求,确实不易,其中调平仄显然较难,不过,克其难方见工夫。调平仄主要为了加强诗语的节奏感。

一、对诗

对诗也称"答对",一般在两人中进行。一人出上句,引意,并定句式而不起韵。一般方法是出句人只管出上句,对句人只管对下句。这样出一句,对一句,则成一副对联;如果对两副对,则成一首绝句;对四副对,成一首律诗;对五副以上,则成一首排律。绝、律、排的尾(末)联一般可对可不对。

例如郁达夫《立秋后一夜富春江畔与浩兄联句》(1917):

(浩)秋月横江白,(夫)渔歌逼岸清。
(浩)众星摇不定,(夫)一雁去无声。
(浩)山远烟波淡,(夫)湖来岛屿平。
(浩)三更群动息,(夫)好梦满重城。

前三联对仗较工,末一联,作者自注:"结句乃曼兄七八年前留别作中语也。"非对仗关系。

除一人出句一人对以外,还可一人出句几人轮流对,或几人轮流出句一人对。如此,将会增加炽烈的气氛,使每个人的灵感与智慧得到充分发挥。

二、和诗

和诗也称"和韵"。两人或数人间以诗唱和,其中一人先成一首,其他人则按这首诗的格式及所用韵写诗,或问答,或议事,或抒情。有三种情况:其一曰依韵,与原作使用同一韵,但用字不同;其二曰用韵,用原作中的韵及韵字,但次序不同;其三曰次韵,用原作中的韵,也用原韵字,且次序也相同,是和诗中最常用的一种。次韵也叫步韵,即同步相随之意。诗人也常称次韵为用韵,如《稼轩长短句》中用此术语很多。

例如郁达夫《怀扬州——用姜白石〈小红低唱我吹箫〉韵》:

乱掷黄金买阿娇,穷来吴市再吹箫。

箫声远渡江淮去,吹到扬州廿四桥。

姜白石原诗为:

自做新词韵最娇,小红低唱我吹箫。

曲中过尽松陵路,回首烟波十四桥。

诗中,"娇""箫""桥"(ao 韵)步步相随,为次韵。

除以诗相和外,还可以词相和,南宋以来颇为常见。

三、联诗

联诗也称"联句",一般在两人间进行,可联七言或五言,以五言常见,可联绝句,也可联律诗或排律。联法:第一人起第一句,不起韵,第二人对第一句,得第二句,并出第三句;第一人再对第三句,得第四句,并出第五句。这样循环地联下去,直至适时而止。所联诗,各句间在意义上应有所关联,因此,联诗时,应常相讨论。联诗常出排律,如《红楼梦》第七十六回"凸碧堂品笛感凄清,凹晶馆联诗悲寂寞"中,林黛玉与史湘云中秋节联诗:

(黛)三五中秋夕,(湘)清游拟上元。

(湘)撒天箕斗灿,(黛)匝地管弦繁。

(黛)几处狂飞盏,(湘)谁家不起轩?

……,……。

(湘)寒塘渡鹤影,(黛)冷月葬诗魂。

计22韵,后来妙玉续了13韵,以"彻旦休云倦,烹茶更细论"结尾,并题为《右中秋夜大观园即景联句三十五韵》。

除二人联以外,还可几人一起联,每人只要对一句再出一句,皆可达到有条不紊。

按近体诗要求对诗、和诗、联诗是最常见的。也有以古体诗进行对诗、和诗、联诗的,方法与上相同,但不拘平仄,而且对仗、押韵也放得较宽，不过句末平对仄，还是要紧的。

四、叠字诗

叠字诗意指由叠字构成的诗。叠字即同字重叠构成的同字词。这类诗具有隽永、巧妙、清萃的特点，最易附丽平仄格律模型。例如苏州网师园联：

雨雨风风，暖暖寒寒，处处寻寻觅觅；
莺莺燕燕，花花叶叶，卿卿暮暮朝朝。

叠字对联的创作也可在两人间进行，一人出上联，另一人对下联。这种对联在选词上应以不落俗套为妙。

将此技艺用于多对仗句的诗体中，也会异彩纷呈，锦上生辉。例如元代乔吉《越调·天净沙·即事（四）》：

莺莺燕燕春春，
花花柳柳真真。
事事风风韵韵。
娇娇嫩嫩，
停停当当人人。

乔吉，出生于太原，久居杭州，一生未仕。作品以啸傲山水、清丽见长。论诗谋篇为"凤头、猪肚、豹尾"，即开头美丽，中间浩荡，结尾响亮。

第十五章　格律诗韵

> 不能拿起格律诗的工具,就无从谈起对格律诗的赏析与创作,"韵书"便是这样的工具。融会贯通,方能得心应手。
>
> 引自《格律诗学》题记(王思源,2004)

纵览古今,韵书可分五大类。一是以声为部、以韵为目的"平水诗韵",计4部106目,其中入声17目。二是以韵为部、以声为目的"戈载词韵",系将"平水诗韵"的韵目分类归并为19部,其中入声5部。三是以韵为部、以声为目的"中原曲韵",为归纳"平水诗韵"韵目为19部,取消入声部,而将入声字分附于有关韵部之后。四是"汉语新韵",以韵为部、以声为目,计18韵部,入声字分散到各韵部中,但依然给予标明。五是"通用十三辙",为"中原曲韵"的归并,作为曲韵的简本,并经由"汉语新韵"给予改善。

结论:"通行十三辙"是现代汉语按韵分部,按声分目,并注明入声字的最科学的"现代诗韵"。

本韵编分列:平水诗韵、戈载词韵、中原曲韵、现代新韵、通用十三辙、现代汉语阴平及阳平中入声字的拼音分部。旨在:①窥查韵书的沿革与演化;②供赏析古代赋、诗、词、曲、联而查阅;③为今人创作格律诗提供工具。

第一节　平水诗韵

一、应用说明

平水诗韵是依据金人王文郁《平水新刊韵略》所编定的,照原书分为上平声(平声上卷)15韵目,下平声(平声下卷)15韵目,上声29韵目,去声30韵目,入声17韵目,共106韵目。去僻字,注汉语拼音韵母,以便查阅平水诗韵的作者。

平水诗韵中,若一字二韵,则在字后分别注明词意;若一字多声,则在字下加"·"。读者如遇疑难,可查《简化字总表》《新华字典》《现代汉语词典》《辞源》乃至《康熙字典》等。尹贤的《诗韵手册》对平水诗韵的改进作了分类注音的重要贡献。本韵以此为基,参考他韵,有所增删。

二、诗韵

第一卷　上平声

一东

[ong]东○通同峒桐铜筒仝童僮瞳曈○咙珑栊胧胧泷(急流水)笼(名词,动词)聋隆窿○工功攻红(女~)公弓躬宫○空○哄烘讧红虹洪鸿○中盅衷忠终螽○充冲(水~)忡羽中幢虫崇○戎绒融○棕匆葱囱聪骢丛○菘嵩　[iong]穷穹○芎雄熊

[eng]蓬篷○蒙濛朦懵(无知貌)○风枫疯丰(~富)冯
[ueng]翁嗡

二冬

[ong]冬咚○彤○农侬哝浓脓秾龙茏○供(～销)恭蚣○钟忪○冲(要～)春憧重(～叠)○容蓉榕溶熔茸○宗踪鬃纵(～横)○枞从淙琮○松凇 [iong]庸墉慵佣痈雍壅饔喁邕○邛筇蛩○凶汹匈胸

[eng]丰(～采)封峰烽蜂锋逢缝(～纫)○疼

三江

[ang]邦梆○庞○扛杠缸矼 [iang]江豇○腔○降(投～) [uang]桩撞○窗幢(经～)○双泷(～水)

四支

[-i]之芝支吱枝肢卮栀脂胝氏(阏～)祇治(～国)只(～身)○痴笞鸱蚩嗤媸螭魑絺池驰迟墀持匙○诗师狮施尸蓍时埘鲥○姿资咨孜兹嵫赀髭淄辎缁镃○差(参～)疵辞词祠雌兹(龟～)慈鹚磁瓷茨○思(动词)偲司私丝鸶斯厮撕澌蛳

[i]伊医猗漪宜怡饴颐遗蛇(委～)仪移迤(逶～)夷姨黄痍疑嶷彝○丕披皮疲陂(黄～)陴脾裨罴蚍○弥猕縻縻靡麋○尼怩呢○离漓璃篱缡鹂骊厘狸梨罹蠡○基箕期(周年)姬奇(数～)畸肌饥(～饿)羁○期欺其淇琪萁棋骐麒旗奇崎骑歧岐祁祇耆○熙嘻嬉禧羲曦牺

[ei]悲卑碑陂(～塘)○陂○眉湄嵋楣郿○羸 [uei]危逶为(作～)唯惟帷维○推○规龟○亏窥岿葵逵馗夔○麾隳○追椎(脊～)骓锥○吹炊垂陲锤棰(铁～)槌○谁○蕤○睢隋随绥

[ai]筛 [uai]衰

[ia]涯 [er]儿而洏胹

五微

[i]衣依沂○几(细微)讥玑机矶饥(～瑾)畿○祈圻顾○希唏稀欷 　[ei]非菲(芳～)扉霏绯诽飞妃肥 　[uei]威微薇巍韦违帏闱围○晖辉挥翚徽葳○归

六鱼

[u]庐○猪诸○初樗除滁蜍躇锄储○梳疏蔬书舒○如茹
[ü]淤瘀于予(我)妤鱼渔余舆欤誉(动词)齬○驴闾桐○居裾琚据(拮～)车且(多)狙疽雎趄沮○祛蛆渠蕖○虚嘘墟歔胥徐

七虞

[u]污巫诬乌呜钨无芜吾梧吴毋○晡逋○铺(～张)蒲葡酺蒱○模○不(花萼)夫跗鈇麸肤敷孵扶芙蚨乎俘桴(筏)符凫○都嘟○涂途荼徒图屠菟○奴孥驽○炉芦卢垆沪舻轳颅鸬鲈○孤菇觚呱姑菇沽酤鸪蛄辜箍○枯○乎呼胡湖瑚葫猢糊醐狐弧壶瓠○朱侏诛珠株铢蛛○刍雏厨蹰○枢纾殊姝输觎○儒嚅濡襦○租○粗殂○苏酥稣

[ü]迂纡于盂竽娱愉渝瑜揄逾觎萸臾谀腴愚隅嵎虞○拘驹俱泪○区岖驱躯趋劬瞿癯衢○需须婆圩吁(叹息)

[o]模(楷～)嫫谟摹

八齐

[i]批砒繁○迷○低堤骶○梯啼蹄秭绨提题黄(草名)○泥倪猊鲵鹥○梨犁黎藜鳌骊蠡(～测)○鸡嵇稽乩筓赍跻齑○妻凄萋栖蹊(～跷)齐脐蛴畦○西奚溪蹊(～径)兮犀樨醯

[一i]嘶撕澌
[ie]携
[uei]圭闺○睽奎

九佳

[ia]涯*睚崖○佳*　[ua]娲*蛙*娃*

[uo]蜗*

[ie]街阶皆喈楷(～树)秸○鞋偕谐

[ai]挨埃○牌排○埋霾○揩○骸○斋○钗差(～使)豺侪柴○崽　[uai]乖○怀淮槐

(有*号的字,词韵属第十部;其余属第五部)

十灰

[ei]杯○胚醅培陪○梅莓酶枚玫媒煤○雷擂(～鼓)镭儡罍　[uei]傀隗煨桅嵬○堆○推颓○瑰○盔魁悝○灰诙挼陔○回洄徊○崔催摧

[ai]哀*埃*挨*唉*皑*○呆*○胎*台*苔*骀*(驽～)○来*莱*崃*徕*○该*垓*赅*○开*○孩*○栽*哉*灾*○猜*才*材*财*裁*○腮*　[uai]徊槐

[i]坯

(有*号的字,词韵属第五部;其余属第三部)

十一真

[en]真珍蓁榛臻甄○嗔瞋陈臣辰宸晨尘○身申伸呻绅娠莘神○人仁纫　[in]因茵氤姻湮垠银寅狺○宾傧滨槟彬斌豳○嫔贫频蘋颦○民岷缗泯抿闽○邻粼嶙磷辚鳞麟○巾津○亲秦○辛新薪　[uen]抡仑伦沦囵轮纶(经～)○谆肫屯(困难)○春椿纯莼唇淳醇鹑○遵○皴　[ün]匀筠○均菌竣○困逡○巡驯旬恂询峋洵荀循

十二文

[en]分芬纷氛汾坟焚　[in]殷狺○斤筋○勤芹○欣昕　[uen]文纹蚊闻○荤　[ün]氲云芸纭耘缊○君军○群裙○勋

熏薰曛醺

十三元

[en]恩○奔贲○喷盆○门们扪汶(～～)○根跟○痕
[uen]温瘟○敦墩蹲○暾吞屯(～兵)囤(～积)饨豚臀○仑论
(动词)○坤昆鲲裈髡○昏婚阍浑魂○尊樽○村存○孙狲
荪飧

[an]番*翻*幡*藩*烦*蕃*燔*蹯*繁*樊*矾*
[ian]言*○掀* [üan]鸳*鸯*鸳*原*源*元*沅*园*袁*
猿*辕*垣*援*湲*媛*鼋○圈*(花～)○轩*萱*喧*喧*

(有*号的字，词韵属第七部；其余属第六部)

十四寒

[an]安鞍○般瘢○潘蟠盘磐胖○谩(欺骗)鳗漫○丹单
郸殚箪○滩摊弹(动词)坛(筑～)檀叹○难(艰～)○兰阑澜
谰拦栏○干(相～)杆玕竿肝○看刊○顸鼾寒韩汗(可～)翰
○姗珊跚○餐残 [uan]剜丸纨完烷○端○湍团糰抟○峦滦
鸾銮鹯○观官倌棺冠(衣～)○宽○獾桓○钻(动词)○攒
○酸

十五删

[an]班斑颁般○攀○蛮○斓○孱潺○山删潸讪○
[ian]殷(～红)颜○艰间奸菅○悭○闲娴鹇痫 [uan]弯湾
顽○关鳏纶(～巾)○环还圜(围绕)寰鬟患搊○闩

第二卷　下平声

一先

[an]毡邅○禅(参～)婵蝉孱廛缠○扇(动词)煽膻○然

燃 ［ian］烟胭咽（～喉）湮燕（幽～）焉嫣妍研延筵蜒沿○边鞭编○扁（～舟）偏篇翩骈胼便（腹～～）谝○眠棉绵○滇颠巅癫○天田畋钿（花～）填阗佃○蔫年○联连莲涟鲢链怜○肩坚监煎笺溅（流水声）鞯○千仟阡芊迁牵铅骞搴褰愆前钱乾虔○先仙跹鲜（新～）弦舷贤涎　［uan］孪○专砖○川穿传船椽○拴栓　［üan］鸢渊员圆湲缘圜（天体）○捐涓娟鹃镌蠲○悛圈（花～）泉全诠铨荃痊权颧拳○宣儇翾玄悬旋（盘～）漩璇

二萧

［ao］猫锚○朝（～夕）招昭钊○超朝（～廷）潮○烧苕韶
［iao］夭（～～）妖腰要（～求）邀幺尧峣谣徭摇瑶遥飘窑轺姚○标镖镳飙○飘剽漂（～泊）嫖瓢○苗描○凋碉雕刁貂○挑佻条调（～和）鲷迢笤岧髫龆佻（矛）跳○撩寮僚嘹燎（火炬）缭獠鹩瞭辽聊寥○骄娇浇焦蕉椒○跷锹乔侨桥峤（山尖）翘憔谯樵瞧○消销绡硝魈宵霄萧潇箫枵鸮枭嚣骁哓

三肴

［ao］凹坳○包苞胞刨○抛泡庖咆炮（～制）匏○茅蝥○咬铙○抄钞剿（～袭）嘲巢○梢捎艄　［iao］肴爻○交蛟姣鲛郊胶茭教（使）○敲○崤淆哮
［ua］抓

四豪

［ao］熬嗷廒遨鳌熬螯鏖翱○褒○袍○毛旄牦髦○刀叨（唠～）舠○叨（～扰）涛滔韬掏绦饕洮桃桃逃陶淘啕萄○猱挠○捞牢劳痨醪唠涝○高膏篙皋槔羔糕○蒿薅豪嚎壕濠毫号（呼～）嗥○遭糟○操曹漕槽嘈○骚搔臊缫

［ou］艘

五歌

[o]波菠○坡颇婆嬷○摩魔磨(琢～)么 [uo]涡窝倭○多○驮沱陀驼佗砣跎酡鼍鼍○挪○罗萝箩螺骡锣○过(经～)锅○挼○搓磋蹉瘥○莎(～草)娑挲蓑梭唆

[e]阿俄娥哦(吟～)蛾峨鹅讹○戈哥歌○柯珂轲苛疴稞科窠○呵何河荷和(温～)禾

[ie]茄 [üe]瘸○靴

[a]他它迦伽

六麻

[a]巴芭笆疤○葩杷耙琶爬○麻蟆○拿○渣楂○叉杈差(误～)槎茶查○沙砂纱裟鲨 [ia]丫呀鸦哑(～～)牙芽玡涯衙○家加笳嘉痂珈枷耞跏迦茄(芝～)葭瘕○虾(鱼～)霞瑕遐 [ua]娲哇蛙洼娃○瓜○夸○花华哗铧骅桦划(～船)○抓挝

[uo]蜗

[e]遮○车○奢赊畲蛇

[ie]耶椰○爹○嗟○茄○些 [üe]嗟

七阳

[ang]昂○帮○滂旁磅膀螃○芒茫忙○方芳坊防妨肪房鲂○当(应～)珰裆铛(银～)○汤堂膛棠螳唐塘糖○囊○浪沧(沧～)狼琅稂郎廊榔螂○冈岗刚纲钢亢(～宿)○康慷糠○行(～列)吭(嗓)杭航颃○章彰漳獐璋樟○昌倡(～优)猖伥长常裳尝偿场肠○商伤殇觞○攘(排斥)穰瓤○赃臧○仓沧苍藏(收～)○丧(治～)桑 [iang]央泱秧殃莺鞅羊洋佯徉庠扬杨疡○娘○凉良粮踉(跳～)梁粱量(思～)○将(扶～)蒋(菾)浆螀姜僵缰疆○羌抢(触)枪戕腔锵强(～大)墙嫱

樯蔷跄○香乡相(互～)湘厢箱襄骧镶详祥翔　[uang]汪王亡忘望○光○匡筐狂框眶○荒慌盲皇惶徨煌蝗隍凰篁黄璜簧○妆装庄○窗创(～伤)疮床○霜孀鹴骦

八庚

[eng]绷○烹抨怦砰澎彭棚○虻甿萌盟薨○瞪○更(变～)耕庚鹒赓羹埂○坑铿○亨哼横(纵～)衡蘅○争狰峥铮筝正(～月)征怔钲丁(～～，伐木声)○琤铛(鼎～)瞠撑成城诚乘盛(容纳)橙呈程酲○生笙牲甥声　[ing]英莺婴樱嘤樱缨鹦鹭迎盈楹莹茔营萦嬴赢瀛○兵并(～州)平评坪枰苹○鸣名明○盯○拧狞○令(使)○京鲸惊睛精菁鹃荆茎粳晶旌○清轻倾卿晴擎擎黥○行(步～)饧

[en]贞侦　[in]拼姘

[ong]觥○轰薨(众多)訇泓宏闳纮吰纮黉○荣嵘
[iong]琼茕○兄

[ang]浜○盲

九青

[ing]荧萤○俜萍屏瓶○铭冥溟暝瞑螟○丁仃叮钉疔订○听厅汀亭停婷廷庭霆蜓○宁咛○拎灵棂伶泠玲铃聆羚蛉鸰翎瓴舲苓囹零岭令(使)○泾经○青○星惺腥猩醒形刑型硎邢陉

[in]馨

[iong]扃坰

十蒸

[eng]崩○朋鹏○灯登○腾滕藤誊疼○能○棱楞○恒征症(～结)蒸○称(美～)丞承澄乘(驾～)塍惩○胜(～任)升绳○仍○曾(姓)憎增缯矰罾○曾(何～)层嶒○僧　[ing]

鹰膺应(～当)蝇○冰○凭○凝○凌崚陵绫菱○兢○兴
(振～)

[ong]肱○薨弘

十一尤

[ou]区(姓)沤(名词)讴欧瓯鸥○抔掊○谋缪(绸～)牟
(～取)侔眸鍪○否○兜篼○偷头投骰○搂娄偻楼耧髅○勾
沟钩篝○抠○侯喉猴糇篌○舟州洲周诌○抽瘳愁酬俦帱畴
筹绸惆稠仇雠售○收○柔揉蹂○邹驺陬鲰○搜溲馊飕
[iou]幽悠优忧呦穋游蝣尤疣犹莸猷由油邮铀○丢○牛○流
琉旒刘浏留骝榴馏瘤○揪啾鸠阄○秋湫楸鳅丘邱蚯求裘球
赇述囚泅虬酋遒○休咻庥貅羞馐修脩

[u]牟(地名)○浮蜉桴(鼓槌)

[ao]矛蝥督 [iao]彪

十二侵

[en]针箴砧斟○琛郴沉忱○深参(人～)渗○壬任(负
荷)妊○参(～差)岑涔○深 [in]阴荫音喑愔吟淫○林淋霖
琳临○金今衿襟禁(～受)裣○衾侵骎浸(～淫)钦嵚琴芩禽
擒檎○心芯 [ün]寻浔

[an]簪 [ian]黔

十三覃

[an]谙庵○担(承～)眈耽酖聃○坍贪谈痰覃(深)○潭
谭昙坛(容器)探○南楠男○岚○甘柑泔○堪戡龛○酣蚶憨
含函涵邯颔○簪○参(细～)骖惭蚕○三毵

十四盐

[an]占(～卜)沾詹瞻谵○觇襜蟾○髯 [ian]淹腌阉恹
炎严盐檐阎○砭○添恬甜○拈粘○帘廉濂镰鬓佥○尖兼蒹

缣歼○谦签潜黔钳铃纤（拉纤）○纤（～～）嫌

十五咸

[an]帆凡○喃○掺搀诞馋巉镵○衫杉芟　[ian]岩○监（～察）缄○嵌○衔咸

第三卷　上声

一董

[ong]董懂动○桶捅侗（佟～）○笼（名词）拢○汞○孔○总偬

[eng]懵（不明）蠓　[ueng]蓊

二肿

[ong]垄陇○巩拱栱○恐○冢肿种（品～）踵重（轻～）○宠○冗氄○耸悚竦　[iong]甬涌俑蛹踊勇恿拥壅　[eng]捧○奉

三讲

[ang]棒蚌○港　[iang]讲耩○项

四纸

[-i]止沚址芷茝趾只（语尾助词）枳咫旨指纸徵峙豸雉○齿侈耻弛○史使（～令）驶始矢豕士仕是视恃氏舐市柿○子仔紫梓滓秭第○此○死似姒已祀俟耔咒

[i]椅倚已矣以苡迤蚁舣○鄙匕比妣秕彼婢髀○否（臧～）痞批圮仳○弥（～漫）弭靡○砥○拟旎你○李里俚娌理鲁逦○几（小桌）麂已纪会妓技○企起杞绮跂○喜蒽徙蓰屣玺

[ei]被○美○垒累（～积）耒诔　[uei]委唯（～～）○宄

轨晷诡跪〇哇峜撅〇毁〇捶棰〇水〇蕊〇嘴〇髓

[ü]履

[er]耳尔迩

[uai]揣

五尾

[ei]菲（～薄）斐悱匪　[uei]尾娓伟苇廛〇鬼〇虺卉

[i]几（～多）　虮〇岂

六语

[u]渚煮伫苎贮杼〇楚础杵褚处（～分）〇暑黍鼠墅抒〇汝茹〇阻诅俎

[ü]予（给～）与屿语龉圉圄御（防～）〇女〇旅吕侣〇举沮巨拒炬苣距〇去〇许序叙绪

[uo]所

七麌

[u]五伍武鹉午俉妩庑舞坞〇补部簿〇浦圃普谱剖〇姥牡〇斧釜甫辅脯抚府俯腑父〇堵睹赌肚〇土吐（吞～）〇努弩怒〇鲁橹房掳卤〇古估诂牡罟鼓瞽贾（商～）股蛊雇酤苦〇虎浒户沪扈怙〇主拄麈柱〇数（～落）树竖〇乳〇组祖

[ü]宇雨羽禹庾窳〇偻缕褛〇踽矩聚〇取〇诩栩煦

[ou]篓

[ang]莽

八荠

[i]陛髀〇底诋抵牴砥柢邸弟娣递〇体涕悌〇礼醴澧蠡（范～）俪〇济（～～）荠〇启〇洗

九蟹

[ai]矮〇摆〇买〇楷（～模）错〇骇　[uai]拐

[ie]解(分～)○解(姓)蟹澥

[a]罢○洒

十贿

[ei]倍*○每○馁○蕾儡磊　[uei]猥嵬○腿○悔汇贿○罪○璀

[ai]歹*待*怠*殆*给*骇*(～荡)○乃*鼐*○改*○凯*铠*○海*醢*亥*○茝*○宰*载*(年)在*○采*彩*睬*

(有*号的字,词韵属第五部;其余属第三部)

十一轸

[en]轸诊疹缜赈○哂肾蜃○忍　[in]引蚓尹○膑○牝○敏闵悯泯抿○嶙○尽紧　[uen]盾○菌○准○蠢○吮○笋隼榫　[ün]允陨殒

[iong]窘

十二吻

[en]粉忿愤　[in]隐瘾○谨槿谨近　[uen]吻刎抆揾[ün]蕴韫

十三阮

[en]本畚笨○恳垦○狠　[uen]沌囤(粮～)盾遁○衮滚鲧棍○捆悃阃○混○忖○损

[an]反*返*饭*(动词)　[ian]偃*堰*○　[uan]宛*婉*蜿*挽*晚*○阮*　[üan]远*(～近)苑*沅*○圈*(羊～)○绻*

[en]懑

(有*号的字,词韵属第七部,其余属第六部)

十四旱

[an]伴拌〇满〇但诞蛋〇坦袒疃〇懒谰〇赶秆〇侃〇罕旱悍〇散(闲～)伞　[uan]碗〇短缎断〇暖〇卵〇管馆盥〇款〇缓浣〇纂〇算

[en]㥯

十五潸

[an]坂板版〇赧〇盏栈〇产铲〇汕潸　[ian]眼〇柬拣简〇限　[uan]绾皖〇撰馔〇莞

十六铣

[an]展〇阐颤〇善膳鳝　[ian]演兖衍宴讌〇扁匾褊辨辩辫〇谝〇免勉娩冕湎缅〇典〇腆殄〇辇捻碾〇剪茧搴件践饯键〇浅遣〇显鲜(少)藓跣铣燹岘　[uan]奱脔〇转(～变)撰篆〇喘舛〇软[ūan]卷(～帘)隽〇犬畎〇选癣

十七筱

[ao]少(多～)绍〇扰绕〇沼兆赵肇　[iao]杳窈窅夭(～折)〇表麃〇殍瞟〇杪秒眇渺缈〇掉〇挑(～灯)窕〇鸟袅〇蓼燎(～原)瞭(明～)了缭〇皎矫剿缴(交纳)〇悄磢〇晓小筱

十八巧

[ao]拗(～折)〇饱鲍〇卯〇挠〇爪〇炒吵　[iao]咬〇佼狡绞搅姣〇巧

十九皓

[ao]媪袄懊燠〇宝保葆褓堡鸨抱〇岛捣祷倒(跌～)稻道〇讨套〇恼脑瑙〇老潦涝〇槁稿缟镐(农具名)杲〇考拷〇好(～坏)浩皓昊镐(古地名)〇早蚤枣澡藻燥造(～作)皂

○草糙○扫嫂

二十哿

[o]跛簸○叵○么　[uo]我○朵垛躲舵惰堕爹○妥○娜○裸○果裹○火伙祸○左坐○琐锁

[e]舸哿○可坷颗棵髁○荷(负～)

[a]爸

[uan]卵

二十一马

[a]把(火～)○马码○打○姹○厦(广～)傻○洒　[ia]雅哑(瘖～)○假(真～)贾(姓)○煆瘕○夏厦(～门)　[na]瓦○寡剐○耍

[e]惹喏○者赭○扯○舍(～弃)社

[ie]也冶野○姐○且○写泻

二十二养

[ang]盎○榜(放～)绑○莽蟒○仿纺○党谠○淌○曩○朗○慷○吭○长(生～)掌丈仗杖○厂敞氅○上(～声)赏响○壤攘(扰乱)○脏肮○嗓　[iang]仰痒养怏鞅○两俩魉○奖桨蒋○抢强(勉～)襁○享想响饷象像橡　[uang]网罔惘魍往柱○广犷逛○恍恍晃幌谎○爽

二十三梗

[eng]猛蜢艋○冷○耿埂梗哽绠鲤○整○骋逞○省(减～)眚　[ing]影郢颖颍瘿○丙炳秉屏(～除)饼○酊○岭领○景憬井阱颈警儆境靖静靓○项请○省(反～)杏幸倖荇悻

[iong]永

[uang]犷○矿

[a]打

二十四迥

[eng]等○肯○拯 [ing]并○茗溟○酊顶鼎○挺梃艇○泞酊胫○綮○醒 [iong]迥炯

二十五有

[ou]偶藕哎殴○掊剖○某*○否*(是～)缶*○斗(北～)抖蚪陡○篓○苟狗垢○口扣叩○吼后○肘帚纣○丑○守手首受绶寿○踩○走○薮擞叟 [iou]友有酉莠牖诱右○扭纽○柳绺○酒韭久九咎舅臼赳纠○糗○朽

[u]瓿○牡拇母*亩*○负*阜*妇*○畜(牲～)
(有*号的字,在词韵中兼入麌韵)

二十六寝

[en]枕(衾～)朕○碜○审婶渖沈甚葚○荏稔衽饪○恁 [in]饮(瓢～)○品○凛懔廪○锦噤○寝 [ün]蕈
[ing]禀

二十七感

[an]胆淡澹唉菡○毯○览揽榄○感敢赣○坎砍○喊撼颔○惨○糁 [ian]輴嵌

二十八俭

[an]嵓觇○谄○闪睒陕刻(～溪)○染冉苒 [ian]奄掩琰俨焰○贬○点玷簟○忝舔○敛脸潋○俭捡检渐○芡欠慊(不满)○险

二十九豏

[an]黯○犯范○喊○斩湛○巉 [ian]减碱槛舰○歉○赚

第四卷　去声

一送

[ong]冻栋洞○痛恸○弄○贡○空(亏~)控鞚○哄(~骗)○中(击~)仲众○铳○粽　[ueng]瓮

二宋

[ong]统○共供(~养)○种(栽~)重(再)○综从(仆~)纵(放~)粽　[iong]用

[eng]俸缝(~隙)

三绛

[iang]降(升~)绛○巷　[uang]撞幢(量词)戆

四置

[-i]治帜智志痣至致轾雉稚挚贽鸷置踬识(记)值植○豉炽翅啻○使(~者)屎事嗜莳侍示谥试弑○字自渍恣眦○次刺赐○寺肆四泗驷饲笥嗣食(给人)思(名词)

[i]意异义议谊缢懿易(容~)○庇诐痹避臂比(近)鼻○屁譬○泌秘○地○腻○利俐莉痢荔吏豙○记忌季悸芰寄冀骥骑(车~)积(~蓄)○弃器殹(屡次)

[ei]臂(胳~)备被○帔鞁○媚魅寐○泪类累(疲劳)　[uei]诿伪为(因~)位遗(赠与)○柜○愧馈匮○恚○坠憓○吹(鼓~)睡○瑞○醉○悴瘁萃翠粹○祟穗遂燧隧邃

[uai]帅(名词)率(直~)

[e]厕

[er]饵珥二贰

五未

[ei]诽沸费　[uei]纬未味畏胃渭谓猬尉慰蔚熨魏○贵

○讳卉汇

[ai]溉○忾

[i]毅衣(动词)○既○气汽○欷

六御

[u]助著箸○处(居～)○署曙薯庶恕疏(书～)○茹○诅

[ü]御(射～)预豫驭语(告诉)誉淤○虑滤○倨踞锯据(依～)遽○去觑○絮

七遇

[u]忤误悟晤寤务雾婺鹜鹜恶(憎～)○捕哺步布怖○铺(店～)仆(偃～)○暮墓募慕○阜傅赋讣付附鲋○度渡镀妒蠹○兔吐(呕～)○怒○路露鹭赂○故顾固锢痼沽酤○库裤○戽护互瓠○住注炷驻蛀铸○树戍数(～目)○孺○醋○素愫诉溯塑

[ü]遇寓喻谕裕宇吁(呼～)妪○屡○娶趣○煦

[uo]祚○措

[a]胯

八霁

[i]艺呓诣裔羿翳○闭蔽弊毙敝币薜○媲○谜○帝谛缔蒂弟睇递娣棣第○涕悌剃替嚏屉○睨泥(拘～)○丽俪戾唳掠厉励砺粝疠荔隶例○挤计济(接～)霁剂际继蓟祭髻○契(合～)砌憩○细系

[-i]滞彘制○世势誓逝筮噬○眦

[ei]袂　[uei]卫○蜕○桂鳜○惠蕙慧○缀赘○说(游～)税○锐枘蚋睿○脆毳

[e]掣

[ie]曳偈揭

九泰

[ei]贝狈○沛斾○酹　[uei]兑○蜕○会荟绘桧(秦～)○最

[ai]蔼*霭*艾*○带*大*○泰*太*汰*○奈*○赖*濑*癞*○盖*丐*○害*○蔡*　[uai]外*○会(～计)侩桧狯脍

[i]粝

(有*号的字,词韵属第五部;其余属第三部)

十卦

[ai]隘○拜败稗○派湃○卖迈○寨债○虿瘥(病愈)○晒　[uai]怪○块快筷哙狯○坏

[ie]戒诫介界芥疥蚧价(～人)解(起～)届○械懈廨薤澥　[ei]恝　[uei]喟聩

[ua]卦*挂*罣*○画*(图～)话*

(有*号的字,词韵属第十部;其余属第五部)

十一队

[ei]辈焙背悖○佩珮配○妹昧○吠废肺○内○耒擂酹　[uei]队对碓○退○溃愦○悔海晦秽喙○淬○碎

[ai]碍*爱*嗳*瑷*○逮*代*岱*贷*袋*黛*戴*靆*○态*○耐*鼐*○睐*赍*○溉*概*○慨*忾*欬*○再*在*载*(满～)菜*○塞*(边～)赛*　[uai]块

[i]刈

[ie]澥*

(有*号的字,词韵属第五部;其余属第三部)

十二震

[en]诊阵振赈震镇○衬趁龀○慎蜃○认刃仞韧轫　[in]

印○鬓摈殡傧○吝蔺躏○瑾谨仅烬进晋觐○信衅　［uen］盹○谆○顺舜瞬○闰润　［ün］俊峻浚骏○迅讯汛殉

十三问

［en］分(名～)忿奋粪　［in］近　［uen］抆紊问汶(～水)闻(名誉)　［ün］运晕缊愠酝韵○郡○训

十四愿

［en］喷○闷懑*○嫩○恨　［uen］揾○饨顿遁○论(名词)○困○诨溷○寸　［ün］逊巽

［an］曼*○贩*饭*(名词)　［ian］堰*○建*健*○献宪*　［uan］万*蔓*　［üan］远*怨*愿*○圈*(羊～)○缱券*劝*

(有*号的字,词韵属第七部;其余属第六部)

十五翰

［an］案按岸犴○半拌绊○判畔叛○漫幔缦蔓○旦但弹(名词)惮○叹炭○难(灾～)○烂斓○干(枝～)旰○看○汉汗悍捍翰瀚○赞○灿粲璨○散(分～)　［uan］惋腕玩○段缎锻断○乱○馆冠(首～)观(楼～)贯灌罐鹳盥○奂涣换焕唤○钻(名词)○窜爨○蒜算

十六谏

［an］扮办瓣○盼○慢谩(～骂)缦○绽栈○铲○讪　［ian］雁赝晏○谏间(～隔)涧○苋　［uan］绾○惯幻宦患摄豢缳○篡

十七霰

［an］战○颤○扇煽膳缮擅善(动词)禅(封～)　［ian］衍燕(飞～)宴咽(慢～)堰彦谚砚唁谳○变汴弁便遍○片骗○

面晒○甸佃钿(～盒)殿电淀靛奠○填○碾○恋炼练○栋箭见贱溅(迸射)饯荐○谴茜倩○线现县羡霰　[uan]转(～动)传(列～)啭撰馔○钏　[üan]院掾媛援○卷(书～)眷倦绢○选旋(～风)炫眩绚渲漩

十八啸

[ao]召诏照○哨邵少(老～)　[iao]要曜耀鹞○瞟票漂骠飘○妙庙○调(音～)吊钓掉铫○眺跳粜○尿○料镣嘹燎獠鹩疗○峤(山道)轿醮叫徼爝○悄峭诮鞘窍○笑肖啸

十九效

[ao]拗○刨(～子)豹爆○泡炮○貌○淖闹○棹罩○钞○稍　[iao]饺较校(～正)教(～训)酵窖觉(癌)敲○孝哮效校(将～)

二十号

[ao]傲骜奥澳懊燠○报暴瀑(暴雨)○冒帽眊耄○蹈导祷盗到倒(颠～)悼纛○套○劳(慰～)○缟告诰○犒靠○号(牌～)好(爱～)耗○噪燥躁造(～就)灶○扫(～帚)

二十一个

[o]簸播○破○磨(石～)　[uo]剁惰驮(重～)○唾○懦糯○逻○过(～失)○货○佐作做坐座○挫锉○些(楚～)
[e]饿○个○轲课○和(唱～)贺
[a]大

二十二祃

[a]靶把(刀～)罢坝霸灞○怕帕○骂○乍咋诈榨吒咤○诧汉衩　[ia]亚讶迓○假(休～)价架驾嫁稼○下夏暇罅吓(～唬)　[ua]瓦○跨胯○化话华(～山)桦

[e]蔗柘〇舍(房～)射麝赦

[ie]夜射(仆～)〇借藉(枕～)〇泻卸谢榭

二十三漾

[ang]盎〇傍谤〇访舫妨防放〇挡当(妥～)档宕〇傥烫〇浪阆〇亢(高～)伉抗炕〇吭〇长(～物)胀帐涨仗障嶂瘴〇唱倡畅怅偿〇晌上尚〇让〇葬藏(宝～)脏(内～)〇丧(～失) [iang]恙样漾怏〇酿〇亮谅踉辆量(数～)〇将(～帅)酱匠〇饷向相(卿～) [uang]王(～天下)旺妄忘望(观～)〇圹旷纩况贶〇壮状〇创(首～)怆

二十四敬

[eng]迸〇孟〇更(～加)〇横(蛮～)〇郑正政证症(急～)帧诤挣〇盛(茂～)圣晟 [ing]映硬迎〇屏(～除)炳柄并(兼～)病〇命〇令(时～)〇阱竞竟镜獍净劲靓敬〇擎庆〇性姓行(学～)

[in]聘

[iong]咏泳

[ang]榜(船桨)搒

二十五径

[eng]邓凳磴镫瞪蹬〇亘〇证〇秤〇乘(千～)剩胜(得～)扔〇赠甑〇蹭 [ing]应(呼～)莹〇凭〇暝(夜)〇定锭碇订订钉(动词)〇听(聆～)〇泞佞凝〇另〇径胫〇磬罄綮〇醒兴(佳～)

[en]称(相～) [ün]孕

二十六宥

[ou]沤(动词)〇斗(争～)豆逗窦读(句～)〇透〇镂陋漏偻〇诟构购媾够彀〇扣叩寇蔻〇逅候堠〇骤昼宙胄咒皱

绉氉簥○臭○授绶售狩兽瘦寿○蹂糅○奏揍○凑辏○嗽
[iou]右佑幼又囿宥侑柚釉狖○谬缪(纰～)○溜○灸旧厩疚救就鹫究○秀绣锈岫袖臭(气味)嗅宿(星～)

[u]姆○富*副*复(又)覆(盖)○漱

[ao]茂贸袤瞀

(有*号的字,在词韵中兼入遇韵)

二十七沁

[en]枕(动词)鸩○谶○甚渗○任(信～)妊衽○潜　[in]饮(使～)荫(庇护)暗○赁○禁(～令)噤浸(沉～)○沁

二十八勘

[an]暗○淡澹啖担(重～)○缆滥○绀赣○瞰勘○憾憨○暂○三(再～)

二十九艳

[an]俺○占(侵～)○赡　[ian]艳滟厌餍酽验俺(大)○贬砭○店垫○忝○念○敛潋殓○剑僭○欠

三十陷

[an]泛梵○站蘸○忏镵○　[ian]剑监(太～)鉴○欠嵌○陷馅　[uan]赚

第五卷　入声

一屋

[u]屋○卜○扑仆(奴～)瀑曝○木沐牧目睦穆○伏袱袄福幅辐蝠匐服菔复覆(翻～)馥腹○独读渎牍椟犊黩○秃○陆禄碌鹿漉辘麓戮○谷毂○哭○斛觳○竹竺筑逐祝○蠹畜(牲～)搐○叔淑菽倏塾熟○族镞○簇蹴蹙○速觫簌觫凤宿

（住～）肃谡

[ü]育郁（馥～）燠鹬○掬踘鞠菊○曲（酒母）○蓄畜（～牧）蓿○恧

[ou]粥轴○肉○嗾　[iou]六

[uo]国○啄

二沃

[u]督毒笃○录渌漉○鹄（靶心）○酷鹄（黄～）○烛躅属（连～）嘱瞩○触丁○赎蜀属（归～）束○辱溽缛褥○足○促○俗粟

[ü]玉欲浴峪狱○绿○局○曲（弯～，歌～）○旭勖续

[uo]沃

[ei]北　[ao]纛

三觉

[o]喔○剥驳　[uo]握渥幄○荦○捉卓桌浊镯啄琢诼濯擢斫○戳龊○数（频～）朔槊

[e]壳（躯～）

[u]璞朴

[üe]岳乐（奏～）○觉（知～）角（配～）桷确榷悫○学

[ao]雹○　[iao]藐邈○角（画～）○壳（地～）

四质

[-i]侄质踬帙秩栉窒○叱○失虱实室○日

[i]一壹乙轶佚逸溢镒○笔必毕筚跸弼馝○匹○密蜜泌谧○匿昵○栗篥○唧疾嫉嫉吉○漆七○膝悉

[ie]蟄诘佶

[e]瑟

[uo]苗

[uai]摔率(直~)蟀帅(动词)

[u]汩○术(草名)○出绌黜怵○秫术述○卒(终了)

[ü]鹬○律率(速~)○橘○戌恤

五物

[o]佛(神~)

[u]物勿○不○弗拂怫佛(仿~)绋绂袯

[ü]郁(抑~)熨○屈

[i]屹○吃(口~)○乞讫

[üe]倔掘崛厥(突~)

[ün]熨

六月

[a]发(白~)伐筏阀罚○呐讷 [ua]袜

[o]饽勃渤脖○没殁 [uo]咄

[e]纥龁

[u]兀○凸突○骨○矻窟○忽惚核鹘笏○卒(士~)○卒(仓~)猝

[ie]谒○揭訐碣竭○歇蝎 [üe]曰月越钺粤○掘厥橛獗蹶蕨○阙(~疑,宫~)

七曷

[a]拔跋魃○哒达怛妲○獭挞闼○捺○刺辣○撒萨
[ua]袜○聒鸹

[o]拨钵钹襏○泼○抹末沫秣 [uo]斡○咄裰掇夺○脱○捋○聒○括阔○活豁○撮

[e]遏○割葛○磕渴○喝曷褐

[i]粝

八黠

[a]八叭扒(～皮)拔捌○扒(～土)帕○獭○扎札○察刹○杀铩煞○擦　　[ia]轧揠○戛○瞎辖黠　　[ua]挖○刮○滑猾○刷

[uo]茁

[u]鹘

[ie]秸

九屑

[uo]掇○拙茁○啜辍○说(论～)

[e]蜇折哲辙浙○彻撤澈掣○舌设○热

[ie]噎咽(呜～)○憋鳖瘪蹩别○瞥撇○灭蔑篾○跌迭瓞垤耋○铁餮○捏涅臬啮孽蘖○咧列洌冽烈裂劣埒捩○揭碣疖拮洁结颉子评桀杰节截○切窃挈锲○楔撷屑页(人头)○泄继亵　　[üe]阅悦○决诀抉玦鸠绝谲镢○缺阙○薛穴雪血

[i]轶○闭○霓

[ei]蜕

十药

[a]拓(临～)

[o]搏博膊薄礴泊(淡～)箔铂魄(落～)○泊(湖～)粕○摸膜莫漠寞瘼陌　　[uo]铎度(测～)踱○托橐拓(开～)柝箨○诺○洛珞络烙(炮～)○落骆○郭椁○廓扩○霍藿获镬蠖○着(穿～)灼酌缴(弓～)斫绰○烁铄○若箬弱○作(振～)昨怍酢○错○索

[e]恶(善～)垩萼鄂愕谔锷腭鹗鳄噩○乐(作～)○阁格各恪○涸貉鹤壑

[u]幕○缚○蹼

[üe]约跃钥(锁~)龠○虐疟○掠略○屩攫镬爵嚼爝○却雀鹊○削(剥~)噱谑

[ao]薄○酪烙(~印)○勺芍○凿　[iao]药钥(~匙)○脚

十一陌

[a]画(~策)划(~分)○栅咋(~舌)蚱

[o]帛伯舶檗擘(~画)○魄(魂~)迫珀○陌貊脉(~~)

[uo]蝈帼虢○获○硕○索

[e]额厄阨扼轭呃哑(笑声)○格骼革隔○客○核翮赫吓(恫~)○谪磔螫○坼○责啧箦帻泽择○策册

[ü]剧

[-i]只(~身)跖炙掷○尺斥赤○石适释螫○刺

[i]译绎怿峄驿亦奕弈益役疫射(无~)易(交~)蜴○碧璧辟(复~)○癖僻辟(开~)○逆○鬲○迹积(聚~)屐藉(狼~)籍瘠踖脊戟鲫○碛○夕汐岁昔惜腊(干肉)席媳隙

[ie]液掖腋

[ai]百佰白柏○拍○麦脉(血~)○摘宅窄○拆

十二锡

[-i]吃

[i]鹝○壁甓○劈擗(巨~)○霹○觅○滴笛迪涤籴敌嫡镝翟的(~当,中~)狄荻觌○剔踢惕逖○霓溺○历沥枥坜雳砾○绩激击寂○戚○析晳淅晰锡檄

十三职

[o]踣○墨默　[uo]国○或惑

[e]得德○特忒忒(差错)○勒泐○刻克○劾阂○则仄昃○侧恻测○色啬穑塞(闭~)

[u]幅匐

[ü]域蜮

[－i]织直植殖职陟○饬敕鶒○食(饮～)蚀识式拭轼饰

[i]弋抑亿忆臆薏翼翊○逼愎○匿○力○唧即亟(急速)殛棘极稷鲫○息

[ei]北○肋○黑○贼

十四缉

[e]蜇蛰○涩

[u]入

[ü]煜

[－i]汁执絷○湿十什(篇～)拾

[i]揖熠邑浥挹悒○立粒笠○芨缉(～拿)集急及汲圾级岌笈辑楫戢给(自～)○缉(密缝)泣茸○吸翕习隰袭

十五合

[a]搭答○塌塔眷踏榻遢○纳衲钠○拉蜡腊○卡(～片)○卡(关～)○匝咂杂○靸飒卅

[e]鸽蛤阁○榼磕○合盒阖

十六叶

[a]靨箑　[ia]浃荚铗颊蛱○侠

[e]摺褶○涉慑摄

[i]笈楫

[ie]叶页晔餍抾○叠喋堞谍蝶碟牒蹀○贴帖○聂嗫蹑镊○猎躐鬣○接劫捷睫○妾惬箧慊(满足)○协胁挟叶(～韵)屧燮爕

十七洽

[a]乏法○闸眨札○插锸○霎唼歃箑

[ia]压押鸭○夹甲胛钾○掐袷洽恰○呷狭峡狎柙匣
[ie]业邺○劫○怯○胁

第二节　戈载词韵

一、应用说明

清代戈载以韵为部,以声为目,归并平水诗韵为 19 部,若减去入声 5 部,则为 14 个韵部,与现代通行十三辙基本一致。

戈载词韵即戈载编纂的《词林正韵》(原用《广韵》韵目名)。这部韵书通过对照唐词、宋词的声韵检验而敲定。

由于戈载词韵是平水诗韵的分部归并,故本书只列韵部、韵目,不列韵字。韵字可按韵目名查阅平水诗韵。

二、词韵

第一部　东董送

平声一东二冬。仄声:上声一董二肿,去声一送二宋。

第二部　江讲绛

平声三江七阳。仄声:上声三讲二十二养,去声三绛二十三漾。

第三部　支纸置

平声四支五微八齐十灰(半)。仄声:上声四纸五尾八荠十贿(半),去声四置五未八霁九泰(半)十一队(半)。

第四部　鱼语御

平声六鱼七虞。仄声:上声六语七麌,去声六御七遇。

第五部　佳蟹泰

平声九佳(半)十灰(半)。仄声:上声九蟹十贿(半),去声九泰(半)十卦(半)十一队(半)。

第六部　真轸震

平声十一真十二文十三元(半)。仄声:上声十一轸十二吻十三阮(半),去声十二震十三问十四愿(半)。

第七部　先铣翰

平声十三元(半)十四寒十五删一先。仄声:上声十三阮(半)十四旱十五潸十六铣,去声十四愿(半)十五翰十六谏十七霰。

第八部　萧筱啸

平声二萧三肴四豪。仄声:上声十七筱十八巧十九皓,去声十八啸十九效二十号。

第九部　歌哿个

平声五歌。仄声:上声二十哿,去声二十一个。

第十部　麻马祃

平声九佳(半)六麻。仄声:上声二十一马,去声十卦(半)二十二祃。

第十一部　庚梗敬

平声八庚九青十蒸。仄声:上声二十三梗二十四迥,去声二十四敬二十五径。

第十二部　尤有宥

平声十一尤。仄声:上声二十五有,去声二十六宥。

第十三部　侵寝沁

平声十二侵。仄声:上声二十六寝,去声二十七沁。

第十四部　盐咸艳

平声十三覃十四盐十五咸。仄声：上声二十七感二十八俭二十九豏，去声二十八勘二十九艳三十陷。

第十五部　屋沃

入声一屋二沃。

第十六部　觉药

入声三觉十药。

第十七部　质陌锡职缉

入声四质十一陌十二锡十三职十四缉。

第十八部　物月曷黠屑叶

入声五物六月七曷八黠九屑十六叶。

第十九部　合洽

入声十五合十七洽。

第三节　中原曲韵

一、应用说明

中原曲韵即元代周德清创编的《中原音韵》。该韵书"平分阴阳，入附四声"。本书用中华书局1978年影印[明]正统本，参考他书，删去冷僻字，改繁体为简化体，加编部号。

二、曲韵

第一部　东钟

平声·阴

东冬○钟中忠衷终○通○松嵩○冲充春憃忡种邕雍空○宗○风枫丰封峰锋烽蜂○匆葱聪骢　囱○枞纵○穹芎倾○工功攻公蚣弓躬恭宫龚供肱○烘轰薨○凶胸兄○翁雍泓○崩绷○烹

平声·阳

同铜童桐筒峒瞳潼○戎绒茸○龙隆窿○穷蛩邛筇○胧笼珑砻聋咙脓农○浓秾○重虫慵鳙崇○冯逢缝○丛琮○熊雄○容溶蓉佣镛墉庸○融荣蒙朦甍盲萌○红虹洪鸿宏横弘嵘○蓬彭篷鹏棚○从

上声

董懂○肿踵种冢○孔恐○桶统○汞唪○陇垄拢笼竦○拱巩珙○勇涌踊俑永○猛蠓蜢艋懵○捧○宠○冗

去声

洞动栋冻○凤奉○讽○缝○贡共供○宋送○弄甏○控空○讼诵颂瓮○痛恸众中仲重种○纵从粽○梦孟○用咏莹○哄横○综○迸○统

第二部　江阳

平声·阴

姜江疆僵缰杠○邦梆帮○桑丧○双霜孀骦○章漳嫜獐蟑獐樟彰张○商伤殇觞汤○浆将○庄装桩妆○冈刚钢纲缸扛亢○康糠○光胱当珰奘裆荒肓○香乡镪滂○腔跄羌○鸯

央殃秧○方芳妨肪坊○昌猖娼阊○汤镗○相箱湘箱襄镶骧○抢锖○匡筐哐眶○汪○仓苍○窗疮○脏臧

平声·阳

阳扬杨旸飏羊洋佯徉○忙茫邙釯芒○粮良凉粱梁量穰禳瓤○忘亡○郎廊榔螂浪琅狼○杭行顽航○昂○床幢撞○旁傍房庞逄○房防○长肠场常裳尝偿○唐糖塘搪堂棠○详祥翔○墙樯嫱戕○黄簧潢鳇蝗篁皇凰惶遑隍○藏○强○娘○降○王○狂○囊

上声

讲镪港○养痒鞅○蒋奖桨○两魉○想鲞○莽蟒○爽○响享饷夯○敞氅昶○壤○放舫仿访○网罔辋○枉往○嗓榜○帑倘○党○掌长○朗○恍谎○仰○广○沆○强○抢赏响

去声

绛降洚虹强○象像相○亮谅量辆○养怏漾恙样○状壮撞○上尚○帐胀涨丈仗杖障瘴○巷向项○匠将酱○唱倡畅怅○创○望忘妄○旺王○放访○荡砀宕宕挡○浪阆○葬藏○傍谤蚌棒○亢炕抗○旷扩纩○晃幌○况贶○酿○仰○丧○胖○行○炝○诳○盎○钱○钢○汤

第三部 支思

平声·阴

支枝肢卮栀氏之芝脂胝○孳孜髭谘滋资咨淄姿○差眵○施诗师狮蓍狮尸○斯撕澌厮思偲司私鸶丝○雌

平声·阳

儿而洏○慈鹚磁兹茨疵○时埘鲥匙○词祠辞

上声

纸砥咫底旨指止芷沚趾址徵〇尔迩耳珥饵〇此泚跐〇史使驶弛矢豕始屎〇子紫姊梓〇死〇齿仔

入声作上声

涩瑟〇塞

去声

是氏市柿侍士仕谥嗜豉使示恃事施试弑视噬〇似赐巳姒嗣耜汜饲祀俟寺食思四肆泗驷〇次刺〇字渍自恣〇至志〇二贰饵〇翅〇厕

第四部　齐微

平声·阴

机几矶玑讥肌饥基箕鸡姬奇稽羁〇归圭龟闺规〇赍挤跻〇虽绥尿荽睢〇低氐堤羝〇妻栖凄萋〇西犀嘶〇灰挥晖辉麾徽〇悲卑碑杯陂〇追骓锥〇威偎隈煨〇非扉绯霏菲妃飞〇溪欺欹〇希稀羲曦熹嘻僖牺熙〇衣依伊猗漪臆医〇吹炊推〇披邳丕坯胚醅〇魁盔亏窥瑰奎〇痴蚩笞螭鸱都〇崔催衰〇批纰錍〇堆〇知蜘〇梯

平声·阳

微薇维唯〇黎藜犁离篱璃骊鹂丽狸蜊厘漓〇泥尼〇梅枚莓縻媒煤眉嵋湄楣糜〇累雷擂嬴〇隋随〇齐脐〇回徊〇围韦闱桅帏巍危为〇肥淝〇奇骑萁祁祈其祇鬐芪岐蕲期旗岐琪〇奚兮携蹊畦〇移倪霓猊痍姨夷沂疑嶷宜仪彝贻怡胎饴圯颐遗〇蹄啼提题醍梯〇垂陲锤〇裴陪培皮〇葵馗夔逵〇池驰迟墀持〇颓〇脾疲罴比毗〇迷渳弥米〇谁〇摧〇蕤

入声作平声·阳

实十什石射食蚀拾○直值侄秩掷○疾嫉茸集寂○夕习席袭○荻狄逖敌笛籴○及极○惑○逼○劾○贼

去声作平声·阳

鼻

上声

迤○尾○倚椅蚁已矣苡以拟○美○虮儿巳纪○耻侈○捶○痞否圮秕○鬼轨癸宄晷诡○悔毁贿虺卉○妣比匕○礼醴里理娌鲤李蠡履○济挤○底邸诋○洗玺屣徙○起启綮岂○杞绮○米眯弭○你旎祢○彼鄙○喜○委猥苇唯伟○垒磊儡蕾○体○腿○蕊○髓○水○馁

入声作上声

质只炙织汁隰○七戚漆刺○匹劈僻○吉击激棘戟急汲给○笔北○失室识适拭饰释轼湿奭○积唧稷绩迹脊鲫○必璧壁毕跸筚碧○昔惜息锡淅○尺赤吃叱敕○的嫡滴○德得○涤剔踢○吸隙檄翕觋○乞泣讫○国○黑○一

去声

未味○胃猬渭谓卫尉慰纬秒魏畏位饫○贵柜跪愧悸桂桧鳜脍狯绘○吠沸费肺废芾○会晦海惠蕙讳慧溃○翠脆粹悴淬萃○异裔义议谊艺毅易殪懿曳诣刈意劓○气器弃憩○楔契○霁祭济际剂○替剃涕嚏○帝谛缔弟悌娣地递棣○背贝狈倍被焙婢备避辈弊币臂帔○利俐痢戾唳罥莉例疠离砺历荔丽○砌妻○细○罪醉最○对队碓兑○计记寄系继妓技髻忌冀蓟鳜季骑既骥○闭蔽庇壁毙畀比秘陛贲○谜○睡税说瑞○退蜕○岁祟隧遂荟碎粹邃燧穗○坠赘缒怼缀○制

置雉彘滞稚致治智帜炽质〇世势逝誓〇泪累擂诔类耒〇珮霈佩配辔沛悖〇妹昧魅媚袂瑁寐〇戏系〇贳揳〇腻泥〇锐芮蚋〇吹〇喙〇内

入声作去声

日入〇觅蜜〇墨密〇立粒笠历厉枥沥疬雳力坜栗〇逸易译驿溢镒一益液掖腋疫役佾逆挹射乙邑忆翼〇勒肋〇剧〇匿

第五部　鱼模

平声·阴

裾琚车驹拘俱〇诸猪姝珠朱株蛛诛侏〇苏酥〇哺逋〇枢摅〇粗刍〇梳蔬疏〇虚歔嘘吁〇蛆趋〇疽睢狙苴沮龃〇孤姑鸪沽蛄菇觚辜〇枯刳〇迂纡于〇鸣污乌〇书舒输〇区躯驱岖〇须胥繻需〇肤夫麸鈇趺孚荂桴郛敷〇呼〇初〇都〇租

平声·阳

庐驴胪闾蒌〇如茹襦蠕濡儒嚅薷〇无芜巫诬〇模谟摸谋〇徒图途荼涂屠菟〇奴驽孥〇卢芦颅鲈泸栌舻轳炉〇鱼渔虞余竽于与玙玗欤誉愚盂隅禺臾榆谀腴雩愉逾俞觎瑜渝〇吾梧鼯蜈吴娱〇锄雏〇殊茱铢洙〇渠蕖劬瞿衢〇除蜍滁厨蹰储〇扶夫芙蚨符凫浮〇捕蒲脯〇胡糊湖瑚鹕壶弧孤乎〇龃诅〇徐

入声作平声

独读牍渎犊毒突〇复佛袱伏服〇斛槲鹄鹘〇属赎秫述术〇俗续〇逐轴〇族镞〇仆〇局〇淑蜀孰熟塾

上声

语雨与圄圉龉御愈羽宇禹庾〇吕侣膂旅缕偻〇主煮渚

拄墅翥〇汝乳〇鼠黍暑〇俎阻〇杵处褚楮杼〇数所〇祖组〇武舞鹉侮庑〇土吐〇鲁卤橹虏〇睹堵赌〇古罟诂沽牯估股蛊鼓贾〇五伍仵午坞邬〇虎浒〇补圃浦普溥谱〇甫斧抚脯俯腑府父否〇母牡某姆亩〇楚础〇举矩莒榉〇弩努〇许诩〇取〇苦〇咀〇女〇屿〇伛去

入声作上声

谷縠彀骨〇蔌缩谡速〇复福幅福蝠拂腹覆〇卜不〇菊踘局〇笏忽〇筑烛竹粥〇粟宿〇曲屈〇窟哭酷〇出黜畜叔菽〇督〇暴扑〇触束〇簇〇足〇促蹙〇秃〇卒〇屋兀沃

去声

御芋驭妪谕遇裕誉预豫〇虑滤屡〇句锯据具惧巨拒讵距炬苣屦〇庶恕树戍竖署曙〇觑趣娶〇注住著柱铸炷驻贮伫纻〇数疏〇絮序叙绪〇茹孺〇杜妒蠹肚渡度〇赴仆讣父釜辅傅赙富付鲋附赋妇阜负〇户岵怙扈护瓠互冱〇务雾鹜戊〇素诉塑嗉〇暮慕墓募〇路鹭露潞赂〇故固锢顾雇〇误悟寤恶污〇布怖部哺簿捕步〇醋措错〇做祚诅〇兔吐〇怒〇铺〇处〇去〇聚〇助

入声作去声

禄鹿漉麓〇木沐穆睦没牧目鹜〇录绿陆戮律〇物勿〇辱入褥〇玉狱欲浴育郁鹆〇讷

第六部　皆来

平声·阴

皆喈阶街偕楷秸〇该垓陔荄〇哉栽灾〇钗差〇台胎骀邰哀埃唉挨猜〇衰〇腮〇歪〇开〇揩〇斋〇乖〇筛〇揣

平声·阳

来莱〇鞋谐骸〇排牌俳〇怀槐淮〇埋霾〇皑騃〇孩颏

○柴豺侪○崖捱○才材财裁○台苔抬笞炱○能

入声作平声

白舶帛○宅泽择○画划

上声

海○诒绐○骇蟹○宰载○采彩○靐藰毐○奶乃○蒯○拐夬○凯铠○揣○摆○矮○解○楷○买○改

入声作上声

拍珀魄○策册栅跚测○伯百柏迫擘襞○骼革隔格○客刻○责帻箦摘谪侧窄仄昃迮○色穑索○捆○摔○吓○则

去声

懈械薤解獬○豸寨债眦○态泰太汰○盖丐○艾爱僾隘○奈耐○害亥○带戴迨怠待代袋大黛岱○戒诫廨解界介芥届忥○外瞶○快哙块○再在载○卖迈○赖籁濑贲癞○拜湃败欬掉稗○菜蔡○晒洒○铩煞○赛塞○怪○坏○慨派○帅率

入声作去声

麦貊陌蓦脉○额厄○搦

第七部　真文

平声·阴

分纷芬氛汾○嗔瞋○昏惛婚荤闻○因姻茵殷○申绅伸身○春椿○询荀○吞○暾○谆○逡皴○根跟○欣忻昕○氲○真珍振甄○新薪辛○宾滨彬○坤髡○君军均钧○榛臻○醺薰勋曛熏○鲲鹍昆○温瘟○孙狲○尊樽○敦墩○奔贲○巾斤筋○村○亲○遵○恩○喷○津

平声·阳

邻辚粼鳞磷麟○贫濒颦频○民珉旻○人仁○伦纶抡轮沦○群裙○勤芹○门扪仑论○文纹闻蚊○银龈垠寅鄞○盆○陈臣尘辰娠宸晨○秦○唇淳醇鹑纯○巡旬驯循○云芸纭耘匀员筠○坟焚○魂浑○豚饨臀屯○神○存○蹲○痕○纫

上声

轸疹诊稹○肯恳垦龈○紧槿谨瑾卺○隐引蚓尹○闵悯泯敏○准○刎吻○笋隼○允殒陨狁○本畚○门壸悃○窘困○蜃哂○牝品○狠○忍○盾○损○蠢忖○粉○稳○瞬○衮○尽

去声

震阵振赈镇○信讯迅烬○刃认仞○吝蔺磷○鬓殡膑○慎肾○运恽蕴酝愠晕韵○尽晋进○忿分粪奋○近觐○衬龀○印孕○俊骏峻浚○殉逊巽喂○舜顺○闰润○问紊○顿沌囤钝盾遁○闷懑○奔○训○郡○困○喷○萃○论○混○寸○嫩○褪○诨○趁

第八部 寒山

平声·阴

山潸删○丹单殚郸箪○干竿玕肝○乾○安鞍○奸间艰菅○刊看○关纶鳏○拴○斑班般扳颁○弯湾○滩摊○番蕃幡藩翻反○珊姗○攀○悭○餐○殷

平声·阳

寒邯韩汗翰○阑兰栏斓拦○还环鬟镮寰圜○残○鹇痫闲○坛檀弹○烦繁帆樊凡○难○蛮○颜○潺○顽

上声

反返坂○散伞○晚挽○板○简拣○产铲划○亶○赶秆竿○坦袒○罕○侃○懒趱○绾○赧○盏○眼

去声

旱悍焊汉汗骭翰瀚○旦诞弹惮但○万蔓曼○叹炭○案按岸○犴闲○旰干○粲灿璨○栈绽○盼○撰馔○涫○慢谩○惯掼○赞瓒○患幻宦豢○间涧谏○讪疝汕○办瓣扮绊○饭贩畈范泛犯○限苋○雁赝鴳晏○看○烂○篡○散○难○腕

第九部　桓欢

平声·阴

官冠棺观○搬般○欢獾○潘○端○剜豌蜿○酸狻○宽○钻○湍○搌

平声·阳

鸾峦栾滦銮○瞒谩缦镘漫馒○桓○丸完纨○团抟○盘瘢弁槃磐般磻蟠胖○攒

上声

馆管琯脘○纂缵○盥○满懑○暖○碗○瞳○卵○短

去声

唤换焕奂涣缓逭○腕玩惋○幔镘漫○窜撺蹿○断锻段○蒜算○判拚○贯冠观灌瓘鹳祼○半泮畔伴绊○钻○乱○窾

第十部　先天

平声·阴

先仙跹鲜○煎笺溅○坚甄肩○颠癫巅○鹃涓鹄娟○边

编鞭鳊○喧萱喧蜎○膻扇煽○专砖○千阡芊迁○轩掀袄○烟燕胭咽嫣○牵骞褰愆○篇扁翩偏翻○渊冤宛鹓蜿○痊筌诠铨悛荃○宣揎瑄○川穿○圈○天○镌

平声·阳

连莲怜○眠绵○然燃○缠禅蝉○前钱○田畋填阗钿○贤弦舷悬○玄○延筵蜓缘言妍研焉沿○乾虔○元鼋圆员捐园袁猿辕原源嫄垣铅鸢湲援○全泉○旋还璇○船传椽○拳颧权髷○胼骈便○联挛○年○涎

上声

远阮苑畹○充偃堰演鼹衍○卷○鲜跣洗铣筅藓癣○腆殄○蹇茧笕枧○剪翦○辗碾捻辇谴○琏○窳变○转啭○贬扁匾○涵泖勉眄免冕○喘舛○阐○典○显○犬○浅○展○遣○吮○软○选○谝

去声

院愿怨远媛○劝券○见建健绢件○献现宪县○绚○电殿甸靛佃钿填阗奠○砚燕谳谚咽烟堰缘掾宴彦○眷倦圈缱绢狷○面○片骗○变便遍辨辫下汴弁○线羡霰○钏穿串扇善煽鳝膳禅擅单○荐箭煎贱溅饯践荤○选漩旋○传啭转篆○战颤缠○谴牵○练炼楝○恋

第十一部　萧豪

平声·阴

萧箫潇绡消销宵霄魈硝蛸○刁貂雕凋○枭嚣鸮骁枵○梢捎筲鞘○娇骄○焦蕉椒樵○标膘腰飙杓○交茭蛟咬郊鲛胶教○包胞苞○嘲抓啁○高篙稿膏羔糕皋槔○刀鲕叨○骚搔艘臊缫○遭糟○鏖○昭招朝○夭邀幺腰妖要○飘漂○抛

胞脬○绦掏饕叨滔韬○橇○哮○敲○抄○坳凹○薅蒿○烧○褒○挑○超○锹○操

平声·阳

豪毫号濠嗥○寮辽僚鹩聊○饶荛桡○苗描○毛茅旄蝥猫髦○獜铙呶挠○牢劳涝醪捞○迢髫蜩调条佻跳○潮朝韶○遥摇谣瑶飘窑尧陶峣姚○樵谯瞧○鳌嗷厫敖璈聱獒鳌遨○乔荞桥侨翘○爻肴淆○袍炮跑咆咆疱○桃逃陶萄涛淘○曹漕嘈螬槽○瓢○巢

入声作平声

浊镯濯擢○铎度踱○箔薄泊博○学○缚○鹤涸○凿○镬○著○芍杓

上声

小筱○皎缴矫挢○袅鸟○了瞭燎蓼○杳夭窅○绕娆扰○眇渺杪貌淼○悄愀○宝保堡裸葆○卯昴○狡搅铰姣茭绞○老姥獠獠○脑恼○扫嫂○殍漂嫖○早枣澡藻蚤○倒岛捣祷○呆缟镐槁○袄懊媪○考栲○挑窕○沼○少○表○巧○晓○饱○爪○炒○讨○草○好○搅○咬○稍○剖○缶

入声作上声

角觉脚桷○捉卓琢○斫酌缴灼○烁铄○鹊雀○拓魄托橐杯○索○郭廓○朔○剥驳○爵○削○柞作○错○阁各○壑○绰○谑○戳

去声

笑啸肖鞘○祟眺跳○钓吊调掉○豹爆瀑○抱报暴鲍○皂灶造漕躁○料瘹疗镣○傲鏊○赵兆照诏召肇○少绍邵烧○号皓好颢灏昊耗浩○道焘盗导悼蹈稻到倒○曜耀要鹞○

叫轿峤醮噍○糙操○峭俏诮○鳔俵○孝效校○窖校教觉较铰酵徼○罩笊棹○拗乐凹○貌冒耄帽茂○泡炮○告诰郜○涝劳嫪○噪燥造慥○扫○妙庙○闹淖○澳懊奥○钞○尿○哨○窍○覆

入声作去声

岳乐药约跃钥○诺○末幕漠寞莫沫○落络烙洛酪乐珞○鳄萼愕恶○弱箬○略掠○虐疟

第十二部　歌戈

平声·阴

歌哥柯○科稞蝌○轲珂○戈过锅○莎唆蓑梭娑挲○搓蹉磋瘥○他○拖佗○阿○窝涡倭○坡颇○波玻番○呵诃○多○么

平声·阳

罗萝箩儸啰锣螺骡○蠡○摩磨魔○挪那傩○禾和○何河荷苛○驼陀沱跎驮○矬○哦峨鹅蛾娥俄○婆播鄱○讹

入声作平声

合盒鹤盍○跋魃○缚佛○活获○箔勃薄渤泊○铎度○浊濯镯○夺○学○凿○着○杓

上声

锁琐○果裹蜾○裸赢○躲○娜那○荷○可坷轲○颇叵○跛簸○我○左○妥○火伙○脞

入声作上声

葛割鸽阁蛤○钵拨跋○泼钹粕○括○渴阔○撮○掇○脱○抹

去声

贺荷○佐左坐座○舵堕惰剁垛大驮○挫锉磋○祸货和○逻摞○簸播○磨么○卧○糯懦那○个○饿○些○过○课○唾○破○嗑

入声作去声

岳乐药约跃钥○诺○末幕漠寞莫沫○落络烙洛酪乐珞○鳄鄂萼愕恶垩鄂○弱箬○略掠○虐

第十三部　家麻

平声·阴

家加笳葭痂珈枷袈迦佳嘉○巴疤笆芭○蛙洼哇娲蜗○沙砂纱裟鲨○查楂喳○挝髽抓○鸦丫呀○叉杈差○夸○虾○葩○花○瓜

平声·阳

麻蟆○划华骅○牙芽涯衙○霞瑕遐○琶杷爬○茶搽槎○拿○咱

入声作平声

达挞○踏沓○滑猾○狎辖侠峡匣○洽袷○乏伐筏罚○拔○杂○闸

上声

马妈○雅哑○洒○寡

入声作上声

塔獭榻○杀霎○扎札○匝咂○察插锸○法发○甲胛夹○答搭嗒○撒飒萨靸○刮○瞎○八○恰掐

去声

嫁稼价驾架假○凹○跨胯髁○亚迓讶砑娅○汉咤姹诧

○帕怕○诈乍榨○下夏吓暇厦○化画华桦话○那○罢霸坝钯靶○卦挂○大○骂

入声作去声

腊蜡镴拉粝辣○纳衲○压押鸭○抹○袜○刷

第十四部　车遮

平声·阴

嗟○奢赊○车○遮○爹○靴○些

平声·阳

爷耶琊铘呆○斜邪○蛇佘○瘸○俫

入声作平声

协穴缬侠挟○杰竭碣○叠迭牒喋谍垤凸蝶跌○镢撅○折舌涉○捷睫截○别○绝

上声

野也冶○者赭○写泻○舍○惹若喏○扯哆○姐○且

入声作上声

屑薛泄缌亵燮○切窃妾沏○结洁劫颊荚○怯挈箧客○节楫接疖○血歇蝎○阙缺阒○决玦诀谲蕨鴂○铁餮帖贴○瞥撇○鳖别○拙辍○澈撤辙掣○哲褶摺浙折○设摄○啜○雪○说

去声

舍社射麝贳赦○谢卸榭泻○夜射○柘鹧蔗炙○借藉○赳

入声作去声

聂啮镊蹑捏臬蘖○灭篾蔑○咽拽谒叶烨○业邺额○裂

冽猎鬣列○月悦说阅越钺樾刖○热○劣

第十五部　庚青

平声·阴

京庚赓耕泾羹䴖更粳羹惊荆经兢矜○精睛旌菁晶○生甥牲笙猩○筝争○丁钉伫○扃坰○征正贞祯蒸烝○冰并兵○登灯○轰薨○憎曾矰增○铛铮狰琤撑瞠○称秤柽蛏○英瑛鹰应樱璎鹦婴膺缨萦○轻倾铿坑卿䂫○馨兴○青清○鲭○声升胜○汀厅听○星醒惺腥○崩绷○觥肱○僧○亨○兄○泓○烹

平声·阳

平评萍瓶枰凭冯屏娉○明盟名铭鸣螟冥溟暝○灵棂令零聆龄蛉翎苓伶铃鸰菱绫瓴陵凌○鹏朋棚○楞棱○层曾○能狞○藤滕腾疼誊○恒○盈赢瀛萤茔营迎蝇凝赢○擎檠鲸黥○行形刑邢衡○情晴缯○亭停婷廷庭蜓霆○琼茕○澄呈程成城诚盛承丞惩乘塍○荧营○盲岷甍萌○横宏嵘弘○橙枨○荣○宁○仍○绳

上声

儆鲠绠梗景璟警境颈耿哽○顷○丙炳邴秉饼屏○惺醒省○影郢颖瘿○眚省矿○艋蜢○整拯○茗皿酩○骋逞○领岭○鼎酊顶○挺艇町○冷○井○请○等○永

去声

敬径经镜獍竟竞劲更○应凝硬○庆磬謦罄○命暝○倩请○净净○邓凳镫磴○正政郑证○莹○病并柄凭○令凌○圣胜乘剩盛○性姓○娉聘○泞佞宁○净静甑靖圊○杏幸胫兴行○称秤○定锭钉订钉○赠听○迸○孟○横○撑○亘

第十六部　尤侯

平声·阴

啾湫○掊鸠○搜飕○邹鲰陬驺○休咻貅庥○讴鸥瓯欧沤区○钩勾沟篝韝缑○兜○秋楸鳅鹙○尤幽优○修馐羞○抽瘳○周啁赒洲舟○丘○偷○彪○收○抠

平声·阳

尤攸疣蚰游由油邮牛猷犹悠○侯喉篌猴○刘留瘤榴骝流○柔揉蹂鞣○哀○缪矛眸鍪蝥牟侔○楼娄髅偻○囚泅○稠绸俦踌仇酬筹畴惆○求裘球俅逑仇赇虬○遒酋○头投骰○愁

入声作平声

轴逐○熟

上声

有西友牖莠诱黝○柳○扭狃纽忸钮○丑○九韭久玖纠灸疚○首手守○叟薮○斗蚪陡抖○狗垢苟枸○偶藕耦呕殴○搂篓○肘酎○朽○酒○剖○吼○走○否○揉口

入声作上声

竹烛粥○宿

去声

又右佑祐宥柚幼囿侑○昼咒胄纣籀宙○臼舅旧咎救厩○枢究○受授绶寿兽首售狩○秀岫袖绣琇宿○嗽漱○皱骤○溜留馏镏瘤浏○扣蔻寇○后候逅堠厚○就鹫○豆窦斗逗○勾构遘媾诟购彀○凑辏○漏陋镂瘘○谬缪○臭○嗅○瘦膄○奏○透○贸懋

入声作去声

肉〇褥〇六

第十七部　侵寻

平声·阴

针箴砧斟椹〇金今衿襟禁〇浸骎〇深〇簪〇森参〇郴琛〇音暗阴〇心〇钦衾欽〇侵〇歆

平声·阳

林淋琳霖临〇任壬纴〇寻鲟浔〇吟淫崟〇琴芩禽檎擒噙〇岑涔〇沉湛忱

上声

廪懔凛〇稔衽荏〇审婶沈〇锦噤〇枕〇饮〇您〇怎〇寝

去声

朕沈鸩枕〇甚〇任衽纴妊〇禁噤〇荫窨恁饮〇沁〇浸临淋〇渗〇谶〇潜〇赁〇啉

第十八部　监咸

平声·阴

鹌庵谙〇担聃儋耽湛酖眈〇监缄〇戡堪龛〇三〇甘柑疳泔〇杉衫〇贪探〇参骖〇憨酣〇簪〇嵌〇搀

平声·阳

南喃楠男〇咸函衔〇烂婪蓝篮岚〇覃谭谈昙潭痰〇惭蚕〇含涵邯〇馋馋巉〇岩

上声

感敢〇览揽〇胆〇惨〇喊〇毯〇减碱〇坎砍〇昝〇俺

○糁○黮○斩○腩

去声

勘磡○绀赣淦○憾撼颔○淡啖担○槛馅陷○滥缆○瞰嵌阚○站蘸湛赚○鉴监○暂錾○暗○三○探○惨○忏

第十九部　廉纤

平声·阴

瞻詹占粘沾○兼鹣缣○淹腌厌恹阉○纤暹铦○絷佥觇○尖奸渐○掂○苫○谦○添

平声·阳

廉奁帘○粘鲇拈○铃钳黔○蟾○盐炎阎檐严○甜恬○髯○潜○嫌

上声

掩魇餍崦琰剡奄○捡○敛脸○染冉苒○闪陕○舔忝○险○贬○点○谄

去声

艳焰厌餍滟酽验○赡苫○欠芡歉○坫店垫○殓潋敛○念○剑俭○渐僭○茜堑○染○占

第四节　汉语新韵

一、应用说明

现代汉语语系的诸韵书的共同点是：以韵分部、以声分目，标明入声字，以及标明多声、多音字，简便易查。

汉语新韵是依据《新华字典》而确定字的声韵。韵名依照《中华新韵》(1941)和《诗韵新编》(1965)，分为18个韵部。

　　汉语新韵的每一韵目统辖平声、仄声两大类韵字。平声栏内，阴平字与阳平字并列；仄声栏内，上声字与去声字并列。"⊙"为阴平与阳平字或上声与去声字分隔号。不同声母的韵字间，用"○"分隔。

　　汉语新韵根据普通话语音将入声字分散在阴平、阳平、上声、去声四声之中，下加"—"以便识别；而"┄"表示该字有入声和非入声两种读音而意义相同。

　　汉语新韵收录一字多音多韵，以下加"·"表示。多音字，在某一音义时为入声字，以"="表示；某一音义有入声和非入声两种读音时，以"="表示。

二、新韵

一 麻

平声（阴平·阳平）

[a]巴芭笆粑疤八叭扒(～皮)⊙拔跋魃○葩⊙杷耙琶爬扒(～土)○妈⊙麻嘛蟆○发⊙伐筏阀乏罚○答(差～～)搭哒⊙打(量词)答(问答)瘩达怛○他她它塌○○拿○拉○哈(～腰)○查(姓)喳渣楂扎(刺)○扎(挣～)扎闸铡轧(～钢)○叉权差(误～)楂插锸○茶搽查碴察○沙砂纱裟鲨杉(～木)杀煞(笑～)铩⊙啥○匝咂○砸杂⊙擦○仨撒(～娇)

[ia]丫鸦呀哑(咿～)○压押鸭⊙牙芽涯睚衙○家佳加茄(雪～)茄嘉珈枷痂跏迦痂葭夹(书～)浃⊙夹(双层)荚铗蛱颊戛○掐袷○虾(鱼～)呷瞎○霞瑕暇遐侠狭峡匣狎柙黠辖

[ua]蛙洼娲挖⊙娃○瓜呱刮聒鸹○夸○花华哗(～～)⊙华(光～)哗(喧～)铧骅桦划(～船)滑猾○抓挝(敲打)○刷

仄声（上声·去声）

[a]把(火～)靶⊙把(刀～)爸罢坝霸灞○怕帕○马码⊙骂○法⊙发(头～)○打⊙大○塔獭⊙沓踏拓(临～)挞囡榻蹋遢○娜(人名)捺呐讷纳衲钠○○刺(泼～)○蜡腊辣○⊙尬○卡(～片)○贬⊙乍柞炸诈榨蚱吒咤栅○○差(偏～)诧姹汊衩岔刹○傻⊙厦(广～)煞(恶～)霎唼歃箑⊙洒靸撒(种～)⊙飒卅萨　[ia]雅哑⊙亚讶迓轧(倾～)揠○俩○假(真～)贾(姓)瑕疵甲胛钾·假(休～)价架驾嫁稼○卡(关～)⊙洽恰○○下夏厦(～门)罅吓(～唬)　[ua]瓦⊙袜○寡剐⊙卦挂褂罜⊙挎⊙跨胯○⊙化话华(～山)桦画划(计～)○爪(～子)○耍

二波（通歌）

平声（阴平·阳平）

[o]喔⊙哦(叹词)○波菠播拨钵体剥(盘～)⊙魄(落～)勃渤脖博搏薄(轻～)脯礴钹伯帛泊(停～)铂箔舶踣驳⊙坡陂(～陀)颇泊(湖～)⊙泼⊙婆鄱○摸⊙摩魔磨(琢～)谟模(楷～)摹嫫馍膜○○佛(神～)　[uo]涡窝蜗挝(老～)倭⊙多咄掇裰⊙度(揣～)踱夺铎⊙拖托脱⊙坨沱陀驼佗砣跎酡鼍驮(马～)橐橐○⊙挪那(婀～)⊙捋罗萝箩螺骡锣逻○过(～费)锅郭聒蝈⊙国帼虢⊙豁(～口)⊙和(～泥)活⊙涿拙捉卓桌⊙灼酌浊着苕啄诼琢斫镯濯缴(弓～)○戳○说⊙挼○作(～坊)⊙昨搓磋蹉撮(～弄)⊙嵯瘥(病)矬○莎(～草)娑挲蓑梭唆嗦缩(畏～)

仄声（上声·去声）

[o]⊙哦(示领会)○跛簸(～荡)⊙擘檗○叵⊙破朴(～

树)迫珀粕魄(魂~)⊙抹⊙磨(石~)末沫秣莫漠寞瘼陌貊墨默脉(~~)没殁　[uo]我⊙卧沃渥握幄斡○朵垛(~子)躲⊙剁垛(麦~)驮(重~)舵惰堕○妥唾柝拓(开~)魄(落~)箨○⊙懦糯诺○裸荦洛烙(炮~)珞络骆落○果裹椁⊙过(经~)○○括扩阔廓○火伙夥⊙祸货和(搀~)或惑获蠖镬霍藿豁(~然)○○绰啜辍龊○○数(屡次)烁铄朔槊硕○⊙若箬弱爇○左佐撮(一~)○坐座柞做作怍酢⊙挫措错○所琐锁索

三歌(通波)

平声(阴平·阳平)

[e]阿(~谀)⊙俄哦(吟~)娥峨蛾莪鹅讹额○⊙得德○戈哥歌割鸽格(象声词)○革葛隔蛤阁格(~局)骼○科柯苛珂轲疴窠棵稞颗颏榼瞌⊙咳(~嗽)壳(躯~)○呵喝(饮)⊙河何荷禾和曷涸核劾合盒貉纥阂阖翮○遮折(~腾)蜇蛰(刺)⊙折(摧~)哲蜇(海~)蛰摺谪磔辙○车○奢赊畲⊙蛇折(耗~)舌○⊙泽择则责啧帻箦赜

仄声(上声·去声)

[e]恶(~心)⊙恶(善~)饿厄呃扼轭遏愕谔鄂萼腭锷鳄鹗垩噩○⊙特忑忒(差错)○○讷○勒泐乐○哿舸葛(姓)⊙个各○可坷渴○课刻克客恪○○和(唱~)荷(负~)贺鹤⊙赫吓(恐~)喝(呼~)褐壑○者赭褶○柘蔗浙○扯尺(工~)⊙坼彻撤澈掣○舍(~弃)⊙舍(房~)赦社麝射设涉慑摄○惹喏(唱~)若(般~)⊙热○○仄昃○○厕侧恻测册策○⊙色瑟涩啬穑塞(闭~)

四皆

平声（阴平·阳平）

[ie]椰掖（动词）喧⊙耶爷○憋鳖瘪（～三）⊙撇别（分～）瞥撇（抛弃）○爹跌⊙叠迭跕喋堞谍蝶碟牒蹀垤耋○贴帖（妥～）○捏⊙街阶皆喈楷（～树）嗟秸结（～实）接揭疖⊙洁诘拮结（～网）颉（仓～）子讦劫桀杰节碣竭捷睫截○切（～磋）⊙茄○些歇蝎楔⊙斜邪鞋偕谐携协胁挟叶（～韵）颉（颉）撷　[üe]曰约○嗟虿⊙觉（知～）决诀抉玦鸠孑绝倔掘崛角（～色）桷厥橛獗潏镢蹶蕨嚯（大笑）矍攫镬爵嚼（咀～）爇谑○缺阙（～疑）⊙瘸○靴薛削（～减）⊙学穴嚯

仄声（上声·去声）

[ie]野冶也⊙夜液腋掖（奖～）叶业邺页烨谒咽（呜～）曳厣撇○瘪（干～）⊙别（～扭）○撇（笔形）○⊙灭蔑篾○贴（束～）铁○帖（碑～）○餮⊙○聂嗫蹑镊涅臬镍啮蘖孽○咧⊙列冽洌烈裂劣埒猎躐鬣挶○姐解（分～）⊙借藉（枕～）戒诫介界芥疥蚧价（～人）解（起～）届○且⊙赸（趔～）切（贴～）妾怯惬箧窃挈锲慊（满足）○写血⊙泻械卸谢榍懈澥廨蟹解（姓）薤瀣屑泄绁屟燮躞褻　[üe]月钥（锁～）龠籥乐（奏～）悦阅岳越钺跃粤○○虐疟○○掠略○○倔（脾气～）○○确榷却雀（小～）鹊阙（宫～）阕悫○雪·血谑

五模（通鱼）

平声（阴平·阳平）

[u]污巫诬乌呜钨屋⊙无芜吾梧吴毋○晡逋○铺（～张）仆（偃～）⊙蒲葡脯（胸～）醣捕仆（奴～）璞○⊙模（～子）○夫肤趺鈇麸敷孵⊙扶芙蚨孚浮俘桴蜉符凫伏茯袱幅福蝠辐

匐弗拂怫佛(仿～)绋服菔绂袚〇都嘟督⊙独毒渎读椟犊牍
黩〇秃凸突⊙涂途荼徒图屠菟〇〇奴孥弩〇⊙庐炉芦卢垆
泸舻轳颅鸬鲈〇孤菰觚呱(小儿哭声)估(低～)姑沽酤鸪蛄
辜箍〇枯哭矻窟⊙乎呼忽惚⊙胡湖瑚葫猢糊(裱～)醐狐弧
壶核斛鹄鹕(黄～)縠〇朱侏诛珠铢蛛诸猪⊙竹竺筑(地名)
术(草名)逐烛躅〇初樗出⊙除滁蜍刍雏厨橱躕锄储〇梳
疏蔬书枢抒纾舒殊姝输毹叔淑菽俶⊙秫熟塾赎〇⊙如茹儒
嚅濡孺襦〇租⊙足卒族镞〇粗⊙殂〇苏酥稣⊙俗

仄声(上声·去声)

[u]五伍武鹉午忤悔捂妩庑舞⊙误兀坞悟晤寤务雾婺鹜
骛恶(憎～)勿物〇捕哺卜补堡(集镇)⊙步布怖部瓿薄不〇
浦圃普谱朴(～素)⊙铺(店～)堡(地名)瀑曝〇亩牡母拇姆
姥⊙暮墓募慕牟(姓)木沐睦幕目牧穆〇父(渔～)斧釜甫辅
脯(果～)抚府俯腑腐⊙父(～子)阜负妇富副傅赋讣赴付附
咐鲋缚复覆腹馥服(量词)〇堵睹赌肚(胃)笃⊙度渡镀妒杜
肚(腿～)蠹〇土吐(吞～)⊙兔吐(呕～)〇努弩⊙怒〇鲁橹
房掳卤⊙路露鹭胳轳鹿漉辘麓陆录渌碌禄箓戮〇古诂牯罟
鼓鼓瞽贾(商～)股蛊鹄(靶心)骨谷汩縠⊙故估(～衣)梏雇
顾固锢痼〇苦⊙库裤酷⊙虎唬浒⊙户沪岈扈护互怙瓠糊(～
弄)笏〇主柱麈渚煮属嘱瞩⊙住注炷柱驻蛀伫苎贮助杼著箸
铸翥祝筑(建～,古乐器)〇楚础杵楮储处(～分)⊙处(～所)
触绌黜怵亍搐蓄⊙暑署曙薯鼠黍蜀属(金～)数(～落)⊙
树戍漱竖恕庶数(～目)墅⊙术述束⊙乳汝辱⊙溽褥缛入〇阻
诅祖俎组〇〇醋簇猝卒(仓～)蹙蹴促〇⊙素愫诉溯塑宿
(住～)粟夙肃骕鹔速蔌簌觫谡

六鱼(通模)

平声(阴平·阳平)

[ü]迂纡淤瘀⊙于盂竽予(我)好鱼渔余娱愉渝瑜揄榆逾觎臾萸谀腴愚隅嵎舆欤虞○⊙驴闾榈○居裾琚据(拮～)车(象棋子)且(语气助词)狙疽雎趄(趑～)拘驹掬踘鞠鞫⊙局菊橘○区岖驱躯祛趋蛆曲(弯～)屈⊙渠蕖蘧劬瞿癯衢○虚嘘墟歔需须嬃盱吁(叹息)胥戌⊙徐

仄声(上声·去声)

[ü]宇雨语龉圄予(给～)与屿羽禹瘐窳⊙遇寓愈喻谕裕御预豫驭芋吁(呼～)语(告诉)雨(动词)与(参～)誉妪鹬玉育域郁峪欲浴狱煜鹬○女○旅屡偻褛缕吕侣履捋⊙虑滤绿律率(速～)○举矩沮踽⊙聚巨拒炬苣距具俱惧句窭屦倨踞锯据(依～)遽剧○曲(歌)取娶⊙去趣觑○许诩栩⊙序絮煦叙绪勖酗婿续恤旭蓿畜(～养)蓄

七支(通儿、齐)

平声(阴平·阳平)

[一i]之芝支吱枝肢卮栀脂胝氏(阏～)祇只(～身)织汁⊙直值植殖执絷职侄跖○痴笞鸱蚩嗤媸螭魑絺吃○池驰弛迟墀持匙○诗师狮施尸蓍失湿虱⊙时埘鲥石实识十什(篇～)拾食蚀○姿资咨吱孜兹滋嵫嗞赀髭淄辎缁锱○差(参～)疵刺(象声词)⊙辞词祠雌兹(龟～)慈鹚磁瓷茨○思缌司私丝鸶斯厮嘶撕澌螄

仄声(上声·去声)

[一i]止沚址芷趾只(语尾助词)枳咫旨指纸徵⊙治滞帜智志痣峙至致轾贽雉稚挚贽鸷制置踬识(记)质炙陟秩帙栉

掷室○齿侈耻豉尺⊙炽翅啻赤斥叱饬敕鶒○史使驶始矢屎豕⊙士仕世事是视誓势逝嗜莳侍恃示谥氏舐筮噬市柿试弑式拭轼室适饰释螫○○日○子仔紫梓滓姊第⊙字自渍恣眦○此○次刺赐伺（～候）○死○寺肆四泗驷似姒巳祀俟伺（窥～）饲笥嗣耜咒食（给人吃）

八儿（通支、齐）

平声（阴平·阳平）

[er]⊙儿而洏胹

仄声（上声·去声）

[er]耳洱珥饵駬尔迩⊙二贰

九齐（通支、儿）

平声（阴平·阳平）

[i]衣依伊医猗漪一壹揖⊙宜怡贻饴沂颐遗蛇（委～）仪移迤（逶～）夷姨荑痍疑彝嶷○逼○鼻○丕坯批砒披劈霹⊙皮疲陂（黄～）阰脾裨（～将）鼙黑蚍○⊙迷谜弥猕縻麋靡○蘼縻○低堤羝滴○笛迪涤籴敌嫡镝翟的（～当）狄荻觌○梯剔踢⊙啼蹄稊绨提题黄（草名）○○尼泥怩呢倪猊鲵霓○○离漓璃缡醨篱鹂骊厘狸梨犁黎藜鲡羁蠡（～测）○基箕期（周年）鸡姬奇（数～）畸几（茶～）肌讥玑机矶饥幾稘稽乩笫赍羁跻虀积芰迹绩激击唧屐缉（～拿）⊙即急亟殛疾蒺嫉瘠踖吉棘集及汲圾岌笈级楫辑戢藉（狼～）籍○期欺妻凄萋栖蹊（～跷）漆戚七缉（密缝）⊙齐其淇琪棋骐麒旗奇崎骑畦歧岐祈祁圻顾祇耆○西牺奚溪蹊（～径）兮希晞稀欷嘻嬉熙犀樨羲曦醯昔惜析皙淅晰锡吸夕汐夡息悉膝翕⊙习席媳隰檄袭

仄声（上声·去声）

[i]椅倚已矣以苡迤（～逦）蚁舣乙⊙意异奕弈义议艾（怨～）刈艺呓羿诣毅衣（穿）裔谊缢翳懿射（无～）弋亦佚轶逸抑亿忆臆薏役疫易蜴邑浥挹屹熠译绎怿峄驿溢镒鹢翊翼〇笔鄙匕比妣秕彼⊙闭庇敝蔽弊毙币诐婢髀狒（～益）筚陛痹避薜臂嬖壁璧躄毕跸筚碧愎弼鼊必辟（复～）〇否（臧～）痞圮仳匹⊙屁媲譬辟（开～）僻甓〇米弭靡（风～）⊙泌秘密蜜谧觅〇底诋抵砥坻邸⊙帝谛缔蒂弟睇娣递第棣地的（中～）〇体⊙涕悌剃替嚏屉惕逖⊙拟旎你⊙睨腻昵逆匿溺〇礼李里俚娌理鲤逦醴蠡（范～）丽俪戾唳捩（拨子）吏厉励砺粝疠利俐莉痢荔吏隶罶例立粒笠力历沥枥雳栗篥砾离〇挤济（～～）几虮麂己给（自～）脊戟⊙计记忌纪季悸济（接～）荠霁剂伎妓芰际寄继既冀骥髻蓟祭骑（车～）寂迹稷鲫〇启企起杞绮乞⊙弃砌跂气汽器憩契泣迄茸碛戚〇喜禧洗铣（～床）蕙徙葸屣玺⊙戏细系隙潟阋

十微

平声（阴平·阳平）

[ei]杯悲卑碑陂（～塘）〇胚醅⊙培陪赔〇〇梅莓酶玫枚媒煤眉湄嵋郿楣〇非菲（芳～）扉霏绯飞妃⊙肥〇〇雷擂（鼓）镭累（～赘）罍嬴〇黑〇〇谁〇〇贼　[uei]危威偎隈煨逶巍微薇为（作～）韦违帏围闱桅鬼帷帏唯维〇堆〇推⊙颓〇归规瑰圭闺硅龟〇亏盔窥岿⊙回洄〇追椎（脊～）骓锥〇吹炊⊙垂陲捶锤棰椎（铁～）槌〇〇谁〇蕤〇崔催摧衰（等～）〇〇睢⊙隋随绥遂

仄声（上声·去声）

[ei]北⊙倍焙背被备惫辈贝狈臂（胳～）悖〇〇佩珮狈配

沛旆錇○美每⊙妹昧魅寐袂媚○菲(～薄)斐悱匪⊙吠废沸费肺○馁⊙内⊙累(～积)垒耒诔蕾偏磊⊙累(疲劳)擂(打～)泪类酹肋　[uei]尾娓伟纬韪苇伪猥委诿萎⊙为(因～)位未味卫畏胃渭谓猬尉蔚遗(赠予)魏○⊙队对兑碓○腿⊙退褪蜕○鬼宄轨暑癸诡○桂柜贵桧(木名)跪鳜○跬⊙喟溃聩馈匮愧○悔毁虺○慧惠蕙卉汇会桧(秦～)烩荟绘海晦讳喙贿秽恚○○坠缀惴赘⊙水⊙睡说(游～)税帨○蕊⊙锐瑞枘蚋睿○嘴⊙醉罪最○璀⊙淬悴粹瘁萃翠脆毳○髓⊙岁祟穗碎遂燧隧邃

十一开

平声(阴平·阳平)

[ai]哀埃挨(依次)唉(应人声)⊙皑挨(忍受)呆(～板)癌○掰⊙白⊙拍⊙排牌○○埋霾⊙呆(傻)○台(天～)苔(舌～)胎⊙台苔(～藓)抬骀(驽～)○○来莱崃徕○该垓赅○开○⊙孩骸○斋摘⊙择(～菜)宅○钗差(～使)拆⊙豺柴侪○筛⊙栽哉灾⊙猜⊙才材财裁○腮塞(堵～)　[uai]歪○乖○○徊怀淮槐○揣(～手)○衰摔

仄声(上声·去声)

[ai]矮蔼霭⊙唉艾碍隘爱媛暧嗳嗳○百佰柏摆⊙拜败稗○○派湃⊙买⊙卖迈麦脉○歹逮(捉)傣⊙待带戴代岱贷袋黛怠殆给骀(～荡)逮(及,～捕)靆○泰太汰态○乃奶奈耐鼐○○睐赉赖濑籁癞○改⊙盖丐钙溉概○凯铠慨楷忾咳○海醢⊙害亥骇○窄⊙寨债○茝⊙瘵(病愈)虿○○晒○宰载(年)崽⊙再在载(满～)采彩睬踩⊙菜蔡○⊙塞(边塞)赛　[uai]拐⊙怪○○块快筷会(～计)侩哙狯脍○○坏○揣(～摩)⊙甩⊙帅率(直～)蟀

十二豪

平声（阴平·阳平）

[ao]凹熬(煮)⊙熬(忍受)嗷廒遨獒螯鳌鏖翱○包苞胞褒剥(～皮)雹薄(酒～)○抛泡(发)⊙庖咆刨(～坑)炮(～制)袍匏○猫⊙毛旄牦氂矛茅蝥蟊锚○刀叨(唠～)舠○叼(～扰)涛滔韬掐绦饕⊙洮桃咷逃陶淘萄○孬⊙猱呶挠譊饶憹○捞⊙牢劳痨醪○高膏篙皋槔羔糕○蒿薅○豪嚎壕濠毫号(呼～)嗥○朝(～夕)招昭钊着(计策)⊙着(～火)○抄钞超剿(～袭)⊙朝(～廷)潮嘲巢○烧梢捎稍艄⊙勺芍苕韶○⊙娆桡饶荛○遭糟⊙凿○操糙⊙曹漕槽嘈○骚搔臊缫

[iao]夭妖腰要(～求)邀么　[iao]肴爻尧峣谣徭摇瑶遥飘窑轺姚佻(古农具)○标膘骠(黄～马)镖镳彪飙○飘剽漂(～泊)⊙漂(～白)瓢嫖○○苗描瞄○凋碉雕刁叼貂○挑佻⊙条调(～和)蜩迢岧髫韶○撩(掀起)⊙寮僚嘹撩(挑逗)燎(～原)潦(～草)缭獠鹩辽疗聊寥○交蛟姣郊鲛茭跤胶骄娇浇焦蕉礁椒教(～书)○悄敲硗跷锹橇雀(～子)⊙乔侨桥峤(山尖)翘(～首)憔谯樵瞧○消销绡硝魈宵霄萧潇箫枵鸮枭鲦器骁晓削(～皮)⊙淆崤

仄声（上声·去声）

[ao]媪袄拗(折)⊙傲骜奥澳懊坳拗(～口)○宝保葆褓堡(城～)饱鸨⊙报抱刨(～子)鲍豹暴瀑(暴雨)爆○跑⊙泡炮○卯铆⊙茂冒帽瑁耄貌贸督袤○蹈岛捣导祷倒(跌～)⊙稻道盗到倒(颠～)悼纛○讨⊙套○恼脑瑙⊙闹淖○老佬姥潦(水～)⊙涝唠烙(～饼)酪○槁稿缟搞镐(农具名)杲⊙告诰○考拷烤⊙铐犒靠○好(～坏)⊙号(牌～)好(爱～)耗浩皓昊镐(古地名)○沼找爪(～牙)○召诏照兆赵棹罩肇○吵

炒⊙少(多～)⊙少(老～)哨邵绍⊙扰绕(围～)⊙绕(～场)
⊙早蚤枣澡藻⊙噪燥躁造灶皂唣⊙草⊙扫嫂⊙臊(害～)
[iao]杳窈咬窅⊙要曜耀鹞药钥(～匙)⊙表⊙殍瞟漂(～洗)
⊙票漂(～亮)骠(～勇)⊙杪秒眇渺缈藐邈⊙妙庙⊙⊙调
(音～)吊钓掉铫(药～)⊙挑(～灯)窕⊙眺跳粜⊙鸟袅⊙尿
蓼燎(～毛)瞭(明～)了⊙料瞭(～望)镣⊙角(画～)佼皎
狡绞饺矫搅徼剿缴(交纳)脚⊙较校(～正)教(～训)峤(山
道)轿酵醮叫窖徼爝噍(倒～)觉(睡～)⊙巧悄(～然)⊙俏峭
诮鞘窍壳(地～)翘(～尾巴)撬⊙小晓筱⊙笑啸哮孝肖(～
像)效校(将～)

十三尤

平声(阴平·阳平)

[ou]区(姓)沤(水泡)讴殴欧瓯鸥⊙剖⊙抔掊⊙哞⊙谋
缪(绸～)牟(～取)侔眸鍪⊙兜篼⊙偷⊙头投骰⊙搂(～草)
⊙娄偻(佝～)楼耧髅⊙勾沟钩篝⊙抠⊙侯喉猴瘊糇篌
⊙舟州洲周䛛粥⊙轴(车～)⊙抽瘳⊙愁酬俦帱畴筹绸惆稠仇
雠⊙收⊙熟⊙⊙柔揉糅蹂⊙邹驺陬鲰⊙搜溲馊艘飕 [iou]
幽悠优忧呦麀⊙游蝣尤疣犹莸猷由油铀邮⊙丢⊙妞⊙牛⊙
溜(～冰)⊙流琉旒刘浏留骝榴馏瘤⊙赳纠揪啾鸠究阄⊙秋
湫楸鳅丘邱蚯·求裘球赇述囚泅虬酋遒⊙休咻庥貅䲟羞馐
修脩

仄声(上声·去声)

[ou]偶藕呕⊙沤(浸泡)⊙掊⊙某⊙否缶⊙斗(北～)抖
蚪陡⊙斗(争～)豆逗窦读(句～)⊙⊙透⊙耨⊙搂(～抱)
篓⊙镂陋漏⊙苟狗⊙垢诟构购媾够彀⊙口⊙扣叩寇蔻⊙吼
⊙后逅厚候堠⊙肘帚⊙骤昼宙胄纣咒皱绉甃籀轴(压～)⊙

丑瞅⊙臭○守手首⊙受授绶售狩兽瘦寿○○肉○走⊙奏揍
○○凑辏○薮擞叟○嗽　[iou]友有酉莠牖黝○右佑幼又囿
宥侑诱柚釉狖○⊙谬缪(纰～)○扭纽⊙拗(执～)○柳绺⊙
溜(檐～)六○酒韭久灸九玖⊙旧臼厩咎疚救就鹫舅○糗○
朽宿(一～)⊙秀绣锈岫袖臭(气味)嗅宿(星～)

十四寒

平声（阴平·阳平）

[an]安鞍谙庵○班斑颁般搬瘢○潘攀⊙蟠盘磐胖(心广
体～)○○瞒蛮谩(欺骗)鳗○番翻幡藩帆⊙凡矾烦蕃燔蹯繁
樊○丹单郸殚箪担(承～)眈耽鸩聃○滩摊贪坍⊙弹(动词)
谈痰覃(深)潭谭昙坛檀○南喃楠男难○○岚蓝篮褴兰阑
澜斓谰拦栏婪○干(相～)杆玕竿肝甘柑泔○看(～守)堪勘
戡刊龛○酣蚶顸犴憨⊙寒含函涵邯韩汗(可～)○占(～
卜)沾毡粘(～贴)詹瞻谵邅○觇掺搀○禅(坐～)婵蝉蟾孱
潺廛缠谗馋巉镵○山舢衫杉(水～)删姗珊跚扇(动词)煽芟
潸膻○○然燃髯○簪咱○参(细～)骖餐○残惭蚕○三毵
[ian]烟胭咽(～喉)殷(～红)湮燕(幽～)焉嫣奄(～～)淹腌
阉恹炎○妍研延蜒筵言严岩沿盐颜檐阎○边鞭编砭○扁(～
舟)偏篇翩片(影～)⊙骈胼便(腹～～)○○眠棉绵○滇颠巅
癫掂○天添⊙田畋钿(花～)恬甜填阗○拈蔫⊙年粘(～液)
○⊙联连莲涟鲢帘廉濂鬑怜奁○肩坚监(～察)艰尖间兼蒹
缣煎湔溅(流水声)笺缄奸歼菅鞯○千仟阡芊钎迁铅牵骞搴
褰谦悭愆签⊙前钱潜黔铃钳乾虔○先仙纤（～～）趾鲜
(新～)掀锨⊙弦舷衔贤涎咸嫌闲娴鹇痫　[uan]弯湾剜⊙丸
纨完玩顽烷○端○湍⊙团糰抟○峦娈滦挛脔鸾銮栾○关
观官倌棺冠(衣～)纶(～巾)鳏○宽○欢獾⊙环还缳圜(围

绕)寰鬟桓○专砖○川穿⊙传船椽○栓拴闩○钻(动词)○⊙
攒(聚集)○酸　[üan]鸢鸳鹓渊冤⊙原源元沅员圆园袁猿辕
垣湲援媛(婵~)缘圜(天体)鼋○捐涓娟鹃圈(关闭)镌蠲○
悛圈(花~)⊙泉全诠铨荃筌痊权颧拳○轩宣萱喧暄儇翾⊙
玄悬旋(盘~)漩璇

仄声(上声·去声)

[an]俺⊙案按暗黯岸犴○坂板版○半伴拌绊扮办瓣○
⊙判畔叛盼○满⊙曼慢漫谩(轻慢)熳幔缦蔓○反返⊙泛贩
饭犯范梵○胆⊙淡澹啖萏旦但担(重~)石(容量单位)弹(名
词)惮蛋诞○坦袒毯⊙叹炭探○赧⊙难(灾~)○览揽榄缆懒
⊙滥烂○感敢赶杆秆⊙干(枝~)旰绀赣○侃砍坎槛(门
~)⊙看瞰○罕喊○汉汗旱悍捍焊憾撼颔翰瀚○展辗盏斩崭
占(侵~)站战绽湛栈蘸○产铲⊙忏颤○闪陕○扇单(姓)禅
(封~)剡(~溪)疝汕善膳缮鳝擅赡○染冉苒○攒(积~)⊙
赞暂○惨⊙灿粲璨○散(闲)伞糁○散(分~)　[ian]眼掩奄
(~忽)演琰剡(尖)衮衍俨偃巘魇⊙艳滟燕雁赝晏宴堰厌餍
咽(慢)酽彦谚砚焰唁验谳○扁匾褊贬○变汴弁便遍辨辩
辫○谝○骗片○免勉娩冕湎缅○面哂○点典⊙店玷甸佃钿
(~盒)殿电淀靛垫簟奠○腆殄忝舔○辇捻碾⊙念○敛脸⊙
恋链炼练殓潋○剪减碱茧柬拣捡检俭简謇⊙箭剑见件监
(太~)槛(~车)鉴贱溅践饯荐谏渐建健键舰间(~隔)涧僭
○浅遣谴○欠芡歉茜倩纤(拉~)堑椠嵌慊(不满)○显险鲜
(少)藓跣铣筅燹獫○献线现苋岘县限陷馅羡霰宪　[uan]宛惋
婉碗蜿挽晚绾皖⊙万腕蔓(瓜~)○短⊙段缎锻断○暖○卵
⊙乱○管馆○冠(首~)观(楼~)贯惯灌罐鹳盥○款○缓
幻浣宦患奂涣换焕唤擐豢○转(~变)⊙转(~动)传(列~)
啭赚撰馔篆○喘舛⊙串钏○阮软○纂⊙赚(诳骗)钻(~石)

○⊙窜纂爨○⊙蒜算　[üan]远⊙苑怨院掾愿媛○⊙卷(～帘)⊙眷卷(书～)倦圈(羊～)绢狷隽○犬畎绻⊙券(债～)劝○选癣⊙旋(～风)渲炫眩绚

十五真

平声(阴平·阳平)

[en]恩○奔贲○喷(泉～)⊙盆○闷(～热)⊙门们扪○分芬纷氛⊙汾坟焚○根跟○○痕○真贞侦珍针箴砧榛臻甄斟○嗔瞋抻琛郴⊙沉忱陈臣辰宸晨尘○深身申伸呻绅娠莘参(人～)○神甚(～么)○○人仁壬任(姓)○参(～差)⊙岑涔○森　[in]因茵氤姻阴荫(树)音喑愔殷湮⊙吟垠银寅狺淫○宾傧滨槟彬斌豳○拼姘○嫔贫频苹颦○○民岷缗○○您○○林淋霖琳临邻粼嶙磷辚鳞麟○金斤巾今衿矜禁(～受)襟筋津·亲衾侵駸钦嵚⊙琴秦勤芹芩禽擒檎噙○心芯(灯～)⊙辛新薪掀昕馨⊙寻(～思)　[uen]温瘟⊙文纹蚊闻○敦墩蹲吨○暾吞⊙屯(～兵)囤(～积)饨豚臀⊙抡(～刀)仑伦沦抡(～材)论(～语)囵纶(经～)轮⊙坤昆鲲裈髡○昏婚阍浑荤○魂○谆肫屯(困难)○春椿⊙纯莼唇淳醇鹑⊙尊樽遵○村皴⊙存○孙狲荪飧　[ün]晕氲⊙云芸纭耘匀筠(竹)○君军均钧菌(细～)○囷逡⊙群裙⊙勋熏薰曛醺⊙寻(找～)浔巡驯旬恂询峋荀循

仄声(上声·去声)

[en]本畚⊙笨奔(～向)○⊙喷(香～～)○○闷懑○粉⊙分(名～)份忿奋愤粪○○嫩○○亘○肯垦恳○狠⊙恨○枕诊疹轸缜⊙阵振赈震镇朕鸩圳○碜⊙衬称(相～)趁龇谶○审婶沈沉哂⊙甚葚渗慎肾蜃○忍荏稔⊙认任(信～)衽饪○刃仞纫韧轫牣○⊙瞀　[in]隐瘾引蚓尹饮⊙印荫(庇护)○○

鬓膑殡摈○品⊙聘牝○敏闵悯闽皿泯抿○凛懔凛⊙吝赁淋（过滤）藺躙○尽（～量）紧锦瑾槿谨馑仅⊙尽（～职）烬近进劲（起～）禁（～令）噤浸祲晋觐○寝⊙沁○⊙信衅芯　［uen］吻刎紊扰稳⊙问汶揾○盹⊙沌钝炖囤（粮～）顿盾遁○⊙论（言～）○滚衮鲧⊙棍⊙捆悃阃○困○○混诨溷○准○蠢吮⊙顺舜瞬○○闰润⊙忖⊙寸○笋损隼榫　［ün］允陨殒⊙运晕（月～）孕缊蕴韫愠酝韵熨○○⊙俊峻浚骏竣郡菌（～肥）○○⊙训迅讯汛殉逊巽蕈

十六庚（通东）

平声（阴平·阳平）

　　［eng］崩绷（～带）○烹澎抨怦砰○彭朋棚鹏蓬篷○蒙（欺骗）⊙蒙（愚～）○濛朦檬虻氓（民）萌盟甍○封丰蜂峰烽锋风枫疯○冯逢缝（～纫）○灯登蹬○○腾滕藤誊疼○○能○⊙棱楞（变～）耕庚鹒赓羹○坑吭（～声）铿○亨哼⊙横（纵～）恒衡蘅○争挣（～扎）狰峥睁铮筝正（～月）征怔钲症（～结）蒸丁（～～，伐木声）○称（美～）琤铛（鼎～）瞠撑⊙成城诚乘盛（容纳）丞承澄橙呈程酲塍惩○生笙牲胜（～任）甥升声⊙绳○扔⊙仍○曾（姓）憎增缯矰罾○○曾（何～）层嶒○僧　［ing］英莺鹰膺应（～当）婴撄嘤樱缨鹦罂⊙迎盈楹莹荧茎萤营萦蝇赢嬴瀛○冰槟（～榔）兵并（～州）○偋兵⊙平评坪枰苹萍屏（画～）瓶凭○○鸣名茗铭冥溟暝螟明○丁仃叮盯钉（名词）疔○汀厅听⊙亭停婷廷庭霆蜓○⊙宁（安～）咛拧狞凝○拎⊙灵棂凌崚陵绫菱伶泠玲铃聆羚蛉鸰翎舲苓囹零龄瓴○京鲸惊睛精菁鹍荆茎粳泾经晶旌兢○青清轻倾卿⊙情晴擎檠黥○星惺腥猩兴（振～）⊙行形刑型硎邢陉饧　［ueng］翁嗡滃鹟

仄声(上声·去声)

[eng]绷(～着脸)⊙迸蹦泵○捧⊙碰○猛蜢艋蠓懵⊙孟梦○讽⊙凤奉俸缝(裂～)○等⊙邓凳磴镫瞪澄(～清)○冷⊙愣○耿埂梗哽绠鲠⊙更○○横(蛮～)○整拯⊙郑正政证症(急～)帧净挣(～脱)○骋逞⊙秤○省眚⊙乘(千～)剩胜盛(茂～)圣○○赠甑○○蹭　[ing]影郢颖颍瘿⊙映应(呼～)硬○丙炳柄秉屏(～除)饼禀⊙并(兼～)摒柄病○⊙命○酊顶鼎⊙定锭碇订钉钉(动词)○挺梃艇⊙拧(扭转)⊙拧(脾气)○泞佞○岭领⊙令另○景憬井阱颈到警儆⊙竞竟境镜獍靖净静径劲(强～)胫靓敬○顷请⊙庆磬罄綮○省(反～)醒⊙兴(佳～)杏性姓幸倖荇　[ueng]翁滃⊙瓮蕹

十七东(通庚)

平声(阴平·阳平)

[ong]东冬咚○通⊙同峒桐铜仝童僮潼瞳曈彤○⊙农侬浓哝脓秾○⊙龙泷(急流)珑栊胧咙昽茏笼(樊～)聋隆窿○工攻功恭公蚣弓躬宫供(～销)肱觥红(女～)○空○哄(闹～)烘轰訇薨⊙红虹洪弘泓宏闳吰纮鸿黉○中忠盅衷松终螽○充冲忡艟憧翀⊙虫崇重(～叠)○○容溶榕熔蓉荣嵘融茸戎绒○宗踪棕鬃综⊙匆葱囱璁聪鏦⊙从丛淙琮○松淞菘嵩[iong]庸慵墉佣(雇～)拥痈雍壅臃饔邕○喁○扃坰○○穷穹琼茕邛筇蛩○兄凶汹匈胸讻芎⊙雄熊

仄声(上声·去声)

[ong]董懂⊙动冻栋洞○统捅桶筒○痛恸同(胡～)通(三～鼓)○○弄(玩)○垄陇拢笼(～络)⊙弄(小巷)○汞巩拱栱⊙贡共供(～养)○孔恐⊙空(亏～)控鞚○哄(～骗)⊙哄(起～)讧○种(品～)冢肿踵⊙中(击～)种(栽～)重

(轻～)仲众○宠⊙铳○冗⊙总偬⊙纵粽○耸悚竦⊙宋送诵讼颂　[iong]永泳咏甬俑涌蛹踊勇恿⊙用佣(～金)○迥炯泂窘

十八唐

平声(阴平·阳平)

[ang]⊙昂○邦梆帮浜○乒滂⊙旁磅(～礴)螃膀庞○⊙芒茫忙邙氓(流～)盲○方芳坊⊙防妨肪房鲂○当(应)珰裆铛(铃～)○汤镗⊙堂膛棠螳唐塘糖○嚷⊙囊○○浪(沧～)狼琅粮郎榔廊螂○冈岗(山脊)刚纲钢扛(～鼎)缸釭○康慷糠⊙扛(～枪)○⊙行(～列)吭(嗓子)杭航颃○章彰漳獐璋樟张○昌娼猖伥○长常裳尝偿场肠○商墒伤殇觞○嚷(乱～)⊙瓤穰瓢○赃脏(肮～)臧○仓沧苍舱⊙藏(收～)○丧(治～)桑　[iang]央泱秧殃鸳鞅(商～)○羊洋佯徉蛘阳扬杨旸疡○○娘○○凉良粮踉(跳～)梁粱量(思～)○江浆将(扶～)蒋(菇～)○螀姜僵疆缰○羌抢(触～)枪戕腔锵⊙强墙嫱樯蔷○香乡相(互～)湘厢箱襄骧镶⊙详祥翔降(投～)　[uang]汪⊙亡王○光○匡筐⊙狂○荒慌肓⊙皇惶徨煌蝗遑凰篁隍黄璜簧○妆装庄桩⊙窗创(～伤)疮⊙床幢(经～)○霜孀鹴骦礵双泷(～水)

仄声(上声·去声)

[ang]⊙盎○榜膀(臂)绑⊙傍谤磅(重量单位)镑棒蚌○⊙胖○莽蟒○仿访纺舫⊙放○党谠挡(阻～)⊙当(妥～)挡(摒～)档宕荡⊙淌躺傥⊙趟烫⊙曩○朗⊙浪阆○岗(门～)港⊙杠戆(鲁莽)○○亢伉抗炕⊙⊙巷(～道)长(生～)涨(水～)掌⊙丈仗杖帐账胀涨(～水)障嶂幛瘴⊙厂敞氅⊙唱倡畅怅○上(～声)赏响晌⊙上尚○嚷⊙(叫～)壤攘(～夺)⊙

让○⊙葬藏(宝～)脏(心～)○嗓⊙丧(～失) ［iang］仰痒养氧⊙恙样漾怏鞅(牛～)○○酿○两俩(伎～)魉⊙亮谅踉(～跄)辆量○讲耩奖桨蒋⊙将(～帅)酱匠降绛强(倔～)○抢强(勉～)襁⊙跄○享想响饷飨⊙向象像橡相(卿～)项巷(街～) ［uang］网罔惘魍往枉○王(～天下)往(～前)旺妄忘望○广犷⊙逛○○圹旷矿纩眶框况贶○怳恍晃(～眼)幌谎⊙晃(摇～)○○撞幢(量词)壮状戆(～直)○闯(～祸)⊙创(首～)怆○爽

第五节 通用十三辙(韵)

一、应用说明

通用十三辙又称"通用十三韵"。十三辙起于清代贾凫西编辑、蒲松龄审定,是中原音韵的韵部归并,作为曲韵。但现代通用十三辙却适合于现代格律赋、诗、词、曲、联的写作,是最简要的格律诗韵书。

二、十三辙(韵)

读者可按本书给出的"通用十三辙韵部对照表"(表 15－1)查阅汉语新韵,而中原音韵可供参考。

表 15－1 通用十三辙韵部对照表

汉语新韵	拼音分韵	中原音韵	通用十三辙
一麻	啊韵 a、ia、ua	家麻	发花
二波	喔韵 o、uo	歌戈	梭波
三歌	鹅韵 e		

续表 15-1

汉语新韵	拼音分韵	中原音韵	通用十三辙
四皆	耶韵 ie、üe	车遮	乜斜
五模	乌韵 u	鱼模	姑苏
六鱼	迂韵 ü		一七
七支	一韵 —i	支思	
八儿	儿韵 er		
九齐	衣韵 i	齐微	
十微	欸韵 ei、ui		灰堆
十一开	哀韵 ai、uai	皆来	怀来
十二豪	熬韵 ao、iao	萧豪	遥条
十三尤	欧韵 ou、iu	尤侯	由求
十四寒	安韵 an、ian、uan、üan	寒山、桓欢、先天、监咸、廉纤	言前
十五真	恩韵 en、in、un、ün	侵寻、真文	人辰
十六庚	亨韵 eng、ing、ueng	庚青	中东
十七东	轰韵 ong、iong	东钟	
十八唐	昂韵 ang、iang、uang	江阳	江阳

第六节 中华通韵

《中华通韵》是由中华诗词学会组织编纂的现代汉语韵书,于2019年正式发布,旨在为当代格律诗词创作提供规范的音韵标准。其编委会由语言学专家和诗词学者共同组成,由国家语言文字规范标准审定委员会审定通过,具有权威性和实用性。

韵部划分原则:《中华通韵》以普通话语音体系为基础,依据《汉语拼音方案》和《通用规范汉字表》,将韵母划分为16个韵部。注重实际语音的和谐性,兼顾传统诗词的押韵习惯,同时避免过于复杂的入声区分,更符合现代人的语言习惯。

韵书特点:①简明实用,16个韵部体系清晰易记,降低了创作门槛;②兼容古今,既尊重传统诗词的韵律美感,又适应现代汉语发音;③规范统一:由国家权威机构审定,为诗词教学、创作和评审提供标准依据。

相较于《中华新韵》(14个韵部),《中华通韵》进一步优化了韵部划分,如将"衣""居"分韵,更贴近实际语音;与《平水韵》等古韵书相比,它彻底摆脱了入声字的束缚,更适应现代创作需求。此外,《中华通韵》的推广得到了教育、文化领域的支持,成为中小学诗词教育的推荐用韵标准。总之,《中华通韵》是传统诗词现代化的重要工具,既保留了格律诗的严谨性,又赋予其时代活力,适合广大诗词爱好者学习和应用。

在实际创作中,使用者需注意以下要点:其一,严格区分平仄,阴平、阳平属平声,上声、去声属仄声,入声字已归入现代四声;其二,押韵须在同一韵部内进行,如"飞(fei)"与"雷(lei)"同属"欸(ei)"韵。

特别提醒读者,用韵时应当注意多音字在不同语境中的归属,如"生长"之"长(zhang)"、"长久"之"长(chang)"同属"昂(ang)"韵;而"行"当读作(xíng),(如"行走""行为")时属于"庚"韵;当读(háng)(如"行情""行列")时,则属"唐"韵。具体韵部划分,读者可以查阅《中华通韵》原作。

第十六章　词曲简谱

当你掌握了声链、声阵截取单句法，然后施以泛变格法则，并且熟知章法结构，那么，这些看似毫无规律的体式，也便井然有序了。

引自《格律诗学》题记（王思源，2004）

第一节　律词简谱

本简谱收谱调193个，若一调多体，只列常用者。每体举一首唐宋词作例。该词谱先按片数，再按字数由少到多的顺序编排，主要参考了后蜀赵崇祚《花间集》、北宋周邦彦《清真集》、清代舒梦兰《白香词谱》、刘坡公《学词百法》（1928）、王力《诗词格律》（1977）、龙榆生《唐宋词格律》（1978）、刘福元等《古代诗词常识》（1982）等。将谱型与实例分立，做到简明、直观、清晰、实用。谱中的"·"示可平可仄，"—"示韵脚，"："为领字之冒号（填词时该号可省），"、"为逗顿句之顿号。

一、单片词谱

1. 十六字令

又名"归字谣""花娇女""苍梧谣"等。单片,4 句,16 字,3 平韵。

平。仄仄平平仄仄平。平平仄,仄仄仄平平。

归!猎猎薰风飐绣旗。拦教住,重举送行杯。

(张孝祥:**归字谣**)

2. 单调荷叶杯

唐教坊曲,首见《花间集》温庭筠 3 首、顾敻 9 首,计 12 首。宋人入"双调"。此以温词为准。单片,23 字,2 平韵为主,4 仄韵与之转换错叶。另有韦庄创双片者,50 字。

平仄仄平平仄,平仄,仄平平。仄平平仄仄平仄,平仄,仄平平。

楚女欲归南浦,朝雨,湿愁红。小船摇漾入花里,波起,隔西风。

(温庭筠:**荷叶杯**)

3. 柘枝引

原咏柘树而得名。单片,4 句,24 字,3 韵,平声通韵格。

平平仄仄仄平平,仄仄平平仄平平。仄仄平平仄,平平仄仄仄平平。

将军奉命即须行,塞外领强兵。闻道风烟动,腰间宝剑匣中鸣。

(无名氏:**柘枝引**)

4. 三台令

又名"开元乐""翠华引"。唐教坊曲。单片,4 句,24 字,

2平韵。

仄仄平平仄仄,平平仄仄平$\underline{平}$。仄仄平平仄仄,平平仄仄平$\underline{平}$。

池北池南草绿,殿前殿后花红。天子千秋万岁,未央明月清风。

(王建:三台令)

5. 渔父破子

苏轼创调,原题"渔父",朱疆村据《三希堂法帖·苏轼墨迹》改题"渔父破子",以区别张志和"渔父"。本调《词律》未收。单片,25字,3仄韵,首二句对偶。

平仄仄,平平$\underline{仄}$。平仄仄平平$\underline{仄}$。仄平平仄仄平平,仄仄平平平$\underline{仄}$。

渔父饮,谁家去?鱼蟹一时分付。酒无多少醉为期,彼此不论钱数。

(苏轼:**渔父破子**)

6. 单调南歌子

唐教坊曲。晚唐温庭筠"南歌子"7首,单片、5句、23字、3韵脚。至前蜀,张泌有所发展,此以张词为准。《金奁集》入"仙吕宫"。单片,26字,3平韵,首二句对仗。宋人重填一字称"南柯子"。

仄仄平平仄,平平仄仄$\underline{平}$。仄平平仄仄平$\underline{平}$。平仄仄平仄、仄平$\underline{平}$。

柳色遮楼暗,桐花落砌香。画堂开处晚风凉。高卷水晶帘额、衬斜阳。

(张泌:**南歌子**)

7. 摘得新

见《花间集》皇甫松2首。单片,6句,26字,4平韵。

仄仄平,平平仄仄平。仄平平仄仄,仄平平。平平仄仄平平仄,仄平平。

酌一卮,须教玉笛吹。锦筵红蜡烛,莫来迟。繁红一夜经风雨,是空枝。

(皇甫松:摘得新)

8. 单调忆江南

本名"谢秋娘",又名"望江南""江南好""望江梅""梦江南"等。唐教坊曲,源于唐李德裕镇浙,为亡妓谢秋娘作曲。《金奁集》入"南吕宫"。单片,5句,27字,3平韵。另有双片者54字。

平平仄,仄仄仄平平。仄仄平平平仄仄,平平仄仄仄平平。仄仄仄平平。

江南好,风景旧曾谙。日出江花红胜火,春来江水绿如蓝。能不忆江南?

(白居易:忆江南)

9. 渔父

唐教坊曲,《金奁集》入"黄钟宫"。单片,5句,27字。4平韵。另有"渔歌子",见敦煌《云谣集》及《花间集》,双片,12句,50字,8仄韵。《词律》将张志和"西塞山"词标作"渔歌子",影响深远,造成大误!

仄仄平平仄仄平,平平仄仄仄平平。平仄仄,仄平平,平仄仄仄平。

西塞山前白鹭飞,桃花流水鳜鱼肥。青箬笠,绿蓑衣,斜风细雨不须归。

(张志和:渔父)

10. 潇湘神

唐祭湘妃之曲,见《刘梦得文集》。单片,5句,27字,3平韵,首二句为叠句叠韵。

仄仄平,仄仄平(叠),仄平平仄仄平平。平仄仄平平仄仄,仄平平仄仄平平。

斑竹枝,斑竹枝,泪痕点点寄相思。楚客欲听瑶瑟怨,潇湘深夜月明时。

(刘禹锡:**潇湘神**)

11. 捣练子

又名"咏捣练""夜如年""杵声齐""望书归""深院月""捣练子令"等。首见敦煌《云谣集》。《太和正音谱》入"双调"。单片,5句,27字,3平韵。

平仄仄,仄平平。仄仄平平仄仄平。仄仄平平平仄仄,平平仄仄仄平平。

砧面莹,杵声齐,捣就征衣泪墨题。寄到玉关应万里,戍人犹在玉关西。

(贺铸:**捣练子**)

12. 章台柳

又名"忆章台"。唐韩翃为寄宠姬柳氏而制该调。单片,5句,27字,4韵脚,仄声通韵格。首二句为叠句叠韵。

平平仄,平平仄,仄仄平平平仄仄。仄仄平仄仄平,平仄仄平平仄。

章台柳,章台柳,昔日青青今在否?纵使长条似旧垂,也应攀折他人手。

(韩翃:**章台柳**)

13. 单调南乡子

唐教坊曲,见《花间集》李珣创调,欧阳炯改制。《金奁集》入"黄钟宫"。此以欧词为准。单片,5句,27字,平仄换韵格。南唐冯延巳将欧调重填一片,得"双调南乡子"。

仄仄平平,仄平平仄仄平平。仄仄平平平仄仄,平仄,仄
仄平平平仄仄。

画舸停桡,槿花篱外竹横桥。水上游人沙上女,回顾,笑
指芭蕉林里住。

(欧阳炯:南乡子)

14. 阳关曲

本名"小秦王",又名"阳关词"。非粘的平韵七绝,实为
永明体诗一体。单片,4句,28字,3平韵。见苏轼徙知徐州
作3首。

仄平平仄仄平平,平仄平平仄仄平。仄平仄仄平平仄,
平仄平平平仄平。(平仄固定格)

济南春好雪初晴,行到龙山马足轻。使君莫忘雪溪女,
时作阳关断肠声。

(苏轼:阳关词)

15. 单调浪淘沙

唐教坊曲。来自刘禹锡、白居易。七言绝句型,有仄起
式及平起式两种。单片,4句,28字,3平韵。

仄仄平平仄仄平,平平仄仄仄平平。平平仄仄平平仄,
仄仄平平仄仄平。

日照澄州江雾开,淘金女伴满江隈。美人首饰侯王印,
尽是沙中浪底来。

(刘禹锡:浪淘沙)

16. 江南春

北宋寇准创。单调,6句,30字,3平韵。首二句对仗。

平仄仄,仄平平。平平平仄仄,仄仄仄平平。平平仄仄

平平仄,仄仄平平仄仄平平。

波渺渺,柳依依。孤村芳草远,斜日杏花飞。江南春尽离肠断,蘋满汀洲人未归。

（寇准：**江南春**）

17. 九张机

宋"转踏"词名,原状织布景,9首联章。单片,6句,30字,3平韵。

仄平平,平平仄仄仄平平。平平仄仄平平仄。平平仄仄,仄平平仄,平仄仄平平。

一张机,采桑陌上试春衣。风晴日暖慵无力。桃花枝上,啼莺言语,不肯放人归。

（无名氏：**九张机**）

18. 忆王孙

又名"豆叶黄""忆君王""独脚令""怨王孙"等。单片,5句,31字,5韵脚,平声通韵格。

平平仄仄仄平平,仄仄平平仄仄平,仄仄平平仄仄平。仄平平,仄仄平平仄仄平。

萋萋芳草忆王孙,柳外楼高空断魂,杜宇声声不忍闻。欲黄昏,雨打梨花深闭门。

（李重元：**忆王孙·春词**）

19. 蕃女怨

首见《花间集》温庭筠2首,《金奁集》入"南吕宫"。7句,31字,4仄韵,2平韵。

仄平平仄平仄仄,仄仄平仄。仄平平,平仄仄,仄平平仄。仄平平仄仄仄平平,仄平平。

万枝香雪开已遍,细雨双燕。钿蝉筝,金雀扇,画梁相见。雁门消息不归来,又飞回。

(温庭筠:**蕃女怨**)

20. 调笑令

又名"转应曲""古调笑"等。白居易曰"抛打曲有《调笑令》"。《乐苑》入"双调"。单片,8句,32字。含2叠句。平仄转韵格。

平仄,平仄(叠句),仄仄平平平仄。平平仄仄平平,仄仄平平仄平。平仄(颠倒前句末二字),平仄(叠句),仄仄平平平仄。

团扇,团扇,美人病来遮面。玉颜憔悴三年,谁复商量管弦。弦管,弦管,春草昭阳路断。

(王建:**调笑令**)

21. 西溪子

首见《花间集》牛峤、毛文锡、李珣各1首。琵琶曲。单片,8句,33字。5仄韵2平韵,仄—仄—平转韵格。末二句亦作"平仄仄平平,仄平平",如李珣"无语倚屏风,泣残红"。

仄仄平平仄,平仄仄平平仄。仄平平,平仄仄。平仄仄,平仄仄平平仄。仄平平,仄平平。

捍拨双盘金凤,蝉鬓玉钗摇动。画堂前,人不语。弦解语,弹到昭君怨处。翠蛾愁,不抬头。

(牛峤:**西溪子**)

22. 甘州子

见《花间集》顾敻5首。单片,7句,33字,5平韵,相邻两个三字句间对仗。

仄平平仄仄平平,平仄仄,仄平平。平平仄仄仄平平。平仄仄平平。平仄仄,平仄仄平平。

每逢清夜与良晨,多怅望,足伤神。云迷水隔意中人。寂寞绣罗茵。山枕上,几点泪痕新。

（顾敻：**甘州子**）

23. 如梦令

本名"忆仙姿",又名"无梦令""如意令""宴桃园""比梅"等。后唐庄宗创。《清真集》入"中吕调"。单片,7句,33字,含1叠句,仄声通韵格。

仄仄仄平平仄,仄仄仄平平仄。仄仄仄平平,仄仄仄平平仄。平仄,平仄（叠句）,仄仄仄平平仄。

昨夜雨疏风骤,浓睡不消残酒。试问卷帘人,却道"海棠依旧"。"知否?知否?应是绿肥红瘦。"

（李清照：**如梦令**）

24. 单调诉衷情

又名"一丝风""桃花水""偶相逢"。唐教坊曲。《金奁集》入"越调"。单片,11句,33字,6平韵为主,5仄韵两部错叶。另有宋人创双片体。

平仄,平仄,平仄仄,仄平平。平仄仄,平仄仄,仄平平。仄仄仄平平,平平。平平平仄平,仄平平。

莺语,花舞,春昼午,雨霏微。金带枕,宫锦,凤凰帷。柳弱燕交飞,依依。辽阳音信稀,梦中归。

（温庭筠：**诉衷情**）

25. 单调天仙子

唐教坊舞曲。段安节《乐府杂录》:"龟兹部《万斯年》曲,是朱崖李太尉（德裕）进。此曲名即'天仙子'是也。"见《花间集》皇甫松2首、韦庄5首、和凝2首,计9首。《金奁集》入"歇指调"。单片,6句,34字,有平、仄两韵格,兹取皇甫松仄韵格。

平仄仄平平仄仄,仄平平仄平平仄。平平仄仄仄平平,
平仄仄,仄平仄,仄仄平平平仄仄。

晴野鹭鸶飞一只,水葓花发秋江碧。刘郎此日别天仙,
登绮席,泪珠滴,十二晚峰高历历。

(皇甫松:天仙子)

26. 单调江城子

又名"江神子""村意远""水晶帘"。见《花间集》韦庄词。
《金奁集》入"双调"。单片,8句,35字,5平韵。至北宋重填
一片,得《双调江城子》。

仄仄平平仄仄平,仄平平,仄平平。仄仄平平,仄仄仄平
平。平仄仄平平仄仄,平仄仄,仄平平。

斗转星移玉漏频,已三更,对栖莺。历历花间,似有马蹄
声。含笑整衣开绣户,斜敛手,下阶迎。

(和凝:江城子)

27. 思帝乡

首见《花间集》温庭筠及孙光宪各1首。单片,8句,36
字,5平韵。另有韦庄2首,与温词有别,此以温词为准。

平平,仄平平仄平。平仄仄平平仄,仄平平。平仄仄平
平仄,仄平平仄平。平仄仄平仄,仄平平。

花花,满枝红似霞。罗袖画帘肠断,卓香车。回面共人
闲语,战篦金凤斜。惟有阮郎春尽,不归家。

(温庭筠:思帝乡)

28. 何满子

又名"河满子"。唐教坊曲。玄宗时沧州歌人何满子临
刑时献此曲以赎死,终未免。单片,6句(六言),36字,3平

韵。宋人有双片仄韵体。

仄仄平平仄仄,平平仄仄平平。仄仄平平平仄,平平仄仄平平。

写得鱼笺无限,其如花锁春晖。目断巫山云雨,空教残梦依依。却爱熏香小鸭,美它长在屏帏。

（和凝：**何满子**）

29. 上行杯

唐教坊曲,《金奁集》入"歇指调"。单片,10句,38字。依[五代/北宋]孙光宪体,2平韵,包含5仄韵,构成"平包仄韵格"。

仄仄平平平仄,平仄仄,仄仄平平。仄仄平平平仄仄,平平仄仄。仄平平,平仄仄。仄仄,平仄。平仄平平。

草草离亭鞍马,从远道,此地分襟。燕宋秦吴千万里,无辞一醉。野棠开,江草湿。伫立,沾泣。征骑骎骎。

（孙光宪：**上行杯**）

30. 抛球乐

首见敦煌《云谣集》,南唐冯延巳定格。单片,6句,40字,4平韵,第三四句间对仗。

仄仄平平仄仄平,仄平仄仄仄平平。平平仄仄平平仄,仄仄平平仄仄平。仄仄平平仄,仄仄平平仄仄平。

酒罢歌余兴未阑,小桥流水共盘桓。波摇梅蕊当心白,风入罗衣贴体寒。且莫思归去,须尽笙歌此夕欢。

（冯延巳：**抛球乐**）

二、双片词谱

31. 归自谣

首见南唐冯延巳。有书将此又名"归国谣",谬;"归国谣"见《花间集》韦庄 3 首,双片、8 句、43 字、8 仄韵。"归自谣"《词谱》引《乐谱雅词》入"道调宫"。双片,异型。6 句,34 字,6 仄韵。

平仄仄,平仄仄平平仄仄。平平仄仄平平仄。○平平仄仄平平仄。平平仄,平平仄仄平平仄。

何处笛?深夜梦回情脉脉。竹风檐雨寒窗隔滴。○离人几岁无消息,今头白,不眠特地重相忆。

(冯延巳:**归自谣**)

32. 定西番

唐教坊曲,见《花间集》温庭筠 3 首。《金奁集》入"高平调"。双片,35 字,前后片 4 平韵为主,3 仄韵错叶。

平仄仄平仄,平仄仄,仄仄平,仄平平。○平仄平平仄,平平仄仄平。平仄仄平平仄,仄平平。

汉使昔年离别,攀弱柳,折寒梅,上高台。○千里玉关春雪,雁来人不来。羌笛一声愁绝,月徘徊。

(温庭筠:**定西番**)

33. 长相思

又名"长相思令""相思令""吴山青""忆多娇""双红豆"等。唐教坊曲。有平仄两韵体,平韵为主格。双片,同型。36 字,上下片各 4 句。总 8 韵脚。

仄仄平,仄仄平(叠后二字),仄仄平平仄仄平。平平仄仄平。○仄仄平,仄仄平(叠后二字),仄仄平平仄仄平。平平仄仄平。

吴山青,越山青,两岸青山相送迎。谁知离别情?○君泪盈,妾泪盈,罗带同心结未成。江头潮已平。

(林逋:**长相思**)

34. 相见欢

又名"秋夜月""上西楼"。唐教坊曲。双片,36字,前片3平韵,后片2平韵、错叶2仄韵。两结句9言,于第2或第6字略逗。有前人将"乌夜啼"与本调混,按李煜,实为两调。

平平仄仄平平,仄平平。仄仄、平平平仄仄平平。○平平仄,平平仄,仄平平。仄仄、平平平仄仄平平。

林花谢了春红,太匆匆!无奈、朝来寒雨晚来风!○胭脂泪,相留醉,几时重?自是、人生长恨水长东!

(李煜:相见欢)

35. 醉太平

又名"醉思凡"。双片,同型。8句,38字。8韵脚,平声通韵格。双片末句皆上一下四句式。

平平仄平,平平仄平。平平仄仄平平,仄平平仄平。○平平仄平,平平仄平。平平仄仄平平,仄平平仄平。

长亭短亭,春风酒醒。无端惹起离情,有黄鹂数声。○芙蓉绣裀,江山画屏。梦中昨夜分明,悔先行一程。

(戴复古:醉太平)

36. 长命女

双片,7句,39字,上下片异型。6韵脚,同部仄韵格。

平仄仄,平仄仄平平仄,仄仄平平仄。○平仄仄平平仄,平仄仄平仄,平仄仄平仄,仄仄平平仄。

春日宴,绿酒一杯歌一遍,再拜陈三愿:○一愿郎君千岁,二愿妾身常健,三愿如同梁上燕,岁岁长相见。

(冯延巳:长命女)

37. 生查子

又名"陌上郎""梅和柳""楚云深""愁风月""丝罗裙"等。

《尊前集》入"双调"。双片,同型。40字,上下片各4句。总4韵脚,仄声通韵格。

平平仄仄平,仄仄平平仄。仄仄仄平平,仄仄平平仄。
○平平仄仄平,仄仄平平仄。仄仄仄平平,仄仄平平仄。

去年元夜时,花市灯如昼。月上柳梢头,人约黄昏后。
○今年元夜时,月与灯依旧。不见去年人,泪湿春衫袖。

(欧阳修:**生查子**)

38. 昭君怨

又名"宴西园""一痕沙"。双片,同型。8句,40字。全阕4换韵,2仄2平返转。

仄仄平平仄仄,仄仄平平平仄。平仄仄平平,仄平平。
○仄仄平平仄仄,仄仄平平平仄。平仄仄平平,仄平平。

春到南楼雪尽,惊动灯期花信。小雨一番寒,倚阑干。
○莫把阑干频倚,一望几重烟水。何处是京华?暮云遮。

(万俟咏:**昭君怨**)

39. 玉蝴蝶

唐曲,首见《花间集》温庭筠1首。《金奁集》入"仙吕调"。双片,异型。8句,41字。7韵脚,平声通韵格。北宋柳永《乐章集》衍慢曲,99字。

平平仄仄平平,平仄仄平平。平仄仄平平,平平仄仄平。
○仄平平仄仄,平仄仄平平。平仄仄平平,平平仄仄平。

秋风凄切伤离,行客未归时。塞外草先衰,江南雁到迟。
○芙蓉凋嫩脸,杨柳堕新眉。摇落使人悲,断肠谁得知?

(温庭筠:**玉蝴蝶**)

40. 醉花间

唐教坊曲。见《花间集》毛文锡2首。《词谱》引《宋史·

乐志》入"双调"。双片，异型。9句，41字。7韵脚，首二句叠韵，仄声通韵格。

平平仄，仄平仄，平仄平平仄。平仄仄平平，仄仄平平仄。○平平平仄仄，仄仄平平仄。平平仄仄平，仄仄平平仄。

深相忆，莫相忆，相忆情难极。银汉是红墙，一带遥相隔。○金盘珠露滴，两岸榆花白。风摇玉佩清，今夕为何夕？

（毛文锡：**醉花间**）

41. 点绛唇

又名"南浦月""点樱桃""十八香""沙头雨"等。《清真集》入"仙吕调"。双片，41字，上片4句，下片5句。7韵脚，仄声通韵格。

仄仄平平，平平仄仄平平仄。仄平平仄，仄仄平平仄。○仄仄平平，仄仄平平仄。平平仄。仄平平仄。仄仄平平仄。

雨恨云愁，江南依旧称佳丽。水村渔市，一缕孤烟细。○天际征鸿，遥认行如缀。平生事。此时凝睇，谁会凭阑意！

（王禹偁：**点绛唇**）

42. 酒泉子

唐教坊曲，见《花间集》温庭筠4首。《金奁集》入"高平调"。兹依温庭筠体。双片，41字，以4平韵为主、4仄韵两部错叶。

平仄仄平，平仄仄平平仄。仄平平，平仄仄，仄平平。○仄平平仄仄平平，平仄仄平平仄。仄平平，平仄仄，仄平平。

罗带惹香，犹系别时红豆。泪痕新，金缕旧，断离肠。○一双娇燕语雕梁，还是去年时节。绿杨浓，芳草歇，柳花狂。

（温庭筠：**酒泉子**）

43. 女冠子

唐曲。见《花间集》温庭筠、韦庄各2首。双片,异型。9句,41字。2仄韵、4平韵,平仄转韵格。首句平仄仄仄,为三仄尾特格。南宋蒋捷"女冠子"演化为慢曲。

平仄仄仄,仄仄平平仄仄。仄平平,仄仄平平仄。平平仄仄平。○仄平平仄仄,平仄仄平平。仄平平仄仄(或用丨丨－－丨),仄平平。

昨夜夜半,枕上分明梦见。语多时,依旧桃花面,频低柳叶眉。○半羞还半喜,欲去又依依。觉来知是梦,不胜悲。

(韦庄:**女冠子**)

44. 醉垂鞭

双片,异型。10句,42字。10韵脚,平仄转换错韵格。

平仄仄平平。平平仄,平平仄。平仄仄平平,平仄平仄平。○仄平平仄仄,平平仄,仄平平。仄仄仄平平,平仄平仄平。

双蝶绣罗裙。东池宴,初相见。朱粉不深匀,闲花淡淡春。○细看诸处好,人人道,柳腰身。昨日乱山昏,来是衣上云。

(张先:**醉垂鞭**)

45. 浣溪沙

又名"浣纱溪""小庭花""玩丹砂""满院春"等。唐教坊曲,首见《花间集》韦庄5首。《金奁集》及《清真集》入"黄钟宫",《张子野词》入"中吕宫"。有平仄两韵体,平韵为主格。双片,42字,上下片不同型。5韵脚,平声通韵格。

仄仄平平平仄平,平平仄仄仄平平。平仄平仄仄平平。○平仄平平平仄仄,平平仄仄仄平平。平仄平仄仄平平。

一曲新词酒一杯,去年天气旧亭台。夕阳西下几时回?○无可奈何花落去,似曾相识燕归来。小园香径独徘徊。

(晏殊:**浣溪沙**)

46. 霜天晓角

又名"月光窗"。双片,异型。10句,43字。6韵脚,仄声通韵格。

仄平平仄,仄仄平平仄。平仄仄平平仄,平仄仄、平仄仄。○仄平平仄仄,仄平平仄仄。平仄仄平平仄,平仄仄,仄平仄。

雪花飞歇,好向前村折。行至断桥斜处,寒蕊瘦、不禁雪。○韵绝香更绝,归来人共说。最爱夜堂深迥,疏影占、半窗月。

(赵长卿:**霜天晓角**)

47. 伤春怨

双片,异型。8句,43字。6韵脚,仄声通韵格。

仄仄平平仄,仄仄平平平仄。仄仄仄平平,仄仄平平平仄。○仄仄平平仄,仄仄平平仄。平仄仄平平,领:仄仄平平仄。

雨打江南树,一夜花开无数。绿叶渐成荫,下有游人归路。○与君相逢处,不道春将暮。把酒祝东风,且:莫恁匆匆去。

(王安石:**伤春怨**)

48. 巫山一段云

唐教坊曲。见《花间集》毛文锡1首、李珣2首。原咏巫山神女事。双片,同型。8句,44字。6韵脚,平声通韵格。

仄仄平平仄,平平仄仄平。仄平平仄仄平,平仄仄平平。○仄仄平平仄,平平仄仄平。仄平平仄仄平平,平仄仄平平。

古庙依青嶂,行宫枕碧流。水声山色锁妆楼,往事思悠悠。○云雨朝还暮,烟花春复秋。啼猿何必近孤舟,行客自多愁。

(李珣:巫山一段云)

49. 采桑子

又名"丑奴儿""丑奴儿令""伴登临""罗敷歌"等。《张子野词》入双调。双片,同型。44字,上下片各4句。6韵脚,平声通韵格,各片中间二句可用叠韵。

平平仄仄平平仄,仄仄平平。仄仄平平,仄仄平平仄仄平。○平平仄仄平平仄,仄仄平平。仄仄平平,仄仄平平仄仄平。

恨君不似江楼月,南北东西。南北东西,只有相随无别离。○恨君却似江楼月,暂满还亏。暂满还亏,待得团圆是几时?

(吕本中:采桑子)

50. 双调诉衷情

又名"步花间""画楼空"。双片,异型。44字。上片4句3韵,下片6句3韵,平声通韵格。

平平仄仄仄平平,平仄仄平平。平平仄仄平,平仄仄平平。○平仄仄,仄平平,仄平平。仄平仄仄,平仄仄平,仄仄平平。

烧残绛蜡泪成痕,街鼓报黄昏。碧云又阻来信,廊上月侵门。○愁永夜,拂香茵,待谁温?梦兰憔悴,掷果凄凉,两处销魂。

(王益:诉衷情)

51. 卜算子

又名"百尺楼""楚天遥""眉峰碧"等。双片，44字，上下片同型，各4句。4韵脚，仄声通韵格。

仄仄仄平平，仄仄平平仄。仄仄平平仄仄平，仄仄平平仄。○仄仄仄平平，仄仄平平仄。仄仄平平仄仄平，仄仄平平仄。

驿外断桥边，寂寞开无主。已是黄昏独自愁，更着风和雨！○无意苦争春，一任群芳妒。零落成泥碾作尘，只有香如故。

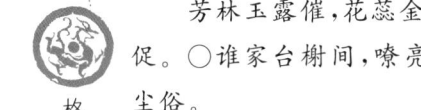

(陆游：卜算子·咏梅)

52. 喜秋天

敦煌曲。双片，异型。8句，44字。5韵脚，仄声通韵格。

平平仄仄平，仄仄平平仄。仄仄平平仄仄平，仄仄平平仄。○平平平平仄，仄仄平平仄。仄仄平平仄仄平，仄仄平平仄。

芳林玉露催，花蕊金风触。永夜严霜万草衰。捣练千声促。○谁家台榭间，嘹亮宫商足。暮恨朝悲不忍闻，早晚离尘俗。

(云谣集·杂曲子：喜秋天)

53. 菩萨蛮

又名"子夜歌""花间意""重叠金""花溪碧""梅花句"等。唐教坊曲，曲名最早见于唐开元崔令钦《教坊记》。《金奁集》入"中吕宫"。双片，44字，上、下片各4句，不同型。8韵脚，平仄转韵格。

平平仄仄平平仄，平平仄仄平平仄。仄仄仄平平，仄平平仄平。○仄平平仄仄，仄仄平平仄。仄仄仄平平，仄平平仄平。

郁孤台下清江水,中间多少行人泪。西北望长安,可怜无数山。○青山遮不住,毕竟东流去。江晚正愁余,山深闻鹧鸪。

(辛弃疾:**菩萨蛮·书江西造口壁**)

54. 减字木兰花

又名"天下乐令""木兰香""金莲出玉花""减兰"等。双片,44字,上下片同型,各4句。8韵脚,平仄换韵格。

平平仄仄,仄仄平平平仄仄。仄仄平平,仄仄平平仄仄平。○平平仄仄,仄仄平平平仄仄。仄仄平平,仄仄平平仄仄平。

刘郎已老,不管桃花依旧笑。要听琵琶,重院莺啼觅谢家。○曲终人醉,多似浔阳江上泪。万里东风,故国山河落照红。

(朱敦儒:**减字木兰花·听琵琶刘郎已老**)

55. 谒金门

又名"空相忆""花自落""出塞"等。唐教坊曲。见《花间集》韦庄2首。《金奁集》入"双调"。双片,45字。8句,8韵脚,仄声通韵格。

平平仄,平仄仄平平仄。平仄仄平平仄仄,仄平平仄。○平仄仄平平仄,仄仄平平平仄。仄仄平平平仄仄,仄平平仄仄。

空相忆,无计得传消息。天上嫦娥人不识,寄书何处觅?○新睡觉来无力,不忍看君书迹。满院落花春寂寂,断肠芳草碧。

(韦庄:**谒金门**)

56. 占春芳

调见苏轼《东坡词》。双片,10句,46字,上下片异型。5韵脚,平声通韵格。

平仄仄,平平仄,平仄仄平平。仄仄平平仄仄,平平仄仄平平。○平仄仄平平,仄平平、仄仄平平。平仄仄仄平仄,仄仄平平。

红杏了,夭桃尽,独自占春芳。不比人间兰麝,自然透骨生香。○对酒莫相忘,似佳人、兼合明光。只忧长笛吹花落,除是宁王。

(苏轼:**占春芳**)

57. 好事近

又名"钓船笛""倚秋千""翠园枝"。《张子野词》入"仙吕宫"。双片,异型。8句,45字。4韵脚,入声通韵格。

平仄仄平平,平仄仄平平仄。平仄仄平平仄,仄仄平平仄。○仄平仄仄仄平,平仄平仄仄。平仄仄平平仄,仄仄平平仄。

江上探春回,正值早梅时节。两行小槽双凤,按凉州初彻。○谢娘扶下绣鞍来,红靴踏残雪。归去不须银烛,有山头明月。

(郑獬:**好事近**)

58. 琴调相思引

见《清真集·补遗》。双片,异型。8句,46字。5韵脚,平声通韵格。

仄仄平平仄仄平,仄平仄平仄平平。仄平平仄,平仄仄平平。○平仄仄平仄仄,仄平仄仄平平。仄平平仄,平仄仄平平。

胆样瓶儿几点春,剪来犹带水云痕。且移孤冷,相伴最深樽。○每为惜花无晓夜,教人甚处不销魂。为君惆怅,独自倚黄昏?

(阙名:琴调相思引)

59. 忆少年

又名"十二时"。双片,异型。10句,47字。5韵脚,仄声通韵格,以入声韵为宜。两结句上一、下四句法。过片处用一领字,或省略。首三句首二字惯用叠字式。

平平仄仄,平平仄仄,平平平仄。平平仄平仄,仄平平仄仄。○仄仄仄平平平仄仄,仄平平、仄平平仄。平平仄平仄,仄平平仄仄。

年时酒伴,年时去处,年时春色。清明又近也,却天涯为客。○念过眼光阴难再得,想前欢、尽成陈迹。登临恨无语,把阑干暗拍。

(曹组:忆少年)

60. 一落索

又名"一络索""上林春""玉连环""洛阳春""窗下绣"。《清真集》入"双调"。双片,同型。8句,46字。6韵脚,仄声通韵格。两片末句上三下三句式。

仄仄平平平仄,仄平平仄。仄平平仄仄平平,平仄仄、平平仄。○仄仄平平平仄,仄平平仄。仄平平仄仄平平,平仄仄、平平仄。

杜宇思归声苦,和春催去。倚阑一霎酒旗风,任扑面、桃花雨。○目断陇云江树,难逢尺素。落霞隐隐日平西,料想是、分携处。

(周邦彦:一落索)

61. 西地锦

双片,异型。10句,46字。5韵脚,仄声通韵格。各片第二句上一下四句式。

仄仄平平平仄,仄平平仄仄。平平仄仄,平平仄仄,平平平仄。○仄仄平平平仄,仄仄平平仄。平平仄仄,平平仄仄,平平平仄。

寂寞悲秋怀抱,掩重门悄悄。清风皓月,朱阑画阁,双鸳池沼。○不忍今宵重到,惹离愁多少?蓬山路杳,蓝桥路阻,黄花空老。

(蔡伸:西地锦)

62. 忆秦娥

又名"秦楼月""碧云深""玉交枝""双荷叶"等。双片,异型。46字,上下片各5句。仄声通韵格,多用入声韵。上下片第三句均叠第二句后三字。

平平仄,平平仄仄平平仄。平平仄(叠三字),仄平平仄,仄平平仄。○平平仄仄平平仄,平平仄仄平平仄。平平仄(叠三字),仄平平仄,仄平平仄。

箫声咽,秦娥梦断秦楼月。秦楼月,年年柳色,灞陵伤别。○乐游原上清秋节,咸阳古道音尘绝。音尘绝,西风残照,汉家陵阙。

(李白:忆秦娥)

63. 万里春

见《清真集·补遗》。双片,异型。8句,46字。6韵脚,仄声通韵格。下片第三句首字为一字顿。

平平仄仄,仄仄平平平仄。仄平平仄仄平平,仄平平仄。○仄仄平平仄,平仄平仄平仄。仄、平平仄仄平平,仄平平仄仄。

千红万翠,簇定清明天气。为怜他种种清香,好难为不醉。○我爱深如你,我心在个人心里。便、相看老却春风,莫无些欢意。

(周邦彦:**万里春**)

64. 更漏子

又名"无漏子""独倚楼""付金钗""翻翠袖"等。首见《花间集》温庭筠6首。《尊前集》入"大石调""高调",《金奁集》入"林钟商"。双片,上下片各6句,共46字。平仄换韵格。

仄平平,平仄仄,平仄仄平平仄。平仄仄,仄平平,仄平平仄平。○平仄仄,平仄仄,平仄仄平平仄。平仄仄,仄平平,仄平平仄平。

柳丝长,春雨细,花外漏声迢递。惊塞雁,起城乌,画屏金鹧鸪。○香雾薄,透帘幕,惆怅谢家池阁。红烛背,绣帘垂,梦长君不知。

(温庭筠:**更漏子**)

65. 清平乐

又名"清平乐令""醉东风""忆萝月"等。唐教坊曲。《金奁集》及《乐章集》入"越调"。双片,异型。上下片各4句,共46字。平仄换韵格。

平平仄仄,仄仄平平仄。仄仄平平平仄仄,仄仄平平仄仄。○平平仄仄平平,平平仄仄平平。仄仄平平仄仄,平平仄仄平平。

春归何处?寂寞无行路。若有人知春去处,唤取归来同住。○春无踪迹谁知?除非问取黄鹂。百啭无人能解,因风飞过蔷薇。

(黄庭坚:**清平乐**)

66. 画堂春

又名"万峰攒翠"。初见《淮海居士长短句》。双片,异型。8句,47字。7韵脚,平声通韵格。

平平仄仄仄平平,平平仄仄平平。平平仄仄仄平平,仄仄平平。○仄仄平平仄仄,平平仄仄平平。平平仄仄仄平平,仄仄平平。

落红铺径水平池,弄晴小雨霏霏。杏园憔悴杜鹃啼,无奈春归。○柳外画楼独上,凭阑手捻花枝。放花无语对斜晖,此恨谁知?

(秦观:**画堂春**)

67. 阮郎归

又名"碧桃春""醉桃源""濯缨曲"等。取义《神仙记》阮肇天台山采药遇仙女故事。双片,换头型。上片4句,下片5句,共47字。平声通韵格。

平平平仄仄平平,平平仄仄平。仄平平仄仄平平,平平仄仄平。○平仄仄,仄平平,平平仄仄平。平平仄仄仄平平,平平仄仄平。

南园春半踏青时,风和闻马嘶。青梅如豆柳如眉,日长蝴蝶飞。○花露重,草烟低,人家帘幕垂。秋千慵困解罗衣,画梁双燕归。

(欧阳修:**阮郎归**)

68. 乌夜啼

又名"圣无忧""锦堂春"。传南朝宋刘义庆作古调乐府《乌夜啼》,唐人翻新,入燕乐杂曲与雅乐琴曲两种。双调,8句,47字。4平韵。另,北宋将首句由5字增为6字句,5下句对仗,成48字格。

仄仄平平仄,平平仄仄平平。仄平仄仄平平仄。仄仄平平。○仄仄仄平平仄,平平仄仄平平。仄平仄仄平平仄,仄仄仄平平。

昨夜风兼雨,帘帏飒飒秋声。烛残漏断频欹枕,起坐不能平。○世事漫随流水,算来一梦浮生。醉乡路稳宜频到,此外不堪行。

(李煜:**乌夜啼**)

69. 喜迁莺令

亦名"喜迁莺",因韦庄词"争看鹤冲天",又名"鹤冲天",还有"万年枝""燕归梁"等名。首见《花间集》韦庄2首。《金奁集》入"黄钟宫"。双片,47字,上下片异型。6平韵中错叶3仄韵。

平仄仄,仄平平,平仄平平。仄平平仄仄平平,平仄仄平平。○平平仄,平仄仄,仄仄仄平平仄。仄平平仄仄平平,平仄仄平平。

晓月坠,宿云微,无语枕频欹。梦回芳草思依依,天远雁声稀。○啼莺散,馀花乱,寂寞画堂深院。片红休埽尽从伊,留待舞人归。

(李煜:**喜迁莺**)

70. 三字令

始见《花间集》欧阳炯4首。《张子野词》入"林钟商"。双片,同型。16句,48字,每句3字。8韵脚,平声通韵格。

平仄仄,仄平平,仄平平。平仄仄,仄平平。平仄平,仄仄仄,仄平平。○平仄仄,仄平平,仄平平。平仄仄,仄平平。平仄平,仄仄仄,仄平平。

春欲尽,日迟迟,牡丹时。罗幌卷,翠帘垂。彩笺书,红粉泪,两心知。○人不在,燕空归,负佳期。香烬落,枕函欹。月分明,花淡薄,惹相思。

(欧阳炯:三字令)

71. 朝中措

又名"照红梅""芙蓉曲""梅月圆"。《宋史·乐志》入"黄钟宫"。双片,异型。9句,48字。5韵脚,平声通韵格。

平平仄仄仄平平,平仄仄平平。平仄仄平平仄,平平仄仄平平。○平平仄仄,平仄仄仄,仄仄平平。平仄仄平平仄,平平仄仄平平。

平山栏槛倚晴空,山色有无中。手种堂前垂柳,别来几度春风。○文章太守,挥毫万字,一饮千钟。行乐直须年少,尊前看取衰翁。

(欧阳修:朝中措·送刘仲原甫出守维扬)

72. 秋波媚

又名"眼儿媚""小阑干""东风寒"等。双片,异型。上下片各5句,48字。5韵脚,平声通韵格。首句也作平平仄仄仄平平。

仄仄平平仄仄平,仄仄仄平平。平平仄仄,平平仄仄,仄平平平。○平平仄仄平平仄,仄仄仄平平。仄平平仄,仄平平仄,仄仄平平。

秋到边城角声哀,烽火照高台。悲歌击筑,凭高酹酒,此兴悠哉。○多情谁似南山月,特地暮云开。灞桥烟柳,曲江池馆,应待人来。

(陆游:秋波媚·七月十六晚,登高兴亭,望长安南山)

73. 人月圆

又名"青衫湿"。刘祁《归潜志》载,吴激应宋仕金,宴会上,为侍儿吹笛填词。《中原音韵》入"黄钟宫"。双片,异型。11句,48字。4韵脚,平声通韵格。

平平仄仄平平仄,平仄仄平平。仄平平仄,平平仄仄,仄仄平平。○仄平平仄,平平仄仄,仄仄平平。仄平平仄,平平仄仄,仄仄平平。

南朝千古伤心事,犹唱后庭花。旧时王谢,堂前燕子,飞向谁家?○恍然一梦,仙肌胜雪,宫髻堆鸦。江州司马,青衫泪湿,同是天涯。

(吴激:人月圆)

74. 摊破浣溪沙

又名"添字浣溪沙""感恩多令""山花子""负心期"等。首见《敦煌曲子词》,题作《浪涛沙》,误。双片,异型。上下片各4句,48字。5韵脚,平声通韵格。此调把42字的《浣溪沙》上下片末句扩展为2句。

仄仄平平仄仄平,平平仄仄仄平平。仄仄平平平仄仄,仄平平。○仄仄平平平仄仄,平平仄仄仄平平。仄仄平平平仄仄,仄平平。

五两竿头风欲平,张帆举棹觉船轻。柔橹不施停却棹,是船行。○满眼风波多闪灼,看山恰似走来迎。子细看山山不动,是船行。

(敦煌曲子词:摊破浣溪沙)

75. 武陵春

宋曲。双片,同型。8句,48字。6韵脚,平声通韵格。李清照于结句添一字,遂变49字。

仄仄平平平仄仄,平仄仄平平。仄仄平平仄仄平,平仄仄平平。○仄仄平平平仄仄,平平仄仄平。仄仄平平仄仄平,平仄仄平平。

　　风过冰檐环佩响,宿雾在华茵。剩落瑶花衬月明。嫌怕有纤尘。○凤口衔灯金炫转,人醉觉寒轻。但得清光解照人,不负五更春。

(毛滂:武陵春)

76. 胡捣练

宋曲。双片,同型。8句,48字。6韵脚,仄声通韵格,4贯押入声。晏几道于下片首句减一字,变47字格。

仄平平仄仄平平,仄仄平平仄仄。平仄仄平平仄,仄仄平平仄。○仄平平仄仄平平,仄仄平平仄仄。平仄仄平平仄,仄仄平平仄。

　　夜来江上见寒梅,自逞芳妍品格。为甚东风先圻?分付春消息。○佳人钗上玉尊前,朵朵秾香堪惜。谁把彩毫描得?免恁轻抛掷。

(晏殊:胡捣练)

77. 桃源忆故人

又名"虞美人影""醉桃园""杏花风"。最早见欧阳修《元一词》。双片,上下片同型。上下片各4句,48字。8韵脚,仄声通韵格。

平平仄仄平平仄,仄仄平平仄。仄仄平平平仄,仄仄平平仄。○平平仄仄平平仄,仄仄平平仄。仄仄平平平仄,仄仄平平仄。

　　莺然燕苦春归去,寂寞花飘红雨。碧草绿杨歧路,况是长亭暮。○少年行客情难诉,泣对东风无语。目断两三烟树,翠隔江淹浦。

(欧阳修:桃源忆故人)

78. 秋蕊香

《清真集》入"双调"。双片,异型。8句,48字。8韵脚,仄声通韵格。

仄仄平平仄仄,平仄仄平平仄。平平仄仄仄平仄,仄仄平平仄仄。○平平仄仄平仄,平平仄仄。平平仄仄仄平仄,仄仄平平仄仄。

乳鸭池塘水暖,风紧柳花迎面。午妆粉指印窗眼,曲里长眉翠浅。○闻知社日停针线,探新燕。宝钗落枕梦春远,帘影参差满院。

(周邦彦:秋蕊香)

79. 柳梢青

又名"陇头月""早春怨""玉水明沙""雨洗元宵""云淡秋空"。双片,异型。11句,49字。6韵脚,平声通韵格。贺涛改仄韵作别格。

仄仄平平,平平仄仄,仄仄平平。仄仄平平,平平仄仄,仄仄平平。○平平仄仄平平,平平仄、平平仄平。仄仄平平,平平仄仄,仄仄平平。

岸草平沙,吴王故苑,柳袅烟斜。雨后寒轻,风前香细,春在梨花。○行人一棹天涯,酒醒处、残阳乱鸦。门外秋千,墙头红粉,深院谁家?

(秦观:柳梢青·吴中)

80. 太常引

又名"太清引""腊前梅"等。最早见《稼轩词》。双片,换头型。49字,上片4句,下片5句,上下片末句一般分上三下四句式。7韵脚,平声通韵格。

平平仄仄仄平平,仄仄仄平平。仄仄仄平平。仄仄仄、平平仄平。○平平仄仄,平平仄仄,仄仄仄平平。仄仄仄平平。仄仄仄、平平仄平。

一轮秋影转金波,飞镜又重磨。把酒问姮娥:被白发、欺人奈何?○乘风好去,长空万里,直下看山河。斫去桂婆娑,人道是、清光更多。

(辛弃疾:**太常引·建康中秋夜为吕督潜赋**)

81. 忆馀杭

见《逍遥词》,宋初潘开创。因忆西湖诸胜,故名。双片,异型。8句,49字。6韵脚,平仄换韵格。

平仄平平,仄仄平平平仄仄,平平仄仄仄平平。平仄平平。○仄平平仄平平仄,仄仄平平仄平仄。仄平平仄仄平平,平仄仄平平。

长忆西湖,尽日凭阑楼上望,三三两两钓鱼舟。鸟屿正清秋。○笛声依约芦花里,白鸟数行忽惊起。别来闲整钓鱼竿,思入水云寒。

(潘阆:**忆馀杭**)

82. 河渎神

唐教坊曲。花庵《唐宋诸贤绝妙词选》云:"唐词多缘题,所赋《河渎神》则咏祠庙。"兹以《花间集》孙光宪之作为准。双片,异型。8句,49字。8韵脚,平仄换韵格。多用特格六言声律句。

平仄仄平平,平平平仄平。仄平仄仄仄平平,仄平平仄平平。○仄仄平平仄仄,平平平仄平仄。仄仄平平平仄仄,仄平平平平仄。

江上草芊芊,春晚湘妃庙前。一方卵色楚南天,数行斜雁联翩。○独倚朱阑情不极,魂断终朝相忆。两桨不知消息,远汀时起鹧鸪。

(孙光宪:河渎神)

83. 归田乐

双片,异型。13句,50字。6韵脚,仄声通韵格。

平仄仄,仄仄平平平仄仄。平仄仄,平仄仄,平仄仄。仄平平仄仄,仄平仄。○平仄仄,平平仄仄,平仄仄平仄。平平仄,仄平平仄仄,仄平平仄仄。

春又去,似别佳人幽恨积。闲庭院,翠阴满,添昼寂。一枝梅最好,至今忆。○正梦断,炉烟袅,参差疏帘隔。为何事,年年春恨?问花应会得。

(晁补之:归田乐)

84. 月中行

见《清真集》。双片,异型。8句,50字。7韵脚,平声通韵格。

平平仄仄仄平平,平仄仄平平。平平仄仄仄平平,平仄平平。○平平仄仄平平仄,平平仄仄平平。平平仄仄仄平平,平仄仄平平。

蜀丝趁日染乾红,微暖面脂融。博山细篆霭房栊,静看打窗虫。○愁多胆怯疑虚幕,声不断暮景疏钟。团团四壁小屏风,啼尽梦魂中。

(周邦彦:月中行·怨恨)

85. 导引

《词谱》称:"按宋鼓吹四曲,悉用教坊新声,车驾出入奏《导引》,此调是也。"双片,异型。9句,50字。6韵脚,平声通韵格。

平平仄仄,平仄仄平平。平仄仄平平。平平仄仄平平仄,平仄仄平<u>平</u>。○平平仄仄仄平<u>平</u>。平仄仄平<u>平</u>。平平仄仄平平仄,平仄仄平<u>平</u>。

经文纬武,十有九年中。遗烈震羌戎。渭桥夹道千君长,犹是建元功。○西瞻温洛与神嵩。莲宇照琼宫。人间俯仰成今古,流泽自无穷。

(苏轼:**导引**·迎奉神宗皇帝御容赴西京会圣宫应天禅院奉安导引歌词)

86. 烛影摇红

又名"忆故人",《能改斋漫录》卷十六载:"王都尉(诜)有忆故人词。"双片,异型。10句,50字。5韵脚,仄声通韵格。尊徽宗意,周邦彦衍96字慢曲,《梦窗词集》入"大石调"。

仄仄平平,仄仄平,仄仄平、平平<u>仄</u>。平平仄仄平平,平仄平<u>仄</u>。○平仄平平仄<u>仄</u>,仄平平、平平仄<u>仄</u>。仄平平仄,仄仄平平,平平平<u>仄</u>。

烛影摇红,向夜阑,乍酒醒、心情懒。尊前谁为唱《阳关》?离恨天涯远。○无奈云沉雨散,恁阑干、东风泪眼。海棠开后,燕子来时,黄昏庭院。

(王诜:**烛影摇红**)

87. 滴滴金

双片,同型。10句,50字。8韵脚,仄声通韵格。谱中仄平仄句系截取特格句:仄仄平平仄平仄句尾三声所得。两片末句上一下四句式。上下片末句首字一字顿。

平平仄仄平平<u>仄</u>。仄平平,平仄<u>仄</u>。仄仄平仄仄平<u>仄</u>,仄、平平<u>仄</u>。○平仄仄平平<u>仄</u>。仄平平,平仄<u>仄</u>。仄仄平仄平<u>仄</u>,仄、仄平平<u>仄</u>。

梅花漏泄春消息。柳丝长,草芽碧。不觉星霜鬓边白,念、时光堪惜。○兰堂把酒留佳客,对离筵,驻行色。千里音尘便疏隔。合、有人相忆。

(晏殊:**滴滴金**)

88. 应天长

见《花间集》韦庄。双片,异型。10句,50字。8韵脚,仄声通韵格。至周邦彦衍为98字慢词,入"商调",兹不录。

仄平平仄平平<u>仄</u>。平仄平平仄<u>仄</u>。仄平平,平仄<u>仄</u>。仄仄仄平平仄<u>仄</u>。○仄平平,平仄<u>仄</u>。平仄仄平平<u>仄</u>。仄仄平平<u>仄</u>。仄平平仄<u>仄</u>。

绿槐阴里黄莺语。深院无人春昼午。画帘垂,金凤舞。寂寞绣屏香一炷。○碧天云,无定处。空有梦魂来去。夜夜绿窗风雨。断肠君信否?

(韦庄:**应天长**)

89. 渔歌子

见《花间集》李珣4首、孙光宪2首、顾夐1首、魏承班1首,总计8首,格律统一。双片,同型。12句,50字。上下片各4韵脚,仄声通韵格。4对相邻三字句间须对仗。

仄平平,平仄<u>仄</u>,平平仄仄平平<u>仄</u>。仄平平,平仄<u>仄</u>,平仄仄平平<u>仄</u>。○仄平平,平仄<u>仄</u>,平仄仄平平<u>仄</u>。仄平平,平仄<u>仄</u>,平仄仄平平<u>仄</u>。

柳垂丝,花满树,莺啼楚岸春山暮。棹轻舟,出深浦,缓唱渔歌归去。○罢垂纶,还酌醑,孤村遥指云遮处。下长汀,临浅渡,惊起一行沙鹭。

(李珣:**渔歌子**)

90. 惜分飞

又名"惜芳菲""惜双双"等。初见北宋毛滂《东堂词》。

双片,同型。8句,50字。8韵脚,仄声通韵格。

仄仄平平平仄仄,仄仄平平仄仄。仄仄平平仄,仄平平仄平平仄。○仄仄平平平仄仄,仄仄平平仄仄。仄仄平平仄,仄平平仄平平仄。

泪湿阑干花著露,愁到眉峰碧聚。此恨平分取,更无言语空相觑。○断雨残云无意绪,寂寞朝朝暮暮。今夜山深处,断魂分付潮回去。

(毛滂:惜分飞·富阳僧舍作别语赠妓琼芳)

91. 西江月

又名"步虚词""江月令""壶天晓""白苹香""玉炉三涧雪"。唐教坊曲,《乐章集》和《张子野词》入"中吕宫"。清季敦煌发现唐琵琶谱,犹存此调,但虚谱无词。双片,上下片同型。8句,50字,6韵脚,平仄通韵格。首二句对仗。

仄仄平平平仄,平平仄仄平平。仄平平仄仄平平,仄仄平平平仄。○仄仄平平平仄,平平仄仄平平。仄平平仄仄平平,仄仄平平平仄。

凤额绣帘高卷,兽环朱户频摇。雨竿红日上花梢,春睡厌厌难觉。○好梦狂随风絮,闲愁浓胜香谬。不成雨幕与云朝,又是韶光过了。

(柳永:西江月)

92. 偷声木兰花

双片,同型。8句,50字。8韵脚,4仄韵与4平韵两两交错,不同韵部。

平平仄仄平平仄,仄仄平平平仄仄。仄仄平平,仄仄平仄仄平平。○平平仄仄平平仄,平仄仄平平仄仄。仄仄平平,仄仄平平仄仄平。

云笼琼苑梅花瘦,外院重扉联宝兽。海月新生,上得高楼没奈情。○帘波不动银缸小,今夜夜长争得晓?欲梦高唐,只恐觉来添断肠。

(张先:偷声木兰花)

93. 双调荷叶杯

见《花间集》韦庄制谱。双片,同型。50字,上下片各5句。各片以3平韵为主,错叶2仄韵。

平仄仄平平<u>仄</u>,平<u>仄</u>,平仄仄平<u>平</u>。仄平平仄仄平<u>平</u>,平仄仄平<u>平</u>。○平仄仄平平<u>仄</u>,平<u>仄</u>,平仄仄平<u>平</u>。仄平平仄仄平<u>平</u>,平仄仄平<u>平</u>。

记得那年花下,深夜,初识谢娘时。水堂西面画帘垂,携手暗相期。○惆怅晓莺残月,相别,从此隔音尘。如今俱是异乡人,相见更无因。

(韦庄:荷叶杯)

94. 少年游

又名"小阑干""玉腊梅枝"。《乐章集》和《张子野词》皆入"林钟商",《清真集》入"黄钟"和"商调"。双片,异型。10句,50字。上片3韵,下片2韵,平声通韵格。另有首句4字起,作别格。

平平仄仄仄平<u>平</u>,平仄仄平<u>平</u>。仄仄平平,仄平平仄,平仄仄平<u>平</u>。○平仄仄平平仄仄,平仄仄平<u>平</u>。仄仄平平,仄平平仄,平仄仄平<u>平</u>。

南都石黛扫晴山,衣薄耐朝寒。一夕东风,海棠花谢,楼上卷帘看。○而今丽日明如洗,南陌暖雕鞍。旧赏园林,喜无风雨,春鸟报平安。

(周邦彦:少年游)

95. 燕归梁

见《清真集》，入"高平调"。双片，换头型。11句，51字。7韵脚，平声通韵格。上下片末二句间对仗。

仄仄平平仄仄<u>平</u>，平仄仄平<u>平</u>。平平仄仄仄平<u>平</u>。平平仄，仄平<u>平</u>。○平平仄仄，平平仄仄，平仄仄平<u>平</u>。仄平平仄仄平<u>平</u>。平平仄，仄平<u>平</u>。

帘底新霜一夜浓，短烛散飞虫。曾经洛浦见惊鸿。关山隔，梦魂通。○明星晃晃，津回路转，榆影步花骢。欲攀云驾倩西风。吹清血，寄玲珑。

（周邦彦：燕归梁）

96. 思远人

调见北宋晏几道《小山词》。双片，异型。10句，51字。5韵脚，入声通韵格。谱中平仄仄平仄为特格句。下片倒数第三句为上一下四句式。

仄仄平平平仄仄，平仄仄平<u>仄</u>。平平仄仄，平平平仄。平仄仄平<u>仄</u>。○平平仄仄平平<u>仄</u>，仄仄平平<u>仄</u>。仄仄平平平，仄平平仄，仄平平平<u>仄</u>。

红叶黄花秋意晚，千里念行客。飞云过尽，归鸿无信，何处寄书得？○泪弹不尽临窗滴，就砚旋研墨。渐写到别来，此情深处，红笺为无色。

（晏几道：思远人）

97. 南柯子

即"双调南歌子"，又名"凤蝶令"。见《清真集·补遗》。《金奁集》入"仙吕宫"。双片，同型。10句，52字。6韵脚，平声通韵格。

仄仄平平仄，平平仄仄<u>平</u>。仄平平仄仄平<u>平</u>。平仄仄平平仄,仄平平。○仄仄平平仄,平平仄仄平。仄平平仄仄平平,平仄仄平平仄,仄平平。

宝合分时果,金盘弄赐冰。晓来阶下按新声。恰有一方明月,可中庭。○露下天如水,风来夜更清。娇羞不肯傍人行,扬下扇儿拍手,引流萤。

(周邦彦:**南柯子**)

98. 迎春乐

《清真集》入"双调"。双片,异型。13句,52字。6韵脚,仄声通韵格。

平平仄仄平平仄。仄平仄,仄平仄,仄平平,仄仄平平仄。平仄仄,平平仄。○仄仄平平仄,仄平仄,平平平仄。仄仄仄平平,平仄仄,平平仄。

清池小圃开云屋,结春伴,往来熟,忆年时,纵酒杯行速。看月上,归禽宿。○墙里修篁森似束,记名字,曾刊新绿。见说别来长,沿翠藓,封寒玉。

(周邦彦:**迎春乐**)

99. 入塞

双片,异型。上片7句,下片5句,总52字。10韵脚,平声通韵格,上下片末2句用叠韵(同韵字)。

仄平平,仄平平,仄仄平。仄平平仄仄,仄仄仄平平。平仄平,仄仄平。○仄仄平平仄仄平,仄仄平平仄平。平仄仄仄平,平仄平,仄平平。

好思量,正秋风,半夜长。奈银缸一点,耿耿背西窗。衾又凉,枕又凉。○露华凄凄月半床,照得人真个断肠。窗前谁浸木犀黄?花也香,梦也香。

(程垓:**入塞**)

100. 醉花阴

最早见北宋毛滂《东堂词》。双片。52字,上下片各5句。仄声通韵格。

仄仄平平平仄仄,仄仄平平仄。仄仄仄平平,仄仄平平,仄仄平平仄。○平仄仄仄平仄,仄仄平平仄。仄仄仄平平,仄仄平平,仄仄平平仄。

薄雾浓云愁永昼,瑞脑消金兽。佳节又重阳,玉枕纱厨,半夜凉初透。○东篱把酒黄昏后,有暗香盈袖。莫道不销魂,帘卷西风,人比黄花瘦。

(李清照:**醉花阴·重九**)

101. 望江东

见《山谷琴趣外篇》。双片,换头型。各6句,总计52字。各4仄韵,通韵格。

平仄平平仄平仄。平平仄,平平仄。平平仄仄仄平仄。平平仄,平平仄。○平仄仄仄平仄。平平仄,平平仄。平仄仄仄平仄。平平仄,平平仄。

江水西头隔烟树。望不见,江东路。思量只有梦来去。更不怕,江阑住。○灯前写了书无数。算没个,人传与。直饶寻得雁分付。又还是,秋将暮。

(黄庭坚:**望江东**)

102. 青门引

双片,异型。9句,52字。6韵脚,仄声通韵格。

仄仄平平仄。平仄平平仄。平平仄仄仄平平,仄仄仄平仄。○平平仄仄平平仄,仄仄平平仄。仄平平仄仄,平平仄仄平平仄。

乍暖还轻冷。风雨晚来定。庭轩寂寞近清明,残花中酒,又是去年病。○楼头画角风吹醒,入夜重门静。那堪更被明月,隔墙送过秋千影。

(张先:青门引)

103. 望江南

即"双调忆江南"。本唐教坊单调曲,北宋重填1片,遂得双片。《清真集》入"大石调"。同型。10句,54字。6韵脚,平声通韵格。

平仄仄,平仄仄平<u>平</u>。平仄仄平平仄仄,仄平平仄仄平<u>平</u>。平仄仄平<u>平</u>。○平仄仄,平仄仄平<u>平</u>。平仄仄平平仄仄,仄平平仄仄平<u>平</u>。平仄仄平<u>平</u>。

春未老,风细柳斜斜。试上超然台上望,半壕春水一城花。烟柳暗千家。○寒食后,酒醒却咨嗟。休对故人思故国,且将新火试新茶。诗酒趁年华。

(苏轼:忆江南)

104. 浪淘沙

又名"浪淘沙令""过龙门""卖花声"等。李煜依旧名,倚新腔创双调。《乐章集》入"歇指调",激越凄壮。双片,同型。54字,上下片各5句。8韵脚,平声通韵格。

仄仄仄平<u>平</u>,仄仄平<u>平</u>。平仄仄平仄平<u>平</u>。仄仄平平平仄仄,仄仄平<u>平</u>。○仄仄仄平<u>平</u>,仄仄平<u>平</u>。平仄仄仄平<u>平</u>。仄仄平平平仄仄,仄仄平<u>平</u>。

帘外雨潺潺,春意阑珊。罗衾不耐五更寒。梦里不知身是客,一晌贪欢。○独自莫凭栏!无限江山,别时容易见时难。流水落花春去也,天上人间。

(李煜:浪淘沙)

105. 江月晃重山

双片,同型。10句,54字。上下片各3韵脚,平声通韵格。

仄仄平平仄仄,平平仄仄平平。仄平平仄仄平平,平平仄,平仄仄平平。○仄仄平平仄仄,平平仄仄平平。仄平平仄仄平平,平平仄,平仄仄平平。

芳草洲前道路,夕阳楼上阑干。碧云何处望归鞍?从车客,耽乐不思还。○洞里仙人种玉,江边楚客滋兰。鸳鸯沙暖鹔鸰寒。菱花晚,不奈鬓毛斑。

(陆游:<u>江月晃重山</u>)

106. 恋绣衾

双片,换头型。12句,54字。5韵,平声通韵格。

仄仄平平仄仄平,仄平平、平仄仄平。平仄仄平平仄,仄平平、平仄仄平。○平仄仄平平仄,仄平平、平仄仄平。平仄仄平平仄,仄平平、平仄仄平。

不惜貂裘换钓篷,嗟时人、谁识放翁。归棹借樵风稳,数声闻、林外暮钟。○幽栖莫笑蜗庐小,有云山、烟水万重。半世向丹青看,喜如今、身在画中。

(陆游:<u>恋绣衾</u>)

107. 河传

出自炀帝《水调河传》,唐词为《河传》,入"仙吕调"或"南吕宫"。双片,55字,上下片不同型,平仄换韵格。兹采李珣格,另有辛弃疾《效花间体》,54字,不录。

平仄,平仄。仄平平仄,平仄平平。仄平平仄,平仄仄平平。仄平平仄平,仄平平仄平。○平仄仄平平仄,平仄仄、仄仄平平仄。仄平平仄,平仄仄仄平平,仄平平。

春暮,微雨。送君南浦,愁敛双蛾。落花深处,啼鸟似逐离歌,粉檀珠泪和。○临流更把同心结,情哽咽,后会何时节?不堪回首,相望已隔汀洲,橹声幽。

(李珣:<u>河传</u>)

108. 鹧鸪天

又名"鹧鸪引""千叶莲""半死桐""思佳客"等。双片,换头型。9句,55字。平声通韵格。

仄仄平平仄仄平,平平仄仄仄平平。平平仄仄平平仄,仄仄平平仄仄平。○平仄仄,仄平平,平平仄仄仄平平。平平仄仄平平仄,仄仄平平仄仄平。

壮岁旌旗拥万夫,锦襜突骑渡江初。燕兵夜娖银胡䩮,汉箭朝飞金仆姑。○追往事,叹今吾,春风不染白髭须。却将万字平戎策,换得东家种树书。

(辛弃疾:**鹧鸪天·有客慨然谈功名,因追念少年时事,戏作**)

109. 双调南乡子

又名"好离乡""蕉叶怨"等。后蜀欧阳炯单片定格,南唐冯延巳增为双片,宋人因之。《张子野词》入"中吕宫"。双片,同型。56字,上下片各5句。平声通韵格。

仄仄仄平平,仄仄平平仄仄平。仄仄平平平仄仄,平平。仄仄平平仄仄平。○仄仄仄平平,仄仄平平仄仄平。仄仄平平平仄仄,平平。仄仄平平仄仄平。

户外井桐飘,淡月疏星共寂寥。恐怕霜寒初索被,中宵。已觉秋声引雁高。○罗带束纤腰,自剪灯花试彩毫。收到一封江北信,明朝。为问江头早晚潮。

(周邦彦:**南乡子·咏秋夜**)

110. 木兰花

唐教坊曲,首见《花间集》韦庄1首。《金奁集》入"林钟商"。双片,异型。9句,55字。上下片各3韵,为仄声通韵格。宋人用谱"木兰花",双片,8句,56字,6仄通韵格,实为南唐李煜创格《玉楼春·晚妆初了明肌雪》。

仄仄仄平平仄仄,平仄仄平平仄仄。平仄仄,仄平平,仄仄平平仄仄。○仄仄仄平仄仄,平仄仄平平仄仄。平平仄仄仄平平,平仄仄平平仄仄。

独上小楼春欲暮,愁望玉关芳草路。消息断,不逢人,却敛细眉归绣户。○坐看落花空叹息,罗袂湿斑红泪滴。千山万水不曾行,魂梦欲教何处觅。

(韦庄:木兰花)

111. 玉楼春

又名"惜春容""玉楼春令""西湖曲""春晓曲"等。见《花间集》牛峤1首、顾敻4首、魏承斑1首,计6首;南唐冯延巳与李煜之作,外形与《花间集》的一致,但首句平仄律有别,导致后人将《玉楼春》与《木兰花》相混。《清真集》入"大石调"。双片,同型。56字,上下片各4句。仄声通韵格。为两首不粘的同型仄韵七绝。

平平仄仄平平仄(《花间集》句:平仄仄平平仄仄),仄仄平平平仄仄。平平仄仄仄平平,仄仄平平平仄仄。○平平仄仄平平仄,仄仄平平平仄仄。平平仄仄仄平平,仄仄平平平仄仄。

东城渐觉风光好,縠皱波纹迎客棹。绿杨烟外晓寒轻,红杏枝头春意闹。○浮生长恨欢娱少,肯爱千金轻一笑?为君持酒劝斜阳,且向花间留晚照。

(宋祁:玉楼春)

112. 凤衔杯

双片,异型。11句,56字。8韵脚,仄声通韵格,多句逗。

平平仄仄平平仄,平平仄、仄平平仄。平平平仄,仄仄平仄。仄平仄,平平仄。○仄平平,平平仄。平仄仄,仄平平仄。仄仄、平平仄仄平仄,仄仄平平仄。

青苹昨夜秋风起,无限个、露莲相倚。独凭朱阑,愁望晴天际。空目断,遥山翠。○彩笺长,锦书细。谁信道、两情难寄。可惜、良辰好景欢娱地,只恁空憔悴。

(晏殊:**凤衔杯**)

113. 夜行船

又名"夜厌厌""明月棹孤舟"。双片,同型。10句,56字。6韵脚,仄声通韵格。上下片第二句为上三下四句型。

仄仄平平平仄仄。仄平平、仄平平仄。仄仄平平,平平仄仄,平仄仄平平仄。○仄仄平平平仄仄。仄平平、仄平平仄。仄仄平平,平平仄仄,平仄仄平平仄。

不剪春衫愁意态。过收灯、有些寒在。小雨空帘,无人深巷,已早杏花先卖。○白发潘郎宽沈带。怕看山、忆它眉黛。草色拖裙,烟光惹鬓,常记故园挑菜。

(史达祖:**夜行船·五月十八日闻卖杏花有感**)

114. 品令

《清真集》入"商调"。双片,异型。12句,56字。《词谱》收至12体,此以清真词为准。

仄平平仄,仄平仄、平平平仄。平平仄仄平平仄。平平仄仄,平仄仄,平仄仄。○平仄仄平平仄仄。仄平平仄仄。仄平平仄平平仄。平平仄仄,仄仄平仄。

夜阑人静,月痕寄、梅梢疏影。帘外曲角栏干近。旧携手处,花发雾,寒成阵。○应是不禁愁与恨,纵相逢难问。黛眉曾把春衫印。后期无定,肠断香销尽。

(周邦彦:**品令·梅花**)

115. 鹊桥仙

又名"鹊桥仙令""广寒秋""忆人人""金风玉露相逢曲"

等。双片,同型。56字,上下各5句。末句一般为上三下四句式。仄声通韵格。

平平仄仄,平平仄仄,仄仄平平仄仄。平平仄仄仄平平,仄仄仄、平平仄仄。○平平仄仄,平平仄仄,平平仄平仄仄。平平仄仄仄平平,仄仄仄、平平仄仄。

纤云弄巧,飞星传恨,银汉迢迢暗度。金风玉露一相逢,便胜却、人间无数。○柔情似水,佳期如梦,忍顾鹊桥归路?两情若是久长时,又岂在、朝朝暮暮?

(秦观:鹊桥仙)

116. 虞美人

又名"虞美人令""一江春水""玉壶冰""忆柳曲"等。唐教坊曲。曲名来自项羽《虞兮》歌。《清真集》入"正宫",南宋王灼《碧鸡漫志》述入"中吕宫"或"黄钟宫"。双片,同型。56字,上下片各4句。平仄换韵格。两片末尾9字句,可用上六下三句式。

平平仄仄平平仄,仄仄平平仄。仄平平仄仄平平,仄平仄仄平平。○平平仄仄平平仄,仄仄平平仄。仄平仄仄平平,仄仄仄平平仄仄平平。

春花秋月何时了?往事知多少!小楼昨夜又东风,故国不堪回首月明中。○雕栏玉砌应犹在,只是朱颜改。问君能有几多愁?恰似一江春水向东流!

(李煜:虞美人)

117. 醉落魄

又名"醉落托"。首见《清真集·补遗》,往昔将"醉落魄"作"一斛珠"的别名,误。双片,异型。10句,57字。7韵脚,入声韵。上下片末句用特格句:仄仄仄平仄。

平平仄仄平平仄,仄平平仄仄。仄平平仄平平仄。平仄平平,仄仄仄平仄。○平平仄仄平平仄,仄平平仄仄平仄。仄平平仄平平仄。平仄平平,仄仄仄平仄。

茸金细弱秋风嫩,桂花初著。蕊珠宫里人难学。花染娇羞,羞映翠云幄。○清香不与兰荪弱,一枝云鬓巧梳掠。夜凉轻撼蔷薇萼。香满衣襟,月在凤凰阁。

(周邦彦:**醉落魄**)

118. 夜游宫

《清真集》入"般涉调"。双片,换头型。14句,57字。8韵脚,仄声通韵格。

仄仄平平平仄,仄平仄,平平仄仄。仄仄平平仄平仄。仄平平,仄平平,平平仄。○仄仄平平仄,平平仄,仄平平仄。仄仄平平仄平仄。仄平平,仄仄平,平仄仄。

一阵斜风横雨,薄衣润,新添金缕。不谢铅华更清素。倚筠窗,弄么弦,娇欲语。○小阁横香雾,正年少,小娥愁绪。莫是栽花被花妒,甚春来,病恹恹,无会处。

(周邦彦:**夜游宫**)

119. 一斛珠

又名"一斛夜明珠""章台月"等。据《梅妃传》,杨玉环进宫,梅妃失宠,明皇赐予一斛珍珠,妃以诗谢绝,明皇便命乐工为该诗谱曲,曲名《一斛珠》。初见李煜。双片,换头型。10句,57字。8韵脚,仄声通韵格。

仄平平仄,仄平平仄平平仄。仄平平平平仄。仄仄平平,仄仄平平仄。○平仄仄平平仄,平仄仄平平仄。平平仄平仄。仄仄平平,仄仄平平仄。

晓妆初过,沈檀轻注些儿个。向人微露丁香颗。一曲清歌,暂引樱桃破。○罗袖裛残殷色可,杯深旋被香醪涴。绣床斜凭娇无那。烂嚼红茸,笑向檀郎唾。

(李煜:一斛珠)

120. 小重山

又名"群玉轩""璧月堂""小冲山""小重山令"。唐曲,写"宫怨",调悲。《金奁集》入"双调"。双片,异型。12句,58字。8韵脚,平声通韵格。

仄仄平平仄仄<u>平</u>。仄平平仄仄,仄平<u>平</u>。仄平平仄仄平<u>平</u>。平平仄,平仄仄平<u>平</u>。○平仄仄平<u>平</u>。仄平平仄仄,仄平<u>平</u>。仄平平仄仄平<u>平</u>。平平仄,平仄仄平<u>平</u>。

一闭昭阳春又春。夜寒宫漏永,梦君恩。卧思陈事暗销魂。罗衣湿,红袂有啼痕。○歌吹隔重阍。绕庭芳草绿,倚长门。万般惆怅向谁论?凝情立,宫殿欲黄昏。

(韦庄:小重山)

121. 临江仙

又名"画屏春""雁后归""谢新恩""庭院深深"。唐教坊曲。首见《花间集》。《乐章集》入"仙吕调",《张子野词》入"高平调"。双片,同型。10句,60字。6韵脚,平声通韵格。另五代58字格,较宋人60字格各片倒数第二句末少一仄声。

仄仄平平平仄仄,平平仄仄仄平<u>平</u>。平平仄仄仄平<u>平</u>。仄平平仄仄,平仄仄平<u>平</u>。○仄仄平平平仄仄,平平仄仄仄平<u>平</u>。平平仄仄仄平<u>平</u>。仄平平仄仄,平仄仄平<u>平</u>。

忆昔午桥桥上饮,坐中多是豪英。长沟流月去无声。杏花疏影里,吹笛到天明。○二十余年如一梦,此身虽在堪惊。闲登小阁看新晴。古今多少事,渔唱起三更。

(陈与义:临江仙·夜登小阁,忆洛中旧游)

122. 踏莎行

又名"平阳兴""江南曲""芳心苦""柳长春""潇潇雨""度新声""思牛女""踏雪行"等。始见晏殊"珠玉词",唐韩翃诗句"踏莎行草过春溪"。《张子野词》入"中吕宫"。双片,同型。58字,上下片各5句。仄声通韵格。上下片首二句对仗。

仄仄平平,平平仄仄,平平仄仄平平仄。平平仄仄仄平平,平平仄仄平平仄。○仄仄平平,平平仄仄,平平仄仄平平仄。平平仄仄仄平平,平平仄仄平平仄。

小径红稀,芳郊绿遍,高台树色阴阴见。春风不解禁杨花,濛濛乱扑行人面。○翠叶藏莺,朱帘隔燕,炉香静逐游丝转。一场愁梦酒醒时,斜阳却照深深院。

(晏殊:**踏莎行**)

123. 摊破丑奴儿

双片,同型。14句,60字。8韵脚,平声通韵格。两片末3句间为叠句。

平平仄仄平平仄,仄仄平平,仄仄平平,仄仄平平仄仄平。仄平,平仄仄,仄平平。○平平仄仄平平仄,仄仄平平,仄仄平平,仄仄平平仄仄平。仄平,平仄仄,仄平平。

树头红叶飞都尽,景物凄凉,秀出群芳,又是红梅浅淡妆。也啰,真个是,可人香。○兰魂蕙魄应羞死,独占风光,梦断高堂,月送疏枝过女墙。也啰,真个是,可人香。

(赵长卿:**摊破丑奴儿**)

124. 一剪梅

又名"腊梅香""玉簟秋"等。双片,同型。60字,上下片各6句。平声通韵格。

仄仄平平仄仄平。仄仄平平,仄仄平平。平平仄仄仄平平。仄仄平平,仄仄平平。○仄仄平平仄仄平。仄仄平平,仄仄平平。平平仄仄仄平平。仄仄平平,仄仄平平。

红藕香残玉簟秋。轻解罗裳,独上兰舟。云中谁寄锦书来?雁字回时,月满西楼。○花自飘零水自流。一种相思,两处闲愁。此情无计可消除,才下眉头,却上心头。

(李清照:**一剪梅**)

125. 唐多令

又名"南楼令""箜篌曲""糖多令"等。双片,同型。60字,上下片各6句。8韵脚,平声通韵格。

平仄仄平平,平平仄仄平。仄平平、仄仄平平。仄仄平平仄仄,平仄仄、仄平平。○仄仄仄平平,平平仄仄平。仄平平、仄仄平平。仄仄平平平仄仄,平仄仄、仄平平。

芦叶满汀洲,寒沙带浅流。二十年、重过南楼。柳下系舟犹未稳,能几日、又中秋。○黄鹤断矶头,故人今在否?旧江山、浑是新愁。欲买桂花同载酒,终不似、少年游。

(刘过:**唐多令·重过武昌**)

126. 钗头凤

又名"折红英""惜分钗""玉珑璁"。传本名"撷芳词",来自北宋宫中有"撷芳园"而得名。有词句"可怜孤似钗头凤",陆游易名《钗头凤》。双片,同型。各片10句,共60字。各片7仄韵脚,1换韵,末三句3叠字。

平平仄,平平仄,仄平平仄平平仄。平平仄,平平仄。仄平平仄,仄,仄,仄。○平平仄,平平仄,仄平平仄平平仄。平平仄,平平仄。仄平平仄,仄,仄,仄。

红酥手,黄滕酒,满城春色宫墙柳。东风恶,欢情薄。一怀

愁绪,几年离索。错!错!错!○春如旧,人空瘦,泪痕红浥鲛绡透。桃花落,闲池阁。山盟虽在,锦书难托。莫,莫,莫。

(陆游:**钗头凤**)

127. 蝶恋花

本名"鹊踏枝",又名"凤栖梧""卷珠帘""一箩金""江如练""西笑吟"等。唐教坊曲,首见《敦煌曲子词》,经南唐冯延巳定格。《乐章集》入"小石调",《清真集》入"商调"。双片,同型。60字,上下片各5句。仄声通韵格。

仄仄平平平仄仄,仄仄平平,仄仄平平仄。仄仄平平平仄仄,平平仄仄平平仄。○仄仄平平平仄仄,仄仄平平,仄仄平平仄。仄仄平平平仄仄,平平仄仄平平仄。

庭院深深深几许?杨柳堆烟,帘幕无重数。玉勒雕鞍游冶处,楼高不见章台路。○雨横风狂三月暮。门掩黄昏,无计留春住。泪眼问花花不语,乱红飞过秋千去。

(欧阳修:**蝶恋花**)

128. 破阵子

又名"十拍子"。为唐大曲《破阵乐》中的一遍。武舞曲,李世民创。双片,同型。62字,上下片各5句。5韵脚,平声通韵格。

仄仄平平仄仄,平平仄仄平平。仄仄平平仄仄,仄仄平平仄仄平。仄平平仄平。○仄仄平平仄仄,平平仄仄平平。仄仄平平仄仄,仄仄平平仄仄平。仄平平仄平。

醉里挑灯看剑,梦回吹角连营。八百里分麾下炙,五十弦翻塞外声。沙场秋点兵。○马作的卢飞快,弓如霹雳弦惊。了却君王天下事,赢得生前身后名。可怜白发生!

(辛弃疾:**破阵子·为陈同父赋壮词以寄**)

129. 渔家傲

又名"添字渔家傲""忍辱仙人""吴门柳""荆溪咏""游仙泳"等。北宋曲。首见晏殊词句"神仙曲渔家傲"。《清真集》入"般涉调"。双片,同型。62字,上下片各5句。句句押韵,仄声通韵格。

仄仄平平平仄仄,平平仄仄平平仄。仄仄平平平仄仄。平仄仄,平平仄仄平平仄。○仄仄平平平仄仄,平平仄仄平平仄。仄仄平平平仄仄。平仄仄,平平仄仄平平仄。

花底忽闻敲两桨,逡巡女伴来寻访。酒盏旋将荷叶当。莲舟荡,时时盏里生红浪。○花气酒香清厮酿,花腮酒面红相向。醉倚绿阴眠一饷。惊起望,船头阁在沙滩上。

(欧阳修:**渔家傲**)

130. 苏幕遮

又名"鬓云松""鬓云松令""苏摩遮"。龟兹舞曲,《清真集》入"般涉调"。双片,同型。62字,上下片各7句。8韵脚,仄声通韵格。

仄平平,平仄仄。仄仄平平,仄仄平平仄。仄仄平平仄仄,仄仄平平,仄仄平平仄。○仄平平,平仄仄。仄仄平平,仄仄平平仄。仄仄平平平仄仄,仄仄平平,仄仄平平仄。

碧云天,黄叶地,秋色连波,波上寒烟翠。山映斜阳天接水,芳草无情,更在斜阳外。○黯乡魂,追旅思,夜夜除非,好梦留人睡。明月楼高休独倚,酒入愁肠,化作相思泪。

(范仲淹:**苏幕遮**)

131. 定风波

一作"定风波令"。唐教坊曲,《敦煌曲子词》此调有句"问儒士,谁人敢去定风波"。《张子野词》入"双调"。双片,

62字,上下片异型,平仄换韵格。《乐章集》演为慢词,入"双调",一入"林钟商",全用仄韵,99字,此不录。

仄仄平平仄仄平,平平仄仄仄平平。仄仄平平平仄仄,平仄。仄平平仄仄平仄。○仄仄平平仄仄仄,平仄,平平仄仄仄平平。平仄仄平平仄仄,平仄。仄平平仄仄平平。

莫听穿林打叶声,何妨吟啸且徐行。竹杖芒鞋轻胜马,谁怕?一蓑烟雨任平生。○料峭春风吹酒醒,微冷,山头斜照却相迎。回首向来萧瑟处,归去,也无风雨也无晴。

苏轼(三月七日,沙湖道中遇雨,雨具先去,同行皆狼狈,余独不觉,已而逐晴,故作此)

132. 喝火令

始见"山谷词"。双片,异型。12句,65字。上片3韵,下片3韵,平声通韵格。

仄仄平平仄,平平仄仄平。仄平平仄仄平平。平仄仄平仄,平仄仄平平。○仄仄平平仄,平平仄仄平。仄平平仄仄平平。仄仄平平,仄仄仄平平。仄仄仄平仄仄,平仄仄平平。

见晚晴如旧,交疏分已深。舞时歌处动人心。烟水数年魂梦,何处可追寻?○昨夜灯前见,重题汉上襟。便愁云雨又难禁。晓也星稀,晓也月西沉。晓也雁行低度,不会寄芳音。

(黄庭坚:喝火令)

133. 淡黄柳

南宋姜夔自度曲,《白石道人歌曲》入"正平调"。双片,异型,65字。前片3仄韵,后片5仄韵,以用入声韵为宜。

平平仄仄,平仄平平仄。仄仄平平仄。仄仄平平仄仄,平仄平平仄平仄。○仄平仄,平平仄平仄。仄平仄、仄平仄。仄:平平仄仄平平仄。仄仄平平,仄平平仄,平仄平平仄仄。

空城晓角,吹入垂杨陌。马上单衣寒恻恻。看尽鹅黄嫩绿,都是江南旧相识。○正岑寂,明朝又寒食。张携酒,小桥宅。怕:梨花落尽成秋色。燕燕飞来,问春何在?唯有池塘自碧。

(姜夔:淡黄柳)

134. 行香子

双片,换头型。16句,66字。9韵脚,平声通韵格。

仄仄平平,仄仄平平。仄平平、仄仄平平。平平仄仄,仄平平。仄:平平仄,平平仄,仄平平。○平平仄仄,仄仄平平。仄平平仄仄平平。平平仄仄,仄仄平平。仄:仄平平,平平仄,仄平平。

一叶舟轻,双桨鸿惊。水天清、影湛波平。鱼翻藻鉴,鹭点烟汀。过:沙溪急,霜溪冷,月溪明。○重重似画,曲曲如屏。算当年、虚老严陵。君臣一梦,今古空名。但:远山长,云山乱,晓山青。

(苏轼:行香子·过七里濑)

135. 锦缠道

一名"锦缠绊"。双片,异型。66字,上片7句,下片8句。前片4仄韵,后片3仄韵。过片及第5句皆是上一下四句法。

仄仄平平,仄仄仄平平仄。仄平平,仄平平仄。仄平平仄。仄仄平平,仄仄平平仄。○仄平仄平,仄平平仄。仄平平,仄平平仄。仄平平,平仄平平,仄仄平平仄,仄

仄平平仄。

燕子呢喃,景色乍长春昼。睹园林,万花如绣,海棠经雨胭脂透。柳展宫眉,翠拂行人首。○向郊原踏青,恣歌携手。醉醺醺,尚寻芳酒。问牧童,遥指孤村,道杏花深处,那里人家有。

(宋祁:锦缠道·春游)

136. 酷相思

始见《书舟词》。双片,同型。66字,16句。上下片各4仄韵,1叠韵。八言句是以一去声字领下七言。

仄仄平平平仄仄。仄平仄、平平仄。仄:平仄平平平仄仄。平仄仄、平平仄。仄平仄、平平仄。仄:平仄平平平仄仄。平仄仄、平平仄。平仄仄、平平仄。

月挂霜林寒欲坠。正门外、催人起。奈:离别如今真个是。欲住也、留无计。欲去也、来无计。○马上离情衣上泪。各自个、供憔悴。问:江路梅花开也未?春到也、须频寄。人到也、须频寄。

(程垓:酷相思)

137. 解佩令

始见晏几道《小山乐府》。调名取义于郑交甫遇汉皋神女解佩事。双片,同型。66字,上下片各5仄韵。第一、二句亦有不用韵者。

平平平仄,平平平仄。仄平平、平平平仄。仄仄平平,仄仄平、平平平仄。仄平平、平平平仄。仄平平、仄平仄仄。○平平平仄,平平平仄。仄平平、平平平仄。仄平平、仄平仄仄。

人行花坞,衣沾香雾。有新词、逢春分付。屡欲传情,奈燕子、不曾飞去。倚珠帘、咏郎秀句。○相思一度,浓愁一度。最难忘、遮灯私语。澹月梨花,借梦来、花边廊庑。指春衫、泪曾溅处。

(史达祖:**解佩令**)

138. 谢春池

又名"玉莲花""风中柳""风中柳令""卖花声"等。双片,换头型。66字,上下片各8句。仄声通韵格。

仄仄平平,平仄仄平平仄。仄平平、平平仄仄。平平平仄,仄平平平仄。仄平平、平平仄仄。○平平仄仄,仄仄平平平仄。仄平平、平平仄仄。平平平仄,仄平平平仄。仄平平、仄平平仄。

壮岁从戎,曾是气吞残虏。阵云高、狼烟夜举。朱颜青鬓,拥雕戈西戍。笑儒冠、自来多误。○功名梦断,却泛扁舟吴楚。漫悲歌、伤怀吊古。烟波无际,望秦关何处?叹流年、又成虚度。

(陆游:**谢池春**)

139. 青玉案

又名"横塘路""西湖路""青莲池上客"等。取义张衡《四愁诗》"何以报之青玉案"。双片,准同型(上下片第二句有异)。67字,上下片各6句。仄声通韵格。

平平仄仄平平仄,仄:仄仄平平仄。仄仄平平平仄仄。仄平仄平仄,仄仄平平仄。平仄仄平仄。○平平仄仄平平仄,仄平仄平仄。仄仄平平平仄仄。平平仄仄,仄平平仄,平平仄。

东风夜放花千树,更:吹落星如雨。宝马雕车香满路。

凤箫声动,玉壶光转,一夜鱼龙舞。○蛾儿雪柳黄金缕,笑语盈盈暗香去。众里寻他千百度;蓦然回首,那人却在,灯火阑珊处。

(辛弃疾:青玉案·元夕)

140. 感皇恩

又名"叠萝花""入南渡"。《清真集》入"大石"。双片,异型。14句,67字。8韵脚,仄声通韵格。

平仄仄平平,仄平平仄。仄仄平平仄平仄。平平平仄,平仄仄平平仄。仄仄平仄,平仄平仄。○仄仄平平,平平仄仄。仄仄平平仄平仄。平仄平仄,平平仄。

春事到清明,十分花柳。唤得笙歌劝君酒。洒如春好,春色年年依旧。青春元不老,君知否?○席上看君,竹清松瘦。待与青春斗长久。三山归路,明日天香襟袖。更持金盏起,为君寿。

(辛弃疾:感皇恩·滁州寿范倅)

141. 双调天仙子

本龟兹舞曲《万斯年》,皇甫松词"懊恼天仙应有似"而改《天仙子》。原单片,宋人重填一片成"双调"。68字,10仄韵。

仄仄平平平仄仄,仄仄平平平仄仄。平平平仄仄平平,平仄仄,平平仄,仄仄平平平仄仄。○平仄平平平仄仄,平仄仄平平仄仄。平平平仄仄平平,平仄仄,平平仄仄,仄仄平平平仄仄。

水调数声持酒听,午醉醒来愁未醒。送春春去几时回?临晚镜,伤流景,往事后期空记省。○沙上并禽池上暝,云破月来花弄影。重重帘幕密遮灯,风不定,人初静,明日落红应满径。

(张先:天仙子·时为嘉和小倅以病眠不赴府会)

142. 双调江城子

又名"江神子""村意远"等。双片,同型。上下片各8句,70字。10韵脚,平声通韵格。

平平仄仄仄平平。仄平平,仄平平。仄仄平平,平仄仄平平。仄仄平平平仄仄,平仄仄,仄平平。○平平仄仄仄平平。仄平平,仄平平。仄仄平平,平仄仄平平。仄仄平平平仄仄,平仄仄,仄平平。

老夫聊发少年狂。左牵黄,右擎苍。锦帽貂裘,千骑卷平冈。为报倾城随太守,亲射虎,看孙郎。○酒酣胸胆尚开张。鬓微霜,又何妨?持节云中,何日遣冯唐?会挽雕弓如满月,西北望,射天狼。

(苏轼:江城子·密州出猎)

143. 千秋岁

又名"千秋节"。《宋史·乐志》入"歇指调",《张子野词》入"仙吕调"。此以《淮海长短句》为准。双片换头,71字,前后片各5仄韵。

仄平平仄,平仄平平仄。平仄仄,平平仄。平平平仄仄,平仄平平仄。平仄仄,仄平仄仄平平仄。○仄仄平平仄,平平平平仄。平仄仄,平平仄。仄平仄平仄,仄仄平平仄。平仄仄,仄平仄仄平平仄。

水边沙外,城郭春寒退。花影乱,莺声碎。飘零疏酒盏,离别宽衣带。人不见,碧云暮合空相对。○忆昔西池会,鹓鹭同飞盖。携手处,今谁在?日边清梦断,镜里朱颜改。春去也,飞红万点愁如海。

(秦观:千秋岁·谪虔州日作)

144. 佳人醉

双片,异型。14 句,71 字。7 韵脚,仄声通韵格。

仄仄平平仄仄,平仄仄平平仄。仄仄平平仄,平平平仄,仄仄平仄。仄仄平平仄仄,仄、平平仄仄平平仄。○仄平平仄,平仄仄平平仄,平平平仄。仄仄平平仄。仄平平,仄仄仄,仄仄平平仄仄。

暮景萧萧雨霁,云淡天高风细。正月华如水,金波银汉,潋滟无际。冷浸书帏梦断,却、披衣重起临轩砌。○素光遥指,因念翠娥香隔,音尘何处?相望同千里。尽凝睇,厌厌无寐,渐晓雕阑独倚。

(柳永:佳人醉)

145. 离亭燕

一作《离亭宴》。《张子野词·补遗》有"随处是离亭别宴"之语,故名。张作 77 字,其后诸家多用 72 字。双片,同型。各片各 4 仄韵,多用入声字,以示壮烈。

平仄仄平平仄,平仄仄平平仄。平仄平平仄仄,仄仄平平平仄。仄仄仄平平,平仄平平平仄。○平仄仄平平仄,平仄仄平平仄。平仄平平仄仄,仄仄平平平仄。仄仄仄平平,平仄仄平平仄。

一带江山如画,风物向秋潇洒。水浸碧天何处断?霁色冷光相射。蓼屿荻花洲,掩映竹篱茅舍。○云际客帆高挂,烟外酒旗低亚。多少六朝兴废事,尽入渔樵闲话。怅望倚层楼,寒日无言西下。

(张昇:离亭燕)

146. 粉蝶儿

始见毛滂《东堂词》。此以《稼轩长短句》为准。双片,换头型。72字。上下片各4仄韵。

仄仄平平、仄仄平平仄仄。仄平平、仄平平仄。仄平平，仄仄仄、仄平平仄。仄平平,平仄仄平平仄。○仄平平仄、平仄仄平平仄。仄平平、仄平平仄。仄平平,平仄仄、仄平平仄。仄平平、平仄平平仄。

昨日春如、十三女儿学绣。一枝枝、不教花瘦。甚无情,便下得、雨僝风僽?向园林,铺作地衣红绉。○而今春似、轻薄荡子难久。记前时、送春归后。把春波,都酿作、一江醇酎。约清愁、杨柳岸边相候。

（辛弃疾:**粉蝶儿·和赵晋臣敷文赋落梅**）

147. 风入松

又名"远山横""风入松慢"。《乐府诗集》卷五十九传晋代嵇康作古琴曲《风入松》。《宋史·乐志》入"林钟商"。此以南宋俞国宝词为例,参考北宋晏几道。双片,同型。12句,76字。8韵脚,平声通韵格。

仄平平仄仄平平,平仄仄平平。平平仄仄平平仄,平仄、仄仄平平。平仄平平平仄,平平仄仄平平。○仄平平仄仄平平,平仄仄平平。平仄仄平平仄,平仄、仄仄平平。平仄平平平仄,平平仄仄平平。

一春长费买花钱,日日醉湖边。玉骢惯识西湖路,骄嘶过、沽酒楼前。红杏香中箫鼓,绿杨影里秋千。○暖风十里丽人天,花压鬓云偏。画船载取春归去,余情付、湖水湖烟。明日重扶残醉,来寻陌上花钿。

（俞国宝:**风入松**）

148. 祝英台近

又名"英台近""寒食词""燕莺语""宝钗分"等。始见《东坡乐府》。有平仄两韵体,仄韵体为主格。双片,异型。77字,上下片各8句。仄声通韵格。

仄平平,平仄仄,平仄仄平仄。仄仄平平,平仄仄平仄。平平仄仄平平,仄平仄仄、仄平仄、仄平仄。○仄平仄,仄平仄平,平仄仄平仄。仄平平,平仄仄平仄。平平仄平,仄平平仄,仄平仄、仄平仄。

宝钗分,桃叶渡,烟柳暗南浦。怕上层楼,十日九风雨。断肠片片飞红,都无人管,更谁劝、啼莺声住?○鬓边觑,试把花卜归期,才簪又重数。罗帐灯昏,哽咽梦中语。"是他春带愁来,春归何处?却不解、带将愁去。"

(辛弃疾:**祝英台近·晚春**)

149. 一丛花

《张子野词》有"一丛花",此以苏轼词为例。双片,同型。14句,78字。8韵脚,平声通韵格。

平平仄仄仄平平,平仄仄平平。平仄仄平平仄,仄平仄、仄仄平平。平仄仄平,平仄仄平平。○平平仄仄平平,平仄仄平平。平平仄平平仄,仄平仄、仄仄平平。平仄仄平,平仄仄仄,平仄仄平平。

今年春浅腊侵年,冰雪破春妍。东风有信无人见,露微意、柳际花边。寒夜纵长,孤衾易暖,钟鼓渐清圆。○朝来初日半衔山,楼阁淡疏烟。游人便作寻芳计,小桃杏、应已争先。衰病少惊,疏慵自放,惟爱日高眠。

(苏轼:**一丛花·初春病起**)

150. 御街行

又名"孤雁儿"。《乐章集》及《张子野词》皆入"双调"。此以范仲淹词为准。双片,同型。78字。上下片各4仄韵,通韵格。有略加衬字者,列为变格。

平平仄仄平平仄。仄仄仄,平平仄。平平平仄仄平平,平仄平平仄。仄仄平平仄。仄仄仄,平平仄。平平平仄仄平平,平仄平平仄。平平仄仄,仄平平仄,平仄平平仄。

纷纷坠叶飘香砌。夜寂静,寒声碎。真珠帘卷玉楼空,天淡银河垂地。年年今夜,月华如练,长是人千里。○愁肠已断无由醉。酒未到,先成泪。残灯明灭枕头欹,谙尽孤眠滋味。都来此事,眉间心上,无计相回避。

(范仲淹:**御街行**)

151. 红林檎近

见《清真集》,入"双调"。双片,异型。15句,79字。上片5平韵,下片3平韵,通韵格。《清真集》载本调2首,可对校。

平仄平平仄,仄平平仄平。仄仄平平仄,仄平仄平平。仄仄平平仄,仄仄、仄仄平。仄、仄仄平平。平仄仄平。○仄仄平仄仄,平仄仄平平。平平仄仄,平仄平平平。仄:平平平仄,平平仄仄,仄平仄仄平仄平。

风雪惊初霁,水乡增暮寒。树杪堕飞羽,檐牙挂琅玕。才喜门堆巷积,可惜、迤逦消残。渐看、低竹翩翻,清池涨微澜。○步屧晴正好,宴席晚方欢。梅花耐冷,亭亭来入冰盘。对:山前横素,愁云变色,放杯同觅高处看。

(周邦彦:**红林檎近·雪晴**)

152. 金人捧露盘

又名"铜人捧露盘引""上西平""西平曲"。唐代李贺有《金铜仙人辞汉歌》,并序云:"魏明帝青龙元年八月,诏宫官牵车西取汉孝武捧露盘仙人,欲立置前殿。宫官既拆盘,仙人临载,乃潸然泪下。"乐家取以制曲,故多苍凉激越之音。此调别体较多,此以《东山寓声乐府》为准。双片,换头型。81字。前片5平韵,后片4平韵。上下片倒数第三句首字为去声一字领,领一个七言句。

仄平平,平平仄,仄平平。仄仄仄、仄仄平平。平平仄仄,去仄平平仄仄平平。仄平仄,仄平平、仄仄平平。○平平仄,平平仄,仄平仄,仄平平。仄平仄,仄平平、仄仄平平。平平仄仄,去仄平平仄仄平平。仄平仄,仄平平、仄仄平平。

控沧江,排青嶂,燕台凉。驻彩仗、乐未渠央。岩花磴蔓,妒:千门珠翠倚新妆。舞闲歌悄,恨风流、不管余香。○繁华梦,惊俄顷;佳丽地,指苍茫。寄一笑、何与兴亡?量船载酒,赖:使君相对两胡床。缓调清管,更为侬、三弄斜阳。

(贺铸:**金人捧露盘·凌歊台**)

153. 最高楼

南宋后多作,此以《稼轩长短句》为准。双片,上下片异型,81字。7平韵为主,过片处错叶2仄韵。

平平仄,平仄仄平平,仄仄仄平平。仄平仄仄平平仄,平平仄仄平平。仄平仄,平平仄,仄平平。○仄仄仄、仄平平仄,仄仄仄、仄平平仄。平仄仄,仄平平。仄平仄仄平平仄,平平平仄仄平平。仄平平,平仄仄,仄平平。

长安道,投老倦游归,七十古来稀。藕花雨湿前湖夜,桂枝风淡小山时。怎消除?须酹酒,更吟诗。○也莫向、竹边辜负雪,也莫向、柳边辜负月。闲过了,总成痴。种花事业无人问,惜花情绪只天知。笑山中,云出早,鸟归迟。

(辛弃疾:**最高楼·醉中有索四时歌为赋**)

154. 千秋岁引

双片,异型。82字。上片8句,38字,4韵脚;下片8句,44字,5韵脚。仄声通韵格。

仄仄平平,平平仄仄。仄仄平平仄平仄。平平仄平仄仄仄,平平仄仄平平仄。仄平平,仄平仄,仄平仄。○平仄仄平平仄仄。平仄仄平平仄仄。仄平仄平平仄仄,平平仄仄平平仄。仄平平,仄平仄,仄平仄。

别馆寒砧,孤城画角,一派秋声入寥廓。东归燕从海上去,南来雁向沙头落。楚台风,庾(去声)楼月,宛如昨。○无奈被些名利缚,无奈被他情担阁。可惜风流总闲却。当初谩留华(去声)表语,而今误我秦楼约。梦阑时,酒醒后,思量著。

(王安石:**千秋岁引**)

155. 早梅芳近

又名"早梅芳"。见《清真集》,《清真集》载本调2首,可对校。入"正宫"。双片,异型。18句,82字。10韵脚,仄声通韵格。

仄仄平,平仄仄。仄仄平平仄。仄平平仄,仄仄平平仄平仄。仄平平仄仄,仄仄平平仄。仄:平平仄仄,平仄仄平仄。○仄平平,平仄仄。仄仄平平仄。仄平平仄,仄仄平平仄平仄。仄平平仄仄,仄仄平平仄。仄平平,平平仄平仄。

花竹深,房栊好。夜阑无人到。隔窗寒雨,向壁孤灯弄余照。泪多罗袖重,意密莺声小。正:魂惊梦怯,门外已知晓。○去难留,话未了。早促登长道。风披宿雾,露洗初阳射林表。乱愁迷远览,苦语萦怀抱。谩回头,更堪回路杳。

(周邦彦:**早梅芳近·别恨**)

156. 蓦山溪

又名"上阳春""弄珠英"。《清真集》入"大石调"。双片，82字，通押前片6仄韵、后片4仄韵。另有前片4仄韵、后片3仄韵者，列为别格。

平平仄仄，仄仄平平仄。平仄仄平平，仄平平、平平仄仄。仄平平仄，平仄仄平平，平仄仄（或仄平平），仄仄平平仄。○平平仄仄，仄仄平平仄。平仄仄平平，仄平平、平平仄仄。仄平平仄，平仄仄平平，平仄仄、平仄仄（或平平），仄仄平平仄。

湖平春水，菱荇萦船尾。空翠入衣襟，拂轻桡、游鱼惊避。晚来潮上，迤逦没沙痕，山四倚。云渐起，鸟度屏风里。○周郎逸兴，黄帽侵云水。落日媚沧洲，泛一棹、夷犹未已。玉箫金管，不共美人游，因甚个，烟雾底，独爱莼羹美。

（周邦彦：蓦山溪）

157. 洞仙歌

又名"洞仙歌令""羽仙歌""洞中仙"。唐教坊曲。《乐章集》兼入"中吕""仙吕""般涉"三调。此以《东坡乐府》《洞仙歌令》为例，末二句逗断各家不同，本谱依句意及平仄律处之。双片，异型。83字。前后片各3仄韵。

平平仄仄，仄：仄平平仄。仄仄平平仄平仄。仄平平，仄仄平平，平仄仄平平。○仄仄平平，仄仄平平，仄仄平平平仄仄。平仄仄平平，仄仄平平，仄平平、仄平平仄。仄：仄仄平平、仄平平，仄仄平平、仄平平仄。

冰肌玉骨，自：清凉无汗。水殿风来暗香满。绣帘开，一点明月窥人，人未寝，欹枕钗横鬓乱。○起来携素手，庭户无声，时见疏星渡河汉。试问夜如何？夜已三更，金波淡、玉绳低转。但:屈指西风、几时来,又:不道流年,暗中偷换。

(苏轼:洞仙歌·冰肌玉骨)

158. 惜红衣

《白石道人歌曲》的"自度曲",入"无射宫"。双片,异型。20句,88字。上片5、下片6韵脚,适宜入声韵。

仄仄平平,平平仄仄,仄平平仄。仄仄平平,平平仄平仄。平平仄仄,平仄仄,平平平仄。平仄。平仄仄平,仄:平平平仄。○平平仄仄,仄仄平平,平平仄仄。平仄平仄,平平仄。仄仄仄平仄仄,仄仄仄平平仄。仄仄平平仄,平仄仄平平仄。

簟枕邀凉,琴书换日,睡余无力。细洒冰泉,并刀破甘碧。墙头换酒。谁问讯,城南诗客?岑寂,高树晚蝉,说:西风消息。○虹梁水陌,鱼浪吹香,红衣半狼藉。维舟试望故国,渺天北。可惜柳边沙外,不共美人游历。问甚时同赋,三十六陂秋色?

(姜夔:惜红衣)

159. 离别难

唐曲,首见《花间集》薛昭蕴。双片,异型。21句,86字。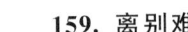19韵脚,多部平仄错韵格。

仄仄仄仄平平,平平仄仄平平。仄平平仄,仄平平仄仄。仄平平仄仄,平仄平。平仄平仄,平平仄仄平仄平。○平平仄,平仄仄,平平平。仄仄,平平仄仄。平平仄。平仄,平平仄,平平仄仄平平。

宝马晓鞴雕鞍,罗帷乍别情难。那堪春景媚,送君千万里。半妆珠翠落,露华寒。红蜡烛,青丝曲,偏能勾引泪阑干。○良夜促,香尘绿,魂欲迷,檀眉半敛低。未别,心先咽,欲语情难说。出芳草,路东西。摇袖立,春风急,樱花杨柳雨凄凄。

(薛昭蕴:**离别难**)

160. 卜算子慢

双片,异型。19句,89字。9韵脚,仄声通韵格。

平平仄仄,平仄仄平,仄仄仄平平<u>仄</u>。仄仄平平,仄仄仄平平<u>仄</u>。仄平平,仄仄平平<u>仄</u>。仄仄,平平仄平仄。○仄仄平平<u>仄</u>。仄:仄仄平平,平仄仄平<u>仄</u>。仄仄平平,平仄仄平平<u>仄</u>。仄平平,仄仄平平<u>仄</u>。仄仄、平平仄平仄,仄:平平平<u>仄</u>。

江枫渐老,汀蕙半凋,满目败红衰翠。楚客登临,正是暮秋天气。引疏砧,断续残阳里。对晚景、伤怀念远,新愁旧恨相继。○脉脉人千里。念:两处风情,万重烟水。雨歇天高,望断翠峰十二。尽无言,谁会凭高意?纵写得、离肠万种,奈:归云谁寄?

(柳永:**卜算子慢**)

161. 八六子

始见《尊前集》中杜牧之作,90字。至北宋有变动,此以秦观词为例。双片,异型。17句,88字。8韵脚,平声通韵格。上下片末句"仄平仄平"系"仄仄平平"的变动。

仄平<u>平</u>,仄平平仄,平平仄仄平<u>平</u>。仄:仄仄平平仄仄,仄平平仄,平仄仄<u>平</u>。○平平仄仄<u>平</u>,仄仄仄仄仄平,平仄仄仄平<u>平</u>。仄仄仄、平平仄仄,仄平平仄,仄平平仄仄<u>平</u>。仄平平:仄仄平平仄仄,平平仄仄平<u>平</u>。仄平平,平平仄平仄<u>平</u>。

倚危亭,恨如芳草,萋萋刬尽还生。念:柳外青骢别后,水边红袂分时,怆然暗惊。○无端天与娉婷,夜月一帘幽梦,春风十里柔情。怎奈向、欢娱渐随流水,素弦声断,翠绡香减,那堪:片片飞花弄晚,蒙蒙残雨笼晴。正销凝,黄鹂又啼数声。

(秦观:八六子)

162. 醉翁操

琴曲,入"正宫",沈遵创曲,苏轼填词。双片,91字。上片10平韵,下片7平韵、1仄韵,平仄通韵格。

平<u>平</u>,平平,平<u>平</u>,仄平<u>平</u>。平<u>平</u>,平平仄平平仄<u>平</u>。仄平平仄平<u>平</u>,平仄<u>平</u>。平仄平仄<u>平</u>,仄仄平仄<u>平</u>。○仄平仄仄,平仄平<u>平</u>。仄平仄仄,平仄平平仄<u>仄</u>。平仄平平仄<u>平</u>,仄仄平仄平<u>平</u>,平仄平仄平<u>平</u>。平仄平<u>平</u>,仄仄仄平<u>平</u>,仄平:平仄仄平<u>平</u>。

琅然,清圆,谁弹?响空山。无言,惟翁醉中知其天。月明风露娟娟,人未眠。荷蒉过山前,曰有心也哉此贤!○醉翁啸咏,声和流泉。醉翁去后,空有朝吟夜怨。山有时而童巅,水有时而回川,思翁无岁年。翁今为飞仙,此意在人间,试听:徽外两三弦。

(苏轼:醉翁操)

163. 法曲献仙音

陈旸《乐书》:"法曲兴于唐,其声始出清商部,比正律差四律,有铙、钹、钟、磬之音。《献仙音》其一也。"《乐章集》入"小石调",《清真集》《白石道人歌曲》入"大石调"。周、姜两家句逗大体相同,此以姜词为准。双片,异型。92字。前片3仄韵,后片6仄韵。

平仄平平,仄平平仄,仄仄平平平仄。仄仄平平,仄平平仄,平平仄仄平仄。仄仄仄平仄,仄仄平平仄。○仄仄仄。仄平平、仄平平仄。平仄仄、平平仄平仄。仄仄平平,仄平平、平仄平仄。仄仄平平,仄仄平平、仄仄平平仄仄。仄平平仄,仄仄平平平仄。

虚阁笼寒,小帘通月,暮色偏怜高处。树隔离宫,水平驰道,湖山尽入尊俎。奈楚客淹留久,砧声带愁去。○屡回顾,过秋风、未成归计。谁念我、重见冷枫红舞？唤起淡妆人,问迪仙、今在何许？象笔鸾笺,甚而今、不道秀句。怕平生幽恨,化作沙边烟雨。

(姜夔：法曲献仙音)

164. 满江红

又名"上江虹""念良游""伤春曲"等。唐《冥音录》载曲《上江虹》,宋人改《满江红》。《乐章集》《清真集》入"仙吕调"。有平仄两韵体,仄韵体为主格。双片,93字,上下片不同型。入声通韵格。声情激越。

仄仄平平,平平仄、平平仄仄。平平仄、仄平平仄,仄平平仄。仄仄平平平仄仄,平平仄仄平平仄。仄仄平、平仄仄平平,平平仄。○平平仄,平平仄;平平仄,平平仄。仄平平仄,仄仄平仄。仄仄平平平仄仄,平平仄仄平平仄。仄平平、平仄仄平平,平平仄。

怒发冲冠,凭栏处、潇潇雨歇。抬望眼,仰天长啸,壮怀激烈。三十功名尘与土,八千里路云和月。莫等闲、白了少年头,空悲切！○靖康耻,犹未雪；臣子恨,何时灭？驾长车踏破,贺兰山缺。壮志饥餐胡虏肉,笑谈渴饮匈奴血。待从头、收拾旧山河,朝天阙。

(岳飞：满江红)

165. 雪梅香

《乐章集》入"正宫"。双片,异型。20句,94字。前片4平韵,后片5平韵,通韵格。

仄平仄,平平仄仄仄平平。仄:平平平仄,平平仄仄平平。仄仄平平仄平仄,仄平平仄仄平平。仄平仄,仄仄平平,平平平平。○平平。仄平仄,仄仄平平,仄仄平平。仄仄平平,平平仄仄平平。仄仄平平仄平仄,仄平平仄仄平平。平仄仄,仄仄平平,平平平平。

景萧索,危楼独立面晴空。动:悲秋情绪,当时宋玉应同。渔市孤烟袅寒碧,水村残叶舞愁红。楚天阔,浪浸斜阳,千里溶溶。○临风,想佳丽,别后愁颜,镇敛眉峰。可惜当年,顿乖雨迹云踪。雅态妍姿正欢洽,落花流水忽西东。无聊意,尽把相思,分付征鸿。

（柳永:**雪梅香**）

166. 满庭芳

又名"锁阳台""江南好""话桐乡""满庭霜""满庭花""潇湘雨"等。《清真集》入"中吕调"。有平仄两韵体,平韵体为主格。双片,95字,上下片不同型。

平仄平平,仄平平仄,仄平平仄平平。仄平平仄,仄仄仄平平。仄仄平平仄仄,平平仄、仄平平平。平平仄,平平仄仄,仄仄仄平平。○平平,平平仄,平平仄仄,仄平平平。仄平平仄仄,仄仄平平。平平仄,平平仄仄,仄仄仄平平。

风老莺雏,雨肥梅子,午阴嘉树清圆。地卑山近,衣润费炉烟。人静乌鸢自乐,小桥外、新绿溅溅。凭阑久,黄芦苦竹,拟泛九江船。○年年,如社燕,飘流瀚海,来寄修椽。且莫思身外,长近尊前。憔悴江南倦客,不堪听、急管繁弦。歌筵畔,先安簟枕,容我醉时眠。

(周邦彦:满庭芳·夏日溧水无想山作)

167. 水调歌头

又名"元会曲""凯歌""台城游"等。《隋唐嘉话》述为炀帝时凿汴河所创,唐大曲《水调歌》之首段,宋入"中吕调"。双片,上下片不同型。95字,上片8句,下片9句。平声通韵格,上下片后六句字数平仄基本相同。

仄仄平平仄,仄仄仄平平。平平仄仄平仄,仄仄仄平平。仄仄平平仄仄,仄仄仄平平仄,仄仄仄平平。仄仄平平仄,仄仄仄平平。○平平仄,平平仄,仄平平。平平仄仄,平仄平平仄平平。仄仄平平仄仄,仄仄平平仄仄,仄仄仄平平。仄仄平平仄,仄仄仄平平。

明月几时有?把酒问青天。不知天上宫阙,今夕是何年?我欲乘风归去,又恐琼楼玉宇,高处不胜寒。起舞弄清影,何似在人间?○转朱阁,低绮户,照无眠。不应有恨,何事长向别时圆?人有悲欢离合,月有阴晴圆缺,此事古难全。但愿人长久,千里共婵娟。

(苏轼:水调歌头)

168. 凤凰台上忆吹箫

又名"忆吹箫"。引自秦穆公之女弄玉凤台吹箫乘风去的故事,宋词始见《晁氏琴趣外篇》。此以《漱玉词》为准。双片,异型。23句,95字。9韵脚,平声通韵格。

仄仄平平,仄平平仄,平平仄仄平平。仄:仄平平仄,仄平平。仄仄平平仄仄,平仄仄,仄仄平平。平平仄,平平仄平。○平平,平平仄仄,仄平平仄平,仄仄平平。仄仄平平仄,仄仄平平。平平仄,平平仄平。

香冷金猊,被翻红浪,起来慵自梳头。任:宝奁尘满,日上帘钩。生怕离怀别苦,多少事,欲说还休。新来瘦,非干病酒,不是悲秋。○休休,这回去也,千万遍《阳关》,也则难留。念武陵人远,烟锁秦楼。惟有楼前流水,应念我,终日凝眸。凝眸处,从今又添,一段新愁。

(李清照:**凤凰台上忆吹箫**)

169. 汉宫春

据《高丽史·乐志》又名"汉宫春慢"。《梦窗词集》入"夹钟宫"。以《稼轩长短句》为准。双片,异型。21句,96字。8韵脚,平声通韵格。

仄仄平平,仄仄平平仄,仄仄平平。平平仄仄平仄,仄仄平平。平平仄仄,仄仄平仄仄平平。平平仄,○平仄仄平平仄,仄仄平平仄,仄仄平平。仄平平区,仄仄平平,平仄仄、平平仄仄,平平仄仄平平。

秦望山头,看乱云急雨,倒立江湖。不知云者为雨,雨者云乎?长空万里,被西风变灭须臾。回首听、月明天籁,人间万窍号呼。○谁向若耶溪上,倩美人西去,麋鹿姑苏?至今故国人望,一舸归欤。岁云暮矣,问何不、鼓瑟吹竽?君不见,王亭谢馆,冷烟寒树啼乌。

(辛弃疾:**汉宫春·会稽蓬莱阁怀古**)

170. 天香

唐代以"国色朝酣酒,天香夜染衣"形容牡丹的两个品种,牌名由此得。双片,异型。96字。仄韵格。

仄仄平平,平平仄仄,平平仄仄平仄(或仄仄平平平仄)。仄仄平平,仄平平仄,仄仄仄平平仄。平平平仄,平仄仄、平平仄。仄平平仄仄,平仄平平仄。○平平仄平仄仄,

仄平平、仄平平仄。平仄仄平平仄,仄平平仄。仄仄平平仄
仄,仄仄仄、平平仄平仄。仄仄平平,平平仄仄。

孤峤蟠烟,层涛蜕月,骊宫夜采铅水。汛远槎风,梦深薇
露,化作断魂心字。红甃候火,还乍识、冰环玉指。一缕萦帘
翠影,依稀海天云气。○几回殢娇半醉,剪春灯、夜寒花碎。
更好故溪飞雪,小窗深闭。荀令如今顿老,总忘却、樽前旧风
味。谩惜余薰,空篝素被。

(王沂孙:天香·龙涎香)

171. 六么令

双调,异型。18句,96字。8仄韵。

仄平平仄,平仄仄平仄。平平仄平平仄,仄仄平平仄。
仄仄平平仄,仄仄平平仄。平仄平平,平仄平平仄,仄仄平平
仄。○仄仄平平仄,仄仄平平仄。平仄平平平平,
仄。平仄平平仄,平平平仄仄。平平仄平,平仄平平
仄,仄仄平平仄平仄。

淡烟疏雨,香径渺啼鴂。新晴画帘闲卷,燕外寒犹力。
依约天涯芳草,染得春风碧。人间陈迹,斜阳今古,几缕游丝
趁飞蝶。○谁向樽前起舞?又觉春如客。翠袖折取嫣红,笑
与簪华发。回首青山一点,檐外寒云叠。梨花摇叶,柳花飞
絮,梦绕阑干满园雪。

(李琳:六么令)

172. 黄莺儿

柳永创调,咏黄莺儿。《乐章集》入"正宫"。96字,前片
4仄韵,后片5仄韵。前后片各有一平声字领五言对句。

平平平仄平平仄。仄仄平平,平仄平平,平仄平平,仄平
平仄。平:仄仄仄平平,仄仄平平仄。仄平仄平平,仄仄:
平平仄平仄。○平仄,仄仄仄平平,仄仄平平仄。仄平平

仄,仄仄平平、平平仄平平仄。平:仄仄仄平平,仄仄平平仄。
仄仄仄仄平平,平仄平平仄。

园林晴昼春谁主?暖律潜催,幽谷暄和,黄鹂翩翩,乍迁
芳树。观:露湿缕金衣,叶映如簧语。晓来枝上绵蛮,似把:
芳心深意低诉。○无据,乍出暖烟来,又趁游蜂去。恣狂踪
迹,两两相呼,终朝雾吟风舞。当:上苑柳秾时,别馆花深处。
此际海燕偏饶,都把韶光与。

(柳永:**黄莺儿**)

173. 剑器近

又名"剑器",唐舞曲,杜甫有《观公孙大娘舞剑器行》。
《宋史·乐志》:"教坊奏《剑器曲》,一属'中吕宫',一属'黄钟
宫'。"此当是截取《剑器曲》中的一段。96字,前片8仄韵,后
片7仄韵。低回掩抑。

仄平仄,仄仄仄、平平平仄。仄平、仄平仄仄,仄平仄仄,
平仄。仄仄仄、平平仄仄。平仄平平仄,仄平仄。○平仄,
仄平平仄仄。平平仄仄,仄仄仄、仄仄平平仄。平平平仄
平平,仄平平平,仄平平仄仄。平平仄仄,仄平平平,仄
仄平平仄仄。仄平、仄仄平平仄。

夜来雨,赖倩得、东风吹住。海棠、正妖娆处,且留取,悄
庭户。试细听、莺啼燕语。分明共人愁绪,怕春去。○佳树,
翠阴初转午。重帘未捲,乍睡起、寂寞看风絮。偷弹清泪寄
烟波,见江头故人,为言憔悴如许。彩笺无数,去却寒暄,到
了浑无定据。断肠、落日千山暮。

(袁云华:**剑器近**)

174. 八声甘州

又名"甘州""潇潇雨""宴瑶池"等。唐边塞曲。《乐章

集》入"仙吕调"。双片,97字,上下片各9句,不同型。全词8韵(八声),平声通韵格。

仄:平平仄仄仄平平,仄平仄平平。仄:平平平仄,平平仄仄,平仄平平。仄仄平仄仄,仄仄仄平平。仄仄平平仄,平仄平平。○仄仄平平平仄,仄平平仄仄,平仄平平。仄:平平平仄,仄仄仄平平。仄平平、平仄平平,仄几回、天际识归舟。仄仄仄仄、仄平平仄,仄仄平平。

对:潇潇暮雨洒江天,一番洗清秋。渐:霜风凄紧,关河冷落,残照当楼。是处红衰翠减,苒苒物华休。惟有长江水,无语东流。○不忍登高临远,望故乡渺邈,归思难收。叹:年来踪迹,何事苦淹留?想佳人、妆楼颙望,误几回、天际识归舟。争知我、倚阑干处,正恁凝愁。

(柳永:八声甘州)

175. 声声慢

又名"凤求凰""人在楼上""神光灿""胜胜慢""寒松叹"。宋蒋捷曾以此调咏秋,均以"声"收韵,故得名"声声慢"。双片,异型。17句,97字。有平、仄韵两体,因《漱玉词》以仄(入)韵闻名,遂得广用。

平平仄仄。仄仄平平,平平仄仄仄仄。仄仄平平平仄,仄平平仄。平平仄仄仄仄,仄平平、仄平仄仄。平仄仄,仄平平仄平仄。○仄仄平平平仄。平仄仄、平仄平平仄。仄仄,仄平平仄。仄仄,仄仄仄平仄仄仄。

寻寻觅觅,冷冷清清,凄凄惨惨戚戚。乍暖还寒时候,最难将息。三杯两盏淡酒,怎敌他、晚来风急?雁过也,正伤心,却是旧时相识。○满地黄花堆积,憔悴损,如今有谁堪摘?守着窗儿,独自怎生得黑?梧桐更兼细雨,到黄昏、点点滴滴。这次第,怎一个愁字了得?

(李清照:**声声慢**)

176. 扬州慢

又名"郎州慢"等。姜夔自度曲,入"中吕宫"。双片,异型。98字,上片10句、下片9句。8韵脚,平声通韵格。

平仄平平,仄平平仄,仄平仄仄平平。仄:平平仄仄,仄仄平平。仄平仄、平平仄仄,仄平平仄,平仄平平。仄:平、平仄平平,平仄平平。○仄平仄仄,仄平平、平仄平平。仄:仄仄平平,平平仄仄,平仄平平。仄仄仄平平仄,平平仄、仄仄平平。仄:平平仄平,平平平仄平平。

淮左名都,竹西佳处,解鞍少驻初程。过:春风十里,尽:荠麦青青。自胡马、窥江去后,废池乔木,犹厌言兵。渐:黄昏、清角吹寒,都在空城。○杜郎俊赏,算而今、重到须惊。纵:豆蔻词工,青楼梦好,难赋深情。二十四桥仍在,波心荡、冷月无声。念:桥边红药,年年知为谁生。

(姜夔:**扬州慢**)

177. 双双燕

始见史达祖《梅溪集》。双片,异型。98字,前片5仄韵,后片7仄韵。

平平仄仄,仄:平仄平平,仄平平仄。平平仄仄,仄仄仄平平仄。平仄平平仄仄,仄:仄仄平平仄。平仄仄平平,仄仄平平仄。○平仄,平仄平仄。仄仄平平,平仄平仄。仄:仄仄平平仄。平仄,仄仄平平,仄仄平平仄仄。

过春社了,度:帘幕中间,去年尘冷。差池欲住,试入旧巢相并。还相(去声)雕梁藻井,又:软语商量不定。飘然快

拂花梢,翠尾分开红影。○芳径,芹泥雨润。爱贴地争飞,竞夸轻俊。红楼归晚,看足柳昏花暝。应自栖香正稳,便:忘了天涯芳信。愁损,翠黛双蛾,日日画阑独凭。

(史达祖:**双双燕·咏燕**)

178. 雨中花

熙宁七年(1074)冬,苏轼始官密州。来春,因遇旱蝗而斋戒,不能赏牡丹。"至九月忽开千叶一朵,雨中特为置酒,遂作"。双片,异型。22 句,98 字。8 韵脚,平声通韵格。另有仄韵格,兹不录。

平仄平平平仄,仄仄平平,平仄平平。仄仄:仄平平仄,仄仄平平。平仄平平,平仄平平,仄仄、平平平。平仄仄,仄平平仄,仄仄平平。○平仄平仄,平平仄仄,仄仄、仄平平平。平仄仄,仄平平仄,仄仄平平。仄平平仄,仄平平仄,仄仄平平。

今岁花时深院,尽日东风,荡扬茶烟。但有:绿苔芳草,柳絮榆钱。闻道城西,长廊古寺,甲第名园。有:国艳带酒,天香染袂,为我留连。○清明过了,残红无处,对此、泪洒樽前。秋向晚,一枝何事,向我依然!高会聊追短景,清商不假余妍。不如留取,十分春态,付与明年。

(苏轼:**雨中花·初至密州**)

179. 迷神引

双片,异型。25 句,99 字。12 韵脚,仄声通韵格。

仄仄平平平仄,仄仄仄平平仄。平平仄仄,仄平平仄。仄平平,平平仄,平平仄。仄仄平,平平仄。平,平平仄。○仄仄平平,仄仄平平仄。仄仄平平,平平仄。仄平平仄,平平仄仄,平平仄。仄仄平平,平仄平,平仄仄。平仄仄平平,平仄仄。平仄仄平平,平平仄。

　　黯黯青山红日暮,浩浩大江东注。余霞散绮,向烟波路。使人愁,长安远,在何处？几点渔灯小,迷近坞。一片客帆低,傍前浦。○暗想平生,自悔儒冠误。觉阮途穷,归心阻。断魂素月,一千里,伤平楚。怪竹枝歌,声声怨,为谁苦？猿鸟一时啼,惊岛屿。烛暗不成眠,听津鼓。

（晁补之：**迷神引**）

180. 宴山亭

一作"燕山亭"。以赵佶词为准。双片,异型。99字,前后片各5仄韵。

仄仄平平,平仄仄平,仄仄平平平仄。平仄仄平,仄仄平平,仄仄平平仄。仄仄平平,平平仄、平平平仄。平仄,仄仄仄平平,平仄仄仄。○平仄,平仄平平,仄:仄仄平平,仄平平仄。平仄仄平,平仄平平,平仄平平仄。平仄,平仄仄、平平仄仄。

　　裁剪冰绡,轻叠数重,淡著燕脂匀注。新样靓妆,艳溢香融,羞杀蕊珠宫女。易得凋零,更多少、无情风雨。愁苦!问:院落凄凉,几番春暮？○凭寄,离恨重重,这:双燕何曾会人言语。天遥地远,万水千山,知他故宫何处？怎不思量,除梦里、有时曾去。无据,和梦也、新来不做。

（赵佶：**宴山亭·北行见杏花**）

181. 高阳台

又名"庆春泽""庆春宫"。双片,换头型。100字,20句。上下片各4平韵,通押。

仄仄平平,平平仄仄,平平仄仄平平。仄仄平平,平平仄仄平平。平平仄仄平平仄,仄平平、仄平平。仄平平,仄仄平平。○平平仄仄平平仄,仄平平仄仄,仄仄平平。仄仄平平,平平仄仄平平。平平仄仄平平仄,仄平平、仄仄平平。仄平平,仄仄平平,仄仄平平。

接叶巢莺,平波卷絮,断桥斜日归船。能几番游？看花又是明年。东风且伴蔷薇住,到蔷薇、春已堪怜。更凄然,万绿西泠,一抹荒烟。○当年燕子知何处？但苔深韦曲,草暗斜川。见说新愁,如今也到鸥边。无心再续笙歌梦,掩重门、浅醉闲眠。莫开帘,怕见飞花,怕听啼鹃。

(张炎:**高阳台·西湖春感**)

182. 念奴娇

又名"百字令""大江东去""酹江月""壶中天""太平欢"等20余种。唐天宝念奴曲,宋入"大石调",复转"道调宫"。有平仄两韵体,仄韵体为主格,其中,苏轼的《念奴娇·中秋》为正格,而《念双娇·赤壁怀古》为偏格。双片,异型。100字,上片9句、下片10句。仄声通韵格,常用入声韵。上下片后7句字数平仄相同。

平平仄仄,仄平平,仄仄平平平仄。仄仄平平仄仄,仄仄平平仄。仄仄平平,平平仄仄,仄平平仄。平平仄仄,平平仄平平仄。○平仄平仄平平,平仄平平仄,仄平平仄。仄仄平平仄仄,仄仄平平仄。仄仄平平,平平仄仄,仄平平仄。平平仄,平平仄仄,平平仄仄平仄。

凭高眺远,见长空,万里云无留迹。桂魄飞来光射处,冷浸一天秋碧。玉宇琼楼,乘鸾来去,人在清凉国。江山如画,望中烟树历(读阳平)历(读去声)。○我醉拍手狂歌,举杯邀月,对影成三客。起舞俳徊风露下,今夕不知何夕！便欲乘风,翻然归去,何用骑鹏翼。水晶宫里,一声吹断横笛。

(苏轼:**念奴娇·中秋**)

183. 绕佛阁

《清真集》入"大石调",《梦窗词集》入"夹钟商"。双片,异型。100字,上下片分别12、11句。前片8仄韵,后片6仄韵,通韵格。

仄平仄仄,平平仄仄,平仄平仄。平仄平仄,平仄仄仄、平平仄平仄。仄平仄仄,平仄仄仄,平仄平仄。仄仄仄平仄,仄仄平平平仄仄。平仄仄平,平平平仄仄,仄仄仄平平,平仄平仄。仄平仄仄,仄仄平平,平平平仄。仄平平,仄平平仄。

暗尘四敛,楼观迥出,高映孤馆。清漏将短,厌闻夜久,签声动书幔。桂华又满,闲步露草,偏爱幽远。花气清婉,望中迤逦,城阴度河岸。○倦客最萧索,醉倚斜桥穿柳线。还似汴堤,虹梁横水面,看浪飐春灯,舟下如箭。此行重见。叹:故友难逢,羁思空乱,两眉愁,向谁舒展?

(周邦彦:**绕佛阁·旅况**)

184. 彩云归

见《乐章集》。双片,异型。两片各11句,100字。10韵脚,平声通韵格。

平平仄仄仄平平,仄平平,仄仄平平。平:仄平仄仄平平仄,平仄仄,仄仄平平。仄平平,仄平平仄,仄平平平。仄仄仄平平仄。仄仄平平。○平平,仄平仄仄。仄:平平仄仄平平。平平仄仄平仄,平仄平仄平。仄仄平平仄仄,仄,仄仄平平。平平仄,仄仄平平、仄仄平平。

蘅皋向晚舣轻航,卸云帆,水驿鱼乡。当:暮天霁色如晴昼,江练静,皎月飞光。那堪听,远村羌管,引离人断肠。此际浪萍风梗,度岁茫茫。○堪伤,朝欢暮散,被:多情赋与凄凉。别来最苦襟袖,依约尚有余香。算得伊鸳衾凤枕,夜永,

怎不思量？牵情处,惟有临歧,一句难忘。

(柳永:**彩云归**)

185. 绛都春

《梦窗词集》入"仙吕调"。此以朱淑真咏梅词为准。双片,异型。100字。前后片各6仄韵。前片第五句,后片第四句,皆以下句前四字与上句为对偶。第二句第一字是领格,宜用去声字。

平平仄仄。仄:仄仄仄平,平平平仄。仄仄仄平,平仄平平平仄。平平仄仄平平仄,仄仄平平平仄。平平仄仄,仄平平仄。○平仄,平平仄仄,平平仄,仄仄平平平仄。仄仄仄平,仄仄平平,平仄仄。仄仄平平平仄。仄仄、仄平平仄。仄平仄仄平平,仄平仄仄。

寒阴渐晓。报:驿使探春,南枝开早。粉蕊弄香,芳脸凝酥枝小。雪天分外精神好,向白玉堂前应到。化工不管,朱门闭也,暗传音耗。○轻渺,盈盈笑靥,称娇面、爱学宫妆新巧。几度醉吟,独倚阑干,黄昏后,月笼疏影横斜照。更莫待、笛声吹老。便须折取归来,胆瓶插了。

(朱淑真:**绛都春·梅**)

186. 万年欢

又名"万年欢慢"。唐教坊曲,入"中吕宫"。有平韵、仄韵、平仄互叶3体,以仄韵为主格。双片,100字。上片8句4韵,下片9句5韵。

仄仄平平,仄平平,仄平平仄平仄。仄仄平平,仄平平仄。仄仄平平仄仄,仄平平仄平仄。○平平仄仄。仄:平平仄仄,平平仄仄。仄仄平平,平仄仄平仄。仄仄平平,平仄仄、平平平仄。平平仄仄平平,仄平平仄平仄。

两袖梅风,谢桥边,岸痕犹带残雪。过了匆匆灯市,草根青发。燕子春愁未醒,误几处芳音辽绝。烟溪上采绿人归,定应愁沁花骨。○非干厚情易歇。奈:燕台句老,难道离别。小径吹衣,曾记故园风物。多少惊心旧事,第一是、侵阶罗袜。如今但柳发睎春,夜来和露梳月。

(吴文英:万年欢)

187. 东风第一枝

又名"琼林第一枝",传宋吕渭老首创以咏梅。最早见于《梅溪词》,入"大石调"。双片,换头型,100字。上片9句,4仄韵,下片8句,5仄韵。

仄仄平平,平平仄仄。平平仄仄平仄。平平仄仄平平,仄仄平平仄仄。平平仄仄,仄:仄平平平仄。仄仄仄、平平仄平,平仄仄仄平仄。○平仄仄、仄仄平仄。平仄仄、仄仄平平仄。平平仄仄平平,仄平仄平仄仄仄。平仄。仄仄仄、仄仄平平,仄仄平平仄。

草脚愁苏,花心梦醒,鞭香拂散牛土。旧歌空忆珠帘,彩笔倦题绣户。粘鸡贴燕,想:立断东风来处。暗葱起、一捆相思,乱若翠盘红缕。○今夜觅、梦池秀句。明日动、探花芳绪。寄声沽酒人家,预约俊游伴侣。怜他梅柳,怎:忍后天俊酥雨。待过了、一月灯期,日日醉扶归去。

(史达祖:东风第一枝)

188. 沁园春

又名"念离群""洞庭春色""东仙""寿星明"等。据《后汉书》:窦宪恃妹为章帝皇后,强夺沁水公主之园林,得名。双片,换头型。114字,上片13句,下片12句。9韵脚,平声通韵格。上下片后9句字数平仄相同。常用较多的对仗。易展壮阔之景,抒豪迈之情。

仄仄平平,仄仄平平,仄仄仄平。仄:平平仄仄,平平仄仄;平平仄仄,仄仄平平。仄仄平平,平平仄仄,仄仄平平仄仄平。○平平仄仄平。仄仄、仄平仄仄平平。仄:平平仄仄,平平仄仄;平平仄仄,仄仄平平。仄仄平平,平平仄仄,仄平平仄仄仄平。平平仄(或仄平仄),仄:平平仄仄,仄仄平平。

何处相逢？登宝钗楼,访铜雀台。唤:厨人斫就,东溟鲸脍;圉人呈罢,西极龙媒。天下英雄,使君与操,余子谁堪共酒杯？车千乘,载:燕南赵北,剑客奇材。○饮酣鼻息如雷。谁信、被晨鸡轻唤回？叹:年光过尽,功名未立;书生老去,机会方来。使李将军,遇高皇帝,万户侯何足道哉！披衣起,但:凄凉感旧,慷慨生哀！

（刘克庄:沁园春·梦孚若）

189. 贺新郎

又名"金缕曲""乳燕飞""风敲竹""贺新凉""雪月江山夜"等。首见《东坡乐府》。双片,换头型。116字,上下片各10句。12韵脚,仄声通韵格,多用入声韵。

仄仄平平仄,仄平平,平平仄仄,仄平平仄。仄仄平平平仄仄,仄仄平平仄。○仄仄、平平平仄。仄仄平平平仄仄,仄平平,仄仄平平仄。平仄仄,仄平仄。○平平平仄平平仄。仄平平,平平仄仄,仄平平仄。仄仄平平平仄仄,仄仄平平平仄。仄仄仄、平平平仄。仄仄平平平仄仄,仄平平,仄仄平平仄。平仄仄,仄平仄。

乳燕飞华屋,悄无人,桐阴转午,晚凉新浴。手弄生绡白团扇,扇手一时似玉。渐困倚、孤眠清熟。帘外谁来推绣户？枉教人、梦断瑶台曲。又却是,风敲竹。○石榴半吐红巾蹙,待浮花、浪蕊都尽,伴君幽独。秾艳一枝细看取,芳意千重似束。又恐被、秋风惊绿。若待得君来向此,花前对酒不忍触。共粉泪,两簌(读阳平)簌(读去声)。

(苏轼:贺新郎)

三、三叠词谱

190. 瑞龙吟

见《清真集》,入"大石调"。3片,异型。30句,133字。首片3韵,2片3韵,3片9韵。仄声通韵格。

平平仄,平仄仄仄平平,仄平平仄。平平仄仄平平,仄平平仄,平平仄仄。○平平仄,平仄仄平仄,仄平平仄。平平仄仄平平,平平仄仄,平平仄仄。○仄仄平平仄仄,平平平仄。平仄仄平,平平平平仄。平平仄仄,平平仄仄。平仄仄,平平仄仄,仄仄平平仄。平仄仄,平仄平平仄。仄,仄平平仄。

章台路,还见褪粉梅梢,试花桃树。愔愔坊陌人家,定巢燕子,归来旧处。○黯凝伫,因念个人痴小,乍窥门户,侵晨浅约宫黄,障风映袖,盈盈笑语。○前度刘郎重到,访邻寻里,同时歌舞,唯有旧家,秋娘声价如故。吟笺赋笔,犹记燕台句。知谁伴,名园露饮,东城闲步?事与孤鸿去。探春尽是,伤离意绪,官柳低金缕。归骑晚,纤纤池塘飞雨。断肠院落,一帘风絮。

(周邦彦:瑞龙吟·春词)

191. 浪淘沙慢

见《清真集》,入"商调"。3片,异型。133字。16韵脚,入声通韵格。

仄平仄、平平仄仄,仄仄平仄。平仄平仄平仄,平平仄仄平仄。仄:仄仄平平仄平仄,仄仄平、仄仄平仄。仄:仄仄平平仄平仄,平平仄平仄。○平仄,平平仄仄仄。仄:仄仄平平,平仄平仄,仄仄平仄。平:仄仄平平,平仄平仄,仄仄平仄。平仄平,平仄平平仄。○平仄平仄平,平仄平仄。仄平仄、平平仄仄。仄平仄、仄仄平平,仄仄平、平平仄仄平平仄。

昼阴重、霜凋岸草,雾隐城堞。南陌脂车待发,东门帐饮乍阕。正:拂面垂杨堪揽结,掩红泪、玉手亲折。念:汉浦离鸿去何许?经时信音绝。○情切,望中地远天阔,向露冷风清,无人处、耿耿寒漏咽。嗟:万事难忘,唯是轻别。翠尊未竭,凭断云、留取西楼残月。○罗带光消纹衾叠,连环解、旧香顿歇。怨歌永、琼壶敲尽缺。恨春去、不与人期,弄夜色、空余满地梨花雪。

(周邦彦:浪淘沙慢·恨别)

192. 宝鼎现

始见于康与之《顺庵乐府》,以此为准。3片,异型。157字。前片4仄韵,中片5仄韵,后片5仄韵。尚见于刘辰翁的《须溪词》,作为变格。上片首三句以鼎足对仗为佳。注意,本词谱多逗顿句。

仄平平仄,仄仄平仄,平平平仄。平仄仄、平平平仄,平仄平平仄仄。仄仄仄、仄仄平平平仄。○仄仄平仄平,仄平平、平仄平仄。平仄仄、平平仄仄,平平平平仄平仄。仄仄仄、仄仄平平仄,仄仄平平仄仄。○平仄仄平平,平、仄仄平仄。仄、平平仄,平仄平平仄仄。仄仄仄、平仄平平仄仄。仄仄仄、平仄平平,仄仄平平仄仄。

夕阳西下,暮霭红溢,香风罗绮。乘丽景、华灯争放,浓焰烧空连锦砌。睹皓月、浸严城如画,花影寒笼绛蕊。渐掩映、芙蕖万顷,迤逦齐开秋水。○太守无限行歌意,拥麾幢、光动珠翠。倾万井、歌台舞榭,瞻望朱轮骈鼓吹。控宝马、耀貔貅千骑,银烛交光数里。似烂簇、寒星万点,拥入蓬壶影里。○来伴宴阁多才,环、艳粉瑶簪珠履。恐、看看丹诏,催奉宸游燕侍。便趁早、占通宵醉,莫放笙歌起。任画角、吹老寒梅,月满西楼十二。

(康与之:**宝鼎现**)

四、四叠词谱

193. 梁州令四叠

见于晁补之,4片,系双片《梁州令》再叠一倍。100字,12韵脚,仄声通韵格。

仄仄平平仄,仄仄平平仄仄。平平仄仄平平,平平仄,仄仄平平仄。○平平仄仄平平仄,仄仄平平仄平仄,平平仄仄平仄。○仄仄平平仄,仄仄平平平仄。仄平平仄仄平平,平平仄仄,仄仄平平仄。○平平仄仄平平仄,仄仄平平仄。平平仄仄平仄,平平仄仄平平仄。

田野闲来惯,睡起初惊晓燕,樵青走挂小帘钩,南国昨夜、细雨红芳遍。○平芜一带烟光浅,过尽南归燕俱远。凭栏送目空肠断。○好景难常占,过眼韶华如箭。莫教鶗鴂送韶华,多情杨柳,为把长条绊。○清樽满酒谁为伴?花下提壶劝:何妨醉卧花底,愁容不上春风面。

(晁补之:**梁州令叠韵**)

第二节　律曲简谱

本简谱收单支小令 111 个,带过曲 14 支,套数 10 套,只列常用格,其他略作说明。每调下列一首元代曲词,以供参酌。

本曲谱以小令、带过曲、散套为纲,然后以具体曲谱为目排列,各曲谱间再按宫调分类,再作句数由少到多的顺序。

由于散曲不用衬字者多,而剧曲却大量用衬,因此辨析正格以散曲为主,参考剧曲。本简谱主要参考了［清］《康熙曲谱》、唐圭璋《元人小令格律》(1981)、涂宗涛《诗词曲格律纲要》(2000)、王力《曲律学》(2004)、隋树森《金元散曲》等。将说明、谱型、实例分立,做到广集、明确、扼要、实用。

所用代号:"·"为可平可仄;"—"为韵脚;"、"为一字顿(单句中的首字)。

一、单支小令曲谱

［正宫］

1. 白鹤子

《太平乐府》收关汉卿"白鹤子"4 首,入"正宫"。单支小令,4 句,20 字。2 韵脚,平仄通韵格。《中原音韵》云"末句须仄仄平平去",首字可平。常用同型幺篇。

仄平平仄仄,仄仄仄平平。仄仄仄平平,仄仄平平去。
花边停骏马,柳外缆轻舟。湖内画船交,湖上骅骝骤。

（关汉卿:正宫·白鹤子）

2. 双鸳鸯

又名"合欢曲"。王恽《秋涧先生大全文集》共 15 首。单支小令,5句,27字。4韵脚,平声通韵格。

仄平平,仄平平,仄仄平平仄仄平。平仄仄平平仄仄,仄平平仄仄平平。

驿尘红,荔枝风,吹断繁华一梦空。王辇不来宫殿闭,青山依旧御墙中。

(王恽:正宫·双鸳鸯)

注:一般说,"一"与"不"在去声字前读平声,平声前读去声。若忽略此点,便统作仄声。

3. 脱布衫

《全元散曲》载"脱布衫"21首,入"正宫"。单支小令,4句,28字。4韵脚,平仄通韵格。可带小梁州为带过曲,偶带"醉太平"或"太平令"。

仄平平仄仄平平,仄、平平仄平平去(可平叶为仄仄平)。仄平平仄平去上,平平仄仄平平去。

草堂中夏日偏宜,正流金铄石天气。素馨花一枝玉质,白莲藕样弯琼臂。

(张择:正宫·脱布衫)

4. 小梁州

又名"小凉州"。《乐府新声》入"正宫"。单支小令,5句,26字。5韵脚,平仄通韵格。本调常有幺篇,幺篇6句,28字。4韵脚,平仄通韵格。单支《小梁州》或连同幺篇可被《脱布衫》合为带过曲。

平平仄仄仄平平,仄仄平平,平平仄仄仄平平。平平仄,平仄仄平平。[幺篇]平平仄仄平平去,仄平平仄仄平平。平仄平,平平平去,平平平仄,平仄仄平平。

芙蓉映水菊花黄,满目秋光,枯荷叶底鹭鸶藏。金风荡,飘动桂枝香。

［幺］雷峰塔畔登高望，见钱塘一派长江。湖水清，江潮漾，天边斜月，新雁两三行。

（贯云石：正宫·小梁州）

5. 叨叨令

入"正宫"。单支小令，7句，45字。5去声韵。谱中，"也么哥"三字为定格，与文意无关。本令常与"折桂令"合为带过曲。

平平仄仄平平去，平平仄仄平平去。平平仄仄平平去，平平仄仄平平去。仄仄仄平平（也么哥）仄仄仄平平（也么哥），平平仄仄平平去。

白云深处青山下，茅庵草舍无冬夏。闲来几句渔樵话，困来一枕葫芦架。你省的也么哥，你省的也么哥，煞强如风波千丈担惊怕。

（邓玉宾：正宫·叨叨令）

6. 塞鸿秋

《张小山北曲联乐府》入"正宫"，也入"仙吕"及"中吕"。单支小令，7句，45字，6韵脚，去声通韵格。凡叶韵处皆作平平去。

平平仄仄平平去，平平仄仄平平去。平平仄仄平平去，平平仄仄平平去。平平仄仄平，仄仄平平去。平平仄仄平平去。

断桥流水西林渡，暗香疏影梅花路。寒驴破帽登山去，夕阳古寺题诗处。树头啼翠禽，水面飞白鹭。伤心和靖先生墓。

（张可久：正宫·塞鸿秋）

7. 鹦鹉曲

原名"黑漆弩"，又名"学士吟"。北宋田不代作，惜原作不传,至元代有冯子振和白贲作 39 题 42 首。为固定的小令幺篇结构 8 句,总计 55 字。本调必带幺篇。

平平仄仄平平去,平仄仄仄仄平上。仄平平仄仄平平,仄仄平平平仄。[幺篇]仄平平仄仄平平,仄仄仄平平去。仄平平仄仄平平,去上仄平平上去。

侬家鹦鹉洲边住,是个不认字渔父。浪花中一叶扁舟,睡煞江南烟雨。[幺篇]觉来时满眼青山,抖擞绿蓑归去。算从前错怨天公,甚也有安排我处。

(白贲:**正宫·鹦鹉曲**)

8. 醉太平

曲谱"醉太平"与词谱"醉太平"不同。一名"凌波曲"。《张小山北曲联乐府》入"正宫",又入"仙吕"及"中吕"。8 句,44 字。8 韵脚,平去通韵格。

平平仄上(可平叶),仄仄平平,平平仄仄仄平平。平平仄上,平平仄仄平平去,仄平平仄平平去。平平仄仄平平,平平上去。

金华洞冷,铁笛风生。寻真何处寄闲情。小桃源暮景。数枝黄菊勾诗兴,一川红叶迷仙径。四山白月共秋声,诗翁醉醒。

(张可久:**醉太平**)

9. 汉东山

入"正宫"。8 句 36 字。句句用韵,张可久作此曲 10 首,皆用歌戈平韵。第 4 句末必用"也末哥",为定格。

平平仄仄平,仄仄仄平平。仄仄平平平,仄平仄平平。仄仄平平仄仄平,仄仄平,仄仄平,仄仄平平。

香风瑞锦窠,凉月素银波。兰舟夜如何? 晚凉也末哥。

万顷湖光镜新磨,小玉娥,隔翠荷,采莲歌。

(张可久:正宫·汉东山)

10. 绿幺遍

《中原音韵》入"正宫",入套而属"仙吕"。单支小令,9句,38字。8韵脚,平仄通韵格。四字句多用对仗。

平平<u>仄</u>,平平<u>仄</u>。平平仄仄,仄仄平<u>平</u>。平平仄<u>平</u>,平平<u>仄平</u>,平平仄仄平平<u>仄</u>。平<u>平</u>,平平仄仄仄平<u>平</u>。

不占龙头选,不入名贤传。时时酒圣,处处诗禅。烟霞状元,江湖醉仙,笑谈便是编修院。留连,批风抹月四十年。

(乔吉:正宫·绿幺遍)

11. 甘草子

元人小令《甘草子》仅薛昂夫1首。无他作参酌。《太和正音谱》入"正宫"。单支小令,11句。8韵脚,平仄通韵格。

平平<u>仄</u>,仄仄平平,平仄仄平平<u>仄</u>。仄仄平,平平<u>仄平</u>。平平<u>仄</u>,仄平仄<u>平</u>,仄仄平平仄平<u>仄</u>。平平平平仄<u>仄</u>,仄仄平平<u>仄仄</u>。仄仄<u>仄</u>。仄仄平<u>平</u>。

金风发,飒飒秋香,冷落在阑干下。万柳稀,重阳暇,看红叶,赏黄花。促织儿啾啾添潇洒。陶渊明欢乐煞,耐冷迎霜鼎内插。看雁落平沙。

(薛昂夫:正宫·甘草子)

[黄钟]

12. 出队子

单支小令,正格5句,30字。5韵脚,平仄通韵格。《出队子》可带幺篇,有同型幺篇与换头幺篇两种。

仄平平<u>仄</u>,平平仄仄<u>平</u>。仄平仄仄平平<u>平</u>,仄仄平平仄平<u>仄</u>。平仄仄平平仄<u>仄</u>。[幺篇]平仄仄仄平平<u>仄</u>,平平仄仄平。平平仄仄仄平平,仄仄平平平仄去,仄仄平平平仄仄。

记柳边朱户,乍相逢春正初。看一帘花雾暗香浮,爱满地凉蟾素练铺,听四座笙歌红袖舞。

(无名氏:**出队子·秋怀**《全元散曲》)

13. 贺圣朝

单支小令,6句,35字。6韵脚,平声通韵格。

仄仄平,仄平平仄仄平,仄仄平平仄仄平。仄平平平仄仄平,仄上仄、仄平平。仄平平仄仄平。

春夏间,遍郊原桃杏繁,用尽丹青图画难。道童将驴备上鞍,忍不住、只怹般顽。将一个酒葫芦杨柳上拴。

(无名氏:**贺圣朝**)

14. 节节高

《太平乐府》入"黄钟"。单支小令,8句,31字。4韵脚,平仄通韵格。

仄平平仄,仄平平去。平平去上,平平上去。○仄仄平,平平仄,去上平。去上平平仄平。

雨晴云散,满江明月。风微浪息,扁舟一叶。半夜心,三生梦,万里别。闷倚篷窗睡些。

(卢挚:**黄钟·节节高**)

15. 红绵袍

又名"红衲袄"。《大成谱》入"小石角",误。

仄平平仄仄平,平平平仄仄,平平仄仄平仄。平平仄仄平(可仄叶),平仄仄平仄(可平叶),仄仄仄平仄,仄平仄平平去上。

那老子爱清闲主意别,钓桐江江上雪,泛桐江江上月。君王想念者,宣到凤凰阙。想着七里渔滩,将着一钩香饵,望着富春山归去也!

(徐再思:黄钟·红绵袍)

16. 者刺古

单支小令,10句,46字。9韵脚,平仄通韵格。多用对仗修辞。

仄平平平去平,仄仄仄平平。仄平平仄仄平,平仄仄平平。平平平去上,仄仄仄平去。仄仄平平,平平去去。平上平,仄仄平。

拣山林深处居,盖草舍茅庐。引岩泉入圃渠,浇野菜山疏。穷生涯自足,远是非荣辱。凿石栽松,锄云种竹。无所拘,乐自如。

(扬景辉:黄钟·者刺古)

17. 人月圆

此曲谱与词谱相同。吴激作词后,北人喜歌遂入曲。下片惯作"幺篇换头"。11句,48字。平声通韵格。

平平仄仄平平去,平仄仄平平。仄平平上,平平仄仄,仄仄平平。[幺篇换头]仄平平仄,仄平平仄,仄仄平平。仄平平仄(可仄叶),平平仄去,仄仄平平。

江皋楼观(读仄声)前朝寺,秋色入秦淮。败垣芳草,空廊落叶,深砌苍苔。[幺篇换头]远人南去,夕阳西下,江水东来。木兰花在,山僧试问,知为谁开?

(徐思:黄钟·人月圆)

18. 刮地风

入"黄钟"。单支小令,正格11句,52字。9韵脚,平仄通韵格。

仄仄平平仄仄平,仄仄平平。仄平平仄仄平,仄仄平

平。仄平平去,仄平平仄。仄仄平平,仄平平去。平平仄仄,
平平仄仄平。仄仄平平。

春日凝妆上翠楼,满目离愁。悔教夫婿觅封侯,蹙损眉
头。园林春到,物华依旧。并枕双歌,几时能够。团圆日是
有,相思病怎休? 都道我减了风流。

(赵显宏:**刮地风**)

19. 昼夜乐

小令,本调 10 句,52 字。10 韵脚,平仄通韵格。其"幺
篇换头",10 句,51 字。10 韵脚,平仄通韵格。

仄仄平平仄仄平,平平、平平仄仄平平。平平仄上,仄平
平、仄平平平去,仄平平仄仄平平。仄仄平,平平平平,平仄
平平(叠句),仄仄仄平平去。[幺篇换头]平平、平平(叠前二
字)平仄仄。平平,平平、平平(叠前二字)平仄仄平平。平平
去上。平平仄、仄平仄仄仄仄平。仄平平仄仄平平。仄仄平
平,仄仄平平(叠句)。平仄仄平平去。

风送梅花过小桥,飘飘,飘飘地乱舞琼瑶。水面上流将去
了,觑绝时、落英无消耗。似才郎水远山遥。怎不焦,今日明
朝,今日明朝,又不见他来到。[幺篇换头]佳人、佳人多命
薄,今遭,难逃、难逃他粉悴烟憔。直恁般鱼沉雁杳。谁承望、
拆散了鸾凤交。空教人梦断魂劳。心痒难揉,心痒难揉。盼
不得鸡儿叫。

(赵显宏:**黄钟·昼夜乐·冬**)

[仙吕]

20. 雁儿

又名"醉雁儿"。据《中原音韵·小令》定格,元代周德清
曰:"此调极罕,伯乐琴也。"单支小令,5 句,17 字。4 韵脚,平

仄通韵格。

仄仄平平平平仄,仄仄平,仄平平。平,仄平平。

你有那出世超凡神仙分,系一条一抹绦,戴一顶九阳巾。君,敢着你做真人。

(马致远:仙吕·醉雁儿)

21. 一半儿

《全元散曲》载"一半儿"43 首。本调与词谱"忆王孙"相较,仅末句有异,"一半儿"将"忆王孙"末句改为"一半儿"(非衬字)特定格。《中原音韵》以陈克明"仙吕·一半儿"定格。小令,5 句,33 字。5 韵脚,平仄通韵格。

仄平平仄仄平平,仄仄平平仄去平(可仄叶),平仄仄平平去平。仄平平,一半儿平平一半儿上(可平叶)。

注:"一半儿"是必用语。

自将杨柳品题人,笑捻花枝比较春。输与海棠三四分。再偷匀,一半儿胭脂一半儿粉。

(陈克明:仙吕·一半儿)

22. 青哥儿

又名"青歌儿"。见马致远《咏十二月》作 12 首。入"仙吕",也入"双调""商调"。单支小令,5 句,30 字。5 韵脚,平仄通韵格。

平平平平平去,仄平平仄仄平平。仄仄平平仄仄平,仄仄平平仄平上,平平去。

春城春宵无价,照星桥火树银花。妙舞清歌最是他,翡翠坡前那人家,鳌山下。

(马致远:仙吕·青哥儿·十二月·正月)

23. 鹊踏枝

《元曲斠律》载[仙吕]"鹊踏枝"40 首。单支小令,正格 6

句,28字。5韵脚,平仄通韵格。

仄平平,仄平平。仄仄平平,仄仄平平。仄平平、平平仄仄。仄平平、仄去平平。

声沥沥巧莺调,舞翩翩粉蝶飘。忙劫劫蜂翅穿花,闹炒炒燕子寻巢。喜孜孜、寻芳斗草。笑吟吟、南陌西郊。

(无名氏:仙吕·鹊踏枝)

24. 醉扶归

《元词斠律》载本调26首。《中原音韵》以关汉卿之作定格。入"仙吕",也入"越调""商调"。单支小令,正格6句,33字。6韵脚,平仄通韵格。

仄仄平平仄,平仄仄平平。仄仄平平仄上平,仄仄平平仄。仄仄平平仄平,仄仄平平去。

十指如枯笋,和袖捧金樽。搊杀银筝字不真。揉痒天生钝。纵有相思泪痕,索把拳头搵。

(关汉卿:仙吕·扶醉归·秃指甲)

25. 游四门

单支小令,6句,30字。五言与七言相间,句句用韵,平仄通韵格。

平平仄仄仄平平,平仄仄平平。仄平平仄平平仄,仄仄平平。平,仄仄仄平平。

琴书笔砚作生涯,谁肯恋荣华。有时伴唱渔樵话,兴尽饮流霞。嗏!不醉不归家。

(无名氏:仙吕·游四门)

26. 四季花

见《太和正音谱》,少用。单支小令,6句,32字。4韵脚,平仄通韵格。

仄平平仄仄平仄,平仄仄平平。仄平平仄仄,平仄仄平平。仄平平(叠上句末三字),仄仄平仄仄平平。

一年三百六十日,花酒不曾离。醉醺醺酒淹衫袖湿,花压帽檐低。帽檐低,吃了穿了是便宜。

(无名氏:仙吕·四季花)

27. 寄生草

入"仙吕",也入"双调"。起句元人有叶韵者。

平平仄(可叶),仄仄平。仄平平仄平平去,平平仄仄平平去,仄平平仄平平去,仄平平仄仄平平,平平仄仄平平去。

枯荷底,宿鹭鸶,玉簪香惹蝴蝶翅。长空雁写斜行字,御沟红叶题传示。东篱陶令醒初醒,西风了却黄花事。

(无名氏:仙吕·寄生草)

28. 后庭花破子

元好问作"后庭花破子",入"仙吕"。单支小令,7句,32字。5韵脚,平声通韵格。首一、二句对偶,三、四句对偶。

仄仄仄平平,平平平仄平。仄平平仄仄,平平仄仄平。仄平平,平平平仄,仄平平仄平。

玉树后庭前,瑶华妆镜边。去年花不老,今年月又圆。莫教偏。和花和月,大家长少年。

(元好问:仙吕·后庭花破子)

29. 后庭花

入"仙吕",也入"中吕""商调"。单支小令,正格7句,32字。5韵脚,平声通韵格。其偏格(或称增句格)是在正格末句后,增五字句若干。

平平仄仄平,仄平平仄平。平仄平平仄。平平仄仄平,仄平平,仄平平去(可叶),平平仄仄平。

孤身万里游,寸心千古愁。霜落吴江冷,云高楚甸秋。认归舟,风帆无数,斜阳独倚楼。

(吕止庵:仙吕·后庭花)

30. 醉中天

又名"忆王孙"。入"仙吕",也入"越调"及"双调"。单支小令,7句,32字。7韵脚,平仄通韵格。

仄仄平平仄,仄仄仄平平。仄仄平平仄仄平,仄仄平平仄。仄仄平平仄平,仄平平仄,平平仄仄平平。

疑是杨妃在,怎脱马嵬灾。曾与明皇捧砚来,美脸风流杀。叵奈挥毫李白,觑着娇态,洒松烟点破桃腮。

(白朴:仙吕·醉中天·佳人脸上黑痣)

31. 金盏儿

又名"醉金盏",有别于"双调""金盏子"。据《中原音韵·小令定格》,《元词斠律》载[仙吕]"金盏儿"30首。单支小令,8句,40字。6韵脚,平仄通韵格。邻句间用合璧对。

仄平平,仄平平。平平仄仄平平仄,仄平平仄仄平平。仄平平仄仄,平仄仄平平。仄平平仄仄,平仄仄平平。

据胡床,对潇湘。黄鹤送酒仙人唱,主人无量醉何妨?若卷帘邀素月,胜开宴出红妆。但一尊留墨客,是两处梦黄粱。

(马致远:仙吕·金盏儿·岳阳楼·第一折第十曲)

32. 哪吒令

入"仙吕"。单支小令,9句,28字。7韵脚,平仄通韵格。《乐府新声》载,"哪吒令"可带"鹊踏枝""寄生草"。

仄平,仄平平仄。平仄,平平上平。上平,仄仄仄平。仄仄平,平平仄,仄仄平平。

青芽芽柳条,接绿茸茸芳草。绿茸茸芳草,间碧森森竹梢。碧

森森竹梢,接红馥馥小桃。娇滴滴景物新,笑吟吟闲行乐,一步步扇面儿堪描。

(无名氏:仙吕·哪吒令)

33. 太常引

《太和正音谱》入"仙吕"。此曲沿用词调,将词谱下片作"幺篇换头"。

仄平平仄仄平平,仄仄仄平平。平仄仄平平。平平仄平平仄平。[幺篇换头]平平仄仄,仄平仄平,仄仄仄平平。仄仄仄平平,仄仄仄平平仄平。

断塘流水洗凝脂,早起索吟诗。何处觅西施?垂杨柳萧萧鬓丝。[幺篇换头]银匙藻井,粉香梅圃,万瓦玉参差。一曲乐天词,富贵似吴王在时。

(张可久:仙吕·太常引)

34. 锦橙梅

《太和正音谱》入"仙吕"。小令,9句,52字。8韵脚,平仄通韵格。

平仄仄、仄仄平,仄平平、仄平平。仄平平仄仄平平,仄仄平平仄。仄平平、仄仄仄平,平仄仄、平仄平仄。平仄仄、平仄平。仄平平,仄仄平平去。

红馥馥的脸衬霞,黑髭髭的鬓堆鸦。料应他,必是个中人,打扮的堪描画。颤巍巍的插著翠花,宽绰绰的穿著轻纱。兀的不风韵煞、人也嗏。是谁家?我不住了偷晴儿抹。

(张可久:仙吕·锦橙梅)

35. 三番玉楼人

小令,11句,47字。11韵脚,平仄通韵格。

仄仄平平仄,仄仄仄平平。仄仄平平仄仄,平平仄。

仄仄平,仄平平,仄平平,仄平仄仄平。平仄仄平。仄平平去,平仄仄平平。

　　风摆檐间马,雨打响碧窗纱。枕剩衾寒没乱煞,不着我题名儿骂。暗想他,暗想他,忒情杂,等来家,好生的歹斗咱。我将那厮脸儿上不抓？耳轮儿揪罢,我问你昨夜宿谁家？

（无名氏：仙吕·三番玉楼人）

36. 春从天上来

入"仙吕"。小令,12句。9韵,平仄通韵格。

平平仄仄,仄仄仄平平。平平仄平平仄。仄仄平平,仄仄仄平平。仄仄仄平平仄平。仄平仄仄平平,平仄仄平。平平仄仄,平平仄平。平平仄仄平平去。

　　巡官算我,道我命运乖。教奴镇日无精彩。为想佳期,不敢傍妆台。又恐怕爹娘做猜。把容颜只恁改。漏永更长,不由人泪满腮。他情是歹,咱心且捱。终须也要还满了相思债。

（王伯成：仙吕·春从天上来·闺怨）

[中吕]

37. 醉高歌

又名"最高歌""最高楼"。见《中原音韵》,入"中吕",姚燧感怀4首。单支小令,4句,25字。4韵脚,平仄通韵格。首一、二句对仗。尚可带"喜春来""摊破喜春来""红绣鞋"等曲。

平平仄仄平平,仄仄平平仄仄。平平仄仄平平去,仄仄平平去上。

　　十年燕月歌声,几点吴霜鬓影。西风吹起鲈鱼兴,已在桑榆暮景。

（姚燧：中吕·醉高歌·感怀）

38. 快活三

单支小令,4句,22字。4韵脚,平仄通韵格。《广正谱》云:"末句必要仄仄平平去,上声属第二着。""快活三"可带"朝天子"一调,也可带"朝天子""四换头"两调,尚可带"朝天子""四边静"两调。

平平仄仄平(可仄叶),仄仄仄平平,平平仄仄仄平平,仄仄平平去。

梨花白雪飘,杏艳紫霞消。柳丝舞困小蛮腰,显得东风恶。

(胡祗:中吕·快活三)

39. 喜春来

又名"阳春曲""惜芳春"。《太平乐府》入"中吕",也入"正宫",可与"普天乐"合为带过曲。单支小令,5句,29字。5韵脚,平仄通韵格。

平平平仄平平仄,仄仄平平仄仄平。平平仄仄仄平平,平去仄(可平叶),平仄仄平平。

知荣知辱牢缄口,谁是谁非暗点头。诗书丛里且淹留,闲袖手,贫煞也风流。

(白朴:中吕·喜春来)

40. 卖花声

又名"升平乐""秋云冷""秋去云冷孩小"。与词谱"卖花声"(浪淘沙)不同。入"中吕",又入"双调"。单支小令,6句,36字。5韵脚,平仄通韵格。首二句对仗。

仄平平仄平平仄,仄仄平平仄仄平。平平仄仄仄平平,平平仄仄(可叶),平平仄(可仄叶),仄平平仄平平去。

雪儿娇小歌《金缕》,老子婆婆倒玉壶。满身花影倩人扶。昨宵不记,雕鞍归去,问今朝酒醒何处?

(徐再思:**中吕·卖花声**)

41. 红绣鞋

又名"朱履曲",入"中吕"。单支小令,6句,34字。6韵脚,平仄通韵格。第一、二句对仗,第四、五句对仗。末句《中原音韵》谓须"仄平平去上",第一字按变格法则"可平可仄",或于句首加一领字,如张可久《武康道中简王复斋》末句:"且吟诗休上马",周德清《郊行》:"说江山憔悴煞"。本调除独用,尚可为《最高歌》所带过。

仄仄平平仄仄,平平仄仄平平。仄平平仄仄平平,仄平平去上(可仄叶),平仄仄平平。仄平平去上。

东里先生酒兴,南州高士文声。玉龙嘶断彩鸾鸣。水空秋月冷,山小暮天青。苏公堤上景。

(冯子振:**中吕·红绣鞋**)

42. 迎仙客

《乐府群玉》入"中吕",也入"正宫",并入南曲"中吕"。有首句平韵格及仄韵格两种,但后者少用。单支小令,7句,28字。6韵脚。

仄仄平(可仄叶),仄平平,仄仄平平平仄平(可仄叶)。仄平平(可叶),平仄平(可叶),仄平平,仄仄平平去。

吹落红,楝花风,深院垂杨轻雾中。小窗闲,停绣工。帘幕重重,不锁相思梦。

(李致远:**迎仙客**,首句平韵格)

去冉冉,草纤纤,谁家隐居山半崦。水烟寒,溪路险,半幅青帘,五里桃花店。

(张可久:**迎仙客**,首句仄韵格)

43. 乔捉蛇

入"中吕"。单支小令,9句,42字。6韵脚,平仄通韵格。首一、二句对仗。

平仄仄平平,仄平平仄仄。仄平平仄仄平平,平仄仄平平仄仄。平仄仄,平仄仄,仄平平仄仄。仄平平仄,平平仄。

毒似两头蛇,狠如双尾蝎。闪的我无情无绪无归着,几日几时捱得彻。愁一会,闷一会,柔肠千万结。将耳朵儿绝了,把金莲颠。

（无名氏:中吕·乔捉蛇）

44. 上小楼

入"中吕"。此调仅张可久所作。单支小令,10句,37字。7韵脚,平仄通韵格。首一、二句对仗,三、四、五句为鼎足对。

平平仄平,平平平去。仄仄平平,仄仄平平,仄仄平平。仄仄平,仄仄平,平平平去,仄平平,仄平平去。

寒潭玉龙,仙山么凤。春断南枝,人在西楼,笛怨东风。曲未终,酒不空,罗浮仙梦,月黄昏,暗香浮动。

（张可久:中吕·上小楼）

45. 醉春风

入"中吕",也入"正宫""双调"。单支小令,有7句式、8句式、9句式,其区别在于一字句多少不同,限于1至3字间变化。常见8句式,以9句式定格。9句式,32字。8韵脚,平仄通韵格。据《诗词曲格律纲要》统计《全元散曲》本调26首,首一、二句对仗18首,末三句鼎足对10首。

平仄仄平平,仄平平仄仄。仄平仄仄平平,仄,仄,仄（三连叠字）。仄仄平平,平仄仄,仄平平去。

直睡到日齐高,白云无意扫。一盂白粥半瓢虀,饱,饱,饱。检个仙方,弄般仙草,试些丹灶。

(邓玉宾:中吕·醉春风)

46. 满庭芳

入"中吕",又入"正宫""仙吕"。或名"满庭霜",与词《满庭芳》不同。单支小令,10句,49字。起句可平叶,但据《中原音韵》"平叶属第二着",且元人多用上叶,故平叶者少用。

平平仄上(可平叶),平平仄仄(可叶),仄仄平平。平平仄仄平平去,平仄仄平,平仄仄平平仄仄(可平叶),仄平平仄仄平平。平平去,仄平去平(可上叶),平仄仄平平。

扁舟最小,纶巾蒲扇,酒瓮诗瓢。樵青拍手渔童笑,回首金焦,箬笠底风云缥缈。钓竿头活计萧条。船轻棹,一江夜潮,明月卧吹箫。

(乔吉:中吕·满庭芳)

47. 普天乐

即正宫之《黄梅雨》,与《大成谱》高大石角中的《北普天乐》、正宫内的《南普天乐》不同。本调11句,46字。6韵脚,平仄通韵格。

仄仄平(可叶),平平仄。仄平平仄,仄仄平平,平仄平(可叶),平平仄,仄仄平平平仄。仄平平仄平平,平平仄仄(可平叶,可上叶),平仄仄(可平叶,可仄叶),平仄平平。

水接蓝,山横黛,水光山色,掩映书斋。图画中,嚣尘外,暮醉朝吟妨何碍。正黄花三径齐开,家山在眼,田园称意,其乐无涯。

(张养浩:中吕·普天乐)

48. 朝天子

又名"谒金门""朝天曲"。《张小山北曲联乐府》入"中吕",也入"正宫"及"双调"。除独用,常与《快活三》合为带过曲。

仄平(可上叶),仄平(可上叶),仄仄平平去。仄平平仄仄平平,仄仄平平去。仄仄平平,平平仄仄(可平叶),仄平平仄平(可上叶)。仄平(可上叶),仄平(可上叶),仄仄平平去。

寺前,洞天,粉翠围屏面。隔溪疑是武陵源,树影参差见。石屋金仙,岩阿碧藓,湿云飞砚边。冷泉,看猿,摇落梅花片。

(张可久:中吕·朝天子)

49. 山坡羊

又名"山坡里羊""苏武持节"。入"中吕",也入"黄钟"或"商调"。除独用,也与《青哥儿》为带过曲。

平平平去,平平平去,平平仄仄平平去。仄平平,仄平平,仄平仄仄平平去上(可平叶),平(可仄叶),平去平(可上叶)。平(可仄叶),平去平(可上叶)。

衣松罗扣,尘生鸳甃,芳容更比年时瘦。看吴钩,听秦讴,别离滋味今番又。湖上藕花堤上柳,飕,浑是秋。愁,休上楼。

(张可久:中吕·山坡羊)

[南吕]

50. 四块玉

异体较多。其一、起句有三式:①平叶格,如马致远"绿鬓衰,朱颜改"。②平不叶格,如《太和正音谱》举关汉卿"适意行,安心坐"。③仄不叶格,如马致远"酒旋沽,鱼新买",但按元人,此格极少用。其二、末三句有四式:①三句同平、同韵,如马致远"枕上忧,马上愁,死后休",多用。②三句尾字平、去、上,末二句叶,如刘致"波上鸥,花底鸠,湖畔柳",少用。③三句同平,末二句叶,如马致远"几叶绵,一片绸,暖后休",多用。④三句尾字平、上、上,如刘致"门外山,壶内酒,林下叟",少用。末三句多见衬字。

基本规律:①首句及倒数第三句句尾同平、不用韵(首句不韵格);②首句及倒数第三句同平,同韵部(首句叶韵格)。

(1)首句不韵格:仄仄平,平平仄,仄仄平平仄平平。平平仄仄平平去。平仄平,仄仄平,平去平。

翠竹边,青松侧,竹影松声两茅斋。太平幸得闲身在。三径修,五柳栽,归去来。

(马致远:**南吕·四块玉**)

(2)首句叶韵格:仄仄平,平平仄,仄仄平平仄平平。平平仄仄平平上。平去平,平去平,平去上。

自送别,心难舍,一点相思几时绝。凭阑袖拂杨花雪。溪又斜,山又遮,人去也。

(关汉卿:**南吕·四块玉**)

(3)四块玉重头:首句不韵格多见重头(反复吟咏多段)。例马致远《四块玉·叹世三首》即三重头:

〔一〕带野花,携村酒。烦恼如何到心头,谁能跃马常食肉?二顷田,一具牛,饱后休。

〔二〕佐国心,拿云手。命里无时莫刚求,随时过遣休生受。几叶绵,一片绸,暖后休。

〔三〕戴月行,披星走。孤馆寒食故乡秋,妻儿胖了咱消瘦。枕上忧,马上愁,死后休。

51. 金字经

又名"阅金经""西番经"。《阳春白雪》入"南吕"。单支小令,7句,31字。平仄通韵格。

仄仄平平仄(可叶),仄平平仄平,平仄平平平仄平。平,仄平平仄平。平平仄,平平仄仄平。

泪溅描金袖,不知心为谁,芳草萋萋人未归。期,一春鱼雁稀。人憔悴,愁堆八字眉。

(贯云石:南吕·阅金经)

52.《干荷叶》

又名"翠盘秋",原是民间小曲。入"南吕",又入"中吕""双调"。单支小令,7句,29字。平仄通韵格。

平平仄,仄平平,仄仄平平去。仄平平,仄平平,平平仄仄仄平平。仄仄平平去。

干荷叶,色无多,不奈风霜锉。贴秋波,倒枝柯,宫娃齐唱《采莲歌》。梦里繁荣过。

(刘秉忠:干荷叶·漫兴之四)

53. 玉交枝

一作"玉娇枝"。入"南吕",也入"双调"。共8句。《钦定曲谱》《太和正音谱》有带过曲"四块玉"。

平平平仄,平平平仄。平平仄仄平平仄。仄平平平仄平。平平仄仄平仄平,平平仄仄平平仄。平平仄仄,仄平仄、平平仄仄。

山间林下,有草舍蓬窗幽雅。苍松翠竹堪图画。近烟村三四家。飘飘好梦随落花,纷纷世味如嚼蜡。一任他苍头皓发。莫劳顿、心猿意马。

(乔吉:玉交枝)

[双调]

54. 一锭银

单支小令,也可带"大德乐"为带过曲。4句,21字。4韵脚,平仄通韵格。

仄仄平平仄仄平,仄平平仄(可叶平)。仄仄平平仄仄,仄仄平平。

注:仄平平仄句可变为仄仄平平而押平声韵。

翠袖殷勤捧玉觞,浅斟低唱。便是个恼乱杀苏州小样,小名儿唤做当当。

(无名氏:双调·一锭银)

55. 阿纳忽

亦名"阿忽令""正音谱""钦定曲谱"误作两调。首句可仄叶,如无名氏"逢好花簪带,遇美酒开怀"可证。末句据《太平乐府》无名氏4首皆为平仄仄平平。

仄平平平(可仄叶),仄仄平平。平平仄平平仄,平仄仄平平。

双凤头金钗,一虎口罗鞋。天然海棠颜色,宜唱那阿纳忽修来。

(无名氏:双调·阿纳忽)

56. 大喜人心

据《太和正音谱》列为小令,入"双调"。6句,26字。4韵脚,平仄通韵格。

平平,平平仄仄平。仄仄,仄仄平平仄。仄仄平平平仄,仄平平仄仄平。

诗书,诗书润几斋。任落魄,任落魄无妨碍。脱利名浮云外,俺窝中好避乖。

(无名氏:双调·大喜人心)

57. 得胜乐

此与"得胜令"非同曲。入"双调"。单支小令，6句，24字。3韵脚，平仄通韵格。

平仄上(可平)，平平去。仄仄平平仄平。仄仄平平平去，仄仄仄，仄平平。

独自寝，难成梦。睡觉来怀儿里抱空。六幅罗裙宽褪，玉腕上，钏儿松。

(白朴：**双调·得胜乐**)

58. 落梅风

又名"寿阳曲"，与南曲小石调引子不同。入"双调"。单支小令，5句，27字。按首二句用韵，有三式：①首句不叶，如马致远"磨龙墨，染思毫"；②平仄通叶，如张可久"江村路，水墨图"；③仄叶仄，如徐再思"香多处，情万里。"

平平仄(可叶)，仄仄平(可仄叶)。仄平平仄平平去。平平仄平平去上(可平叶)，仄平平仄平平去。

东风景，西子湖。湿冥冥柳烟花雾。黄莺乱啼蝴蝶舞，几秋千打将春去。

(张可久：**双调·落梅风**)

59. 皂旗儿

入"双调"。单支小令，6句，24字。4韵脚，平仄通韵格。

仄仄平平仄平，平平。平平仄仄仄平平。平，平仄仄，仄平平仄。

炕暖窗明草舍低，谁及？周公枕上梦初回。呀，直睡到，上三竿红日。

(无名氏：**双调·皂旗儿**)

60. 庆宣和

《张小山北曲联乐府》入"双调"。5句。末二叠句。《中原音韵》曰:"末尾须去上,去平属第二着。切不可上平"。

仄仄平平仄仄平,(可上叶)仄仄平平。仄仄平平仄平平(可去叶)。去上(可平叶),去上(可平叶)。

云影天光乍有无,老树扶疏。万柄高荷小西湖。听雨,听雨。

(张可久:双调·庆宣和)

61. 清江引

又名"江儿水"。独用者多,也可为《雁儿落》或《楚天遥》之带过曲。"清江引"有主格、次格、偏格3种。主格的首句与尾句平起,多用;次格的首句与尾句仄起,较少用;偏格为仅改主格首句的仄韵脚为平韵脚,极少用。三格皆5句,29字,4韵脚。

(1)主格:首尾两句同为平平仄平平去上。

平平仄平平去上,仄仄平平去。平平仄仄平,仄仄平平去。平平仄平平去上。

注:首句及尾句尚可换为:平平仄平平平去。

平安信来刚半纸,几对鸳鸯字。花开望远行,玉减伤春事。东风草堂飞燕子。

(张可久:双调·清江引·春晚)

(2)次格:首尾两句同为平仄仄平平去上。

平仄仄平平去上,仄仄平平去。平仄仄平平,仄仄平平去。平仄仄平平去上。

白雁乱飞秋似雪,清露生凉夜。扫却石边云,醉踏松根月。星斗满天人睡也。

(吴西逸:双调·清江引·秋居)

(3)偏格:首句平平仄平平去平。

平平仄平平去<u>平</u>,仄仄平平<u>去</u>。平平仄仄平,仄仄平平去。平平仄仄平去<u>上</u>。

西风小亭黄叶多,鹤领神仙过。云来绿树平,水迸青山破,天然图画添上我。

(张可久:双调·清江引·过刘山)

62. 枳郎儿

《太和正音谱》入"双调"。单支小令,6句,30字。6韵脚,平仄通韵格。首二叠句。

仄平<u>平</u>,仄平平,仄仄仄平<u>平</u>。仄仄平平仄平<u>平</u>,平平平<u>仄</u>,仄仄平平仄仄平<u>平</u>。

访仙家,访仙家,远远入烟霞。汲水新烹阳美茶,瑶琴弹罢,看满园金粉落松花。

(柴野愚:双调·枳郎儿)

63. 青玉案

与律词《青玉案》不同。《太和正音谱》入"双调"。单支小令,7句,36字。4韵脚,平仄通韵格。

平平仄仄平<u>仄</u>,平平仄仄,仄仄仄平平。仄仄平平仄<u>上</u>。平平仄仄,仄仄平平,平平平仄<u>仄</u>。

插宫花饮御酒同欢乐,功劳薄上,写上也么哥。万载标名麒麟阁。封妻荫子,进禄加官,想人生一世了。

(无名氏:双调·青玉案)

64. 风入松

为词谱"风入松"的一半。单支小令,6句,38字。4韵脚,平声通韵格。

平平平仄仄平<u>平</u>,仄仄平平<u>平</u>。平平仄仄平平仄(可叶),仄平̣平平仄平̣平。仄仄平平仄仄(可叶),平平仄仄平平̱。

琅琅新雨洗湖天,小景六桥边。西风泼眼山如画,有黄花休恨无钱。细看茱萸一笑,诗翁健似常年。

(张可久**双调·风入松**)

65. 步步娇

又名"潘妃曲"。单支小令,6 句,30 字。6 韵脚,平仄通韵格。

仄仄平平、平平仄̣,仄仄平平仄̱。仄仄平̱,仄仄平平、仄平平̱。仄平仄̱,仄仄平平去̣。

绿柳青青、和风荡,桃李争先放。紫燕忙,队队衔泥、戏雕梁。柳丝黄,堪画在帏屏上。

(商挺**双调·步步娇**)

66. 春闺怨

《乐府群玉》入"双调"。单支小令,6 句,33 字。6 韵脚,平仄通韵格。

仄仄平平平仄上̱,仄平平仄仄平平̱。仄平平仄平平去̱。平去平̱,仄仄平平̱,平仄仄平平̱。

不系雕鞍门前柳,玉容寂寞见花羞。冷风儿吹雨黄昏后。帘控钩,掩上珠楼,风雨替花愁。

(乔吉**双调·春闺怨**)

67. 快活年

"双调"。独用,也可"沽美酒"带过"快活年"。首句可作仄仄平平仄平平,如无名氏"雁字长空点残云";末字也可平平仄,如无名氏"多丰韵",或平仄平,如无名氏"苏小卿"。

平平仄仄仄平平̱,平平平仄仄̱,平平仄仄平平̱。仄仄平平去,仄仄平平去,平仄上(可平叶)。

闲来乘兴访渔樵,寻林泉故交。开怀畅饮两三瓢,只愿身安乐,笑了重还笑。沉醉倒。

(盍西村:**双调·快活年**)

68. 拨不断

又名"续断弦"。入"双调"。单支小令,6 句,3 字。6 韵脚,平仄通韵格。

仄平平,仄平平。平平仄仄平平仄,仄仄平平仄仄平。平平仄仄平平仄,平平仄去。

浙江亭,看潮生。潮来潮去原无定。惟有西山万古青。子陵一钓多高兴,闹中取静。

(马致远:**双调·拨不断**)

69. 山丹花

《太和正音谱》入"双调"。单支小令,6 句,28 字。6 平韵。第二、三、五、六句为叠句格。

平平仄仄平仄平,平平平,平平平。平平平仄仄平平。仄仄平平平,平平平。

昨朝满树花正开,蝴蝶来,蝴蝶来。今朝花落委苍苔。不见蝴蝶来,蝴蝶来。

(无名氏:**双调·山丹花**)

70. 河西六娘子

见《太和正音谱》《康熙曲谱》,柴野愚入"双调"。9 句,38 字。6 韵脚,平仄通韵格。

仄仄平平仄去平,平平仄、平平平。仄平平、平仄平平仄仄。平仄仄平平,平仄仄平平。仄平平、仄去平。

骏马双翻碧玉蹄,青丝鞚、黄金羁。入秦楼、将在垂杨下系。花压帽檐低,风透绣罗衣。袅吟鞭、月下归。(翻,《康熙曲谱》作"飞")

(柴野愚:双调·河西六娘子)

71. 沉醉东风

《阳春白雪》入"双调",与南曲入"仙吕"不同。单支小令,7句,39字。6韵脚,平仄通韵格。

仄仄平平仄平(可仄叶),平平仄仄平平。仄平平,平平仄,仄平平仄仄平平(可去叶)。仄仄平平仄仄平(可仄叶)。仄仄平平平去上。

夜月青楼凤箫,春风翠髻金翘。雨云浓,心肠俏,俊庞儿玉软香娇。六幅湘裙一搦腰。间别来十分瘦了。

(关汉卿:双调·沉醉东风)

72. 大德歌

入"双调"。元代杨朝英编《阳春白雪》录关汉卿"大德歌"10首。内有"吹一个,弹一个,唱个新行大德歌"的句子,"大德"是元成宗年号。

仄平平,仄平平,仄仄平平仄仄平。仄仄平平仄,平平仄仄平。平平仄仄平仄,平仄仄平平。

雪粉华,舞梨花。再不见烟村四五家。密洒堪图画,看疏林噪晚鸦。黄芦掩映清江下,斜揽着钓鱼艖。

(关汉卿:双调·大德歌·无题之二)

73. 鱼游春水

入"双调"。单支小令,7句,34字。7韵脚,平仄通韵格。

仄平平,仄平平,平平仄仄仄平平。平仄仄平平仄仄,仄仄平平。平平仄平仄,平平仄仄平。

角门儿关,夜香残,空着人直等到更阑。他今夜不来呵咱身上慢,闪的我孤单。孤单不曾惯,鲛绡泪不干。

(无名氏:双调·鱼游春水)

74. 驻马听

《阳春白雪》入"双调",白朴咏吹弹歌舞4首。单支小令,8句,46字。

仄仄平平,仄仄平平平仄仄(可平叶)。平平平去,仄平平仄仄平。仄平平仄仄平,平平仄平平仄。平仄上(可平叶),仄平平仄平平去。

裂石穿云,玉管宜横清更洁。霜天沙漠,鹧鸪风里欲偏斜。凤凰台上暮云遮,梅花惊作黄昏雪。人静也,一声吹落江楼月。

(白朴:双调·驻马听)

75. 庆东原

又名"庆东园""郓城春"。入"双调"。单支小令,8句,35字。第四、五、六句最好鼎足对。

平平仄(可叶),仄仄平。平仄仄平平去。平平仄上(可平叶),平平仄上(可平叶),仄仄平平。仄仄平平平(可叶),仄仄平平去。

黄金缕,碧玉箫。温柔乡里寻常到。青春过了,朱颜渐老,白发调骚。则待强簪花,又恐旁人笑。

(白朴:双调·庆东原)

诗情放,剑气豪。英雄不把穷通较。江中斩蛟,云间射雕,席上挥毫。他得志笑闲人,他失脚闲人笑。

(张可久:双调·庆东原·次马致远先辈韵)

76. 得胜令

又名"阵阵赢""凯歌回"。入"双调"。独用,又可作"雁儿落"带过曲。8句,34字。倒数第三句"仄仄平平去"又作"平平仄仄平",是为异体。有尾句平收格和仄收格两种。

平仄仄平平,仄仄去平平。仄仄平平去,平平仄去平。平平,仄仄平平去。平平,平平平去上。

名利酒吞蛇,富贵梦迷蝶。蚁阵攻城破,蜂衙报日斜。豪杰,几度花开谢?痴呆,三分春去也!

(乔吉:双调·得胜令)

77. 水仙子

又称"凌波曲""凌波仙""湘妃怨""冯夷曲"。入"双调",又入"中吕""南吕",与"黄钟"的"古水仙子"不同。独用,也与"折桂令"合为带过曲。

平平仄仄仄平平,仄仄平平仄仄平。平平仄仄平平仄,仄平平仄仄平。仄、平平平仄平平。仄仄平平仄,平平仄仄平。仄仄平平。

一声梧叶一声秋,一点芭蕉一点愁。三更归梦三更后,落灯花棋未收。叹、新丰孤馆人留。枕上十年事,江南二老忧。都到心头。

(徐再思:双调·水仙子·夜雨)

78. 胡十八

《云庄乐府》入"双调"。单支小令,9句。

仄仄平,仄平仄(可平叶)。平仄平,仄平平。平平仄仄平平,仄仄(可平),仄平,平仄平,平平仄。

正妙年,不觉的老来到。思往常,似昨朝。好光阴流水不相饶。都不如醉了,睡着,任金乌搬废兴,我只推不知道。

(张养浩:双调·胡十八)

79. 殿前欢

又名"小妇孩儿""小凤孙儿""凤将雏"。入"双调"。9

句,43字。8韵脚,平仄通韵格。

仄平平,平平仄仄仄平平。平平仄仄平平仄,仄仄平平,仄平平仄仄平。平平仄,仄仄平平仄,平平仄仄,仄仄平平。

拍栏杆,雾花吹鬓海风寒。浩歌惊得浮云散。细数青山,指蓬莱一望间。纱巾岸,鹤背骑来惯。举头长啸,直上天坛。

(乔吉:殿前欢·登江山第一楼)

80. 燕引雏

往昔将"燕引雏"作"殿前欢"的别名,但大食惟寅"燕引雏"与"殿前欢"有较大不同,兹作别格。阿拉伯人大食惟寅赠张可久小令,入声依然作仄声,如:出、独、国、播。入"双调"。9句,44字。8韵脚,平仄通韵格。中三句、末二句用对仗。

仄平平,平平仄仄仄平平。平平仄仄平平仄,仄仄平平。平平仄仄平,仄仄平平仄,仄平平仄仄。平平仄仄,仄仄平平。

气横秋,必驰八表快神游。词林谁出先生右?独占鳌头。诗成神鬼愁,笔落龙蛇走,才展山川秀。声传南国,名播中州。

(大食惟寅:双调·燕引雏·奉寄小山先辈)

81. 袄神急

《太和正音谱》入"双调"。单支小令,10句。平仄通韵格。

平平平去平,仄仄仄平仄。平平仄仄,平平平仄仄。平仄仄平,仄仄平平仄。平平去,平去平,平平平去平,仄仄平平。

珠帘闲玉钩,宝篆冷金兽。银筝锦瑟,生疏了弦上手。恩情如纸叶薄,人比花枝瘦。雕鞍去,眉黛愁,数归期三月三,不觉的又过了中秋。

(无名氏:双调·袄神急)

82. 对玉环

《太和正音谱》入"双调"。单支小令,10句,46字。7韵脚,平声通韵格。可带《楚天遥》成带过曲结构。

仄仄平平,平平仄仄平。仄仄平平,仄平仄仄平。平平仄仄平。平平平仄仄,仄仄平平,平仄仄平。仄仄平平,平平平仄平。

歌舞婵娟,风流胜玉仙。拆散姻缘。柳青忒爱钱,佳人蓦上船。书生缘分浅,几句新诗,金山古寺边。一曲琵琶,长江秋月圆。

(无名氏:双调·对玉环)

83. 碧玉箫

入"双调"。除独用,也作"雁儿落""清江引""锦上花"的带曲。关汉卿作此曲10首。小令,10句,42字。10韵脚,8平2去通韵格。

仄仄平平,平仄仄平平。仄仄平平,平仄仄平平。平平仄仄平(可仄叶,可不叶),平仄仄平平(可仄叶)。仄仄平,仄平平去。平,仄仄平平去。

秋景堪题,红叶满山溪。松径偏宜,黄菊绕东篱。正清樽斟泼醅,有白衣劝酒杯。官品极,到底成何济。归,学取他渊明醉。

(关汉卿:双调·碧玉箫)

84. 折桂

又名"秋风第一枝""蟾宫曲""蟾宫引""步蟾宫""折桂

回""广寒秋"。入"双调"独用,也和"水仙子"合为带过曲。《钦定曲谱》及《南北词简谱》皆举张可久"葛花袍纸扇芭蕉"一例,为11句格;《中原音韵》举赵天锡"长江浩浩西来",作12句格。其区别在于曲末四字句,一为3句,一为4句。此二格在用韵上有共同性:①曲前5个四字句,二、五句必叶,余者可叶可不叶,或可部分叶;②后3或4个四字句,倒数第二句一般不叶,余者必叶。中2个六字句对仗。

(1)"折桂令"十一句格:平平仄仄平平,仄仄平平(可叶),仄仄平平(必叶)。仄仄平平(可叶),平平仄仄(可叶),仄仄平平(必叶)。仄仄平平仄仄(可叶),平平仄仄平平。仄仄平平(必叶),仄仄平平(可叶),仄仄平平(必叶)。

对青山强整乌纱,归雁横秋,倦客思家。翠袖殷勤,金杯错落,玉手琵琶。人老去西风白发,蝶愁来明日黄花。回首天涯,一抹斜阳,数点寒鸦。

(张可久:十一句格折桂令·九日)

(2)"折桂令"十二句格:平平仄仄平平,仄仄平平(可叶),仄仄平平(必叶)。仄仄平平(可叶),平平仄仄(可叶),仄仄平平(必叶)。平仄仄平仄仄(可平叶),仄平平仄仄平平。仄仄平平(必叶),仄仄平平(必叶),仄仄平平(可叶),仄仄平平(必叶)。

长江浩浩西来,水面云山,山上楼台。山水相辉,楼台相映,天与安排。诗句就云山动色,酒杯倾天地忘怀。醉眼睁开,遥望蓬莱,一半烟遮,一半云埋。

(赵禹圭:十二句格折桂令·题金山寺)

85. 转调淘金令

入"双调"。单支小令,12句,58字。7韵脚,平仄通韵格。

平平仄平,仄仄平平平仄仄。平平仄仄,仄平平仄。平
平仄仄平,仄平平仄平,平平仄仄平平,仄仄平平仄。平仄仄
平平。仄平平,仄平平,平平仄仄平平仄。

初相见时。止望和他同偕老。心肠变也,更无些儿好。
他藏着笑里刀,误了我漆共胶。他如今漾了甜桃,却去寻酸
枣。我这里自敲爻。怎生消?怎生消?磨得我许多烦恼!

(李邦:双调·转调淘金令·思情)

86. 天香引

往昔将"天香引"作为"折桂令"的别名。《南北词简谱》
称:"折桂令""首句必六字,二句,以下直至末句俱四字语
也"。按元人11句60字格者多,谱型:六、四四、四四四、六
六、四四四,初元刘秉忠(1216—1274)的"蟾宫曲"(折桂令)4
首即如此,偶有于六字句句首加一字作七字句。元末汤式
(? —1403)《笔花集》有"天香引·西湖感旧"2首,为12句
式,60字,谱型:七、四四、七四四、七七、四四四四。系《蟾宫
曲》的增字格,兹独立列出。

仄:平平仄仄平平,仄仄平平,仄仄平平。仄:平平仄仄
平平(可不叶),仄仄平平(或平平仄去,不叶),仄仄平平。仄
仄平平仄仄平,仄平平仄平平。仄仄平平,仄仄平平。仄
仄平平,仄仄平平。

问:西湖昔日如何?朝也笙歌,暮也笙歌。问:西湖今日
如何?朝也干戈,暮也干戈。昔日二十里沽酒楼香风绮罗?今
日两三个打鱼船落日沧波。光景蹉跎,人物消磨。昔日西湖,
今日南柯。

(汤式:双调·天香引·西湖感旧)

87. 秋江送

《太和正音谱》入"双调"。14句,60字。平仄通韵格。

平平仄,仄仄仄,仄平平仄仄。平仄仄,平仄平,仄仄仄平仄仄平。平平仄仄,仄仄平平,仄仄仄平平,平平仄平仄。仄仄平平平仄平。平仄仄,仄平平仄,平仄仄平。

财和气,酒共色,四般儿狠利害。成与败,兴又衰,断送得利名人两鬓白。将名缰自解,利锁顿开,不索置田宅。何须趋金帛?则不如打稽首疾忙归去来。人老了,少不得北邙山下,丘土里埋。

(无名氏:**双调·秋江送**)

88. 十棒鼓

《乐府新声》入"双调"。14句。平仄通韵格。

平平仄仄,平平平平(可仄叶),仄平平仄,仄仄平平。平平仄仄,仄仄平仄仄(可平叶)。平平平仄(可平叶),平平仄平平仄。仄仄平平(可仄叶),平平仄平,仄仄平平仄(可平仄)。平平平仄(可平叶),仄仄平平仄仄,仄仄平平。

将簪冠戴了,麻袍宽超,拖一条藜杖,自带椰瓢。沿门儿化得,化得皮袋饱。傍人休笑,甘心守分学修道。乐乐陶陶,春花秋月,秋月何时了。心中欢乐,且自清闲直到老。散诞逍遥。

(无名氏:**双调·十棒鼓**)

89. 新时令

《太和正音谱》入"双调"。单支小令,16句,73字。11韵脚,平声通韵格。

仄平平,平仄平平。平仄仄,仄仄仄平平。仄仄平平,平平仄仄平。仄仄平平,仄仄平平平仄平。仄平平仄,平仄平平。仄平仄仄平。仄仄平平,平平仄仄平。仄仄平平,平仄仄平。

郑元和,当初有家缘。骑骏马,来过粉墙边。一段风流,佳人二八年。四目相窥,才郎三坠鞭。心坚石也穿,如鱼似水效鹣鹣。郎君梦撒毡。鸨儿苦爱钱,瓦罐爻槌,凄凉受了万千。夜宿阜田,则为李亚仙。

（无名氏：双调·新时令）

90. 骤雨打新荷

本名"小圣乐"。元好问"自度曲"。入"双调"或"小石调"。幺篇结构,上下片同型。共20句,93字。8韵脚,平声通韵格。

仄仄平平,仄仄平平仄上,仄仄平<u>平</u>。仄平平仄,平仄仄平<u>平</u>。仄仄平平仄仄,仄∶平仄平平去<u>平</u>。仄仄平,平平仄仄,仄仄平<u>平</u>。〔幺篇〕平平仄仄,仄∶平仄平平,仄仄平<u>平</u>。仄平平仄,平仄仄平<u>平</u>。仄仄平平仄仄,仄∶平仄平平去<u>平</u>。仄仄平,平平仄仄,仄仄平<u>平</u>。

绿叶阴浓,遍地池塘水阁,偏趁凉多。海榴初绽,妖艳喷香罗。老燕携雏弄语,有：高柳鸣蝉相和。骤雨过,珍珠乱糁,打遍新荷。〔幺〕人生有几？念：良辰美景,一梦初过。穷通前定,何用苦张罗！命友邀宾玩赏,对：芳樽浅酌低歌。且酩酊,任他两轮日月,来往如梭。

（元好问：双调·骤雨打新荷）

91. 百字折桂令

入"双调"。单支小令,19句,100字。9韵脚,平声通韵格。白贲创"百字折桂令",王力认为："共基本字五十七个,另外衬字四十三个,凑够百字。"但结合表意,就律句逗断而言,兹是一首未加衬的完整律曲,与11句52字或12句56字的"折桂令"已相去甚远,故本谱将其作一模型独立,取其中名句"弓剑潇潇"作别名,适于表现浓郁苍凉的情感。

仄平平仄仄平平,平仄仄平平。仄仄平平,平仄仄平平。仄仄平平平仄仄,仄仄平平。平平仄仄,仄平平平。平平平,仄平平仄仄,仄平平平。仄平平平仄仄平。仄平平仄仄平平,平仄仄平平。仄仄平平平仄,平平仄仄平平。

弊裘尘土压征鞍,鞭倦袅芦花。弓剑潇潇,一径入烟霞。动羁怀西风木叶,秋水蒹葭。千点万点,老树昏鸦。三行两行,写长空哑哑,雁落平沙。曲岸西边近渔湾,渔网纶竿槎。断桥东壁傍溪山,竹篱茅舍人家。见满山满谷,红叶黄花。正是凄凉时候,离人又在天涯。

(白贲:双调·百字折桂令)

[越调]

92. 凭栏人

入"越调"。4句,24字。句句用韵,平声通韵格。前两个七字句同声对仗(叠对),后两个五字句也用叠对。每句之末,元人多用平仄平,可作定格。

仄仄平平平仄平,仄仄平平平仄平。仄平平仄平,仄平平仄平。

瘦马驮诗天一涯,倦鸟呼愁村数家。扑头飞柳花,与人添鬓华。

(乔吉:越调·凭栏人·金陵道中)

93. 天净沙

原名"天净纱",又名"塞上秋"。越调。单支小令,5句,28字。5韵脚。第三句仄仄平平上去(叶),按《中原音韵》云:尾二字"去上极妙",是为主格,以马致远《天净沙·秋思》

著名。但元人也将第三句多用仄仄平平仄平(叶)，押平声韵，例周德清"尘外谁分岁华"、徐再思"春到南枝几分"，汤式"当役当差县衙"等等，为次格。

平平仄仄平平，仄平平仄平平。仄仄平平上去(可平叶)。平平仄仄(可不叶)，仄平平仄平平。

例1. 枯藤老树昏鸦，小桥流水人家。古道西风瘦马。夕阳西下，断肠人在天涯。

（马致远：主格**越调·天净沙·秋思**）

例2. 春山暖日和风，阑干楼阁帘栊。杨柳秋千院中。啼莺舞燕，小桥流水飞红。

（白朴：次格**越调·天净沙·春**）

94. 酒旗儿

入"越调"。单只小令仅见乔吉1首于《梦符散曲文湖州集词》。谱式与《仙吕·醉中天》一致，有疑为《越调·醉中天》的别名。可断为8句，7韵脚，平仄通韵格。首二句用对仗。

平仄平平去，仄仄仄平平。仄仄平平，仄仄仄平平。仄仄平平去。仄仄平仄平，仄平平去，仄平平仄平平。

千古藏真洞，一柱立晴空。石笋参差，似太华峰，醉入天台梦。绿树溪边晚风，碧云不动，粉香吹下芙蓉。

（乔吉：**越调·酒旗儿**）

95. 小桃红

又名"武陵春""采莲曲""平湖乐""绛桃春"等。越调。8句，42字。末三句叶韵有三式：①末一句必叶，余二句不叶；②末二句叶，前句不叶；③三句皆叶。分别例：王恽"江山信美，终非吾土，何日是归年?"乔吉"空谷乍寒，美人无梦，翠袖倚西风。"李致远"高情厌春，玉容含眼，不赚武陵人。"曲中仄脚句之尾字皆用去声。

仄平平仄仄平平,仄仄平平去。仄仄平平仄平去,仄平平。平平仄仄平平去。平平仄去(可平叶),平平仄去(可叶),平仄仄平平(必叶)。

例1. 小桃红末一句叶韵格:采莲人和采莲歌,柳外兰舟过。不管鸳鸯梦惊破,夜如何？有人独上江楼卧。伤心莫唱,南朝旧曲,司马泪痕多。

（杨果:**越调·小桃红·采莲女**）

例2. 小桃红末二句叶韵格:月分云影过邻东,半壁秋声动。露粟枝柔怯栖凤。玉玲珑,不堪岁暮关情重。空谷乍寒,美人无梦,翠袖倚西风。

（乔吉:**越调·小桃红·孙氏壁间画竹**）

例3. 小桃红末三句叶韵格:一城秋雨豆花凉,闲倚平山望。不似年时鉴湖上,锦云香,采莲人语荷花荡。西风雁行,清溪渔唱,吹恨入沧浪。

（张可久:**越调·小桃红·寄鉴湖诸友**）

96. 霜角

《小山小令》入"越调"。单只小令,10句,43字。有平韵格及仄韵格两种。张可久《咏新安八景》8首,平格与仄格各4首,见《小山小令》,8首中凡入声字皆作仄,不循北曲"入派三声"之规,如"石""蝶"在北曲作平,而一如律词作仄。考查所用曲谱,实为词谱"霜天晓角",该词谱也有平、仄两韵格。兹仅列平韵格。

仄仄平平,仄平平仄平。仄仄仄平平仄,平仄仄,仄平平。仄平,平仄平。仄平平仄平,仄仄仄平仄,平平仄,仄平平。

初日沧凉,海霞摇曙光。几折好山如画,晴霭霭,郁苍苍。众芳,云景香。道人眠石床。唤起南华梦蝶,莺啼在,绿垂杨。

(张可久:越调·霜角)

97. 寨儿令

又名"柳营曲"。越调。《中原音韵》举查德卿例,为主格。单只小令,12句,54字。平韵格。多用合璧对(两句对)。曲中两四字句"仄仄平平,仄仄平平",张可久有曲为"平平仄仄,仄仄平平",为次格。

平仄平,仄平平。平平仄平平仄平(可上叶)。仄仄平平,仄仄平平。仄仄仄平平。仄平平仄平,仄平平仄平平。平平平仄仄,仄仄仄平平。平,平仄仄平平。

例1. 烟艇闲,雨蓑干,渔翁醉醒江上晚。啼鸟关关,流水潺潺,乐似富春山。数声柔橹江湾,一钩香饵波寒。回头观兔魄,失意放渔竿。看,流下蓼花滩。

(查德卿:越调·寨儿令)

例2. 桃雨晴,柳风轻,西湖六桥如画屏。岩溜泠泠,樵斧丁丁,松下依山僧。陈朝老桧重荣,苏堤鱼唱新声。竹阑金琐碎,花貌玉婷婷。行,同上冷泉亭。

(张可久:越调·寨儿令·湖上春行)

[商调]

98. 玉抱肚

见《太和正音谱》,入"商调"。单支小令,6句,29字。5韵脚,平仄通韵格。

仄平平仄,平仄仄平平仄仄。仄仄平平平,平平仄仄平平。仄平平,平仄上。

休来这里闲嗑,俺奶奶知道骂我。逗甚么娄罗,当初有了

个郑元和。早收心,休恋我。

(无名氏:商调·玉抱肚)

99. 梧叶儿

又名"知秋令""碧梧秋"。入"商调",又入"仙吕"。周德清以关汉卿《梧叶儿·别情》为"定格",认为"如此方是乐府,音如破竹,语尽意尽,冠绝诸词"。7句,27字。4平1上韵。《中原音韵》云"末句须平仄仄平平去上,去平属第二着。"又徐再思4首《梧叶儿》俱将前6句作五言句,前3句与后3句各成一个鼎足对(三句联对),可作偏格。另《广正谱》载王和卿"百字知秋令",实是特多衬字的"梧叶儿"。

平平仄(可叶),平仄平。平仄仄平平,平平仄(可叶),平仄平。仄仄平,平仄仄平平去上(可平叶)。

别离易,相见难,何处锁雕鞍?春将去,人未还。这其间,殃及杀愁眉泪眼。

(关汉卿:商调·梧叶儿·别情)

鼎足对格(偏格):仄仄平平仄,平平仄仄平,仄仄仄平平。仄仄平平仄,平平仄仄平,仄仄仄平平。平仄仄平平去上。

山色投西去,羁情望北游,湍水向东流。鸡犬三家店,陂塘五月秋,风雨一帆舟。聚车马关津渡口。

(徐再思:商调·梧叶儿·革步)

100. 秦楼月

入"商调"。引自词谱"忆秦娥"(又名"秦楼月")。双片,10句,46字。8韵脚,含2叠韵。于曲谱中,上片作头篇,下片为幺篇。

平平仄,平平仄仄平平仄。平平仄,仄平平仄,仄平平

仄。[幺篇换头]仄平平仄平平仄,平平仄仄平平仄。平平
仄,仄平平仄,仄平平仄。

寻芳屦,出门便是西湖路。西湖路,傍花行到,旧题诗
处。[幺篇换头]瑞芝峰下杨梅坞,看松未了催归去。催归
去,吴山云暗,又商量雨。

(张可久:商调·秦楼月)

101. 凉亭乐

入"商调"。《中原音韵》无此曲,元人选本亦未载,《词林
摘艳》录阿里西瑛二首。此依唐圭璋录出。10句,49字。7
韵脚,平仄通韵格。

平平仄仄仄平平,仄仄平平。仄仄平平仄仄平。平仄平
平仄,平平仄仄(可叶),平平平仄仄。仄仄平平(可不叶),仄
仄平平仄仄平(可仄叶),平平平(可仄叶),平仄平。

金乌玉兔走如梭,看看的老了人呵。有那等不识事的痴呆
待怎么?急回头迟了些儿个,你试看凌烟阁上,功名不在我。则
不如对酒当歌,对酒当歌且快活,无悠愁,安乐窝。

(阿里西瑛:商调·凉亭乐)

102. 挂金索

又名"金络索挂梧桐",入"商调"。小令,11句,67字。9
韵脚,平仄通韵格。

平平仄仄平,仄仄平平仄。平平仄仄仄平平,平平仄仄
平。仄仄平平仄仄平。平仄平平仄平,平仄平平仄。平仄平
平仄,平平仄仄仄平平。仄平仄仄平平,平仄仄平
平仄。

羞看镜里花,憔悴难禁架。耽阁眉儿淡了教谁画?最苦魂
梦飞绕天涯。须信流年鬓有华。红颜自古多薄命,莫怨东风

当自嗟。无人处,盈盈珠泪偷弹洒琵琶。恨那时错认冤家,说尽了痴心话。

(高明:商调·金络索挂梧桐·咏别)

[大石调]

103. 初生月儿

入"大石调"。《太和正音谱》录无名氏"初生月儿"1首,作为正格。单只小令,6句,34字。6韵脚,平韵格。另有抄本《阳春白雪后集》录有3首,全为平仄通叶格,兹列为次格。

平平仄平平仄平(可仄叶),仄仄平平平仄平(可仄叶)。平平仄仄仄平平(可仄叶)。仄平平,平平平(可仄叶),平平仄仄仄平平。

初生月儿一似弓,梦里相逢恩爱同。觉来时锦被一半空。去无踪,难再逢。窗儿外烛影摇红。

(无名氏:大石调·初生月儿)

104. 阳关三叠

入"大石调"。《康熙曲谱》录无名氏"阳关三叠"小令1首,含上三叠及下三叠(幺篇)两个部分。上三叠以"更洒遍"领句,下三叠以"休烦恼"领句,奇就奇在下三叠中包含了两个子三叠,以"只恐怕"领句。层层进逼,有极苍凉之感。总计109字,其中上三叠44字,下三叠65字。总计13韵,为平上通韵格,其中上三叠5平韵2上韵,下三叠3平韵3上韵。

仄平平仄仄平平,仄仄仄、仄仄平平。仄平平平上。仄仄仄、仄仄平平。仄平平去上。仄仄仄、仄仄平平,仄平平仄上平。○平平上,仄平平仄仄上,平平去上,仄仄平上去平。[幺]平平上,仄平平仄仄上,下平平下,仄仄仄、仄仄平平仄平。平平上,仄平平仄仄上,仄仄仄、仄仄平平仄仄平。

渭城朝雨浥轻尘,更洒遍、客舍青青。弄柔凝千缕。更洒遍、客舍青青。弄柔凝翠色。更洒遍、客舍青青,弄柔凝翠色新。○休烦恼,劝君更尽一杯酒,人生会少,富贵功名有定分。[幺]休烦恼,劝君更尽一杯酒,旧游如梦,只恐怕、西出阳关眼前无故人。休烦恼,劝君更尽一杯酒,只恐怕,西出阳关眼前无故人。

(无名氏:大石调·阳关三叠)

[小石调]

105. 青杏儿

又名"青杏子"。入"小石调",也入"大石调"。6句,31字。4韵脚,平仄通韵格。

平仄仄平平,仄仄平仄仄平平。平平仄仄平平上,仄平平上,平平去去,仄仄平平。

空外六花翻,被大风洒落千山。穷冬节物偏宜晚。冻凝沼沚,寒侵帐幕,冷湿阑干。

(白仁甫:散套咏雪)

[不明调]

106. 三棒鼓声频

见《乐府群玉》载曹德一首。单支小令,三段鼓词,非"幺篇",也非"重头"。总计18句,90字。16韵脚,平仄通韵格。首一、二句间对仗,三、四句间对仗。

平平仄仄,仄仄平平,平平仄仄,仄仄平平。平平仄仄,仄仄平,仄仄平平。○仄平平仄仄平平去,仄仄平平去(用拗句格),平平平平仄仄。仄仄平平,平平平仄,仄仄平平。○平平仄仄平平仄,仄仄平平去。仄平仄平,平平仄,平仄仄,仄平平仄上。

先生醉也,童子扶著,有诗便写,无酒重赊。山声野调、欲唱些,俗事休说。○问青天借得松间月,陪伴今夜,长安此时春梦热。多少豪杰,明朝镜中头似雪。乌帽难遮。○星般大县儿难弃舍,晚入庐山社。比及眉未攒,腰曾折,迟了也,去官陶靖节。

(曹德:三棒鼓声频)

107. 时新乐

《乐府群玉》载周文质本曲5首。单支小令,8句,44字。8韵脚,平仄通韵格。首二句有押平声韵者:平仄仄平平仄平(韵),平仄仄平平仄平(韵),例"千里独行关大王,私下三关杨六郎"。本曲末二句须用叠句。

平平仄仄平平上,仄仄平平、平平去。平平仄平,平平仄仄仄平平。平仄仄平,仄平平去。平仄仄平平,平仄仄平平。

金桩宝剑藏龙口,玉带红绒、皇宣授。男儿得志秋,旌旗影里骤骅骝。斟满,玉瓯,笙歌齐奏。喧满凤凰楼,喧满凤凰楼。

(周文质:时新乐)

108. 丰年乐

见《文湖州集词》。单支小令,8句,32字。8韵脚,平仄通韵格。

仄仄平平,仄平平。仄仄平平,仄平平平。仄平仄平,仄仄平平平仄,仄仄平平仄,仄仄平。

世路艰难,鬓毛斑。好古退闲,白云归山。鸟知还,想起来连云栈,不如磻溪岸。垂钓竿。

(乔吉:丰年乐)

109. 湘妃曲

单支小令,8句,54字。8韵脚,平仄通韵格。自第三句始,各句皆用一字顿。

平平仄仄仄平平,仄仄平平仄仄平。去、平平仄仄仄平去,去、平平仄仄平。去、平平仄仄平平,上、仄仄平平去。上、平平仄仄上,去、平平仄仄平平。

高山流水少人知,几拟黄金铸子期。继、先贤既解其中意,恨、相逢何太迟。示、佳编古怪新奇,想、达士无地事。录、名公半是鬼,叹、人生不死何归。

(邵元长:湘妃曲·赠钟继先)

110. 解三酲

本调仅见真氏,真氏系妓女出身,颇通音律;又,该调仍将入声字作格律仄,例"国、斛、赎"等关键字,因曲作中有"南国"之谓,故疑本调为南曲。单支小令,9句,56字。8韵脚,平仄通韵格。首四句用三字逗以顿号界开。

平仄仄、平平平仄,仄平平、仄仄平平。仄平平、仄仄平平仄,平仄仄、仄平平。平平仄仄平平仄,仄仄平平仄仄平。平平仄,平仄仄平平仄,仄仄平平。

奴本是、明珠擎掌,怎生的、流落平康!对人前、乔做娇模样,背地里、泪千行。三春南国怜飘荡,一事东风没主张。添悲怆。那里有珍珠十斛,来赎云娘。

(真氏:散曲·解三酲)

111. 三奠子

单支小令,18句,67字。8韵脚,平声通韵格。相邻两句对仗,末三句用鼎足对。首句首字为领字。刘秉忠《三奠子》格律极严,是为典范。

仄:平平仄仄,仄仄平平。平仄仄,平平平。仄平平仄仄,平仄仄平平。平仄仄,平平平,平平仄,仄平平。平仄仄,平平平。平平平仄仄,仄仄仄平平。平仄仄,平仄仄,仄平平。

念:我行藏有命,烟水无涯。嗟去雁,羡归鸦。半生形累影,一事鬓生华。东山客,西蜀道,且还家。壶中日月,洞里烟霞。春不老,景长嘉。功名眉上锁,富贵眼前花。三杯酒,一觉睡,一瓯茶。

(刘秉忠:三奠子)

二、带过曲曲谱

1. [正宫]十二月过尧民歌

此带过曲为固定式,式中二曲不能拆开分立。《全元散曲》载本带过曲16首。

[十二月]平平仄平(可上叶),仄仄平平。平仄平平(可上叶),平仄平平。仄仄平平仄平(可上叶),平平仄仄平平。[尧民歌]平平仄仄平平,仄平平仄仄平平。平平,平平仄仄平,仄仄平平去。

例1.[十二月]清明禁烟,雨过郊原。三四株溪边杏桃。一两处墙里秋千。隐隐的如闻管弦,却原来是流水溅溅。[尧民歌]人家浑似武陵源,烟霞朦胧淡春天。游人马上袅金鞭。野老田间话丰年。山川,都来杖履边。早子称了闲居愿。

(张养浩:正宫·十二月兼尧民歌·寒食道中)

例2.[十二月]自别后遥山隐隐,更那堪远水粼粼!见杨柳飞绵滚滚,对桃花醉脸醺醺。透内阁香风阵阵,掩重门暮雨纷纷。[尧民歌]怕黄昏忽地又黄昏,不销魂怎地不销魂!新啼痕压旧啼痕,断肠人忆断肠人。今春,香肌瘦几分,缕带宽三寸。

(王实甫:正宫·十二月过尧民歌·别情)

2.[正宫]脱布衫带小梁州

此带过曲中的两曲可拆开分立,而且"小梁州"可带"幺篇"。

[脱布衫]仄平平仄仄平平。仄平平仄仄平平。仄仄平平仄仄,平平仄仄平平仄。[小梁州]仄仄平平仄仄平,仄仄平平。平仄仄仄平平。平平仄,平平仄平平。[幺]平仄仄平平去,仄平平仄仄平平。平平仄,平平去。仄平平仄,平仄仄平平。

[脱布衫]问秋来何处盘游?醉乡中罗列珍羞:巨口鲈红姜素藕,团脐蟹锦橙黄柚。[小梁州]丹桂花开满树头,金粟娇柔。玎当帘幕不垂钩。天香透,无地不风流。[幺]亭台净扫无纤垢,胜当年瘐亮南楼。传画竹,焚金兽。碧天如昼,今夜赏中秋。

(汤式:正宫·脱布初带小梁州[幺]·秋)

3.[中吕]最高歌兼喜春来

"最(醉)高歌""喜春来"二曲尚可独立使用。

[最高歌]平平仄仄平平,仄仄平平仄上。平平仄仄平平去,仄仄平平去上。[喜春来]平平仄仄平平仄,仄仄平平仄仄平。仄:仄仄平平,仄:仄平平仄平,仄:仄仄平平。仄仄平平仄仄,平仄仄平平。

[最高歌]诗磨的剔透玲珑,酒灌的痴呆懵懂。高车大蠢成何用?一部笙歌断送。[喜春来]金波潋滟浮银瓮,翠袖殷勤捧玉钟。对:一缕绿杨烟,看:一弯梨花月,卧:一枕海棠

风。似这般闲受用,谁想丞相府帝王宫?

（张养浩:中吕·最高歌兼喜春来）

4.［中吕］齐天乐带过红衫儿

入"中吕",也入"正宫"。曲调"齐天乐"与词调"齐天乐"不同。该带过曲为固定式,式中两曲不能分立。

［齐天乐］平平仄仄平仄（可平叶），仄仄平平仄。平平平，仄仄平平，仄平平仄仄平平。平平，平仄平平（可不叶）。平仄，仄平（可不叶），仄仄平平。平仄平平。平仄平，平平仄，平仄平平。［红衫儿］仄仄平平仄（可不叶），平平平平仄。仄平平，仄平平，平仄平平仄。仄平平，仄平平，仄仄平平仄仄。

［齐天乐］人生底事辛苦,枉被儒冠误。读书,图,驷马高车,但沾著者也之乎。区区,牢落江湖。奔走在仕途,半纸虚名,十载功夫,人传梁甫吟,自献长门赋,谁三顾茅庐。［红衫儿］白鹭洲边住,黄鹤矶头去。唤奚奴,鲶鲈鱼,何必谋诸妇。酒葫芦,醉模糊,也有安排我处。

（张可久:中吕·齐天乐带过红衫儿）

5.［中吕］醉高歌过摊破喜春来

"醉高歌"即"最高歌";"摊破喜春来"12句为"喜春来"之异体,仅为"最高歌"的过曲,不独用。

［醉高歌］平平仄仄平平，仄仄平平仄上。平平仄仄平平去，仄仄平平去上。［摊破喜春来］平平仄平平仄，仄仄平平仄仄平。仄平平仄仄平，平仄平平仄仄，平仄仄平平。仄仄平，平仄仄，平仄仄仄平平。

［醉高歌］长江远映青山,回首难穷望眼。扁舟来往蒹葭岸,烟锁云林又晚。［摊破喜春来］篱边黄菊经霜暗,囊底青

蚨逐日悭。破清思晚砧鸣,断愁肠檐马韵,惊客梦晓钟寒。归去难!修一缄,回两字寄平安。

(顾德润:中吕·醉高歌过摊破喜春来·旅中)

6.[中吕]快活三过朝天子、四边静

"四边静"只与"快活三""朝天子"合为带过曲,无独用之例。尚可入"正宫"及"双调"。末句宜作仄仄平平去。《全元散曲》录马谦斋本带过曲作品4首。

[快活三]仄平平,仄仄平。仄平平,仄仄平。平平仄仄仄平平,仄仄平平去。[朝天子]仄平(可不叶),仄平,仄仄平平去。仄平平仄仄仄平,仄仄平平去。仄仄平平,平平仄去,仄平平仄仄仄平。仄平(或仄叶),仄平,仄:仄仄平平去。[四边静]平平平仄,平仄平平仄仄平。平平平仄,平平平仄,平平仄平,仄仄平平去。

[快活三]芰荷衰,翠影稀。豆花凉,雨声催。谁家砧杵捣寒衣,万物皆秋意。[朝天子]燕归,雁飞,霜染芙蓉醉。长江万里鲈正肥,漫忆家乡味。啸月吟情,凌云豪气,岂当怀宋玉悲?赏风光帝里,贺恩波凤池,喜:生在唐虞世。[四边静]香山叠翠,红叶西风衬马蹄。重阳佳致,千金曾费,黄橙绿醅,烂醉登高会。

(马谦斋:中吕·快活三过朝天子、四边静)

7.[中吕]快活三过朝天子、四换头

"四换头"仅与"快活三""朝天子"合为带过曲,无独用之例。尚可入"正宫"及"仙吕"。末句从中原音韵作仄仄平平去,实第一字可不拘。"四换头"之谱较"四边静"仅末句前多一句:"平平仄上"。

[四换头]平平仄仄,仄仄平平仄仄平。平平仄,平平

平仄,平仄仄平。平平仄上(可平叶),仄仄平平去。

[四换头]西园杖履,望眼无穷恨有馀。飘残香絮,歌残白纻,海棠花底鹧鸪。杨柳梢头杜宇。都唤取春归去。

(无名氏:中吕·快活三过朝天子、四换头)

8.[南吕]骂玉郎带过感皇恩、采茶歌

"骂玉郎"又名"瑶华令"。曲"感皇恩"与词"感皇恩"不同,也不独用。"采茶歌"又名"楚江秋",无独用。该带过曲为固定式,式中各曲不能分立。

[骂玉郎]平平仄仄平平去,平仄仄,仄平平。平平仄仄平平去。仄仄平(可叶),仄仄平(可叶),平仄平去。[感皇恩]仄仄平平,仄仄平平。仄平平(可叶),平平仄(可叶),仄平平(可叶)。平仄平。平平仄仄(可不叶),平仄平平。仄平平(可不叶),平平仄(可叶),平平。[采茶歌]仄平平,仄平平,仄平平仄仄平平。仄仄平平平仄上(可平叶,可不叶),仄平仄仄平平。

[骂玉郎]钱塘自古繁华胜,和靖咏,子瞻评。西湖堪与西施并。浓淡妆,昼夜观,俱相趁。[感皇恩]宜雨宜晴,堪赏堪称。曲岸边草茸茸,高峰畔云淡淡,断桥下水泠泠。临荷浦观鱼,傍柳岸闻莺。游竹院,玩葛岭,压兰亭。[采茶歌]云出岫罩南屏,日衔山遇西林,现出那雷锋晚照似蓬瀛。九井三潭五云生,六桥烟柳胜丹青。

(滕玉霄:南吕·骂玉郎过感皇恩、采茶歌)

9.[双调]雁儿落带过得胜令

亦入"商调"。"雁儿落"又名"平沙落雁",作"得胜令",或"清江引",或"清江引"及碧玉箫的带曲,无独用者。"得胜令"又名"阵阵赢""凯歌回",可独用,又作"雁儿落"的过曲。

[雁儿落]平平仄仄平(可上叶),仄仄平平去。平平仄仄

平,仄仄平平去。[得胜令]仄仄仄平平,仄仄仄平平。仄仄平平仄(可叶),平平平仄平。平平,仄仄平平去。平平,平平仄仄平。

[雁儿落]乾坤一转丸,日月双飞箭。浮生梦一场,世事云千变。[得胜令]万里玉门关,七里钓鱼滩。晓日长安近,秋风蜀道难。休干,误杀英雄汉。看看,星星两鬓斑。

(邓玉宾:双调·雁儿落带得胜令)

10.[双调]雁儿落带过清江引

"雁儿落"作为带曲,无独用者;"清江引"为过曲,尚可独用作单支小令。

[雁儿落]平平仄仄平(可上叶),仄仄平平去,平平仄仄平,仄仄平平去。[清江引]平平仄平平去上(可平叶),仄仄平平去,平平仄仄平(宜不叶),仄仄平平去。平平仄平平去上。

[雁儿落]喜山林眼界高,嫌市井人烟闹。过中年便退官,再不想长安道。[清江引]绰然一亭尘世表,不许俗人到。四面桑麻深,一带云山妙。这一塔儿快活直到老。

(张养浩:双调·雁儿落兼清江引)

11.[双调]楚天遥带过清江引

"楚天遥"作"清江引"的带曲,不独用,皆五字句,8句,40字,4韵脚,隔句仄韵。

[楚天遥]仄仄仄平平,平仄平平去。平平仄仄平,仄仄平平去。仄仄平平,仄仄平平仄。仄仄平平,平仄平平去。[清江引]平仄仄平平仄仄。仄仄平平去。仄仄平平,平仄仄平去。仄平仄仄平平仄去。

[楚天遥]屈指数春来,弹指惊春去。蛛丝网落花,也要

留春住。几日喜春晴,几夜愁春雨。六曲小山屏,题满伤春句。〔清江引〕春若有情应解语,问着无凭据。江东日暮云,渭北春天树。不知那答儿是春住处?

〔楚天遥〕有意送春归,无计留春住。明年又着来,何似休归去。桃花也解愁,点点飘红玉。目断楚天遥,不见春归路。〔清江引〕春若有情春更苦,暗里韶光度。夕阳山外山,春水渡傍渡。不知那答儿是春住处?

(薛昂夫:双调·楚天遥过清江引·送春)

12.〔双调〕一锭银带过大德乐

"一锭银"可独用,也作"大德乐"的带曲。"大德乐"与"大德歌"不同,"大德乐"作"一锭银"的过曲,不能独用。

〔一锭银〕仄仄平平仄仄平,仄平平仄。仄仄平平仄平,仄仄平平。〔大德乐〕仄仄平平仄仄平,平仄仄平平,平平仄平。平平仄仄平,平平仄仄平。平平仄仄平,平平仄仄平,仄仄平平。平平仄仄平,仄仄平平,平平仄仄平。

〔一锭银〕翠袖殷勤捧玉觞。浅斟低唱,便是个恼乱杀苏州小样。小名儿唤做当当。〔大德乐〕弄粉调朱试罢晓妆,潇洒似江梅,娇娆胜海棠。风光满画堂,肌肤白雪香。穿针刺绣床,时闻金钏响,春笋纤长。题诗写乐章,真谨成行,是他功名纸半张。

(无名氏:双调·一锭银带过大德乐)

13.〔双调〕殿前喜过播海令、大喜人心

"殿前喜"非"殿前欢",仅作带曲。据《全元散曲》为"带过组曲",但《太和正音谱》分列小令。

〔殿前喜〕仄平仄仄平平平,平平平仄仄。仄平仄仄平平平,仄仄平。平平仄,平平仄仄仄平平。平平仄仄平。〔播海令]平仄平,仄仄仄平。平仄平,仄:平平平仄仄,平平仄仄仄平,平平仄仄仄平。仄仄平仄平仄平。平平平仄平。[大喜人心]平平平仄仄平,仄仄仄仄平平仄。仄仄平平平仄,平平仄仄平。

[殿前喜]谪仙醉眼何曾开,春眠花市侧。伯伦笑口寻常开,荷锸埋。妨何碍,糟丘高垒葬残骸。先生也快哉。[播海令]乌帽歪,醉眼开。心快哉。想:贤愚今何在。云遮了庾亮楼,尘生满故国台。幸有金樽解愁怀。高歌归去来。[大喜人心]诗书诗书润几斋,任落魄任落魄无妨碍。脱利名浮云外,俺窝中好避乖。

(无名氏:**殿前喜过播海令、大喜人心**)

14.[越调]黄蔷薇带过庆元贞

"黄蔷薇"为带曲,4句22字,3上韵1平韵。"庆元贞"为过曲,6句31字,6平韵。该带过曲句句用韵,且为固定式,式中两曲不能分立。带曲与过曲首二句皆上一下四句型,且对仗。

[黄蔷薇]仄平平去上,仄仄仄平平。仄仄平平去上,仄仄平平去上。[庆元贞]平平仄仄平平,仄平仄仄平平。仄平平仄仄平平。平平,仄仄平。仄仄平平平。

[黄蔷薇]步秋香径晚,怨翠阁衾寒。笑把霜枫叶拣,写罢衷情兴懒。[庆元贞]几年月冷倚阑干,半生花落盼天颜。九重云锁隔巫山。休看,作等闲,好去到人间。

(顾德润:**越调·黄蔷薇带过庆元贞**)

三、套数曲谱

在单支小令及带过曲中已列谱的,套数中不再列出。本套谱省略了实例。

1. 正宫·端正好

正宫·端正好,滚绣球,倘秀才、滚绣球、寒鸿秋、脱布衫、小梁州、醉太平,煞尾。

正宫·端正好:为本套数的首曲。5句。

平仄仄平平,仄仄平平去,平平仄仄仄平平,平平仄仄平平去,仄仄平平上。

滚绣球:为本套数的颈曲。入"正宫",也入"中吕"。12句。

仄仄平,仄仄平。仄平平仄,仄平,仄仄平平。仄仄平,仄仄平,仄平平仄、仄平平、仄仄平平。平平仄仄平平仄,仄平平仄仄平,仄仄平平。

倘秀才:为本套数的续曲,与"滚绣球"合为"子母调",在套曲中可重复一次使用。本调入"正宫",也入"中吕"。

仄仄平平仄仄,仄仄平平仄上,仄仄平平仄仄平。平仄仄,仄平平,仄平平上。

正宫·煞尾:又称"尾煞""随尾煞""尾声"。

平平仄仄平平上,仄仄平平仄仄平。平平仄仄上,仄仄平平。平仄仄平仄仄平平仄平上。

2. 黄钟·醉花阴

黄钟·醉花阴,喜迁莺,出队子、刮地风、四门子、古水仙子、黄钟·尾声。

黄钟·醉花阴:为本套首曲。6句。

仄仄平平仄平上,仄仄平平仄上。平仄仄平平,仄仄平平仄。平仄仄平平,仄平平平去上。

喜迁莺:为本套颈曲。8句。

仄平平仄,仄平平仄仄平平。平平,仄平平仄,仄仄平平仄仄平。仄仄平(或平仄仄),平平仄仄,仄仄平平。

四门子:为本套续曲。11句。

平平仄仄平平仄,仄平平仄仄平。平平仄仄平平仄,仄仄平、仄平平。仄仄平,仄平平,平仄仄平仄仄。仄仄平,仄仄平,平仄仄,平平仄仄。

古水仙子:续曲。9句。

平仄仄、仄仄平,仄仄平平仄仄平。仄仄平平,仄平平仄。平平仄仄平。平仄平、仄仄平平。平仄仄仄平平。平仄仄平平仄,平仄仄平平。

黄钟·尾声:又名"尾""随煞""随尾""煞尾",也入"双调"。为本套尾曲。3句,七七七字格式。

仄仄平平仄平去,仄平平仄仄平。仄仄平平平去上。

3. 仙吕·点绛唇

仙吕·点绛唇,混江龙,油葫芦,天下乐,哪吒令,鹊踏枝,寄生草,金盏儿,后庭花,青哥儿,尾声。

仙吕·点绛唇:与词谱"点绛唇"不同。为本套曲的首曲。

仄仄平平,仄平平仄。平平仄,仄仄平平。仄仄平平仄。

混江龙:为本套颈曲。9句。

仄平平仄,仄平平仄仄平。仄平平仄,仄仄平平。平仄仄平平仄,仄平仄平平。平平仄,平平仄,仄仄平平。

油葫芦:为本套续曲。9句。

仄仄平平仄仄平,平仄仄,仄平仄仄平平平仄仄平去,平平仄仄平平上。仄仄平,仄仄平,平仄仄平平去,平仄仄平平。

天下乐:续曲。7句。

仄仄平平仄仄平,平平,仄仄平。仄仄平平仄仄平。仄仄平,仄仄平。仄平平仄仄。

哪吒令:续曲。9句。

仄平,平平仄平。仄平,平平仄平。仄平,平平仄平。平仄仄,平平仄,仄仄平平。

仙吕·尾声:为本套尾曲。7句。

仄平平,平平仄,平仄仄平仄。仄仄平平平仄,仄平,平平仄仄,平平仄仄平平。

4. 中吕·粉蝶儿

中吕·粉蝶儿,醉春风,迎仙客、红绣鞋、十二月、尧民歌、耍孩儿、上小楼、耍孩儿,尾声。

中吕·粉蝶儿:为本套数的首曲。8句,七字句须"上三下四",仄韵处一律用去声。

仄仄平平,仄平平、平平平去。仄平平、仄仄平平。仄平平,平平仄,仄平平仄,仄仄平平。仄平平、仄仄平平。

耍孩儿:又名"魔合罗"。原属"般涉调",也入"正宫""中吕""又调"。为本套续曲。9句。

平平仄仄平仄,仄仄平平仄上。平仄仄仄平平,平仄仄平平。平平仄仄平平仄,仄平平仄仄平。平平仄,仄平平平仄,仄仄平平。

中吕·尾声:又称"煞尾"。也入"正宫""南吕""般涉""越调"。为本套尾曲。4句。

平平仄仄平,平平仄仄平。平平仄仄平仄,仄仄平平仄平上。

5. 南吕·一枝花

南吕·一枝花,梁州第七,骂玉郎、感皇恩、采茶歌,尾声。

南吕·一枝花:为本套数的首曲。9句。

平平仄仄平,仄仄平平仄。仄平平仄仄,平仄仄平平。仄仄平平,仄仄平平仄,平平仄仄。仄平平、仄仄平平,平仄仄、平平去上。

梁州第七:简称"梁州",紧跟"一枝花"作颈曲。句数有很大伸缩性,以内容而把握。常用18句。

平仄仄平平仄仄,仄平平仄仄平平。平平仄仄平平仄。平平仄仄,仄仄平平,平平仄仄,仄仄平平。仄平平、仄仄平平,仄平平、仄仄平平。平平、仄平平、仄仄平平。仄平,仄平。平平仄仄平平仄,平平仄仄。仄仄平平仄,仄平平仄。

南吕·尾声:也称"尾""隔尾""余音""随煞"。为本套数的尾曲。6句。

平平仄仄平平仄,仄仄平平仄仄平。仄仄平平平仄仄。仄平,仄平。仄仄平平去平上。

6. 双调·新水令

双调·新水令,驻马听、雁儿落、得胜令、甜水令、折桂令、水仙子、余音(同"黄钟·尾声"或"越调·收尾")。

双调·新水令:为本套数之首曲。正格为6句,第五、六句间可增句。

仄平平仄仄平平,仄仄平、仄平平去。平仄仄。仄仄平平,仄平平仄平,仄仄平平。平平仄平平。

甜水令:又名"滴滴金"。为本套数之续曲。8句。

仄仄平平,平平仄仄,仄平平仄。平仄仄平平。仄仄平平,仄平仄仄,仄平平平、仄仄平平。

7. 双调·夜行船

双调·夜行船,步步娇,风入松、沉醉东风,尾声。

双调·夜行船:本套数的首曲,也可为颈曲。常格5句。

仄仄平平仄仄平,平平仄、仄仄平平。仄仄平平,仄平平去。平平仄、仄平平去。

8. 商调·集贤宾

商调·集贤宾,逍遥乐,金菊香、醋葫芦、梧叶儿,浪里来煞。

商调·集贤宾:为本套数首曲。10句。

平平仄平、平去上,平仄平平。仄平平仄仄,仄仄平平。仄平平仄仄平平,仄平平仄仄平平。平平仄平平去上,仄仄平仄平仄。平平平仄,平仄仄平平。

逍遥乐:为本套数颈曲。10句。

仄平平仄,仄仄平平,平平平仄。平平仄平,仄平平仄平平,仄仄平平仄仄,平平仄仄平平。平平仄仄,仄平平平,仄仄平平。

金菊香:又名"金菊花",与"商调""上京马"相似。为本套数续曲。5句。

平平仄仄仄平平,仄仄平平仄仄平,平平仄平平仄平。仄仄平平,平平仄、仄平平。

醋葫芦:续曲。6句,其幺篇与本调同型。

仄仄平,仄仄平,平平仄仄平平。仄平平平仄仄,仄平平仄,平平仄仄平平。

双雁儿:即"仙吕""双雁子"。5句。

仄平平仄仄平平,仄平平、平平仄。仄仄平平仄仄,仄平平、仄仄平,平平平、平仄仄。

商调·浪里来煞:又名"浪来里""浪来里煞""浪里来"。可作续曲,也可为尾曲。6句。

仄仄平,平平仄。仄平平仄仄平平。仄平平仄仄平上,仄平平去,仄平平仄仄平平。

9. 越调·斗鹌鹑

越调·斗鹌鹑,紫花儿序,小桃红、调笑令、秃厮儿、圣药王,尾声。

越调·斗鹌鹑:为本套首曲。10句。相邻两句多用对仗。

仄仄平平,平平去上。仄仄平平,平平去上。仄仄平平,平平去上。仄仄平,仄仄平。仄仄平平,平平去仄。

紫花儿序:简称"紫花儿",为本套颈曲。10句。

平平仄仄,仄仄平平,仄仄平平。平平仄平,仄仄平平。仄平(此句可删去变9句,也可叠成11句),仄仄平平仄仄平。仄平平仄,仄仄平平,仄仄平平。

调笑令:又名"含笑花",与"词谱"不同,为本套续曲。7句。

仄仄(或平叶),仄平平。仄仄平平仄仄平。平平仄仄平平去,仄平平、仄平平去。平平仄平、平仄仄,平平仄平、仄仄平平。

秃厮儿:又名"耍厮儿""小沙门"。续曲,6句。

平仄仄、平平仄,仄平仄、仄仄平平。平平仄仄平仄仄。平仄仄,仄平平,平平。

圣药王:续曲。7句。

仄仄平,仄仄平。仄平平仄仄平平。仄仄平,仄仄平。平平仄仄平平,平仄仄平仄。

越调·尾声:又名"收尾""尾"。为本套尾曲。4句。

平平仄仄平平去,平仄仄平平仄。平仄平平,平平仄平上。

10. 大石调·青杏子

大石调·青杏子,忆江南,初问口、怨别离、擂鼓体,催拍子带赚煞。

大石调·青杏子:为本套首曲。6句,31字,4韵脚。末3句宜用鼎足对。

平仄仄平平,仄平平仄仄平平。平平仄仄平平去。平平上去,平平平仄,仄仄平平。

忆江南:又名"望江南",与词"忆江南"同谱。为本套颈曲。5句,27字,3韵脚。第三、四两个七言句对仗。

平仄仄,平仄仄平平。仄仄平平平仄仄,平平仄仄仄平平。平仄仄平平。

初问口:为本套续曲。7句。

仄仄平平,平平平仄。平平仄仄平平去,仄平平,仄平仄。平,平仄仄平平去。

怨别离:续曲。6句。

仄平平仄仄平。仄平平,平仄仄。平仄平平平仄仄,平仄仄,仄仄平平仄仄平。

擂鼓体:续曲。5句。

仄平平仄仄平平,平平仄仄。平平仄仄,仄仄平平仄仄,仄仄平平平去上。

催拍子赚煞。为本套尾曲。8句。

仄仄平平平仄仄,平仄仄、仄仄平平仄。仄仄平平,平平仄平。仄去、仄仄平平,平平仄平仄仄。平仄仄、平平仄仄,仄仄平平仄平去。

注:该套"大石调·青杏子"曲谱,据[元]朱庭玉"大石调·青杏子·送别"散套译出。朱庭玉留下套数计22套。

主要参考文献

曹雪芹,高鹗,1957.红楼梦[M].北京:人民文学出版社.
陈北郊,1995.韵脚词典[M].太原:北岳文艺出版社.
陈迩冬,1991.苏轼词选(注)[M].北京:人民文学出版社.
陈锋,1981.诗词曲格律[M].哈尔滨:黑龙江人民出版社.
陈佛松,1990.世界文化史[M].武汉:华中理工大学出版社.
陈振寰,1988.读词常识[M].上海:上海古籍出版社.
褚斌杰,1984.中国古代文体概论[M].北京:北京大学出版社.
辞海编辑委员会,1980.辞海[M].上海:上海辞书出版社.
邓拓(马南邨),1961.燕山夜话[M].北京:北京出版社.
复旦大学古典文学教研室,1983.李白诗选[M].北京:人民文学出版社.
公子,2002.尝试一种新诗体:新词[M].武汉:中国地质大学出版社.
顾学颉,周汝昌,1963.白居易诗选[M].北京:人民文学出版社.
何钦福,1984.古典文学体裁要介[M].哈尔滨:黑龙江人民出版社.
贺新辉,1988.古诗鉴赏辞典[M].北京:中国妇女出版社.
[清]蘅塘退士,1959.唐诗三百首[M].北京:中华书局.
季世昌,1999.毛泽东诗词鉴赏大全[M].南京:南京出版社.
巨才,1994.明诗三百首[M].太原:山西人民出版社.

巨才,1994.清诗三百首[M].太原:山西人民出版社.
巨才,1996.辞赋一百篇[M].太原:山西人民出版社.
巨才,1996.元曲三百首[M].太原:山西人民出版社.
康学伟,1989.唐宋词小辞典[M].西安:华岳文艺出版社.
蓝少成,陈振寰,刘英,等,1987.诗词曲格律与欣赏[M].南宁:广西师范大学出版社.
李佳行,2005.曲赋[M].武汉:长江文艺出版社.
刘福元,杨新武,1980.古代诗词常识[M].石家庄:河北人民出版社.
刘坡公,1982.学词百法[M].上海:上海古籍出版社.
刘守华,1985.民间文学概论十讲[M].武汉:湖北教育出版社.
刘鹗,1980.铁云诗存[M].济南:齐鲁书社.
龙榆生,1956.近三百年名家词选[M].上海:上海古典文学出版社.
龙榆生,1978.唐宋词格律[M].上海:上海古籍出版社.
陆侃如,冯沅君,1995.中国诗史[M].北京:作家出版社.
陆远,刘进,1996.元曲三百首[M].南宁:广西民族出版社.
罗斯宁,1990.辽金元诗三百首[M].长沙:岳麓书社.
毛谷风,1992.唐人五绝选[M].西安:陕西人民出版社.
南枫,1995.打油诗三百首[M].北京:北京出版社.
南京大学,1981.古人论写作[M].长春:吉林人民出版社.
秦似,1979.现代诗韵[M].南宁:广西人民出版社.
任中敏,卢前,1994.元曲三百首[M].武汉:湖北人民出版社.
上疆村民,1996.宋词三百首[M].海口:海南国际新闻出版中心.
沈祥源,1998.文艺音韵学[M].武汉:武汉大学出版社.

［清］舒梦兰,2001.白香词谱[M].丁如明,译订.上海:上海古籍出版社.

苏曼殊,1983.燕子龛诗笺注[M].马以君,注.成都:四川人民出版社.

苏文洋,1982.古今联话[M].重庆:重庆出版社.

孙家富,张广明,1983.文学词典[M].武汉:湖北人民出版社.

孙琴安,1992.唐人七绝选[M].西安:陕西人民出版社.

唐圭璋,1981.唐宋词简释[M].上海:上海古籍出版社.

唐圭璋,1981.元人小令格律[M].上海:上海古籍出版社.

涂宗涛,2000.诗词曲格律纲要[M].天津:天津人民出版社.

王季思,洪柏昭,1981.元散曲选注[M].北京:北京出版社.

王季思,苏寰中,1980.元杂剧选注[M].北京:北京出版社.

王景琳,徐匋,1994.词[M].北京:人民文学出版社.

王力,1977.诗词格律[M].北京:中华书局.

王力,1980.音韵学初步[M].北京:商务印书馆.

王力,2004.曲律学[M].北京:中国人民大学出版社.

王实甫,1980.西厢记[M].上海:上海古籍出版社.

王思源,2001.论永明体的格律诗地位[J].中国地质大学学报(社科版),1(1):38-40.

王思源,2002.创开格律诗新窗口[M].武汉:中国地质大学出版社.

［清］王奕清,等,2000.康熙曲谱[M].长沙:岳麓书社.

王兆鹏,1995.配画元曲一百首[M].武汉:华中科技大学出版社.

吴丈蜀,1988.读诗常识[M].上海:上海古籍出版社.

西中显,西中文,1993.对联指南[M].郑州:中州古籍出

版社.

夏承焘,吴熊和,1958.怎样读唐宋词[M].杭州:浙江人民出版社.

萧三,1958.革命烈士诗抄[M].北京:中国青年出版社.

萧望卿,无官,张月中,等,1983.古今名胜对联选注[M].北京:北京出版社.

[南宋]辛稼轩,1975.稼轩长短句[M].上海:上海人民出版社.

熊柏畦,1997.唐人绝句八百首[M].南昌:江西人民出版社.

徐安琪,1995.配画唐五代词一百首[M].武汉:华中理工大学出版社.

徐调孚,1984.中国文学名著讲话[M].北京:中华书局.

徐义良,1995.配画明清诗词一百首[M].武汉:华中科技大学出版社.

阎凤梧,康金声,1999.全辽金诗[M].太原:山西古籍出版社.

叶君远,1994.诗[M].北京:人民文学出版社.

尹贤,1991.诗韵手册[M].兰州:甘肃教育出版社.

尹贤,2002.诗词写作指导[M].广州:花城出版社.

余德泉,贾德辉,1983.奇联妙对故事[M].昆明:云南人民出版社.

臧克家,周振甫,1990.毛泽东诗词讲解[M].北京:中国青年出版社.

张国星,1998.六朝赋[M].北京:文化艺术出版社.

张少成,李泽一,1981.对联选[M].成都:四川人民出版社.

张思绪,1988.诗法概述[M].上海:上海古籍出版社.

张晓钟,李桂彬,1991.当代常用文体写作论[M].南宁:广西人民出版社.

章培恒,骆玉明,1996.中国文学史[M].上海:复旦大学出版社.

赵诚,1979.中国古代韵书[M].北京:中华书局.

[后蜀]赵崇祚,2004.花间集[M].吉林:吉林摄影出版社.

[明]赵宧光,黄习远,1983.万首唐人绝句[M].北京:书目文献出版社.

赵景深,胡忌,1981.明清传奇选注[M].北京:中国青年出版社.

中共中央文献研究室,1996.新民主主义论[M]//毛泽东文集.北京:人民出版社.

[梁]钟嵘,1992.诗品全译[M].徐达,译注.贵阳:贵州人民出版社.

[北宋]周邦彦,1981.清真集[M].北京:中华书局.

周道荣,许之翱,黄奇珍,1983.中国历代女子诗词选[M].北京:新华出版社.

周蒙,冯宁,1980.杜甫诗选读[M].哈尔滨:黑龙江人民出版社.

周锡䪖,2000.杜甫诗选赏析[M].西安:陕西师范大学出版社.